페쉬메르가의 연인

내 어린시절 나는 내주위에 미움의 벽을 쌓았다. '무엇으로 그러한
벽을 쌓는가?' 하고 누가 물으면 '모욕의 벽돌로' 라고 나는 대답했다.

- 격언(작자 미상)

When I was a child, I built a wall of hatred around me.

When I was asked, 'from what did you build this wall?'

I replied, 'From the stones of insults.'

- Proverb (author unknown)

JEAN SASSON

페쉬메르가의 연인

진 세이손 지음 | 송산강 · 최익봉 옮김

진 새이손은 록산느에게 이 책을 바친다.

조안나 알아스카리 후세인은
나의 사랑하는 남편 용감한 페쉬메르가 사바스트와 두 아들 코샤와 디란
그리고 아이샤 이모 그리고 페쉬메르가의 용감한 아내들에게 이 책을 바친다.

송산강과 최익봉은 사랑하는 가족에게,
이라크의 평화와 재건을 위해 땀 흘린 한국국제협력단 임직원,
한국수자원공사 등 KOICA 협력업체의 모든 전문가들과
자이툰 사단 장병들에게 그리고 커디스탄의 평화와 자유를 기원하고
우리가 자살폭탄의 땅 이라크에 2005-2007년 체류하는 동안
우리의 안전을 걱정해준 모든 이에게 이 책을 바친다.

작가 진 세이손의 메모   지금까지 나는 세계 곳곳을 여행했
다. 운 좋게도 나는 여행 중에 나의 관심
을 사로잡는 많은 여성들을 만날 수 있
었으며, 나는 그들 중 상당수를 소설로
극화하여 세상에 선보이기도 하였다.

쿠르드 처녀의 참사랑 이야기를 그린 『Love in a Torn Land』을 집필하
면서, 나는 조안나 알 아스카리 후세인Joanna Al-Askari Hussain이라는 실존 주
인공을 알게 되어 아주 독특한 문화를 접하고 이를 세상에 알리게 되는 계
기가 되었다. 나는 조안나와의 만남을 아주 소중한 경험으로 생각하며 독
자 여러분들도 책을 한 장 한 장 넘기면서 새로운 세상을 만나게 되리라 기
대 한다.

주인공 조안나의 메모   나의 남편과 내가 살기 위하여 망명
할 때까지 겪은 그 어려웠던 일과 공포
그리고 고통스러운 삶에 대하여 나는
작가 세이손에게 말하였다.

화학가스 공격, 공습 등 극도의 신체
적 위협 속에서도 우리는 운 좋게 살아남았다. 전쟁의 소용돌이 속에 이 책
에 기술된 모든 사건들이 나에게 일어났지만, 나는 한순간도 삶에 대한 끈
을 놓아 본적이 없었음을 독자들이 기억해 주면 좋겠다.

나는 물론 일기를 남길 경황이 없었다. 전쟁터의 혼미함과 시간이 흘렀
기 때문에 나의 기억이 좀 흐려져 사건이 일어난 시간과 내용이 실제와 약
간의 차이는 있을 수 있다. 그러나 여기 기술된 사건들은 실제 그대로 일어
났으며, 나는 그것들을 헤쳐 나왔다는 것을 독자들에게 자신 있게 말한다.

옮긴이 송산강의 메모   나는 텔레비전을 통해 9.11 테러와 사담후세인의 커다란 동상이 바그다드에서 철거 되는 것을 보며 역사를 다시 한 번 생각하게 되었다.

그 후 이라크에 2년 가까이 체류하면서 이라크 내 아랍계와 쿠르드계, 이슬람 수니파와 시아파의 갈등과 석유를 둘러싼 이해관계를 지켜보면서 세계평화와 인류공영을 저해하는 원초적 인간본능의 어리석음에 한숨지었다.

나는 소설을 통해 조안나를 알게 되었고 이라크의 현대사를 이해하게 되었다. 그 곳에서 만난 쿠르드인을 포함한 이라크인들은 대부분 순수하고 부지런했다. 지도층은 한결같이 우리 한국의 발전을 모델로 삼고자 했다.

연방국으로 새로 출발하는 이라크가 인종간 종파간 서로 조화롭게 화합 협동하여 평화와 번영이 넘치는 국가가 되기를 꿈꾼다.

꿈은 반드시 이루어진다. 그리고 꿈이 반드시 이루어지도록 노력해야 한다. 그리고 그 노력의 한가운데에 대한민국의 이름으로 한국국제협력단과 자이툰 사단이 있었음을 자랑스럽게 생각한다.

옮긴이 최익봉의 메모   나는 직업 군인이며, 명에 따라 이라크에 두 번 파병되는 행운(?)을 누렸다. 첫 번째 파병은 2004년 여름부터 2005년 봄까지 자이툰 사단 파병 준비를 위한 바그다드 한국군협조단장 근무였고, 두 번째 파병은 2006년 겨울부터 2007년 여름까지 북부 쿠르드지역 아르빌에서 평화재건 작전을 담당한 제11민사여단장 근무였다.

현지에서 민사작전을 지휘하는 동안, 내 마음 한 구석에 남아 있었던 한 가지 아쉬움은, 파병된 우리 장병들이 이슬람과 현지 쿠르드인의 문화와 역사에 관해 깊은 이해를 가지고 작전을 수행한다면 금상첨화일 것이라는 생각이었다.

귀국을 앞두고 있던 어느 날, 아르빌 현지에 함께 파견된 KOICA의 송산강 소장이 영국대사관을 통해 입수한 영어 원전 한권을 선물하였는데, 그것이 바로 이 『Love in a Torn Land』이다. 인상적인 책 제목과 표지에 있는 커다란 쿠르드 미인의 얼굴, 그리고 실제 체험에 근거하였다는 주인공 조안나의 멘트를 보고 나는 호기심에 끌려 서둘러 책을 읽기 시작하였다.

마치, 한 나라의 흥망성쇠 과정은 동서와 고금을 초월하여 공통점을 갖는다는 걸 입증이라도 하듯, 이 책의 얘기는 우리나라 일제 때의 대한독립 항쟁사와 너무도 흡사했다. 따라서 독자들은 이 책을 통해 '자유에의 억압과 나라 잃은 아픔'이란 동병상련의 찡한 감동을 경험할 것이며, 아울러 아랍-쿠르드간의 해묵고 복잡한 갈등을 보다 쉽게 들여다 볼 수 있을 것으로 믿는다.

아르빌 근무를 통해, 이라크 재건사업에 정열을 기울이던 송산강 소장을 만난 인연에 감사하고, 이처럼 공동의 노력으로 『Love in a Torn Land』 한 역본을 발간하게 됨을 기쁘게 생각한다. 그리고 무엇보다 우리 자이툰으로 맺어진 먼 중동의 친구 쿠르드의 번영과 평화를 간절히 기원한다.

2005. 8월의 커디스탄

송산강

작열하는 태양
열 뿜는 모래사막
숨 막히는 아르빌…

누가 포도를 익게 한다고 말했는가?
누가 "정의"를, 누가 "평화"를 말했는가?

자살 폭동 소식은 쉼 없이 날아오고,
종족이 무엇이고,
종파 또한 무엇인가?
헌법초안
허공에서 오일달라 춤추네.

누가 과일을 익게 한다고 말하는가?
누가 평화를 가져온다고 말하는가?
누가 인샬라를 말하는가?

한 방울의 물이 필요한데…
한 뼘의 사랑이 필요한데…

아름다운 커디스탄이여,
그대 꽃 피워라, 다시 한 번,
메소포타미아 문명의 찬란한 꽃을!!!

Kurdistan, August 2005

David SanGang Bullo InYeup Song

Scorching Sun!

Sun-baking sand-desert!!

Suffocated Kurdistan…

Who dared say it would ripen grapes?

Who dared say "justice" and "peace"?

Incessant news of suicide-bomb overflows,

For what, the tribes?

For what, the creed?

In the open sky dances to the tune of oil-dollars

the constitution-draft.

Who dares say it will ripen fruits?

Who dares say peace will come?

Who dares say "Inshallah"?

A drop of water needed…

A palm of love needed…

Beautiful Kurdistan,

May you bloom, one more time,

The splendid and glorious Mesopotamian flowers!!!

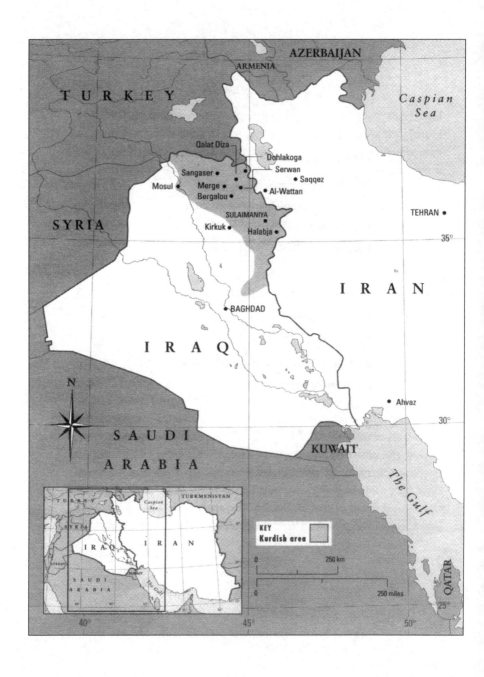

차례

1. 소녀시절

2. 처녀 조안나

3. 커디스탄의 사랑과 비극

1
소녀시절

1
귀여운 페쉬메르가 소녀

바그다드

1972년 7월 8일 토요일

쿠르드인이 미움 받는 이 땅에서 나는 쿠르드인으로 태어났다.

바그다드에서 태어나 그 곳에서 자랐지만, 내 마음의 고향은 항상 술래마니아였다. 바그다드는 나의 아랍계 아빠의 도시였고 술래마니아는 나의 쿠르드계 엄마의 도시였다. 술래마니아는 바그다드에서 북쪽으로 331km 떨어진 곳으로 커디스탄Kurdistan이라고 알려진 곳이다. 매년 9월부터 이듬해 6월까지 10개월 동안 바그다드Baghdad에서는 먼지만 가득한 무료한 일상이 계속되지만 내가 일 년 중 '가장 행복한 기간'으로 명명한 7월과 8월만을

19

기다리며 지내곤 했다.

매년 7~8월, 메소포타미아 지역은 무미건조한 갈색 평지를 뒤로 하고 찬연한 색깔로 빛나는 산과 계곡으로 탈바꿈한다. 그 아름다운 커디스탄으로 엄마와 우리 남매들은 함께 여행을 가곤 했다.

내가 10살이 되던 1972년의 그 특별한 날을 나는 지금도 생생히 기억한다. 그 날 나는 이제 막 시작될 여행에 기분이 좋아 들떠 있었다. 가족들은 내가 조바심을 내는 것을 보고 병이라고까지 표현했다. 여행 채비에 여념이 없는 식구들은 막내인 나의 존재를 까마득히 잊고 있는 것 같았다. 우리 집에는 수년째 우리와 같이 살고 있는 아지즈 외삼촌도 있었다. 내가 좋아했던 아지즈 외삼촌은 부엌 한쪽에서 할 일 없이 우두커니 서 있는 나를 후원으로 데려 갔다. 그 곳에는 만개한 분꽃이 담장을 기어오르고 있었다.

외삼촌은 후원에서 나에게 레몬과 감귤을 따며 놀라고 일렀다. 우리 후원에서는 귤, 살구, 오렌지, 자두, 대추야자, 꽈리 등 다양한 과실을 딸 수 있었다. 형형색색의 보석처럼 이렇게 풍성한 과일이 나는 집에 살고 있으니 얼마나 복이 많은가? 많은 과일 가운데서도 나는 유독 감귤을 가장 좋아하였다. 감귤이 익으면 우리는 그것을 짜서 냉동고 얼음 접시에 부어 얼렸다. 엄마는 가족이나 손님이 베란다에 모여 이야기를 나누고 있을 때, 얼린 감귤 주스를 찬물, 설탕과 함께 잔에 가득 부어 대접하였다.

나는 그런 모임을 좋아했다. 마치 성인이 다 된 숙녀처럼 다리를 꼬고 앉아 어른들 사이에서 맛있는 얼음 감귤 주스를 마시며 어른들 대화에 끼어들 수 있어서였다. 어른들이 내 의견을 대견스럽다는 듯이 다 받아주는 척하는 것도 모르고, 나는 거침없는 큰 소리로 대화에 참여했었다. 당시 10살로 가족 중 막내였던 나는 가족들의 사랑을 독차지하였다.

오는 9월에 대학생활을 시작할 18살의 라드Ra'ad 오빠가 뒷문에서 들어오며 밖에 나가 택시가 오나 살펴보라고 했다.

아지즈 외삼촌은 손을 내밀어 내가 딴 과일들을 받아들면서 나가보라고 고개를 끄덕거렸다. 부엌에서는 엄마와 14살의 무나Muna 언니가 여행 도중에 먹을 닭고기 샌드위치, 대추야자 등을 준비하고 있었고 난 그 곳을 지나 급히 현관으로 달려 나갔다. 버스 정거장까지 우리를 태우고 갈 택시는 아직도 오지 않았다. 설레는 마음으로 길 저편을 바라보다가 문득 우리 집도 자가용이 하나 있었으면 좋겠다는 생각을 하게 되었다. 자가용이 있으면 북쪽 지방인 외갓집을 갈 때 으시대며 갈 수 있을 것 같았다.

우리 알아스카리 가문은 부자여서 사촌 집안들은 모두 고급 승용차를 갖고 있었다. 그러나 불행히도 우리 집은 가난했다. 비록 우리 집이 부자였다 해도 아빠는 자동차 운전 면허증을 가질 수 없었다. 왜냐하면, 바그다드 거리를 다니는 승용차, 버스, 당나귀 수레 등의 경적소리를 아빠는 듣지 못하기 때문이다.

아빠는 소년 시절부터 귀머거리였다.

그의 유일한 교통수단은 빛바랜 청색 자전거였다.

정원 울타리에 기대어 있는 아빠의 자전거를 바라보았다. 얼마나 그 자전거에 올라타 달려 보고 싶어했던가! 오빠들은 자전거를 탈 수 있었지만 나에게는 허락해 주지 않았다. 라드 오빠가 자전거 뒤편에 앉아 균형을 잡으면 무나 언니와 쌍둥이인 사드Sa'ad 오빠는 앞 편에 앉아 둘이 함께 자전거를 타곤 했다. 나는 자전거를 타는 오빠들이 무척 부러웠지만, 바그다드에서는 여자애가 자전거를 타는 것을 아무도 좋게 보지 않았다.

그런 불합리한 풍토에 대한 생각을 그만 접고 싶은 마음에 택시가 오나 길 쪽을 주시하는 데에만 몰두하려 했다.

바그다드의 북적거리는 생활 모습을 지켜보는 것은 흥미로운 일이었다. 바그다드 아침 일상인의 여러 모습은 활기에 가득 차 있었다. 남자들은 가까운 카페로, 여인네들은 시장으로 바삐 움직이는 여러 모습의 우리네 삶이 신기루처럼 명멸했다. 큰 남자애들은 하찮은 내기에 큰 소리로 떠들며 구슬치기에 여념이 없었고, 작은 남자애들은 돌치기 놀이로 떠들썩하였다. 하지만 여자애들은 거의 보이지 않았다. 그 당시에는 방학이 되면 여학생들은 집 밖 출입을 하지 않고 집안에만 있어야 했다.

나는 청소, 부엌일 등 허드렛일을 싫어했다. 엄마도 그걸 알고 집안일을 나에게 시키지 않았다. 우리 집은 바그다드에서 가장 깨끗하게 정돈된 집이었다. 언니들은 각자 할당된 일이 있었지만, 나는 막내였기 때문에 집안의 모든 일에서 면제되는 행운을 누렸다.

"소금, 소금이요!"

일주일 한번 정기적으로 이 지역에 나타나는 낙타 소금장수가 외치는 소리에 끌려 나는 그 쪽을 쳐다봤다. 사실 그가 이른 아침에 장사하러 돌아다니는 그 시간에는 나는 요를 따뜻이 덮고 침대에 누워있는 경우가 보통이었다. 그래서 오늘 아침에 자주 접해보지 못하는 그 광경을 주의 깊게 살펴보기로 했다.

그는 계속 큰 소리로 '소금, 소금이요!'를 외쳐 대고 있었다.

소금장수는 닳아빠진 잿빛 셔츠와 헤진 갈색 바지를 입고 있었으며, 둥근 눈썹, 검은 피부와 우락부락한 얼굴을 소유한 사람이었다. 청홍색의 모직 매듭 끈이 소금장수의 팔에서 그의 조그마한 낙타의 목까지 축 늘어져 있었다.

금발의 털에 둥근 입이 마치 웃는 것처럼 보이는 그 낙타는 리듬에 맞춰 움직이는 것처럼 좌우로 흔들며 나아갔고 그 모습에 나는 이내 낙타를 좋아하게 됐다. 낙타가 등에 지고 있던 성긴 천 자루에 담긴 귀중한 짐 덩이는 낙타 좌우 양편에 매달려 있었다. 소금장수가 막대기로 낙타 엉덩이를 가볍게 두드릴 때마다 낙타는 불만스럽다는 듯이 소리를 냈고 벌려진 입가에는 침이

고였다.

소금장수는 입에 담배를 빨아대며 '소금, 소금이요!'를 외쳤다. 나와 눈이 마주치자 그는 담배를 입에서 빼내 손에 들고 얼굴에 미소를 지었다. 그는 눈을 크게 뜨며 나에게 소금을 사라고 권하는 듯 고개를 까닥거렸다. 엄마가 아직도 뜯지도 않은 소금이 부엌에 있었기에 나는 고개를 저으며 소금장수에게 그냥 가라고 손을 저었다. 그는 알았다는 듯이 자연스럽게 어깨를 들어 올리고는 '소금, 소금이요!'라고 외치며 방향을 틀었다.

그리고 나는 한 젊은 농사꾼 여자를 쳐다봤다. 그 여자는 주름 잡힌 블라우스와 화려한 색상의 치마를 입고 있었으며 머리 위에는 정성스럽게 꾸민 균형 잡힌 터번을 쓰고 있었고, 더위를 피하려고 하얀 천을 무릎과 발에 감싸고 있었다. 나는 그 여자가 이라크 남쪽 지방인 마쉬Marshes에서 왔다는 것을 알 수 있었다. 마쉬는 아름다운 땅만큼이나 그 곳에 사는 여인들도 예쁘다고 정평이 나 있었다. 그 여자는 둥근 목제함에 들소 크림을 담아 머리 위에 이고 다니며 파는 행상이었다.

크림장수가 발걸음을 내디딜 때마다 지저분한 동네 고양이들이 그녀 뒤를 졸졸 따르고 있었다. 그녀는 길 저 쪽으로 천천히 지나갔다. 고양이들은 향기로운 크림 냄새에 먹을 것이 있나싶어 '야옹'거리며 그녀 주위를 이리저리 맴돌았다. 그녀는 젊고 예뻤지만 물건이 팔리지 않아 낙담한 듯 어깨가 축 처져 있었다.

나는 그녀가 측은하여 만약 내게 돈이 많다면 그녀의 물소크림을 전부 사주고 싶은 생각까지 들었다. 다행히 한 사람이 그녀에게 다가 가서 자기가 살 분량을 손바닥으로 펴 보이는 것을 보고 나는 기분이 좋아졌다. 웃음을 잃어버린 듯한 그녀는 허리춤에서 가느다란 철침을 꺼낸 다음 머리 위에 인 목제함 하나를 잡았다. 그리고 철침으로 단단한 물소 크림을 조각냈다. 고양이들은 혹시 떨어질지도 모를 부스러기를 기대하며 그녀를 바라보았으나 그녀는 노련하게도 가루 하나 떨어뜨리지 않았다.

그녀 주위에 고양이들이 더 많이 모였으나 그녀는 고양이나 나나 거들떠보지도 않고 사르르 집 문 앞을 지나가 버렸다. 그녀의 표정이 항상 어두운 것을 보면 집안 살림에 어려움이 많은 것 같았다. 까칠까칠한 입술만 봐도 그녀의 집이 가난함을 알 수 있었다. 그녀는 사라졌지만 나는 나와는 전혀 다른 그녀의 삶을 상상해 봤다. 나는 어렸지만 바그다드에는 생활양식이나 종교 등이 다양하고 가난한 자와 부유한 자가 섞여 살고 있음을 알고 있었다.

1차 세계대전이 끝나고 오토만 제국이 패망하자 영국과 프랑스는 티그리스 강 유역의 세 개의 지역을 하나로 묶어 근대 이라크를 건국시켰다. 바그다드가 위치해 있는 중부지역은 주로 석회암 평원이다. 지금의 바그다드는 아름다운 도시로 평가 받지 못하나 고궁과 사원 그리고 시장과 공원을 자랑하는 독특하고 찬란한 역사를 지닌 도시이다.

두 번째로 마쉬라고 불리는 남부지역은 습한 저지대 평지이다. 그 곳에는 다양한 물고기와 새 그리고 식물들이 서식하고 있다. 아랍 옛 고전에 의하면 남부지역의 독특한 풍광은 대홍수로 말미암은 것이라고 한다. 홍수가 잦고 심해서 진흙으로 만든 집들이 다 파괴되고 땅들이 작은 섬으로 찢어졌다는 것이다. 대홍수에 살아남은 자들은 갈대와 역청으로 만든 '마쉬후프'라고 부르는 선상가옥에서 살았다.

세 번째로 북부지역은 봉우리가 눈에 덮인 높은 산과 무성한 숲으로 이루어진 산악지대이다. 그래서 장엄한 산맥과 폭포, 과수원이 많아 아름다운 곳이다. 날씨도 시원하여 피서지로도 각광받는 곳이기도 하다. 이곳을 아랍계 이라크인은 단순히 북부 이라크라고 부르나 우리 쿠르드인은 원래의 이름인 '커디스탄'이라고 부른다. 오늘 우리 가족이 갈 곳이 바로 이 곳이다.

나는 택시가 오는지 다시 길 저편을 바라봤다. 그때 나만 보면 쿠르드라고 놀려대던 내 또래의 개구쟁이 사내아이 네 명이 이쪽으로 오는 것이 보였다. 그들은 나와 눈이 마주치자 갑자기 맨발로 내 주위를 맴돌며 요란스럽게 웃더니 나를 조롱하기 시작했다.

"쿠르드 놈 집이란다. 쿠르드 계집애란다."

그 중 가장 심술궂게 생긴 아이가 나를 뻔히 쳐다보며 야유를 보냈다.

"얘들아! 저 애는 귀머거리 새끼란다. 벙어리 새끼란다."

나는 그를 노려봤다.

그 애가 점점 크게 야유를 퍼부었다. 나는 아무소리도 하지 않고 대문 앞으로 나가 '야, 이 녀석아!'하고 소리치면서 엄마가 잘 가꾼 꽃밭에서 돌멩이를 몇 개 주워 그 애를 향해 힘껏 던졌다.

예전에는 이렇게 공격적으로 행동하지 않았지만 얼마 전부터 나는 설령 그게 몸싸움도 불사하는 대담한 아빠를 닮겠다고 결심하고 있었다. 예상치 못한 나의 행동을 보고 남자 애들은 놀라 모두 줄행랑을 놓았다.

나는 도망가는 애들 중 한 명의 팔에 돌멩이를 던져 명중시켰다. 그 애가 아파 움찔하자 다른 애들도 나의 돌팔매질을 피하려고 여기저기로 도망갔다. 바보 같은 그 겁쟁이들이 길 저쪽으로 도망가는 것을 보고 나는 아주 통쾌하여 큰 소리로 웃었다. 한 여자애한테 동네 불량배 남자애들이 도망가다니 얼마나 우스운 일인가? 이전에는 내가 이렇게 센 줄 전혀 몰랐겠지만, 이젠 두 번 다시 남자 애들이 나를 놀려대지 못하리라. 하지만 가족에게는 내가 그렇게 거칠게 남자 애들을 쫓아낸 것에 대하여 말하지 않았다. 왜냐하면, 계집애인 나의 그런 행위를 가족이 알면 놀랄 것이기 때문이었다. 나는 빨리 손바닥의 먼지를 털어냈다. 그 불량배들이 다시 돌아오지 않나 하고 고개를 들어 길 저편을 바라보앉을 때 택시가 도착했다.

　나는 집안으로 달려 들어가며 '택시가 왔어요!' 하고 소리쳤다. 나는 문을 열며 목청껏 '택시가 왔어요. 빨리 나오세요!' 하고 말하였다.

　식구들이 모두 바삐 움직이며 여행가방 등을 들고 나와 차 트렁크에 실었다. 깡마른 택시 기사는 택시에서 내려와 큰 소리로 우리를 재촉했다. 엄마는 사람을 정면으로 바라보지 말라고 나에게 일렀지만, 나는 택시 기사 얼굴을 찬찬히 살펴봤다. 그는 주름투성이인 얼굴에 야위고 피곤에 지친 모습이었다. 그는 울퉁불퉁한 손을 실밥이 다 뜯긴 누더기 바지에 습관적으로 비벼 대고 있었다. 그는 분명히 가난에 찌든 사람일 것이다. 바그다드 사람들은 대부분 가난한 사람이라는 것을 나는 알고 있었다.

　나는 아빠, 엄마 그리고 외삼촌을 차례로 쳐다봤다. 비록 우리 집도 가난하긴 했지만 우리는 옷을 깨끗하고 단정하게 차려 입고 있었다. 구멍이 나거나 찢어진 곳은 잘 꿰매져 있었다. 나는 밝은 핑크빛 드레스를 입고 있었다. 대부분 아랍계 바그다드 사람들은 검정이나 짙은 청색 등 어두운 색깔의 옷을 입었으나 우리 쿠르드인은 그렇지 않았다. 우리는 밝은 색깔을 선호했다.

　내가 입은 핑크 드레스는 깨끗이 세탁하고 정성껏 다리미질까지 되어있어서 비록 새 옷은 아니었지만 새 옷처럼 보기 좋고 향기까지 나는 듯 했다. 엄마는 집안 살림을 더할 나위 없이 잘 했다. 엄마는 집안을 항상 깨끗하게 유지했고 식구들 옷은 언제나 정결하게 입혔기 때문에 우리 이웃들은 우리가 가난하다는 것을 몰랐으며 그 때문에 많은 시샘을 받기도 했다.

택시가 낡아 택시 기사는 트렁크를 닫는데도 힘들어 했다.

"택시가 한쪽으로 기울었어요."

나는 택시 기사에게 알려줬다. 택시 기사는 내 말을 듣고는 택시 앞에서 택시를 전체적으로 살펴보더니 실어 놓은 짐을 이리저리 옮겨 보라고 큰 소리로 지시했다.

택시 바퀴는 어린 내 눈으로 봐도 빈약하게 보였지만, 나는 그 말을 입 밖에 내지 않았다. 왜냐하면, 그렇게 하면 엄마는 그 차를 보내고 새로운 차를 부를 것이기 때문이다. 그렇게 되면 작년 8월 술래마니아에서 돌아 온 다음 날부터 기다리고 기다리던 여행이 또 늦어질 수 있기 때문이었다. 모든 준비가 끝나자 택시 기사는 '이제 출발이요.'라고 외치며 앞좌석에 앉았다. 엄마와 무나 언니와 나는 뒷좌석에 앉았다. 아지즈 외삼촌도 뒷좌석 내 옆에 앉았고 나를 좌석 가운데 쪽으로 슬쩍 밀었다. 외삼촌은 장거리 버스 정거장까지만 동행하고 술래마니아에는 가지 않기로 되어 있었다.

내가 태어났던 1962년에 아지즈 외삼촌은 술래마니아 대학생이었는데 쿠르드인이라는 이유로 보안당국에 체포되었다. 그때 받은 혹독한 고문 때문에 외삼촌의 인생은 크게 바뀌었다고 한다. 고문의 후유증으로 북쪽 지방에서 살 수가 없게 되자 외삼촌은 바그다드로 올라와 누이인 우리 엄마 집에 와서 같이 살게 되었다. 고문을 받은 지 꽤 많은 세월이 흘렀는데도 외삼촌은 아직도 후유증에 시달리며 말을 하려 하지 않거나 방에서 일체 나오지 않는 등 이상한 행동을 하곤 했다. 물론, 대학에 계속 다니거나 직장을 갖는 것은 생각도 못했다.

그러나 가족들로부터 사랑을 받았고 막내인 나에게는 소중한 소꿉친구였다.

우리가 술래마니아 외갓집에 가서 외할머니와 그 곳 사촌들과 지내는 동안 외삼촌은 우리도 없는 바그다드에 남아 있게 되었다.

택시 기사가 바쁘다며 우리를 독촉하자 라드 오빠와 사드 오빠는 잽싸게 운전수 옆 앞좌석에 앉았다. 택시가 막 출발하고 나서야 나는 아빠에게 작별인사를 하지 않은 것이 생각났다.

아빠가 우리와 함께 술래마니아 외갓집에 가는 경우는 드물었다. 아빠는 쿠르드인이 아니었으며, 설령 쿠르드인이라 할지라도 가난한 가정을 이끌어가기 위해 바그다드에 남아 계속 일을 해야만 했다. 불쌍한 우리 아빠. 차가 출발하자 나는 몸을 비틀며 차창 밖으로 아빠를 바라봤다. 아빠는 우리를 보며 눈가와 입가에 미소를 띠고 있었다.

내가 아빠를 쳐다보았을 때 아빠는 몸을 구부려 땅에서 무엇인가를 집었다. 아빠의 머리는 많이 빠져 남은 머리털을 기름을 발라 머리에 붙여 놓았다. 택시에 우리의 여행 짐을 모두 싣는 데 힘을 써 땀이 많이 났던 모양이었다.

나는 아빠의 건강에 대하여 왠지 불안한 감이 들면서 갑자기 배가 거북해 지는 것을 느꼈다. 그러나 우리가 탄 택시는 이미 한낮의 바그다드 교통체증을 뚫고 시내로 진입하고 있었고 나는 서서히 아빠에 대한 생각을 잊었다.

다른 도시와 달리 바그다드는 조그마한 동네에서 발전된 것이 아니라 철저히 도시 계획에 따라 건설되었다. 762년 알만스르 왕은 티그리스 강 서안에 원형 도시를 만들었다. 중심부에 왕궁을 건설하고 그 주위에 군대가 거주하고 그 바깥으로 일반 시민이 살도록 구역을 정했다. 그러나 현재의 바그다드는 옛 아름다움은 다 잃어버리고 사방으로 무계획하게 확장되었다. 몇 개의 간선도로 밖에 없어 바그다드는 항상 북새통이었다.

우리가 탄 택시는 인파와 당나귀 수레, 다른 자동차 등으로 가득 찬 도로를 겨우 겨우 빠져 나갔다.

거리에는 형형색색의 서양 제품 선전 현수막들이 걸려 있었고, 다른 현수막들은 4년 전인 1968년에 집권한 바트당Baathist Party의 활동으로 이라크 국민이 얼마나 혜택을 입고 있는가를 구구히 선전하는 내용이었다. 나는 라드 오빠가 바트당을 가리켜 '돌아온 아이'라고 농담하는 것을 들은 적이 있다. 바트당이 1963년에 집권하였으나 그들의 무능과 무질서로 곧 실각하였다가 5년 후에 다시 집권하였기 때문이다. 그러나 이번에는 집권당이 제대로 자리를 잡았다고 누구나 생각하고 있었다.

나는 비록 정치를 이해하기에는 아직 어렸지만 나의 집안에 죽음을 불러오고 아빠의 사업을 망하게 한 1958년의 이라크 혁명이 가져 온 그 파괴적인 결과는 알고 있었다. 내 나이 또래의 어린이들보다 훨씬 생각이 깊은 나는 이라크 신정부에 대한 낙관적인 분위기를 알고 있었다.

어른들은 이라크에서 정권 교체 때마다 일어나는 무질서와 혼란의 종식 말고는 다른 기대는 없었다. 그러나 우리가 술래마니아로 여행을 가던 그 무덥던 7월까지만 해도 누구도 바트당이 전 이라크 국민에게 가져올 그 끔찍한 테러는 상상도 못하고 있었다. 전에는 술래마니아에 갈 때, 바그다드에서 키르쿠크Kirkuk까지는 기차로 그 곳에서 술래마니아까지는 버스로 여행을 했으나, 이번에는 여행 경비를 줄이려고 바그다드에서 술래마니아까지 버스로 이동하기로 했다.

택시는 바그다드 중심부에 위치한 나흐다 버스 터미널에 도착했다. 오빠들과 외삼촌이 택시에서 여행 가방들을 빼내어 길에 쌓아 놓을 즈음 다른 여행객들도 속속 도착했다. 그 때부터 터미널은 북새통이었다. 한 짐꾼에게 몇 닢을 주자 그는 우리 짐을 날라 주었다. 우리는 승객을 기다리며 대충 주차되어 있는 술래마니아 행 미니버스가 있는 곳으로 바삐 움직였다.

바로 그때 짙은 콧수염을 뺨 양쪽으로 늘어뜨린 대머리 버스 기사가 우리 앞으로 다가 왔다. 그는 유난히 친절히 굴며 자기는 워낙 운전 경험이 많아 다른 기사보다 1시간은 빨리 술래마니아에 도착할 수 있다고 우쭐대며 자기 차에 탈 것을 강요했다. 더욱이 그 기사는 12살 이하의 어린이는 무료 탑승이라며 선심까지 썼다. 우리는 당시 돈이 궁핍했으므로 기꺼이 그 버스에 올라탔다. 나는 또래에 비해 작고 가냘파서 12살 아래로 무료 탑승이 확실했다. 무나 언니도 매우 작아서 12살로 통할 수도 있었으나 엄마는 천성적으로 거짓말을 할 줄 몰랐다.

우리가 탄 낡은 버스가 서서히 터미널을 빠져 나와 복잡한 바그다드 거리로 다시 진입하였다. 버스가 바그다드 시장과 굴뚝 공장이 대부분 밀집해 있는 상업지역을 통과하여, 엄마의 고향인 술래마니아로 연결되는 키르쿠크로 통하는 4번 고속도로에 접어들었다.

버스는 25인승이었으나 오늘 승객은 겨우 11명이었다. 엄마와 라드 오빠는 이상하다고 수군거렸다. 라드 오빠가 운전수에게 왜 승객이 많지 않은지 그 이유를 묻자 운전수는 걱정 말라는 듯 씩 웃었다. 무나 언니는 입가에 살짝 미소를 지으며 "자리가 넓어 더 좋지 않아요?"라며 낮은 소리로 말하였다. 언니 말이 맞았다.

무나 언니는 천성이 소심하고 겁이 많아 집안 식구들은 누구나 언니를 보호해야한다고 생각하였다. 무나 언니와 쌍둥이인 사드 오빠는 정 반대로 검은 피부에 건강하고 의욕적이었다. 반대로 무나 언니는 도자기처럼 창백하고 유순하고 또 유약해서 사람들은 이 둘이 쌍둥이라고 하면 모두 거짓말인줄 알았다. 물론 이 쌍둥이 남매가 태어 날 때 나는 이 세상에 아직 없었지만, 그 때의 이야기를 여러 번 들었다.

엄마가 세 번째 임신했을 때 담당 의사를 포함해서 어느 누구도 쌍둥이를 임신하고 있다고 생각하는 사람이 없었다고 한다. 엄마가 산고를 시작하고 몇 시간 후에 유난히도 무표정한 얼굴의 간호사가 나타나 크고 건강한 사내아이를 아빠에게 안겨 줬다. 둘째 사내아이가 태어났다고 모두가 기뻐하고 있을 때, 닫힌 문 저 안쪽에서 또 다시 들려오는 엄마의 찢어지는 고통 소리에 식구들은 모두 깜짝 놀랐다고 한다. 엄마의 고통 소리가 멎자 이제는 무표정하지 않고 흥분하여 상기된 얼굴로 그 간호사가 분만실에서 나와 아빠에게 두 번째 아이를 안겼다. 거기 모인 사람들이 모두 간호사가 넘긴 그 작은 애를 일시에 바라보자, 그 간호사는 이 애가 방금 전 사내아이의 쌍둥이라고 선언하였다. 첫 번째 아이는 두 번째 아이보다 두 배는 컸다. 누구도 간호사의 말을 믿으려 하지 않았다.

술래마니아에서 온 친척들은 간호사가 엄마에게 쿠르드인이라고 악의에 찬 농담을 하고 있다고 비난하기까지 하였다고 한다.

그러나 간호사는 농담을 한 것이 아니고 분명 그들은 쌍둥이였다. 무나 언니는 너무 작게 태어나 몇 주일을 병원에 더 있어야 했고, 퇴원하여 집에 온 뒤에도 살 수 있을 것이라고 의사가 보장하지도 않았다. 의사는 엄마에게 최소 몇 달 동안은 무명천으로 애를 둘둘 말아 투명한 피부를 보호하라고 일렀다.

그녀의 피부는 너무 약해 스치기만 하여도 피가 나올 정도였다. 인형보다도 작은 갓난아기에게 맞는 옷은 이라크에 없었으므로 천으로 둘둘 말 수 밖에 없었다. 나는 무나 언니를 무척 좋아했고, 비록 내가 네 살이나 어린 동생이지만 언니를 이 모질고 거친 세상으로부터 보호해 주어야한다는 생각을 하였다.

버스가 바그다드 시내를 빠져 나오자 승객들은 졸거나 무심히 차창 밖을 내다 봤다. 천성적으로 호기심이 많은 나는 승객들의 표정을 하나하나 살펴봤다. 두 명의 쿠르드 남자가 버스 앞좌석에 조용히 앉아 있었다. 전통적인 독특한 터번과 헐렁한 바지로 보아 나 같은 쿠르드인이 틀림없었다. 그들은 내가 로맨틱한 감정을 느끼고 있는 '페쉬메르가peshmerga'라고 불리는 쿠르드 자유전사가 아닐까 싶었다. 물론 그들이 페쉬메르가라 할지라도 그들은 그 사실을 철저히 숨길 것이다. 왜냐하면, 그 당시 이라크에서 페쉬메르가라고 체포되면 자동 처형될 것이기 때문이다.

그 둘 중 한 명은 넓은 어깨와 역도 선수 같은 우람한 팔을 소유한 기골이 장대한 청년이었다. 우람한 신체와 달리 초롱초롱한 그의 눈망울과 친절한 자세가 포근함을 느끼게 하였다. 그의 검정 곱슬머리 끝 부분이 터번 밑으로 나와 목까지 내려와 있었다.

두 번째 사람은 좀 나이가 들어 보이고 체구는 작았으나 강인해 보였다. 그의 쳐지고 주름 잡힌 눈꺼풀이 특이했으나 표정은 밝고 명랑했다. 다른 네 명의 승객은 부부와 그들의 아이 두 명이었다. 그들의 의복으로 보아 그들이 아랍계 이라크인임을 알 수 있었다. 남편은 이라크 남자들이 주로 입는 무릎까지 내려오는 '디쉬다쉬'를 입고 있었고, 부인은 청색 드레스에 검정 망토를 입고 있었다. 두 애들은 서양식 옷을 입고 쿠르드 옷을 입은 우리들을 이상한 듯 쳐다보고 있었다.

우리 가족 중 엄마와 나만은 보통 때에도 일상복으로 쿠르드 옷을 입었으나 그 날 우리 가족은 모두 가장 좋은 쿠르드 전통 복장을 하고 있었다. 라드와 사드 오빠는 넉넉한 쿠르드 전통의 상의와 바지를 입고 있어 위풍당당하게 보였다.

머리에는 '크로'라고 부르는 쿠르드 전통 모자를 썼고 발에는 '크라쉬'라고 부르는 전통 신발을 신고 있었다. 우리 세 명의 여자들은 밝은 색의 쿠르드 전통의상을 입었다. 나는 내가 좋아하는 짙은 핑크빛 옷을, 무나 언니는 하늘색 옷을, 엄마는 햇빛을 상징하는 노란색 옷을 입고 있었다.

우리 두 딸들은 머리 위에 아무 것도 쓰고 있지 않았으나 엄마의 검정 머리는 가장자리에 코인이 박힌 스카프로 가려 있었다.

그들과 친해지고자 엄마는 그 아이들에게 대추야자 과자를 주려했다. 그러자 그 애 엄마는 과자에 독이 들어 있다고 생각했는지 애들의 손을 확 잡아끌며 엄마에게 퉁명스럽게 '주지 마세요.'라고 말했다. 놀란 엄마는 뒤로 움찔했다. 나는 아랍계 이라크인은 쿠르드인을 증오한다는 사실을 이미 알고 있었으나 그녀의 무례함에 새삼 놀랐다. 엄마는 냉정을 찾고 대추야자를 우리 자녀들에게 나누어 주었다. 나는 너무 모욕을 느껴 앙갚음을 하려는 요량으로 그 대추야자가 얼마나 맛있는가를 과시하기위해 일부러 우적우적 소리를 내며 먹었다. 나는 그 아랍 애들이 자기네 부모를 원망스럽게 바라보는 것을 보고 어느 정도 쾌감을 느꼈다.

두 쿠르드인 승객 중 나이 많은 이가 웃으며 주위를 둘러보더니 모든 어린이에게 삶은 과자를 나누어 주었다. 이번에는 아랍 꼬마들이 잽싸게 그 과자를 받아 종이를 풀고 과자를 입안에 넣었다. 그 동작이 너무 빨라 그 부모도 말릴 틈이 없었다. 나는 그 애들 부모의 놀란 표정이 하도 괴이해 큰 소리로 웃었다. 아무 소리도 안하던 젊은 쿠르드인도 따라 웃었다.

술래마니아까지의 여행은 9시간 정도 걸릴 것이다. 술래마니아까지 가는 승객은 우리 가족뿐이었다. 아랍 가족은 한 두 시간 거리인 수니 촌에서 내릴 것이며, 두 쿠르드인은 키르쿠크 외곽 마을에서 내릴 거였다.

그날은 유난히도 더웠다. 차안에는 큰 파리가 날아 다녀 나는 그것을 잡으려고 두 손을 바쁘게 놀렸다. 내가 막 잠 들려고 했을 때, 그때까지 친절하던 그 아랍 버스 기사가 갑자기 성난 소리로 '이 쿠르드 놈들아, 뒤에서 좀 조용히 하고 있어. 애들이 시끄러운 소리를 내면 머리가 아프단 말이야!'라고 소리 질러 나는 깜짝 놀랐다. 아마 더위가 그 기사를 돌게 했다고 생각하였다. 아무런 소리도 내지 않고 조용히 있었으나 모욕감을 느꼈다.

나는 자랑스럽게 머리를 쭉 들고 그 아랍계 가족을 쳐다보았다. 그 부부는 서로를 쳐다보았다. 엄마와 내 형제들은 아무 말도 하지 못할 사람임을 나는 알고 있었다. 나는 손바닥에 손가락만 누르고 있었다. 이 예기치 못한 사태를 보고서도 도와주지 않는 두 쿠르드 승객을 쳐다보았다. 그들은 차창 밖에 보이는 풍경만 열심히 볼 뿐 운전자와의 언쟁에는 추호도 끼어들 태세가 아니었다. 그들이 정말 페쉬메르가라서 그들의 신분을 감추기 위해 어쩔 수 없이 그럴 수밖에 없었을 것이라고 이해는 하였지만, 그들에게 조금 섭섭한 마음이 드는 것은 어쩔 수 없었다.

바그다드를 떠나기 전에 우리는 북쪽 지방 쿠르드인의 삶이 극히 어려워졌고 위험하기까지 하다고 들어 알고 있었다. 모든 쿠르드인은 사회 불안을 조장하는 불만 세력으로 의심 받고, 이에 관한 가혹한 법률이 제정되었다. 이 법에 의해 망원경을 소지한 쿠르드인은 교수형에 처해지고 허가없이 타자기를 소유하면 체포되어 사법 조치되었다. 카메라만 소지하고 있어도 의심 받고 줌렌즈까지 갖고 있으면 사형까지도 선고되었다. 한마디로 쿠르드인은 누구나 언제든지 체포될 수 있었다. 아랍인이 쿠르드인이 체제를 비판했다고 신고만 하면 설사 그 내용이 사실이 아니라도 자동 체포되어 고문을 받았다.

엄마와 오빠들도 운전자의 횡포가 불만스러웠지만 자리만 뒤척일 뿐 아무 말도 할 수 없었다. 왜냐하면, 그 무례한 운전수는 아랍계였고 우리는 쿠르드인이었기 때문이다.

이번 여행은 처음부터 재수가 옴 붙은 것이다.

버스는 바그다드 교외의 갈색 벽돌집 몇 채가 있는 마을에 도착했다. 아랍계 가족들은 그 곳에서 내렸다. 그들은 가방 두 개와 자기 소지품들을 챙겨 인사를 해도 쳐다보지도 않고 우리 앞을 지나 차에서 내렸다. 운전수에게는 감사하다는 인사를 과도하게 하면서….

나는 분개하여 속이 부글부글 끓어올랐다.

그 마을은 궁핍한 이라크 촌민이 모여 사는 전형적인 마을이었다. 모래색깔 벽돌로 지은 똑같은 모양의 일층 가옥이 대부분이었다. 평평한 지붕에는 어느 집이나 할 것 없이 옷들을 말리고 있었고, 집 주위에는 녹슨 철제 의자만 몇 개 있었다.

그 불친절한 아랍계 가족이 내려버리니 나는 속이 다 시원했다.

그 후 얼마 지나지 않아 우리가 탄 버스는 조그맣고 지저분한 주유소에 잠깐 정지하였다. 커디스탄 쪽에 다가갈수록 기름은 귀해졌다. 왜냐하면, 정부는 쿠르드 지역에는 기름을 극히 제한하고 있었기 때문이었다. 운전수는 기름을 얻기 위해 쿠르드 소년들이 플라스틱 병에 기름을 팔고 있는 노점에 자주 들려야만 했다.

점심때까지는 차안에 있는 사람들 대부분이 잠을 잤다. 잠시 후 엄마는 우리들을 깨우고 닭고기 샌드위치와 노점에서 구입한 환타 오렌지를 나누어 주었다. 동승한 두 쿠르드인에게도 나누어 주자 그들은 고맙다는 인사를 잊지 않았다. 운전수는 샌드위치가 마치 이물질에 오염이라도 된 마냥 먹기를 거부하였다.

평평한 흙길을 지나 협곡을 이어 주는 철제 다리를 통과할 때 나는 푸른 봉우리가 연이어 이어지는 산맥의 아름다움을 처음으로 느꼈다. 이제 우리는 아늑하고 행복감을 느끼게 해줄 커디스탄으로 들어가게 될 것이다. 나는 그때 어린 나이였지만 우리는 쿠르드인이지 바그다드인이 아니라는 것을 알고 있었다. 동승한 두 쿠르드인이 미소 짓는 것을 보고 '나는 커디스탄을 사랑한다.'라고 혼자서 마음 속으로 말하였다. 그 뒤로 아랍계 운전수는 도도한 표정을 지으면서도 말은 하지 않았다.

이라크 북쪽 지방을 그의 본래 이름인 커디스탄이라고 부르는 것은 법으로 금지 되어 있었다. 그러나 나같이 조그마한 계집애는 체포될 것 같지 않아 좀 용감스러워질 수 있었다. 게다가 이제 얼마 안 있으면 아미나 외할머니 집에 도착하게 될 것이고 이 지루한 여행은 끝날 것이다.

버스 운전수는 버스가 커디스탄 산자락으로 들어서자 태도를 바꿨다. 놀랍게도 그는 버스에 장착되어 있는 레코더에 쿠르드 민요를 크게 틀고 우리에게 따라 부르라고 권유하기도 했다. 바그다드에서 가끔 라디오에 쿠르드 민요가 나오기는 하지만, 쿠르드 민족 감정을 고취할 우려가 있다고 하여 듣거나 부르는 것을 금지하고 있었다.

동승한 쿠르드인 중 나이 많은 이가 노래를 따라 부르는 체했다. 나는 그가 분위기를 깨지 않으려고 노래를 따라 부른다고 생각했다. 그가 노래 부르는 것을 이해하였다. 그러나 나는 그 무례한 운전수의 권유가 미워 노래를 따라 부르지 않았다.

커디스탄 경계를 넘어 들어 간지 한 시간도 안 되어 차는 정지했고 두 쿠르드인은 차에서 기쁜 듯이 내렸다. 그들은 양 손을 가슴에 대고 우리를 향해 정중히 인사를 했다. 그들은 산기슭에 자리 잡은 마을로 급히 걸어갔다. 그 산골 마을은 집과 집사이가 너무 가깝고 지붕들이 너무 낮아 마음만 먹으면 산을 오르는 징검다리로 사용할 수도 있을 것 같았다.

버스는 계속 달렸다. 우리가 그 후덥지근한 버스에 탄지도 여섯 시간이 흘러 몸이 녹녹해지고 마음도 지쳐가고 있었다. 그때 버스가 간선 도로에서 갑자기 벗어나고 운전수는 버스가 곧 정지할 것이라고 말했다.

엄마가 쿠르드어로 운전수에게 '왜 정지해요? 어디로 갈려고 해요?'라고 큰 목소리로 물었다, 운전수는 대답하지 않았다. 엄마의 아랍어는 서툴렀으므로 라드 오빠가 아랍어로 엄마의 질문을 되풀이 했다.

운전수는 머리를 흔들며 힘없이 '픽업이든 정규 노선이든 술래 마니아에 갈 차가 필요해요'라고 말했다. 라드 오빠가 엄마에게 통역해 주자, 엄마는 이마를 찌푸리며 입술을 씰룩거렸다. 엄마는 차가 간선 도로에서 예기치 않게 벗어나 정지한 것에 대하여 못 마땅해 하였다.

그 지선 도로는 포장이 되지 않아서 바퀴 밑으로 흙먼지가 일었다. 먼지는 열린 창문으로 들어와 모두가 연신 재채기를 하였다. 라드 오빠가 자리에서 일어나 엄마 자리로 가 막 엄마와 상의하려고 할 때, 놀랍게도 총소리가 났다. 운전수가 브레이크를 급히 밟자 나는 이마를 앞좌석 후면에 받았다. 라드 오빠는 획 쓰러질 듯하다가 간신히 중심을 잡았다. 그러곤 급히 자리에 앉아 가쁜 숨을 몰아쉬었다.

내가 놀라 엄마를 쳐다보자 엄마는 자기한테 오라고 손짓했다. 나는 엄마에게 잽싸게 다가가 창밖을 봤다. 총을 들고 굽어진 길을 따라 소리 없이 버스로 다가오는 사람들이 보였다. 도대체 무슨 일일까?

갑자기 '차에서 다 내려!'하는 소리가 들려 왔다. 버스 운전수가 제일 먼저 내리고 우리가 그 뒤를 따랐다. '노상강도예요.'라고 라드 오빠가 엄마에게 낮은 목소리로 말했다. 노상강도라고! 우리가 약탈당한다고? 내 심장이 터지는 것 같았다. 무장 강도 다섯 명이 우리를 무섭게 쏘아 보았다.

이라크에서는 대부분이 극도의 가난에 시달리고 있었고, 사회 구석구석에 도둑과 강도들이 득실거렸다. 쿠르드인조차 강도로 연명하는 사람이 있었다. 더욱이 우리를 총구로 위협하고 있는 이 강도들은 아랍계였다. 그들이 우리에게 동정심을 갖고 있을 리 만무하다. 설령 우리 아빠가 순 아랍계 혈통을 가졌다는 사실을 안다 할지라도. 오히려 그 사실을 알면 우리를 더 미워할 것이었다.

강도 중 한 명이 운전수와 이야기하는 것을 듣고 우리는 운전수가 강도와 한 패거리라는 것을 알았다. 운전수는 이라크를 여행하면서 적당한 승객을 꾀어 강도들과 사전에 약속한 한적한 장소로 승객을 유인하는 것이 그의 임무였다.

강도들이 자기네끼리 하는 말을 듣고 우리는 그들이 실망하고 있음을 알았다. 그들은 돈 많은 승객을 기대하고 있었다. 그러나 그들이 우리를 약탈하려고 하는 것은 확실했다. 나는 파티마 고모가 사준 나의 그 귀여운 인형 말고는 다른 생각은 나지 않았다. 파티마 고모는 아빠의 동생으로 정부 고위 관리를 지낸 명석한 여성이었다. 그렇게 예쁜 인형을 우리 가족은 처음 보았다. 그 인형은 검정 자기로 만들어졌고 긴 속눈썹을 갖춘 아름다운 얼굴을 하고 있었다. 그 인형은 가벼운 초록색 실크 옷을 입었고 더욱 좋은 것은 그에 맞는 속옷도 입고 있었다. 인형이 너무 예쁘고 소중해서 엄마는 박스에 잘 보관하다가 특별한 날에만 보라고 나에게 말했었다. 이번에도 여러 날 동안 엄마에게 애원하여 간신히 가져 왔던 것이다. 커디스탄의 사촌들에게 자랑삼아 보여 주려고…. 저 강도들이 내 인형도 빼앗아 갈 것인가?

나는 엄마를 올려 보았다. 그리고 엄마는 내 인형보다 훨씬 더 중요한 것에 대하여 심히 걱정하고 있는 것을 눈치 챘다. 엄마는 우리의 안전을 걱정하고 있었다. 엄마는 무나 언니를 끌어 팔로 감쌌다. 무나 언니는 어렸을 때부터 예쁘다고 칭찬이 자자했다. 무나 언니는 예쁜 금발, 매끈한 피부, 날씬한 몸매 등 나무랄 데가 없었다. 엄마는 강도들이 아직은 어리지만 그래도 언니를 탐낼까봐 걱정하고 있었다. 그리고 엄마는 라드 오빠와 사드 오빠에게 반항하지 말라고 강력히 신호를 보냈다.

엄마는 강도들이 특히 체격이 좋은 라드 오빠가 반항할 거라고 생각하여 오빠를 해칠까봐 걱정하고 있었다. 라드 오빠는 아직 성인은 아니었지만 키가 여섯 자가 넘어 강도들을 아래로 내려 보고 있었다. 강도들이 오빠가 도서관에서 책을 보는 학생이 아닌 군인으로 생각하고 있는지도 모를 일이었다. 사드 오빠 또한 위험할 수 있었다. 나이는 어렸으나 그 역시 키가 라드 오빠처럼 컸고, 뜨거운 심장과 과격한 마음의 소유자였기 때문이다.

내가 곁눈질로 살펴보니 그는 화가 나서 근육을 긴장시키고 있었다. 그러나 강도들은 딴 데 정신이 팔려 있었다. 그들은 운전수가 이렇게 가난뱅이 승객들만 데려 온 것에 대하여 화를 냈다. 우두머리로 보이는 키가 제일 작은 강도는 총구를 운전수의 입에 들이대며 위협하였다. 운전수는 겁에 질려 한 바퀴 돌고 풀이 자란 길가로 비켜섰다.

우두머리 강도가 총을 길에 대고 난사하자 모두 겁에 질렸다. 자기 발 아래로 총이 난사 되는 것을 보고 놀란 운전수는 버스 위에 실은 우리 여덟 개의 가방을 가리키며 '저 짐들을 뒤지면 좋은 게 있을지 몰라요. 분명히 저 쿠르드 놈들은 가치가 있을 거요.' 라고 애원하듯 소리쳤다. 나는 너무 놀라 입이 다물어지지가 않았다.

강도 우두머리가 부하 두 명에게 우리 짐을 차에서 내리라고 지시했다. 나는 내 인형이 걱정되어 가슴이 철렁했다. 그 두 명의 강도는 총을 차에 기댄 다음 서로 도와 차 지붕 위로 올라가서 우리 짐을 땅으로 내렸다. 그리고 우리 가방을 하나하나 뒤져 귀중품을 찾기 시작했다. 귀중품은 아무것도 나오지 않았다. 그들은 실망하여 우리 짐을 내팽개쳤다. 운전수는 어쩔 수 없다는 듯 어깨를 으쓱하며 '저자들은 쿠르드 놈들이야. 우리가 뭘 기대하겠어요?'라고 말하였다. 비난 받아야 할 사람이 마치 우리라도 되는 것처럼 운전수는 우리를 째려 봤다.

강도 중 한 명이 엄마에게 돈을 어디에 두었는지 물었다. 엄마는 손가방에서 동전을 모두 꺼내어 땅에 놓았다. 엄마는 커디스탄에 갈 때 돈은 가져가지 않았다. 왜냐하면 외갓집에서 모든 것을 부담해주었기 때문이다. 그때 나의 인형이 땅에 내동댕이쳐 있는 것을 보았다. 나도 모르게 비명 소리를 냈고, 엄마가 제지하는 것도 뿌리치고, 인형을 집으려 급히 다가갔다. 인형을 집어 살펴보니 얼굴에 상처가 조금 나고 옷에 흙이 묻은 것 말고는 괜찮았다. 운전수가 내게 다가와 나를 때리려고 손을 치켜들자 우두머리가 내버려 두라고 말했다. 나는 재빨리 엄마 뒤편으로 달려가 숨었다.

강도들은 우리 짐 중 새 옷과 친척에게 줄 선물들을 고른 다음 차에 올라탔다. 그들은 우리의 가난을 욕하고 불평했다. 그들에게는 우리가 시간 낭비였던 거다. 운전수는 '이 멍텅구리 쿠르드 놈들아!' 하며 자기를 믿은 우리를 조롱하였다. 강도들은 우리를 그 곳에 버려두고 차를 몰고 가버렸다. 차가 먼지를 뿌옇게 내며 사라져 버리자 나는 우리에게 벌어진 일이 슬퍼 소리 내어 울기 시작했다.

엄마는 자기 새끼들이 다치지 않은 것만으로도 다행이라는 눈치였다. 사람들이 보이지도 않는 외진 산골에 먹을 것도, 마실 것도, 타고 갈 차마저도 없는 데 전혀 걱정하지 않았다. 나는 주위에 울창한 숲을 보며 울었다. 저 속에는 늑대, 여우, 이리, 야생 고양이들이 득실거릴 것이라고 걱정했다. 그리고 뱀도….

분명 저 숲에는 독뱀이 있을 거야. 두 해 전 커디스탄 친척 중 개구쟁이 사촌 하나가 뱀을 나뭇가지에 들고 나에게 놀려댄 후 나는 뱀을 가장 무서워하게 되었다. 엄마와 오빠들은 길에 버려진 옷가지들을 주워 모았다. 강도들은 우리의 가방 중 가장 낡은 가방 세 개는 가져가지 않은 것이다.

엄마는 '근처에 마을이 있을 거야.'라며 무거운 침묵을 깼다. 라드 오빠는 우리가 온 쪽을 가리키며 '간선도로가 이곳에서 멀지 않아요.'라고 말하였다.

사드 오빠는 아직도 화가 안 풀려 아무 말도 못했다. 무나 언니는 나처럼 울기 시작했다.

라드 오빠와 사드 오빠는 세 개의 큰 가방을 어깨에 메고 풀과 돌멩이가 있는 길 가를 피하여 길 중앙으로 걸어 나갔다. 나는 혹시 독뱀이 나올까 무서워 양 옆에 엄마와 무나 언니를 두고 한 가운데에 서서 내 인형을 가슴에 품고 걸어갔다. 무나 언니는 울기를 그치고 이제 좀 무거워진 내 인형을 대신 들고 갔다.

칠월의 태양은 너무 뜨거웠다. 목이 마르고 혀가 부어오르고 입술이 탔다. 우리가 가져온 물은 가버린 차 속에 있었다. 커디스탄 산속에는 시원한 약수가 있을 테지만 어디에 숨어 있는지 찾아갈 상황도 아니었다. 나는 외할머니가 외갓집에서 시원한 약수에 얼음을 띄워 만들어 주신 포도 주스 생각만 간절했다. 세상에 그 어떤 것도 그 포도 주스만큼 맛있는 것은 없으리라. 나는 배도 고팠지만 닭고기 샌드위치는 생각할 수도 없었다. 차와 함께 없어졌으므로. 나는 또 외할머니가 만들어 주셨던 신선한 야채와 치즈가 든 그 맛있던 빵을 한 입만 먹었으면 원이 없겠다고 생각하였다.

내 다리가 풀려 휘청거렸다. 한 발자국도 움직일 수 없을 때 길 저편에서 엔진소리가 들려 왔다. 농부가 탄 빨간 트랙터 한 대가 언덕진 길 등성이에서 우리에게 다가 왔다. 그의 옷차림으로 보아 그가 쿠르드인임을 알았다.

그 농부는 우리를 보고 깜짝 놀라며 엔진 소리를 작게 하여 천천히 다가 왔다. 우리를 의심스러운 듯 쳐다보며 '무엇 하는 사람들이요?'하고 물었다. 사드 오빠가 다가가 우리의 상황을 이야기했다. 농부는 의심을 풀고 우리를 진정 동정했다. 라드 오빠가 우리 가족 내력을 이야기하자 그 농부가 우리 형부의 작은 아버지라는 것을 알게 되었다. 얼마나 우연한 일인가! 우리 형부 하디 Hady는 나의 이름을 지어 주었고 그 후 나의 큰언니 알리아 와 결혼했다. 농부는 트랙터에서 내려와 '이제 염려마세요. 트랙터로 우리 집에 가서 며칠 푹 쉬었다 가세요.'라며 우리를 안내했다. 우리는 구조된 거였다.

농부와 오빠들은 우리 짐을 트랙터 한 쪽에 실었다. 우리 다섯 명은 작은 트랙터에 최대한 기술적으로 올라탔다. 나는 엄마와 무나 언니 사이로 비좁게 들어갔고 사드 오빠는 타이어 카버 위로 앉고 라드 오빠는 트랙터 엔진 위에 앉았다.

나는 라드 오빠의 성격을 잘 알았다. 오빠는 우리가 조금이라도 여유를 가지라고 자청해서 뜨거운 엔진 위에 올라탄 거였다. 농부는 시동을 걸고 출발했다. 아직도 우리 등 뒤의 햇볕이 뜨거웠다. 하지만 그 위험한 곳으로부터 우리가 당당하게 트랙터를 타고 빠져 나오는 것을 알고 있다는 듯, 시원한 앞바람이 우리를 반겼다.

나는 라드 오빠를 보며 큰 소리로 웃었다. 오빠는 경주에서 우승한 기수처럼 앞으로 몸을 구부리고 환하게 웃었다.

얼마나 행복한 순간인가! 시원한 바람이 내 머리카락을 휘날리는 것을 느끼며 나는 커디스탄의 공기를 마음껏 마시려고 코를 위로 향했다. 커디스탄의 공기에는 자유의 냄새가 가득 하였다.

자유여!!!

2
순교자의 언덕

술래마니아, 커디스탄

1972년 7월

우리는 농부의 말대로 그 집에서 고마운 마음으로 하루를 보내기로 했다. 그의 집은 큰 감귤나무로 둘러싸인 동화 속에서나 나올법한 조그마한 집이었다.

우리가 먼지를 내며 그 집으로 트랙터를 타고 들어갔을 때, 창문에 드리운 커튼 뒤에서 우리를 엿보는 아이들이 있는 것을 느낄 수 있었다. 하디의 작은 아버지가 자기는 마음씨 고운 아내와 말 잘 듣는 세 딸과 함께 살고 있다고 자랑하였기 때문이다.

농부가 부르자 그의 가족들이 수줍어하면서 우리를 환영해주었다. 나는 트랙터에서 제일 먼저 내려 집으로 들어가면서 이 집에는 쓸 만한 가구가 거의 없다는 것을 알아냈다. 커디스탄의 집들은 크고 작은 것에 상관없이 모두 예쁘고 싱싱한 꽃들로 장식되어 있다.

농부 가족은 '손님은 행운을 가져 온다'면서 우리를 정중히 환영했다.

부인은 음식을 가져 올 동안 편안히 앉아 쉬라고 말했다. 시원한 약수를 건네면서 '손님은 열 가지 행운을 가져오며, 하나를 먹고 열을 남겨 놓는다.'는 말도 잊지 않았다.

시원하고 맛있는 요구르트를 내놓으면서 딸 셋을 부르자, 세 딸은 갓 구워낸 빵과 치즈와 무화과를 큰 쟁반에 담아 왔다. 또한 고기, 양파와 아몬드를 밀가루와 으깨어 만든 '쿠바'라고 하는 전통적인 쿠르드 음식도 가져와 우리에게 권했다. 그들이 건넨 음식을 먹으면서 라드 오빠는 우리가 어떻게 강도를 당하게 되었는가를 자세히 이야기했다.

농부는 활발한 사람이어서 라드 오빠가 말하는 사이사이에 커디스탄 격언을 인용하며 '걱정하지 말아요. 당신 수레가 뒤집어지면 도와줄 사람이 나타나는 법이에요.'라고 우리를 위로하였다. 나는 킥킥 웃음이 나오려 하여 손으로 입을 가리며 재채기가 나오는 척 하자 엄마가 나를 조용히 있으라고 팔을 찔렀다.

농부는 강권하여 우리를 거실에 매트를 깔고 자도록 하고 자기

네 식구들은 마당의 노간주나무와 버드나무 아래에서 잤다. 하디 형부의 작은 아버지인 이 농부보다 더 친절한 사람은 없다고 생각했다. 잠을 잘 자고 다음 날 아침 따뜻한 홍차, 삶은 달걀, 신선한 요구르트, 따끈한 빵을 대접 받았다. 또한 농부는 믿을만한 자기 사촌을 시켜 우리를 술래마니아 외갓집까지 차로 모셔다 드리도록 부탁하였다.

사촌의 차는 외양은 낡고 오래된 것처럼 보였으나, 엔진 성능이 좋아 농부 집을 떠나 도로에 접어들자 제법 빨리 달렸다. 나는 기분이 좋아 농부 집에서 술래마니아 외갓집까지 걸린 두 시간이 시간가는 줄 몰랐다. 차는 산을 오르다가 때로는 굽은 길을 따라 내려가 짙푸른 풀과 아름다운 꽃이 있는 계곡을 지나기도 하였다. 드디어 현란한 색깔로 뒤덮인 그림 같은 술래마니아가 눈앞에 펼쳐졌다.

1780년 술래이만 대장군이 건설한 술래마니아는 해발 900미터에 위치하며, 에메랄드빛을 띤 사발모양의 두 개의 큰 산자락 계곡에 둥지를 튼 아름다운 도시다.

외갓집은 큰 나무가 무성하게 자란 정원을 가진 대 저택 단지 내에서도 제법 큰 저택이었다. 내 기억에 외갓집은 세상에서 가장 아름다운 집이었다. 모든 방에서 정원 가운데 위치한 커다란 분수대를 볼 수 있었다. 엄마가 이렇게 아름다운 집에서 자랐다는 것은 분명 행운이었다. 엄마는 1928년생으로 네 번째 딸로 태어났다.

외할아버지의 이름은 하순 아지즈로 투르크계 부친과 아랍계 모친 사이의 명문가에 태어난 오토만제국의 장군이었다. 반면에 외할머니는 쿠르드인이었다.

외할아버지는 전처와의 사이에 아들 하나를 낳고 외할머니와 재혼한 후 엄마까지 딸만 내리 네 명을 낳았다. 당시 외할아버지의 실망은 매우 컸다고 한다. 딸만 낳는 불행을 어떻게 해서라도 막아보고 싶어서 할아버지는 엄마의 이름을 쿠르드 말로 충분하다는 뜻의 카피아라고 지었었다. 하지만 그 주문은 별 효험이 없어 엄마 밑으로도 딸을 세 명 더 낳은 후에야 아들 두 명을 낳을 수 있었다. 그 중에 막내가 아지즈 외삼촌이며 할아버지의 막내자식인 것이다.

위로 일곱 명의 누나를 둔 집안의 막내아들로서 아지즈 외삼촌이 집안의 사랑을 독차지했다는 것은 당연한 일이었다. 게다가 일곱 딸들이 하나 같이 늘씬하고 흑발의 뛰어난 미인으로 성장했기 때문에 집안의 명성이 온 술래마니아에 자자했다. 내로라하는 명문가로부터의 구애가 끊이질 않았고 하순 장군의 사위가 되는 것이 그 지방 젊은이의 꿈이었다.

엄마는 미모만 출중한 것이 아니라 매우 학구적이어서 당시 쿠르드 여성이 갈 수 있는 최고의 학교까지 진학했는데, 그것은 육년간의 학교교육이었다. 육년간의 학교생활로 학문에 대한 사랑이 대단했던 엄마는 늘 독서를 즐겼다. 그런 엄마의 행복했던 어린 시절은 외할아버지의 죽음으로 뒤틀렸다. 외할아버지는 맹장이 터져 그 독이 온 몸으로 번지면서 돌아가셨다. 그런 외할아버지의 죽음은 누구도 막지 못했으며, 그로 인한 엄마의 뒤틀린 운명도 막을 수 없었다.

그때쯤 할머니는 농아 아들의 적당한 신붓감을 찾아 이라크 전역을 헤매고 있었다. 당시 바그다드의 명문가들은 서로 통혼하는 것이 보통이었지만 부자이고 유럽에서 교육을 받았다 할지라도 신체장애자에게 선뜻 딸을 주겠다는 집안이 없었다. 대부분의 사람들은 귀머거리는 유전되는 것으로 잘못 알고 있었기에 더욱 그러하였다. 할머니는 매파를 전국에 보내어 지방 명문가중 결혼 적령기의 처녀가 있나 조사하였다. 그 매파가 술래마니아의 하순 아지즈 장군의 딸들에 대하여 소식을 듣고 할머니한테 전했다. 당시 엄마는 16살로 결혼 최적의 나이였다. 몇 번의 만남 끝에 외할머니는 두 집안이 결혼하자고 제의했다.

그즈음 엄마는 여러 군데서 구혼을 받았고 그중 한 쿠르드 청년과 결혼을 전제로 은밀히 사랑하고 있었다. 그런데 엄마의 장래에 빨간 불이 켜진 것이다. 엄마는 알지도 못하는 아랍계 청년과 결혼하는 것을 원치 않았다. 게다가 엄마는 아랍계가 쿠르드인에게 갖고 있는 경멸감에 대해 많이 들어 잘 알고 있었기에 아빠와의 결혼을 더욱 원치 않았다. 또한, 농아와의 결혼이라니. 게다가 친정집과 멀리 떨어진 바그다드로 시집가는 것은 더욱 원치 않은 일이었다.

그 당시는 장거리 여행을 거의 못하던 시절이었다. 엄마는 사태를 잘 파악하고 있었다. 바그다드로 시집가면 유배되는 것과 거의 같아서 일 년에 한번 친정식구를 만나면 다행일 것이다. 더구나 엄마는 아랍어를 모르기 때문에 아랍계 시집식구와 산다는 것은 사회적으로 고립되어 있는 거나 마찬가지라 생각했다.

그러나 외할머니의 생각은 달랐다. 외할머니는 이라크 최대 명문가와의 혼사는 아주 좋은 기회라고 생각했다. 그래서 엄마의 의사와는 무관하게 이번 혼사를 진행시킨 것이다. 이렇게 해서 열여섯 살 밖에 안 된 불쌍한 엄마는 다른 선택의 여지없이 낙원과도 같았던 술래마니아를 떠나게 되었다. 생면부지의 사람과 결혼하여 낯선 사람들과 살기 위하여 무덥고 멋도 없는 바그다드로 떠나게 되었다. 엄마는 낙망했지만 그 당시 이라크 여인들은 결혼에 자기 의사를 주장하지 못하고 부모의 결정에 따라야만 하였다. 이런 사연으로 내가 아랍계 아빠와 쿠르드계 엄마 사이에서 바그다드에서 태어났다.

그날 오후 나는 넓은 외갓집에서 인형을 등에 대고 흔들의자에 앉아 쉬고 있었다. 사고 많았던 이번 여행에서 가까스로 외갓집에 도착한지 몇 시간이 안 되어 나는 아직도 심신이 모두 피곤하였다. 엄마와 할머니 그리고 세 이모는 내가 잠든 줄 알고 옆에서 이야기에 열중하고 있었다. 나는 자는 체하며 사실은 그들의 이야기를 다 듣고 있었다.

나는 갑자기 허기를 느껴 눈을 뜨고 엄마한테 과자를 달라고 어리광을 부려볼까 하는데, 마침 우리처럼 외갓집에 오신 아이샤 Aisha 이모가 '언니, 아지즈는 요즈음 어떻게 지내?' 하고 물었다.

내가 좋아하는 아지즈 외삼촌에 대하여 무슨 말이 오가는 것을 듣고 싶어서 나는 서둘러 눈을 감고 자는 척했다. 가족들은 아지즈 삼촌이 체포당하여 고문당한 것에 대하여 좀처럼 말하지 않았다. 내가 계속 자는 척 조용히 있으면 어른들이 말하기를 꺼려하던 삼촌의 그 사건에 대하여 알게 될 것이다. 엄마는 한숨을 쉬고 혀를 끌끌 찼다. 할머니가 엄마를 부르며 독촉했다. 엄마는 다시 한숨을 쉬며 '전과 마찬가지에요. 조안나와 하루 종일 놀거나 기분이 우울하면 나이 nay를 불어요.' 라고 대답했다.

아지즈 외삼촌은 타고난 연주자이고 가수였다. 그는 위에 구멍 여섯 개, 밑에 구멍 한 개가 있는 쿠르드 전통악기인 기다란 나무 피리인 나이를 아주 잘 불었다. 보통 나이는 단순했지만 외삼촌 것은 장식이 예쁘고 질이 좋은 명품이었다.

외할머니는 큼큼하며 목을 가다듬은 다음 '내가 그날 나를 데려다달라고 그 애에게 부탁만 하지 않았다면' 하고 후회스럽게 말했다. '어머니, 그날 시장통에 도로통제가 있을 것을 누가 알 수 있었나요?' 하며 파티마 이모가 외할머니를 위로했다. 외할머니는

'그건 그래. 도로통제가 있었다는 것을 몰랐지. 그러나 소요가 있을 거는 짐작할 수 있었고, 아지즈를 집에 있게 해야 했었어.'라고 말했다.

가장 독실한 신앙의 소유자이며 강한 성격을 가진 아이샤 이모는 '모든 일은 알라의 뜻에 따라서만 일어납니다. 아지즈는 젊고 정의감이 넘쳤습니다. 그가 어머니와 함께 나가지 않았다하더라도 다른 누구와 나갔을 것이고 결과는 알라의 뜻에 따라 일어났을 것이니, 어머니는 괘념치 마세요.' 하며 그날의 일을 할머니가 책임질 필요도, 죄책감을 가질 필요도 없다고 말했다. 할머니는 '그래, 모든 젊은이가 위험했지.'하며 한숨을 쉬었다.

네 살 때 이름 모를 병에 걸리면서 갑자기 동공이 상해 봉사가 되어버린 무니라 이모는 딸에게 줄 스웨터를 뜨느라고 바삐 쇠바늘을 움직이고 있었다. 무니라 이모는 맹인이었지만 뛰어난 미인이여서 쉽게 결혼할 수 있었다. 부부 금실이 좋고 자녀도 많이 두었다. 또한 손재주가 좋아 집안일도 도맡아 하며 매사 긍정적이고 밝았다. 무니라 이모는 '아지즈가 아직 우리 곁에 있으니 알라께 감사드려야 해요. 언제 제다이 쉐단에 갑시다'라고 뜨개질을 계속하며 말하였다. 아무 소리도 나지 않아 나는 한쪽 눈을 살짝 떠보니, 엄마, 할머니와 세 이모는 눈을 한 곳에 고정시키고 입을 꼭 다문 채 돌덩어리처럼 앉아 있었다.

모든 쿠르드인처럼 나도 '순교자의 언덕'이라 불리는 성지가 된 제다이 쉐단에 대하여 들어 알고 있다. 매주 금요일이면 순교자의 친척들은 제다이 쉐단에 가서 죄 없이 그 곳에서 순교한 자를 위로하고 기도하였다. 바그다드 집권세력은 항상 쿠르드를 박해하고 때로 학살을 자행했는데 그 중에서도 최근 제다이 쉐단에서의 학살은 가장 비극적이었다.

내가 태어난 직후 이라크군과 쿠르드 간에 산발적인 충돌이 많았다. 그때 술래마니아를 장악하고 있던 이라크군이 주로 열네 살에서 스물다섯 살의 젊은이들을 포위하여 시 중심부를 지나 시가지가 다 보이는 가장 높은 곳으로 쫓은 다음 삽 한 자루씩을 주어 구덩이를 파게 했다. 구덩이를 파고 있던 젊은이나 이를 지켜보던 일반 시민들 모두 이제 젊은이들이 사살되어 자기가 판 구덩이에 묻힐 거라고 생각하여 두려움과 공포에 싸였다.

구덩이가 다 파지자 군인들은 젊은이들을 그 속에 들어가게 했다. 그리고 군인들은 뒤에 남은 사람들에게 구덩이에 들어간 사람들을 턱까지 흙을 덮도록 시켰다. 그리고 이라크 군인들은 남은 자들을 구덩이에 밀어 넣고 턱까지 흙으로 덮었다. 보이는 풍경은 정말 가관이었다. 땅 위에 사방으로 열 지어 보이는 것은 끔뻑거리는 사람의 머리뿐이었다.

이를 지켜보는 군중들은 괴이하게 생각하면서도 일말의 안도감을 느꼈다. 왜냐하면, 이것은 주민을 학살하는 방법이 아니기 때문이었다. 군중들은 군인들이 묻힌 사람을 한동안 햇빛에 고생

시킨 다음 흙을 파 꺼낸 다음 집으로 돌려 보내줄 것으로 생각했다. 그러나 그때 군 탱크가 올라 왔고 놀랍게도 사령관은 묻힌 사람 머리 위로 그대로 돌진하여 묻힌 젊은이들을 모두 으깨어 버리라고 명령했다.

학살은 그렇게 자행되었으며 현장은 아비규환이 되었다. 탱크가 머리만 내밀고 묻힌 젊은이들을 깔아뭉갠 다음, 군인들은 총을 난사하며 군중들을 해산시켰다. 이라크 당국은 이 끔찍한 학살을 숨기지 않고 오히려 자랑스럽게 떠들고 다녔다. 심지어 학살당한 가족들을 불러 현장을 목도시켜 중앙정부 정책에 찬성치 아니하고 데모하는 자들의 말로를 보여줌으로써 군중들을 통제하려 들었다.

그러나 쿠르드인의 저항은 더욱 거세어졌다. 그 끔찍한 학살 소식이 들불처럼 번져 커디스탄 전역이 분노로 들끓었다. 이라크와 쿠르드 간에 진행되던 평화협상은 깨지고 격앙된 페쉬메르가는 은신처를 박차고 일어나 이라크군을 습격했다. 아리프Abdul Salam Arif 이라크 대통령을 암살시키려는 계획은 실패했지만 쿠르드의 저항은 격렬했다. 쿠르드의 저항이 거세어질수록 이라크군은 바그다드로부터 커디스탄에 더욱 증파되었다. 처음에는 이라크의 폭정을 거부하며 항거에 나선 쿠르드의 전과가 컸다.

이라크와 쿠르드의 충돌이 점차 커지고 전면전으로 번지자 이라크는 페쉬메르가를 훨씬 압도하는 정규군을 커디스탄에 파견하여 페쉬메르가를 쫓아내고 일반 시민들까지 수천 명을 학살하고, 가축을 도살하고, 샘에 독가스를 살포하였으며 모든 집들을 불살랐다. 커디스탄 전역을 사람이 살 수 없는 곳으로 만들어 버렸다.

쿠르드 촌락을 잿더미로 황폐화시킨 다음 이라크는 총부리를 쿠르드 도시로 겨누었다. 그 와중에 아지즈 외삼촌이 테러를 당하였다. 삼촌은 너무 효자여서 할머니가 술래마니아 어느 곳에 데려다달라고 부탁하자 두 말 없이 할머니를 차에 태우고 출발하였다. 이라크 대통령 암살기도 사건 이후 이라크군은 학생을 포함 모든 쿠르드 젊은이를 범인으로 지목하였다. 할머니를 모시고 가던 외삼촌은 새로 설치된 도로 검문소에서 정지당하였다. 삼촌은 페쉬메르가가 아니고 학생이라는 신분증이 확실했지만 아무런 설명 없이 체포되었다. 할머니는 자기 막내아들이 군인들에게 무자비하게 맞으며 군용차에 실려 가는 것을 멍하니 바라볼 수밖에 없었다.

한 친척이 외삼촌의 행방을 겨우 알아내는 데는 몇 달이 걸렸다. 외삼촌은 고문으로 악명 높은 감옥에 있었다. 그가 살아있다고 확인되어 가족은 일단 안도하였으나 그가 당했을 고초에 전율하였다. 그를 석방시키기 위하여 백방으로 노력했으며, 많은 뇌물을 주고서야 집으로 데려올 수 있었다.

가족의 품에 돌아온 외삼촌은 눈이 퀭하고 말도 없었다. 체포

전에 명랑하고 준수하던 외삼촌의 모습은 찾을 수가 없었다. 고문으로 받은 화상자국이나 빠져 없어져버린 손톱 등 고문의 흔적도 많았지만 더욱 심각한 후유증은 보이지 않는 데 있었다. 최소한 처음에는 그러했다. 처음 며칠 동안 삼촌이 말도 일체 없고 방에서 나오려고도 하지 않았다. 식구들은 장기간 체포되어 고문받은 후유증이려니 여겼다. 그것은 곧 극복해 나갈 줄 알았다. 그러나 계속되는 삼촌의 정신분열증을 보고 식구들은 낙담하였다. 삼촌은 이제 감수성이 강한 청년도 집안에 도움을 주는 아들도 또래들과 재미있게 어울리는 친구도 아니었다. 심지어 운동이나 결혼 등에도 전혀 관심을 보이지 않았다. 아지즈 외삼촌은 바깥 세상과 철저히 담을 쌓은 존재였다.

아지즈 외삼촌이 체포되었을 때 어떤 일을 당했는지 아무 말도 없었다. 하지만 같은 감옥에 있던 한 학생에 의하면 삼촌은 상상할 수 없는 갖은 고문을 당했다고 한다. 고문을 하는 자들은 특히 학생들을 미워했다. 그것은 놀랄 일이 아니었다.

이라크 아랍계 정권은 '모든 쿠르드인은 불순분자이며 특히 배운 자는 그 핵심세력이다'라는 기본 관념을 갖고 일관되게 쿠르드 통제 정책을 펴왔다. 아지즈 외삼촌과 같은 감방에 있던 학생은 외삼촌이 갖은 고문에도 굴하지 않는 것을 보고 경이로웠다고 하였다. 그러나 외삼촌은 다른 사람이 특히 어린이나 여자에게 고문이 가해지는 것을 참지 못하였다고 한다. 그 학생에 따르면,

외삼촌을 의자에 꽁꽁 묶고 어린 남자아이를 고문하는 것을 보게 하자 삼촌이 참지 못하고 얼마나 요동치던지 감방이 부서지는 줄 알았다고 했다.

삼촌이 집에 돌아온 이후 집에서 가장 어린아이에게 악기를 켜주고 노래를 불러주며 같이 노는 것 외에는 아무런 관심도 보이지 않았다. 그 자신이 어린이가 되어 일이나 공부 또는 운동 같은 것은 전혀 하지 않았다.

그에게 죄가 있었다면 쿠르드인으로 태어났다는 것이다.

엄마, 할머니, 이모들이 낮은 목소리로 쿠르드인이 오랫동안, 어쩌면 앞으로도 영원히 당하게 될 수 있는 폭정에 대하여 계속 이야기하고 있는 동안 나는 듣다가 그만 잠이 들었다.

3
별똥별에 젖어

술래마니아

다음날 아침

다음날 아침 일어나니 전형적인 커티스탄의 날씨인 밝은 아침 햇살과 사파이어 빛 하늘에 흰 구름이 몇 점 피어오른 광경이 펼쳐져 있었다. 각종 새들은 저마다 노래하고 집집마다 애들의 뛰어 노는 소리가 담장을 넘었다. 술래마니아의 평화스럽고 밝은 분위기는 항상 축제 분위기를 느끼게 했다.

외갓집은 항상 사람으로 넘쳐났다. 남자 어른들은 침실 바닥에 매트를 깔고 자고, 어린애들은 평평한 지붕에서 자고 여자들은 일찍 일어나 식사를 준비했다. 향료와 쌀 반죽으로 만든 '쿠프타이', 쌀을 야채로 싼 '돌마', 그리고 내가 특히 좋아하는 밀가루 반죽에 호두를 넣어 꿀이나 시럽으로 바른 '불마' 등 모든 음식을 준비했다. 뜨거운 차는 구리로 만든 터키항아리인 '삼마와'에 항상 준비되어 있었다.

어린이들은 이른 아침부터 저녁 늦게까지 재미있게 놀았다. 가끔 우리는 소풍도 갔다. 소풍장소로는 폭포가 있는 세르치나르가 제일 좋았다.

잘 익은 수박을 찬 옹달샘에 넣어 차갑게 하는 동안 어른들은 둘러 앉아 담소를 즐기고 애들은 놀이를 즐겼다. 내가 가장 좋아하는 놀이는 찬물에 발을 담그고 누가 가장 오래 견디는가를 가리는 놀이이다. 그런데 나는 아직 한 번도 이겨 본 적이 없다.

나와 무나 언니가 이번 휴가에 첫 번째로 해야 하는 것은 사촌 언니 두 명과 함께 중앙시장에 가는 것이었다.

라드 오빠는 이제 실질적으로 성인이어서 우리 어린애들과 어울려 노는 것보다 다른 일을 하는 것을 더 즐기는 것 같아 보였다. 엄마가 라드 오빠는 커디스탄은 아랍지배에서 독립해야한다는 전단지를 작성하고 배포하는 쿠르드 운동권 학생을 방문하게 될 것이라고 말했다. 그 당시 이라크 정부는 쿠르드인이 쿠르드 말을 배우는 것은 물론 말하지도 쓰지도 못하게 하고 쿠르드 역사, 노래, 문학을 배우는 것을 금지시켰다.

몇 년 전에 라드 오빠는 쿠르드 민주당KDP:Kurdistan Democratic

Party에 가입하였고, 오빠의 영웅은 무스타파 바르자니Mullah Mustafa Al-Barzani였다. 바르자니는 쿠르드인의 영웅적인 지도자로 쿠르드 민주당을 이끌며, 이라크 정권과 끊임없이 투쟁하고 있는 인물이었다. 엄마는 라드 오빠의 정치활동에 대하여 대견하게 생각하고, 나도 그런 라드 오빠를 좋아했다. 그러나 나는 그 당시 우리 가족에게 중대한 영향을 초래할 오빠의 그 위험한 정치활동에 대하여 전혀 알 나이가 아니었다.

우리가 집을 나설 때 엄마는 무나 언니에게 내 손을 꼭 잡고 다니라고 몇 번이나 강조하였다. 왜냐하면, 오년 전 내가 다섯 살 때, 큰언니 알리아와 시장에 갔었는데 언니만 돌아와서 엄마가 '집시가 조안나를 데려갔다.'고 울먹이며 말한 적이 있었다. 엄마, 할머니, 이모, 삼촌 등 모든 식구들이 나를 찾아 나섰지만 몇 시간 동안 나를 찾지 못하였다.

그 날 저녁 늦게 친절한 경찰관이 나를 외갓집에 데려 오자 초상집 분위기가 잔칫집으로 변했다. 경찰관에 의하면 내가 술래마니아 중심가에서 지나가는 어른들에게 양 구이와 콜라를 사달라고 조르며 방황하고 있었다고 하였다. 이 사건 이후로 열 살인 지금도 엄마는 내가 엄마 곁을 떠나게 되면 누구에게나 나를 잘 보라고 당부하였다.

무나 언니는 내가 보물이나 되는 것처럼 나를 꼭 붙잡고 다녔다. 하지만 얼마 지나지 않아 우리가 꼭 붙어 다녔다고 하기로 하고 손을 놓고 다녔다.

우리는 시장에 곧 도착했다. 나에게는 시장이 세상에서 제일 재미있는 곳이었다. 맛있는 각종 식품, 이국적인 향료, 향수, 싱싱한 들꽃 이러한 것들이 합쳐져서 뿜어내는 향기를 맡으면 나는 천국에 온 듯한 기분에 싸였다. 우리가 필요한 물품은 모두 시장 진열대에 있었다.

탐스러운 과일, 신선한 야채가 진열대 혹은 땅바닥 천위에 깔끔하게 진열되어 있었다. 신선한 요구르트도 커다란 구리 항아리에 담아 팔았다. 요구르트가 변질되는 것을 막기 위해 구리 항아리 뚜껑은 '멜멜'이라고 불리는 무명천으로 막았으며, 무명천 위는 수세미로 덮었다. 쿠르드산 수세미는 세계 최고로 정평이 났다.

우리는 시장 광장 한편에 있는 지방 장인들이 만들어 파는 아름다운 보석 상가를 구경했다. 나는 한 진열대 앞에 서 있는 세 처녀를 봤는데 세 처녀는 매우 닮아 한 자매라는 것을 누구나 알 수 있었다. 세 처녀는 아름다운 보석으로 만든 목걸이, 팔찌, 귀걸이를 앞에 진열해 놓으며 밝게 웃고 있었다. 지나가는 행인들이 모두 고개를 돌려 쳐다 볼 만큼 그 세 처녀는 아름다웠다.

한 처녀는 짙은 갈색머리를 허리까지 길렀으며 다른 두 처녀는 번들거리는 코인을 달고 가장자리에 금박을 하여 스포티한 스카프를 머리에 두르고 있었다. 내가 넋을 잃고 처녀들을 바라보자 사촌언니가 나와 무나 언니를 자기 옆으로 끌어당기며 '저 처녀에 관한 재밌는 얘기를 해줄게. 술래마니아 사람들은 다 아는 이야기지만.'이라고 말했다. 나는 안달이 나서 빨리 이야기해 달라고 졸랐다.

그러자 사촌 언니는 진지하게 다음과 같은 이야기 해주었다.

"저 세 처녀는 페쉬메르가 중에서도 아주 존경받는 세 전사와 정혼한 사이야. 처녀의 부모와 형제들은 1961년 쿠르드 촌락을 황폐화시킨 카심 Qasim 전투 때 모두 산채로 타 죽었어. 처녀의 마을이 불타오르자 복수하기 위하여 페쉬메르가가 출동했지만 이라크군이 퇴각한 후였지."

사촌 언니의 이야기는 계속되었다.

"폐허가 된 마을을 둘러보다가 한 잘 생긴 페쉬메르가는 당시 열두 살 된 맏언니를 보게 되었지. 저기 머리가 긴 처녀가 바로 그 맏언니야. 그때 그 소녀는 옹달샘에서 물을 길어오는 중이었지. 그 전사는 소녀에게 첫눈에 반하였어. 주위사람에게 물어 그녀에겐 똑같이 생긴 예쁜 두 자매가 있다는 것도 알게 되었지. 게다가 부모는 죽었고 상황은 암담하다는 것과 그런 아직 어린 소녀에게 사랑 이야기를 꺼낼 수 없다는 사실도 알게 되었지. 아픈 사연을 마음에만 간직한 채 용사는 마을을 떠났어. 그날부터 며칠을 끙끙 앓던 용사는 동료 페쉬메르가 두 명을 설득하여 그 마을을 다시 가 보았어. 하지만 세 처녀는 친척을 따라 이미 그 마을을 떠나고 없었지."

나는 나도 모르게 맏언니를 쳐다봤다. 그녀의 아름다운 얼굴이 그 길고 빛나는 밤색 머리를 틀로 한 액자에 넣은 한 폭의 그림 같았다.

사촌 언니는 내 팔을 꾹 찌르며 '조안나, 아직 더 재밌는 이야기가 있는데 계속할까 말까?'라며 나의 흥미를 북돋았다.

"제발 빨리 해줘"

나는 부탁했다.

사촌언니는 '그래 해 주지.'라며 이야기를 계속했다.

"사랑의 포로가 된 그 전사는 낙담치 않고 동료 전사 두 명과 수소문하며 그 소녀들이 간 친척 마을을 찾기 시작했지. 결국 그들은 친척집을 찾아냈고, 그 친척집을 찾아 갔어. 그 세 용사 중 가장 용기가 많은 첫 번째 용사가 친척 어른에게 소녀를 사랑하니 결혼하겠다고 단도직입적으로 말하였지. 물론 그 소녀가 성장할 때까지 몇 년 기다린 후에 결혼식을 올리겠다는 말도 잊지 않았어. 그 친척집은 가족회의를 열었고 그 용감한 페쉬메르가 용사들을 존경하지만 소녀들을 그들에게 시집보낼 순 없다고 통보했지. 왜냐하면 소녀들은 이미 부모 형제를 이라크군에게 참혹하게 잃고 호된 고생을 많이 했는데, 다시 또 페쉬메르가의 아내가 되어 그러한 고생을 되풀이하게 할 수 없다는 이유였지. 또한, 소녀들이 지금도 이렇게 예쁘고 앞으로 성장하면 더 예뻐질 것이기 때문에 부자에게 시집가면 많은 지참금을 받을 수 있는 것도 한 몫했지.”

나는 참지 못하고 이야기를 끊고 물었다.

“그래서 그 처녀는 도망갔어?”

왜냐하면, 잘 생긴 페쉬메르가 용사가 나에게 구혼을 했는데 가족이 반대하면 나는 그 용사와 함께 도망칠 것이기 때문이다.

나의 성급함에 화가 났는지 사촌언니는 ‘아니야’라고 크게 이야기하며 다음과 같이 계속했다.

“그 용사는 인격이 훌륭한 자여서 마음으론 많이 낙담했지만 그 집을 그냥 나왔지. 그때 자기를 사랑한다는 그 용사가 어떻게 생겼나 하도 궁금해서 한번 보고 싶어 그 소녀가 정원을 빠져 나와 그 용사를 보았어. 소녀가 용사의 모습을 봤을 때, 그 용사도 소녀를 보았어. 그렇게 둘은 눈이 마주쳤고 서로의 아름다움에 넋이 나갔지. 첫눈에 반한거야. 사랑에 빠진 두 젊은이의 다음 이야기는 뻔하지. 소녀는 결혼을 당장 허락하지 않으면 샘에 빠져 죽겠다고 난리를 쳤지. 결국 어른들은 승낙을 했고 그날로 약혼식을 치뤘고 이제 곧 결혼하게 된단다.”

나는 다시 예쁜 세 자매를 쳐다보며 ‘나머지 두 자매는 어떻게 되었어?’하고 다시 물었다.

“친구를 따라갔던 두 용사도 아름다운 두 자매를 보고 사랑에 빠졌고, 그 후에 두 쌍도 다 약혼하였지. 세 자매는 다 용감한 페쉬메르가 용사와 결혼하게 되었지."

사촌언니는 자기가 주인공이나 되는 것처럼 의기양양하고 만족스러운 태도였다.

가만히 듣고만 있던 무나 언니가 '결혼은 언제 한대?'하고 특유의 수줍은 목소리로 사촌에게 물었다. 무나 언니가 자랑스러워 쳐다보니 오늘 따라 언니는 빛나는 피부와 커다란 눈망울이 돋보이고 무척 아름다웠다. 저 세 처녀와 견주어도 손색이 없다고 생각했다. 나는 항상 언니만큼만 예뻤으면 소원이 없겠다고 생각하곤 했었다.

사촌 언니는 '곧 결혼할 거라고 들었어. 결혼하게 되면 남편과 함께 산에 가서 힘든 생활을 할 거고 쿠르드 자유를 위해 남편과 함께 싸우게 되고 그녀들도 쿠르드의 영웅이 될 거야.'라고 대답했다.

나는 다시 세 처녀들을 쳐다봤다. 그들은 나의 꿈이었다. 나는 어렸을 때부터 평범한 삶을 살지 않고 하얀 면사포를 쓰고 안정이 보장된 정부 고위자와 결혼하고 싶어하는 보통 처녀와는 다른 삶을 살겠다는 생각을 갖고 있었다. 나의 유일한 소망은 아주 예쁜 처녀로 성장하여 저 처녀들처럼 잘 생긴 페쉬메르가 용사의 눈에 들어 그와 결혼하여 산악 생활을 같이하며 그의 곁에서 쿠르드 자유를 위해 같이 싸우는 것이다.

내 다리가 휘청거려서 나는 무나 언니와 사촌들을 따라 갈 수가 없었다.

　언니들이 한참 앞서 가다가 내가 안 보이는 것을 알고 놀라서 급히 뒤돌아 오며 나를 보더니 '조안나, 빨리 와.'라고 소리쳤다.

　나는 시장에서 내내 그 세 처녀 생각만 했다. 그 처녀들은 이제 곧 결혼하여 로맨틱하고 용기 있는 페쉬메르가 전사들과 산에서 같이 살겠지. 그리고 나는 내가 예쁘다고 사람들이 여기지 않는 것 같아 걱정스러웠다. 어렸을 적에는 내가 너무 예뻐 귀신들이 잡아갈까봐 걱정스럽다는 말을 들었었는데(그런 일이 발생치 않았지만) 요즈음 나는 너무 깡말랐다고 놀림을 당하고 있었다. 사실 나는 내 신체에 비해 다리가 너무 길고 말랐다.

　엄마는 간수하기에 편하라고 나의 머리를 짧게 깎았다. 덕분에 머리 양쪽에 달라붙은 큰 귀가 볼썽사납게 눈에 띄었다. 하얀 백합 같은 피부가 선망의 대상인 시골에서 내 피부는 까맸다. 여름철이 지나면 더 까매졌다. 반면에 엄마와 언니들의 피부는 하얀 우윳빛이 나는 아름다운 피부였다. 외할머니조차 피부는 아주 아름다운 하얀 피부였다.

　엄마, 언니, 외할머니의 피부는 다른 여인들의 선망의 대상이었다. 그 순간 나는 머리를 길게 기르고 양산을 들고 다녀야겠다는 생각이 들었다. 직사광선을 피하여 피부를 잘 관리하겠다고 다짐했다. 그렇게 노력하여도 용감한 페쉬메르가 전사의 눈길을 잡으려면 최소한 몇 년이 걸리리라. 나는 무거운 발걸음으로 언니들을 따라 외갓집에 돌아왔다. 그날 저녁 여자들은 가장 화려한 옷을 입었고, 남자들은 쇠랄이라고 부르는 펑퍼짐한 바지에 넓은 띠를 허리에 두르고 아주 재미있게 보냈다.

하늘에 석양이 아름답게 내리고 빨갛던 노을이 산 아래로 모습을 감추자 모든 사람들이 정원에 모였다. 정원 가장자리엔 양귀비꽃과 수선화가 피어있었다. 석양 노을빛을 받은 꽃들은 화려하고 아름다웠다.

엄마 이모 숙모들은 저녁 식사를 준비했다. 무화과, 사과, 배, 아몬드와 호두를 먹는 것으로 저녁 식사를 시작했다. 하얀 쌀밥에 이어 고기가 다져 있는 쿠바, 야채에 쌓인 돌마, 구운 닭고기와 케밥 등이 연이어 등장했다.

살이 찌고 싶어 욕심껏 먹었다. 말라깽이가 되는 것이 정말 싫었다. 나의 십대 사촌언니들은 일 년 사이에 이렇게 아름답게 자랐는데….

난생 처음으로 나는 우리 사촌들도 좋은 피부를 가졌다는 것을 알았다. 허리까지 늘어진 아름다운 머리칼을 자랑이라도 하듯 이야기할 때마다 머리를 흔들어 대는 사촌언니들을 보니 부럽기도 하고 샘도 났다. 이전의 어린애였던 내가 이제는 아니라는 것을 아무도 알아주지 않는다고 생각하니 기분이 우울하고 한심한 생각이 들었다.

목에 가시가 걸린 것 같기도 하고 눈물이 나오기도 하였으나 남들이 눈치 채지 못하도록 애썼다. 결국 사촌 언니 하나가 왜 우냐고 물었을 때 눈에 티끌이 들어가서 눈물이 난다고 하며 눈가를 비볐다.

식사가 끝나자 누군가가 음악을 청했다. 라드 오빠가 재빨리 쿠르드 춤음악을 틀었다. 순식간에 정원은 우리가 좋아하는 노래로 활기가 넘쳤다. 노랫소리에 맞춰 십대들과 청년들은 어느새 춤을 추기 시작했다. '춤을 추지 못 하는 자 쿠르드인이 아니다.'라는 쿠르드 속담은 사실이었다.

곧 남녀가 모두 손에 손 잡고 원을 이루어 춤을 추었다. 춤에 특히 재주가 많은 라드 오빠가 선도했다. 사촌들이 강력하게 청했지만 무나 언니는 수줍어서, 사드 오빠는 점잖아서 끝내 춤을 추지 않았다. 아무도 나에게 춤추자고 권유하지 않았으나, 나는 괜 념치 않았다. 왜냐하면, 나의 짧은 머리와 긴 다리가 새삼 부끄러웠기 때문이다. 나는 엄마 옆에 바짝 붙어 앉아서 구경하는 것으로 만족했다.

음악소리가 커지고 춤추는 이들은 손을 잡아 흔들며 서로의 어깨에 기댔다. 춤을 선도하던 라드 오빠와 후미자는 색색의 손수건을 멋들어지게 흔들어 댔다. 방향을 바꿀 때도 스텝이나 손잡음을 흐트리지 않고 유연한 동작을 연출했다.

춤꾼들이 지치면서 저녁 향연은 끝났다. 나는 사촌들을 따라 우리가 잘 곳인 평평한 지붕으로 올라갔다. 보통은 사촌과 같이 이야기하며 지붕 위에서 자는 것을 나는 좋아했으나 그날 밤은 처음으로 전혀 즐겁지 않았다. 나이가 위인 사촌들이 우리가 사용할 매트, 베개, 담요들을 들고 와 잠자리를 깔았다. 나이든 팀은 조용조용히 이야기를 하고 나이 어린 팀은 시골 밤에 들려오는 소리가 개구리 소리인지 여치 소리인지 매미소리인지 알아맞히기 놀이를 했다.

고요하고 평화스러운 밤이 서서히 깊어감에 따라 어린 팀들이 먼저 잠이 들었다. 나는 얇은 담요를 턱까지 끌어올리며 자리에 누웠다. 별이 빛나는 하늘에 은은한 빛을 뿜으며 떠있는 은빛 달님을 바라봤다. 무한히 펼쳐진 커디스탄의 밤하늘을 바라볼수록 나는 더 우울해지고 내 자신이 더욱 초라해짐을 느꼈다.

사촌 언니 몇 명이 자며 크게 내는 숨소리가 막 들려오기 시작할 때 나는 공포를 주는 금속성의 소리를 들었다. 이곳까지 오는 이번 여행 중 노상강도를 만난 경험 때문에 나는 그게 총소리라는 것을 알았다.

지붕을 내려가려고 일어섰다. 계단 쪽으로 달려가려는 나를 누군가가 꽉 붙잡고 마룻바닥에 눕혔다. 꼼짝 못할 정도로 누르고 있어 숨이 막혔다. 라드 오빠였다. 나의 몸을 보호하기 위한 것이었다. 라드 오빠는 누구나 들을 정도로 크게 '모두 몸을 숙이고 움직이지 말고 조용히 해!'라며 소리쳤다.

어린 사촌들은 울며 엄마를 찾았다. 사촌 오빠는 몸을 들면 위험하다고 경고하고 있었다. 라드 오빠는 '그 말이 맞아. 서지 마라. 몸을 수그리면 위험하지 않아. 우리 페쉬메르가 공격받고 있는 거야. 적들은 우리가 가만히 있으면 우리가 여기 있는 것을 몰라.'라고 말했다.

나무가 우거진 곳에서 들려오는 고함소리를 들었으나 무슨 소리인지는 알 수 없었다. 나는 라드 오빠의 얼굴을 쳐다보았다. 오빠는 '조안나, 우리의 페쉬메르가 전사들이 시내에 들어 온 것이 이라크군에게 알려진 모양이야. 그러나 적들은 그들을 찾지 못할 거야. 이 곳 사람들은 절대로 신고를 하지 않아. 게다가 놈들은 이곳 지리를 잘 알지 못해.'라고 말했다.

바로 그때 총탄 한발이 우리 머리 위를 씽하며 지나갔다. 나는 놀라 벌벌 떨었다. 전쟁이로구나. 모든 사람이 마룻바닥에 죽은 듯이 엎드려 있었다. 컴컴한 어둠 속에서 연이어 총소리와 고함소리가 들렸다. 그 소리들은 밤하늘에 뒤섞이면서 모두를 공포에 떨게 했다. 군인들이 집에서 멀어지면서 총소리가 희미하게 들렸다. 그 후로도 오랫동안 우리들은 움직이지 않았다. 이윽고 주변의 모든 것들이 조용해졌다.

모두가 안도의 한숨을 내쉬었다. 어린 사촌들은 지붕을 뛰어내려가 자기네 엄마들한테 달려갔다. 라드 오빠가 나에게 엄마한테 내려 가보라고 했지만 나는 대답하지 않았다. 지붕에 꼼짝 않고 그대로 남아 밤하늘을 쳐다봤다.

사촌 오빠들은 이 사건에 격노했다. 학교를 졸업하면 바로 페쉬메르가에 자원할 것이라고 흥분했다. 오빠들은 자기네가 주역이 되어 쿠르드가 최종 승리자가 되도록 싸울 것이라고 목소리를 높였다. 한 사촌 오빠는 바그다드 성문을 자기 손으로 부숴버리겠다고 호언했다. 나는 얇게 미소 지으며 '나도 그럴 거야. 암.' 하고 속으로 혼자 다짐했다.

그날이 나에게는 인생의 전환점이었다. 나 '조안나 알아스카리'는 언제가 꼭 페쉬메르가의 삶을 살겠다고 굳게 결심했다. 쿠르드 정신에 투철한 라드 오빠는 내가 장차 페쉬메르가의 삶을 살겠다는 것에 대하여 격려해 주며 쿠르드에 가해진 갖은 학정에 대하여 이야기해 줬다. 나는 귀를 쫑긋하고 그의 이야기를 열심히 들었다. 나는 내가 그토록 사랑하는 쿠르드와 쿠르드 민족에 대하여 모든 것을 알고 싶었다.

오토만 제국이 커디스탄을 정복한 후 1806년부터 대대적인 저항 운동이 일어났다. 1918년까지 하루도 평온한 날이 없을 지경이었다. 1918년 영국군이 오토만 제국의 커디스탄을 정복했다. 우리가 영국에 대항하자 그들은 근대식 무기로 우리를 공격했다. 우리 쿠르드인을 야만족이라고 폄하했던 처칠 수상의 명령으로 영국군은 우리에게 독가스를 살포했다. 이것이 이 땅에서 화학무기로 우리 민족이 대량학살 당한 첫 번째 사건이었다.

1923년 외할아버지는 바르진지 장군을 도와 영국군과 그의 꼭 두각시인 당시 이라크 파이잘Faisal 왕과 싸웠다. 바르진지도 커디스탄 왕이라고 선포하고 영국군과 대항했다. 1924년 술래마니아가 다시 영국군에게 점령당했다.

1928년에 태어난 엄마는 전쟁이 없었던 기억이 없다고 우리에게 말한 적이 있다. 엄마는 1932년에 일어난 쿠르드 항거는 기억할 수 없으나 쿠르드군이 커디스탄 땅을 상당부분 장악했던 1943년 항거는 생생히 기억하였다. 쿠르드 지도자 무스타파 바르자니가 이라크 정부와 투쟁을 벌이다 1946년 커디스탄 독립을 선언하기도 했으나 바로 와해되었다. 바르자니는 소련으로 망명했다. 그의 망명으로 쿠르드 독립운동은 다소 침체에 빠졌으나 1951년 쿠르드 민족주의자들이 다시 뭉쳐 망명 중인 바르자니를 대통령으로 추대했다.

이라크 왕정이 붕괴한 1958년에 쿠르드의 영웅 바르자니가 망명에서 귀국했다. 그때부터 쿠르드 독립운동은 다시 거세졌다. 커디스탄은 이라크군의 대대적인 공격을 받았으나 페쉬메르가는 게릴라 전투에 능하여 연전연승을 거두었다. 이라크군을 몰아붙여 바그다드에서 불과 140Km 떨어진 카나킨까지의 주요 도로를 장악했다. 전에 없던 대 성공이었다. 이러한 승리 이후 몇 년 이내에 우리는 또 다시 쓰라린 패배를 맛보았다.

그리고 1972년 어젯밤, 양쪽 간의 긴장이 다시 고조 되었다. 라드 오빠 또래의 한 사촌 오빠가 '우리에게 죄가 있다면 우리가 쿠르드인으로 태어난 것뿐이야.'라고 말하자 라드 오빠도 동의하는 듯 입술을 깨물었다. 나도 쿠르드인으로 태어났으니 태어난 것만으로도 죄를 지은 것이다. 내가 자라 총을 들고 싸울만한 나이가 될 때도 분명 내가 싸울 전쟁터는 있을 것이다. 이 땅에 전쟁은 계속 될 것이다. 비록 전쟁 상대는 달라질지라도.

바로 그때 내가 잠들지 않고 깨어 있다는 것을 알고 라드 오빠는 나를 쳐다봤다. 오빠의 높고 넓은 이마와 정감 있는 갈색 눈 준수한 얼굴이 그날 밤 따라 더욱 돋보였다. 오빠의 평온한 얼굴 이면에는 항상 자신이 반은 쿠르드인이라는 잠재의식이 있었다. 오빠에게는 남에게는 잘 띠지 않는 용감한 기질이 있었으며, 그 당시에도 그가 옳다고 믿는 방식대로 투쟁하고 있었다.

라드 오빠는 다정하게 '조안나, 잠을 자야지. 내일은 산으로 소풍도 가고 수영도 하러 가야지.'라고 말했다. 맑은 폭포수 웅덩이로 뛰어드는 생각을 하니 기분이 좋아졌다.

오빠는 '조안나, 이제 자야지'하며 나를 독촉했다. 나는 '잠이 안와'라고 말했다, 오빠는 '조안나, 그럼 저 하늘을 좀 보아라'라고 말했다. 내가 '보고 있어요.'라고 대답하자, '저 별 빛을 봐'라고 말했다. 내가 보고 있다고 말하자 라드 오빠는 '조안나, 저 별들에 대한 비밀을 알고 싶지 않니?'하며 나에게 물었다. 나는 기대감에 부풀었다. 나는 항상 비밀 듣기를 좋아했다. 나는 그게 뭐냐고 성급히 물었다. 오빠는 '사람들이 거의 모르는 과학적인 비밀을 알려줄게. 저 별들이 이렇게 밝게 빛나는 데는 그럴만한 이유가 있지. 저 밝은 별들은 밤새 별똥별을 쏟아 낸단다. 네가 잠잘 때 별똥별이 너에게 흠뻑 떨어질 거야. 상상해봐. 별똥별이 너의 예쁜 얼굴에 쏟아지는 것을.' 그러면서 유쾌하게 웃으며 내 얼굴을 가볍게 두드렸다. 나는 아직 어려 오빠의 말을 그대로 믿었다. 게다가 나에게는 커디스탄은 꿈의 땅이었다. 나는 눈을 감고 몸을 뒤집어 밤새 깊게 잠들었다. 별똥별이 나의 몸을 흠뻑 적시는 꿈을 꾸면서….

　다음 날 아침 우리는 어젯밤 총격사건에 대한 이야기를 들었다. 어젯밤 총격사건은 어제 시장 보석 진열대에서 우리가 봤던 세 처녀의 페쉬메르가 전사와 이라크군 간에 벌어졌던 것이었다. 아랍계 첩자들이 이라크 보안군에게 세 처녀와 페쉬메르가 용사와의 사랑이야기를 밀고했던 것이다. 어제 오후 시장에서 보석 파는 것을 마치고 세 자매가 당나귀 수레를 타고 자기 마을로 돌아가고 있을 때 이라크군이 공격하여 체포해 버렸다. 그들을 미끼삼아 그들의 약혼자인 페쉬메르가 용사들을 체포해 버릴 심산이었다.

　그 소식을 들은 약혼자들은 위험을 무릅쓰고 시내로 잠입하여 처녀들을 구출하려 하였으나 이미 세 처녀는 바그다드로 이송되고 술래마니아에 없었다. 어젯밤 교전으로 페쉬메르가 세 용사

중 두 명은 사살되고 한 명만 가까스로 도망쳤다고 했다. 세 처녀는 바그다드에서 고문 받다가 처형될 것이 틀림없다고 말했다.

나는 세 쌍의 젊은 연인들이 너무 안쓰럽다는 생각이 들었다. 그러자 갑자기 눈물이 흘렀다. 오랜 세월동안 무고한 쿠르드인이 살해되었지만 이 젊은이들의 못다 핀 사랑은 나의 마음속에 영원히 슬픔으로 남아 있을 것 같았다. 그리고 그들의 사랑을 깨뜨리고 죽인 자들에 대한 분노가 내 맘속에 치밀었다. 나의 분노는 화난 벌이 나의 머리통 속으로 들어와 나를 내 운명을 향하여 한 걸음씩 나가도록 윙윙 거리는 것 같았다.

아마도 별똥별이 나의 갈 길을 알려주는 것 같았다.

4
바트당 테러

2년 후 바그다드

1974년 7월 4일 목요일

재미없는 바그다드에서는 시간이 참 지루하다. 좋은 일이라고
는 전혀 없다. 내가 자라나는 것마저도 멈춘 것 같다. 나는 열두
살 생일 때까지는 술래마니아의 사촌 언니처럼 크고 예쁘게 되기
를 간절히 바랬다. 하지만 여전히 깡마르고 다리만 길었으며 가
슴은 밋밋했다. 사람들은 그런 나를 아직도 어린애 취급하고 있
었다.

엄마는 반대했지만 나는 머리를 길렀다. 모두 다 머리만은 예
쁘다고 칭찬했다. 나의 머리는 숱이 많고 윤기가 흐르는 검은색

으로 허리까지 닿았다. 술래마니아 보석가게의 그 비극적 처녀들처럼 가끔은 머리를 두 갈래로 땋기도 하였다. 그래서인지 자주 세 처녀가 내 눈에 아른거렸다. 세 처녀가 쿠르드의 화신인 것처럼 나의 마음도 완전히 쿠르드 정신이었다.

가족들은 막내인 나를 어린애 취급했지만 나는 어린애가 아니었다. 커디스탄의 고난에 대한 나의 의식이 나를 나이에 비해 조숙하게 만든 것 같다. 나는 웬만한 어른보다도 커디스탄의 역사, 지리와 문화에 대하여 더 잘 알고 있었다.

내가 열두 살 된 그해 여름에 아빠는 이름 모를 병으로 앓고 있었다. 이로 인하여 술래마니아로 가는 우리의 연례 여행은 지연되었다. 비록 보고 말하지는 못해도 참 건강했던 아빠였기에 이번 병환은 모든 가족을 당혹케 만들었다. 다행히 요즘은 병세가 많이 좋아지고 있었다. 엄마는 다음 주면 술래마니아 외갓집에 갈 수 있겠다고 우리를 안심시켰다. 나의 천국인 술래마니아에 가는 것은 항상 나의 꿈이었다. 그러나 결국 그해 여름, 우리는 그곳에 갈 수 없었다. 예기치 못한 큰 사건으로….

바그다드가 더위 때문만이 아닌 다른 이유로 숨이 막힐 듯한 7월 한 낮에 비극적 사건은 일어났다. 바트당 정권은 점점 더 폭압적으로 변해가고 있었다. 주위를 살펴보지 않고는 말도 제대로 하기 힘든 지경이었다. 시민들이 무고하게 체포되고 소리 소문 없이 사라져버린다는 소문이 자자했다.

날씨는 무더워지고 사회의 암울한 분위기는 계속되었다. 비록 우리 집이 커다란 종려나무 그늘에 싸여 있었지만 더위는 안개처럼 방 구석구석까지 기어들어왔다. 땀이 온 몸을 적시고 옷까지 적셨다. 집안에 더 이상 있을 수 없었다. 아빠 방에만 시원한 공기가 있었지만 누구도 이를 불평하지 않았다.

아주 오랜 옛날부터 이 무더운 메소포타미아 지역에서는 창틀을 종려나무를 비틀어 만들었다. 그것이 방안 공기를 시원하게 만드는 친자연적인 방법이라는 것을 이미 알고 있었던 것이다. 창틀은 갈대와 아굴agool이라는 사막 가시나무 풀을 섞어 만들었다.

여섯 시간마다 우리 어린이들은 그 창틀에 물을 부었다. 물에 젖은 갈대와 종려나무로 만든 창틀 사이로 바람이 불어 방안 공기를 시원하게 만들었다. 원시적인 선풍기였다. 지금은 이러한 방법을 거의 사용하지 않지만 아빠는 아직도 이 방법을 고수했다. 아빠 말고 다른 식구들은 모두 밤이면 지붕위에 올라가는 것으로 더위를 피했다. 해가 지면 엄마, 무나 언니, 사드 오빠와 나는 지붕 위로 올라가서 침구를 깔고 잘 준비를 했다.

요즈음 우리 식구는 줄었다. 아지즈 삼촌은 다른 이모 댁에 가셨고, 라드 오빠는 대학교에 입학하여 집을 떠났다. 하디에게 시집간 큰언니 알리야 집으로 들어간 것이다. 큰언니 집은 우리 집과 반대편으로 신시가지인 만수르 구역에 있었다. 공과대학이 비교적 가까운 곳이고, 독방을 써 공부하기도 좋았다. 라드 오빠는 아빠와 마찬가지로 공과에 다니는 기사 지망생이었다. 아랍계나 쿠르드계나 모두 장남을 잘 교육시켜 그 집안을 이끌게 하는 것이 최고의 목표였다.

그날 밤도 우리 식구들은 해가 지기 무섭게 지붕 위로 올라갔다. 침구를 깔고 바로 자지는 않겠으나 다 모였다. 바그다드의 여름 한낮은 찌는 듯이 덥지만 밤이 되면 제법 시원하여 지낼 만 했다. 그날 밤도 마찬가지였다. 핑크 빛으로 하늘을 물들인 태양이 서편 지평선 밑으로 사라져 버리자 종려나무 위로 둥그런 달이 솟아올랐다. 종려나무 가지가 시원한 미풍의 긴 팔이나 되는 것처럼 바람에 흔들렸다. 종려나무 어느 곳에 둥지를 만들어 둔 눈이 커다란 올빼미가 우리를 쳐다보고 있을 것 같았다. 올빼미 생각을 하니 라드 오빠가 같이 있었으면 좋겠다고 생각했다. 라드 오빠는 올빼미는 나쁜 소식을 가져온다는 나의 그릇된 생각을 항상 깨우쳐 주곤 했었다.

사람들의 소리가 밤의 적막과 종려나무 사이를 뚫고 들려 왔다. 나는 우리 이웃의 경비원 소리임을 알았다. 그 경비원들은 놋쇠 단추가 달린 발목까지 내려오는 군용 외투를 입고 있었다. 색깔 있는 터번을 머리에 쓰고 낡아빠진 영국제 장총을 메고 있었다. 그 장총은 발사도 안 되는 거였지만 도둑으로부터 우리를 지켜준다는 믿음이 있었다.

　바그다드 밤이 깊어가고 있었다. 일상의 소리가 사라지자 나의 상념은 술래마니아 외갓집으로 달려갔다. 나의 사촌들은 아마도 지금쯤 외갓집 지붕위에 올라가서 이야기꽃을 피우고 있을 것이다. 또한 그들도 내가 보고 있는 저 아름다운 달을 보고 있을 것이다. 아빠가 많이 나아졌으니 나도 곧 그 곳에 갈 거야. 그런 기분 좋은 상념에 젖어 담요를 잡아당겼다. 그리고 곧 깊은 잠에 빠져들었다.

　술래마니아에 대한 기분 좋은 꿈을 꾸며 자던 나는 시끄러운 소리에 놀라 일어났다. 누군가가 우리 대문을 부수고 있었다. 사드 오빠도 벌떡 일어났다. 사드 오빠는 이제 열다섯 살이었지만 나이에 비해 키가 크고 몸집이 건장했다. 오빠는 위험을 감지하고 우리에게 '가만있어!'라고 말했다. 라드 오빠가 집을 떠나 살고 있었으므로 사드 오빠는 우리 집의 실질적인 가장이라고 생각하고 행동했다. 천성이 반항적인 나는 그의 지시를 따르기를 싫어했다. 천성이 유순한 무나 언니는 오빠 말대로 담요로 얼굴을 가리고 조용히 있었지만 고집이 센 나와 엄마는 오빠 뒤를 따라 지붕에서 내려왔다. 부엌과 통로를 지나 거실 쪽으로 갔다.

　거기서 나는 어깨를 맞대고 숨을 죽이고 조용히 소리를 들었다. 도둑이 옆집에 들어 경비원들이 우리에게 주의하라고 하기 위해 온 것인가? 아빠가 나오지 않은 것은 당연했다. 아빠가 아프시지 않더라도 귀가 들리지 않았으니 이 소동을 알리가 없었다.

사드 오빠가 큰 소리로 누구냐고 물었다. 반응은 놀랍고 예기치 못한 거였다. 대답 없이 문을 거세게 계속 차니 놀랍게도 그 묵중한 대문이 여러 갈래로 금이 가고 가운데서부터 쪼개져버렸다. 그 문 너머로 험상궂게 생긴 이라크 보안군 세 명이 나타났다. 그들은 쪼개진 대문 구멍사이로 황급히 들어왔다. 급히 서두르는 바람에 한 명이 중심을 잃고 넘어졌고, 다른 두 명은 미처 피하지 못하고 그를 밟았다.

얼굴에 곰보자국이 있고 붉은 빛을 띤 몸집이 큰 자가 사드 오빠에게 '이 스파이 자식. 라디오는 어디에 숨겼어?'라고 소리 질렀다. 사드 오빠는 이런 괴물 같은 자 앞에서도 조금도 기가 죽지 않고 냉소적인 목소리로 '뭐 스파이라고? 우리 집에는 스파이 같은 것 없소!'라고 쏘아붙였다. 그자가 독뱀처럼 혀를 두세 번 날름거리며 '이 집에 스파이가 있다는 증거를 갖고 있어.'라고 내뱉었다. 나는 증오감에 몸을 떨었다. 그는 다시 '이스라엘 놈들과 내통하는 스파이 말이야!'라고 소리쳤다.

이스라엘과 내통한다고? 나는 들은 말을 믿을 수가 없었다. 내가 그렇게 공포감에 싸여 있지 않았다면 그 앞뒤 말이 맞지 않는 터무니없는 억지에 아마 웃어버렸을 것이다. 내가 아는 한 우리 집안에는 이스라엘 사람을 본 사람은 단 한사람도 없었다. 사실

86

당시에는 아랍계나 쿠르드계나 이스라엘에 관심을 갖고 있지 않았다. 두 종족은 여러 문제로 뒤엉켜 서로 싸우는데 바빴기에 저 멀리 떨어진 곳에서 서로 싸우는 이스라엘과 팔레스타인의 싸움에 관심을 가질 여유나 이유가 없었다.

그 자가 다시 '이 집은 바르자니를 지지하는 놈들의 소굴이야!'라고 소리 질렀다. 그가 우리에게 이스라엘 스파이라고 하는 것은 억지여서 무서울 것이 없었으나 바르자니 지지자로 체포하면 어쩔 수 없는 노릇이라는 생각이 들었다. 분명 우리는 바르자니를 쿠르드의 영웅이고 지도자로 떠받들고 있지 아니한가? 나는 라드 오빠의 방에 바르자니 포스터가 벽에 걸려 있는 것이 생각났다. 이 사람들이 이것을 증거라고 할까봐 걱정이 되었다. 물론, 1970년부터 바르자니같은 쿠르드 지도자를 지지할 권리를 인정받고 있었지만 그러한 법이 바그다드에서 우리 쿠르드인을 보호해 주지 못할 것을 나는 알고 있었다.

잘못하면 그 포스터가 우리를 수렁에 빠뜨릴 수 있다는 생각이 들었다. 다행히 그들이 사드 오빠에게 모든 신경을 쓰고 있기에 나는 눈치 채지 못하게 그곳을 빠져 나왔다. 역시나 라드 오빠 방 침대 위에는 바르자니의 포스터가 걸려 있었다. 1970년 3월 이라크 북쪽 지방에서 쿠르드 페쉬메르가가 이라크 정규군에게 승리를 거두자 양쪽이 협상하기로 결정된 이후 그 포스터는 라드 오빠 삶에 한 부분이 되어 벽에 걸리게 되었다. 그

날이후 쿠르드의 자치권이 인정되는 협약이 맺어졌다. 헌법도 수정하여 이라크는 아랍계와 쿠르드계로 구성되며 쿠르드어도 인정되고 쿠르드당 가입도 허용되었다. 그러나 그 협약은 서명되는 순간부터 이라크 쪽에서 지키지 않았다. 이 협약을 순진하게 믿고 쿠르드 당에 가입하고 공개적으로 활동하는 사람들을 이라크 정부는 체포하고 살해하는 만행도 서슴없이 저질렀다.

라드 오빠도 희생될지 몰라. 나는 라드 오빠가 이 포스터를 가져와서 벽에 붙이던 날이 생생히 기억났다. 그는 이것을 자기 방에 걸어놓고 의기양양해 했었다. 포스터 밑에 '산에 포효하는 사자여, 그대는 우리 쿠르드의 아버지시다!'라고 적는 것도 잊지 않았다.

나는 침대에 올라가 포스터를 떼었다. 바르자니의 얼굴을 몰라보도록 조그맣게 갈기갈기 찢어 바지 속으로 서둘러 밀어 넣었다. 왜냐하면, 그 자들이 집안으로 들어오면서 아무도 도망가지 못하도록 대문과 계단을 잘 지키라는 소리를 들었기 때문이다.

나는 그 자가 '우리는 스파이 라드를 찾고 있다. 그 놈이 어디 있나?'라고 외치는 소리에 놀라 움직이지 못하고 얼어붙은 듯 서 있었다. 나는 혹 의심 살 만한 것이 없나하고 방안을 살폈지만 눈에 띄는 것이 없었다. 오빠의 책상 서랍 속에 쿠르드를 지지하는 브로슈어나 전단지가 있지 않을까하고 살펴보고 싶었지만 그들이 내가 있는 쪽으로 오고 있어 그럴 수 없었다.

나는 내 다리 사이로 포스터 조각 몇 개가 흘러내리는 것을 보고 깜짝 놀랐다. 만유인력의 법칙이 저 가벼운 종잇조각에도 작동되다니…. 저것을 어떻게 처리하지 못한다면 나의 행위는 들통이 날 것이다. 그들에게 발각되면 내가 어리다는 이유만으로 용서 받지 못할 것이고, 체포되어 아지즈 삼촌처럼 몸이 망가질 때까지 고문을 당하게 될지도 모른다. 갑자기 몸서리가 쳐졌다. 어떻게 해야 하나?

시간이 없었다. 나는 순간 마룻바닥에서 포스터 조각들을 주워 침대로 올라갔다. 길게 누워 담요를 턱까지 덮고 자는 체했다. 바로 그 순간 두 명이 방에 들어오더니 담요를 들췄다. 나는 놀라는 척하며 눈을 떴다. 이라크 보안군 뒤에 서있는 엄마와 사드 오빠를 볼 수 있었다. 라드 오빠의 침대에 내가 누워 있는 것을 보고 엄마와 오빠가 더 놀라워하고 있는 것 같았다. 나는 엄마와 오빠가 벽에 포스터가 없어진 것을 알아채고 안도하는 것을 느낄 수 있었다. 그 순간 보람을 느꼈다. 두 병사가 방을 어지럽히며 뒤졌다. 엄마는 자기 뺨을 계속 두드렸다. 그것은 쿠르드 여인들이 어찌할 바를 모르면 하는 버릇이다. 그러나 엄마는 고함을 치거나 울지는 않았다. 엄마는 아랍어를 잘하지 못했으나 그들이 무엇을 찾으려고 하는지는 알고 있었다. 그들은 자기 큰 아들에게 올가

미를 씌울 증거를 찾고 있는 것이며 무슨 꼬투리라도 찾아낸다면 끝장일 것이다.

나는 나에게 용기를 잃지 말라고 내가 좋아하는 쿠르드 국가 한 구절을 속으로 노래했다 :

쿠르드 젊은 용사 사자처럼 일어섰다.
우리의 왕관, 피로써 쟁취하리.
쿠르드인 죽었다 말하지 말라
우리는 살아 있다.
우리는 살아 있다. 휘날리는 깃발과 함께….

아마 내가 나이에 비해 작고 어리게 보여 그들은 나를 의심치 않는 것 같다. 이유야 어떻든 그들은 나를 의심치 않고 책을 공중에 던지며 하나하나 뒤진 뒤 몸을 숙여 침대 밑을 살피고 사람이 숨었더라도 훤히 들여다보이는 커튼도 뒤적거렸다. 한 사람이 벽을 두드리자 뒤질세라 다른 사람은 책상 위에 올라가 천장을 두드렸다. 이런 둔한 자들에게 우리의 운명이 달려 있다니 참 우스운 일이었다. 그들의 하는 짓거리는 코믹하기 조차 했다.

나는 사드 오빠를 유심히 쳐다봤다. 그의 검은 두 눈은 분노와 증오로 깜빡거렸고 진정하려고 입술을 꼭 다물고 있었다. 나는 오빠가 그 특유의 불같은 성질을 끝까지 참아낼 수 있기를 바라고 또 바랐다. 만약 성질을 참지 못하고 이 사람들에게 주먹질이라도 한다면 우리 가족은 모두 체포될 것이다. 고맙게도 사드 오빠는 잘 참아냈다. 이 악몽 같은 날에 나는 사드 오빠의 자제하는 진면목을 보았다. 나는 그들이 곧 가기를 기도했다. 그런다면, 라드 오빠에게 기별하여 피신하도록 할 수 있을 터인데….

라드 오빠 방을 이 잡듯 다 뒤진 다음 그들은 오빠 방을 나가 다른 곳을 뒤지기 시작했다. 그들이 부엌에서 항아리와 냄비 등을 던지는 소리를 들었다. 나는 몸속에서 내가 찢은 포스터 조각들을 다 모아 그 자들이 조사를 마친 책 밑에 깔아 두었다. 감쪽같이 숨겨진 것을 확인 한 후 오빠 방을 나와 엄마와 오빠가 있는 현관으로 갔다.

우리는 반원으로 서로 손을 잡고 서서 엄마가 잘 정돈해 놓은 부엌살림살이를 엉망진창으로 만드는 것을 지켜보고 있었다. 엄마는 접시가 깨지고 유리잔이 깨질 때마다 계속 자기 뺨을 두드렸고 무나 언니는 숨을 가쁘게 몰아쉬었다. 그자들은 소금, 설탕, 밀가루 자루도 뒤집어 마룻바닥에 뿌렸다. 심지어 탁자위에 있는 달걀 네 개를 깨뜨리기도 했다. 어떤 스파이가 달걀 속에 증거를 감춘단 말인가? 감춘다면, 도대체 어떻게?

집안은 아수라장이 되었다. 그들은 집안을 뒤지면서 이스라엘 스파이인 라드를 잡아 어떻게 처치할 것인가를 우리에게 이야기

하며 욕설을 퍼부었다. 뒤져도 마땅한 것이 나오지 않자 엄마가
애지중지하던 찻잔을 벽에 휙 던져 버렸다. 찻잔은 산산조각이
나서 바닥에 떨어졌다. 찻잔이 부서지는 소리에 놀란 무나 언니
는 겁에 질려 사색이 되어 버렸다. 얼굴이 하얗게 변해버린 언니
가 기절하는 것은 아닌지 걱정이 되었다.

그들은 우리를 방구석에 앉아 있으라고 험악하게 말했다. 우리
는 그 말에 따랐다. 그들은 침실과 지붕, 계단, 발코니 등 집안 전
체 구석구석을 벌집 쑤시듯이 뒤지고 다녔다. 사색이 된 엄마와
음울한 오빠는 그들이 물건을 던지고 부수고 하는 것을 보면서
그 뒤를 따라 다녔다.

이상하게도 그들은 아빠 방만은 뒤지지 않았다. 또한 아빠에
관한 것은 한마디도 묻지 않았다. 아마 보안당국 사무실에는 우
리 가족에 관한 비밀 파일이 있어서 아빠는 자기네 체제 유지에
전혀 위협이 되지 않는다는 확신이 있기 때문일 거라고 나는 어
렴풋이 짐작했다. 아빠는 쿠르드인이 아니고 쿠르드 집회에 한
번도 참석한 적이 없을 뿐만 아니라 귀머거리여서 정권에 결코
위험분자가 될 수 없기 때문일 거다. 아니면 엄마가 아빠가 주무
실 때 드린 수면제의 효험일지도 모르겠다. 그 약 때문에 아빠는
그들이 깨우지 못할 정도로 깊이 잠이 들었던 것이다. 이유가 무
엇이든 아빠의 귀가 들리지 않는 것이 그날 밤에는 참 다행스러
웠다. 우리가 놀라 어찌할 바를 모르고 겁에 질려 있을 때 아빠는

세상모르고 태평하게 주무셨다.

몇 시간을 그렇게 집을 뒤진 후에야 그들은 자기들이 부숴버린 현관문 구멍으로 나갔다. 떠나면서 그들은 우리를 윽박지르고 위협했지만 손은 빈손이었다. 그들은 결국 라드 오빠를 기소할만한 아무런 물증도 찾지 못했다. 나는 엄마 곁에 서서, 무법자들이 사라지는 모습을 지켜봤다. 집 바깥으로 나가자 그들은 차를 타고 앰뷸런스보다 빠르게 우리 집 앞에서 사라져 버렸다. 그날 밤이 나로서는 목전에서 처음 당한 테러였다.

엄마와 사드 오빠는 이 사태를 어떻게 수습해야할 것인가를 상의했다. 사드 오빠는 '누나네 집에 가서 라드 형에게 사태가 진정될 때까지 북쪽 지방으로 피해 있으라고 하겠어요.'라고 말했다. 사드 오빠의 말에 나는 긴장했다. 아마도 라드 오빠는 이제 전단지나 살포하는 운동권 학생이 아닌 진정한 용사인 페쉬메르가가 되는 거야. 라드 오빠가 페쉬메르가가 되면 나도 그를 따라 산으로 들어가서 커디스탄에서 제일 어린 페쉬메르가가 될 것이라고 마음 속으로 결심했다.

사드 오빠가 '조안나, 네가 그렇게 빨리 현명하게 행동하다니 놀랍구나. 그 놈들이 바르자니 포스터를 봤다면 라드 형을 정말 기소했을거야.'라고 나를 보고 말하자 나는 얼굴이 빨갛게 달아오를 만큼 기뻤다. 사드 오빠는 외출복으로 갈아입고 엄마한테 택시비를 받아 들고 급히 집을 나갔다.

우리 집에 불어 닥친 위험을 겪으며 나는 이것이 내가 페쉬메르가가 될 수 있나를 시험하는 첫 번째 과제라고 생각했다. 어떠한 위험 순간에도 침착하자고 결심을 새로이 했다. 엄마는 나를 껴안고 뺨을 부비면서 '조안나, 넌 정말 똑똑하구나.'라고 칭찬해줬다. 그래, 나는 페쉬메르가가 되기 위한 첫 번째 시험을 통과한 거야. 페쉬메르가는 조사 받는 순간에도 냉철히 대응해야 해.

나는 엉망이 된 집을 보며 화가 나 안절부절 못하고 있었으나 엄마와 무나 언니는 조용히 앉아 있었다. 엄마는 '우린 이것을 빨리 치워야해. 너희 아빠와 아지즈 삼촌이 이 일을 알아선 안돼. 라드가 위험에 빠졌다는 것을 아빠가 알면 더 큰일이 벌어질 거야.'라고 말했다. 엄마의 판단은 옳았다. 어젯밤의 난리를 아빠가 안다면 그것을 따지러 아빠는 분명 보안부대 사무소로 달려 갈 것이다. 따지다보면 육탄전이 따를 것이고 그렇게 되면 아빠가 체포될 것이 분명했다. 그 당시 이라크 인권 상황은 그 어느 때 보다도 험악했다. 보안 당국이 아빠를 체포하여 구금한다면 아빠는 견뎌내지 못할 것이다. 또한 아지즈 삼촌도 우리가 보호해야 할 처지였다.

엄마는 '조안나, 아빠의 건강이 많이 좋아졌으니, 내일 아침에는 차를 마실지도 모르겠구나.'라고 말했다. 아빠는 이번에 아프시기 전에는 항상 해 뜰 때쯤 일어나 차와 잼을 바른 빵을 드셨다.

엄마는 '빨리 이것들을 치워야겠다.'하면서도 엄두가 나는 않으시는지 한숨부터 내쉬었다. 거실에서 물건들을 정돈하고 있을 때 누군가가 골목길에서 우리 집으로 다급하게 뛰어 오는 소리가 들렸다. 나는 또 '그 무법자들인가?'하며 고개를 들었다. 다행히 사드 오빠였다. 나는 오빠를 따라 엄마가 설탕을 쓸어 담고 있는 부엌으로 따라 들어갔다.

"너무 늦었어요."

"너무 늦었다고?"

"이미 라드 형을 연행해갔대요. 하디 매형까지."

"이미 연행해 갔다고?"

"예, 수색이 동시에 이루어졌어요. 그 세 놈이 우리 집에 들어 닥쳤을 때, 똑같은 부서에서 다섯 놈이 매형 집에 동시에 출동하여, 매형 집도 쑥대밭을 만들어 버렸어요. 그 놈들이 증거를 찾았다고 윽박지르며 형과 매형을 끌고 갔데요."

무나 언니는 마침내 울음을 터뜨렸다. 엄마는 처음으로 휘청하더니 넘어지며 간신히 의자 뒤를 잡았다.

"그 놈들이 내 아들을 잡아갔다고?"

나도 놀라 얼어붙었다. 라드 오빠가 체포되었다고? 안 돼. 아지즈 삼촌도 그 곳에 끌려간 후 그렇게 되었지 않아? 라드 오빠도 정신이 이상해져서 돌아올지 모른다는 불길한 생각에 가슴이 떨렸다. 그리고 하디 형부는? 알리아 언니와 결혼하기 전부터 우리 친척인 하디 형부는 인품이 점잖고 알리아 언니를 무척 사랑하여 공처가(아랍권에서는 흔치 않음)라고 친구들로부터 놀림을 당하는 사람이었다. 언니는 아들이 둘이었다. 네 살 된 샤스와르와 두 살 된 콴이다. 아빠가 없어진다면 그 애들은 어떻게 된단 말인가?

엄마는 재빨리 중심을 잡고 오빠에게 말했다.

"사드야, 파티마 고모에게 지금 바로 가서 이 사태를 알려라. 그 다음에 오쓰만 숙부에게 가서 도움을 청하거라."

나에게 아름다운 인형을 선물했던 파티마 고모는 이라크에서 영향력이 있는 여성이며, 고모부 또한 저명한 인사였다. 아버지 동생인 오쓰만은 정부에 좋은 인맥을 가지고 있었다.

엄마는 사드의 어깨를 두드리며, '너희 아빠가 주무시기 전에 내일은 공장에 나갈 거라고 얘기했으니, 아빠가 공장에서 일하고 계시는 동안에 우리는 라드를 연행한 보안대에 찾아가도록 하자. 아빠에게는 비밀로 해야 한다.'라고 말하자 사드 오빠는 더 이상의 설명이 필요 없다는 듯 고개를 끄덕였다.

사드 오빠가 떠난 후 엄마와 나는 바삐 청소를 했다. 정리는 생각보다 빨리 끝냈다. 무나 언니도 우리와 함께 했지만 내내 우느라고 별 도움이 되지 못했다. 우리가 겨우 일을 끝내고 자려고 할 때는 이미 해가 떠오르고 있었다.

한 인생이 몇 시간 만에 다 일어난 것 같았다. 우리는 일을 당하자 놀라 어찌할 바를 몰랐고, 우리 집은 아수라장이 되었다. 라드 오빠와 하디 형부는 강제 연행되고, 사드 오빠는 그들을 석방 시키려고 여기 저기 찾아다니고 있다. 엄마와 나는 정신없이 집안 정리를 마쳤다. 부서진 현관 문 말고는 어젯밤의 사건이 없었던 것처럼 되었다. 아침이 되면 엄마는 아빠에게 저 문에 대하여 어떻게 말할 것인가?

엄마가 잠을 이룰 수 없는 것은 당연한 일일 것이다. 엄마는 기도용 카펫을 깔고 메카를 향해 기도하고 있었다.

두어 시간 후 내가 눈을 떠 보니 무나 언니가 옆에서 자고 있었다. 집안 분위기가 우울하고 적막했다. 아빠가 십여 일만에 다시 공장에 나가시게 되어 다행이었다. 부엌 식탁에는 사드 오빠가 남긴 쪽지가 있었다. 하루 종일 조심하고 집 밖에 나가지 말라고 쓰인 쪽지였다. 무나 언니와 나는 말없이 그냥 먹을 거만 찾았다. 나는 마른 빵 한조각과 치즈만 씹었으나 울컥한 기분 때문에 삼켜지지가 않았다. 우리 둘만 집에 있는 경우가 드물어서 우리는 할 일 없이 이 곳 저 곳을 기웃거렸다. 그러다가 부서진 현관문이 치워져 없어진 것을 알았다. 아빠가 문이 부서져 버린 것을 보고 놀라는 모습을 내가 안 봐 다행이었다.

나는 괴로운 생각에서 벗어나려고 이리저리 걸었다. 그러나 라드 오빠 생각을 떨칠 수가 없었다. 나는 속이 메스껍고 쓰라렸다. 내가 태어난 이후 오빠들은 무척 나를 예뻐했다. 라드 오빠는 그 중에서도 더욱 그러했다. 그럴만한 이유가 있었다.

믿기지 않는 일이지만, 엄마는 다섯 번째로 나를 임신했을 때 나를 떼어 버리려했다. 1958년 혁명으로 아빠의 가구 공장은 폐쇄되고 우리 집은 갑자기 가난해졌다. 쌍둥이를 낳은 지도 얼마 안 되고 또 자식을 낳아 기를 엄두가 나질 않았다. 나를 낙태 시키려고 엄마는 계단에서 굴렀고 식탁에서 뛰어 내렸다. 심지어 산모도 위험한 독약까지 마시는 등 나를 지우기 위해 수단과 방법을 가리지 않았다. 의사가 아빠와 라드 오빠에게 그동안 엄마가 저지른 일들을 이야기하자 깜짝 놀랐다고 한다. 그때부터 두 사람은 엄마를 스물네 시간 감시하였다. 내가 건강히 태어나자 아빠와 오빠는 비로소 안심하였다.

라드 오빠는 나에게 가장 중요한 사람이었다. 내가 막 걸음마를 시작했을 때부터 나는 집안 이 곳 저 곳은 물론 티그리스 강까지 그를 따라 다녔다. 오죽했으면 그런 나를 두고 사람들은 작은 그림자라고 놀리기까지 했다. 여름이면 가끔 나는 티그리스 강둑에 앉아 그가 수영하는 모습을 보고 감탄하곤 했다. 어찌나 유연하고 빠른지 사람들은 그를 티그리스 강의 악어라고 불렀다.

그토록 자랑스럽고 사랑하는 오빠가 그 무지막지한 자들에게 끌려가다니! 고문 받는 오빠의 얼굴이 나를 괴롭혔다. 눈물이 자꾸 흘러 뺨을 적셨다.

우리는 아무것도 모르고 상상만하고 있는 것은 아닐까? 그러나 한 달이 말없이 흘렀고 또 한 달이 흘렀지만 그렇게 찾으려 해도 오빠와 형부에 대한 아무런 소식을 찾을 수 없었다.

여름이 가고 더위도 물러갔다.

엄마의 기도만이 암울한 집안 공기를 조금은 맑게 하는 듯했다. 그리고 고통스러운 기다림만이 우리 집을 짓눌렀다.

5
라드와 하디 돌아오다

바그다드

1974년 10월

엄마는 항상 진정한 기쁨은 기도가 응답 받을 때라고 하였다. 라드 오빠와 하디 형부가 끌려 간 이후 엄마의 기도는 계속되었다. 그런 엄마가 기뻐 탄성의 소리를 낸다는 것은 오직 한 가지만을 의미할 것이다.

알리아 언니 집 근처에 막 정차한 택시에서 라드 오빠와 하디 형부가 비틀거리며 내리는 것을 처음 본 사람은 엄마였다. 엄마의 외침소리에 알리아 언니와 조카, 사드 오빠가 집안에서 맨발로 뛰어나왔다. 엄마의 울음이 그치고 모두가 숨을 죽였다.

수척해진 라드 오빠에게서 이전의 늠름한 모습을 찾는 것은 무리였다. 너무 창백하여 유령 같았다. 또 허리가 너무 굽어 마치 기어 다니는 것 같았다. 내가 본 마지막 오빠 모습은 크고 우람했는데, 지금은 형편없이 야위었다. 옷은 넝마만도 못하여 무엇을 걸쳤는지 식별조차 할 수 없었다.

사드 오빠가 라드 오빠에게 달려가자 라드 오빠가 동생의 팔을 붙잡았다. 한참 그렇게 팔을 붙잡고 서있던 라드 오빠는 내가 등하교 길에 만나는 늙은 장애인처럼 천천히 움직였다. 아니, 그 늙은 장애인들도 오빠 옆에 있으면 건강한 사람으로 보일 것만 같았다.

그 뒤에 하디 형부가 있었다. 형부도 오빠와 같은 형상이었다. 그의 얼굴은 창백한 잿빛이었고 그의 전매특허인 미소는 찾아 볼 수 없었다.

그들의 형상은 참혹했지만 알리아 언니는 기쁨에 넘쳐 형부에게 달려갔다. 나는 언니에게 형부가 잡기만 해도 부서질 것 같다고 말하려 했으나 말이 나오질 않았다.

엄마가 큰 아들에게 달려가 손으로 얼굴을 부비고 와락 끌어안는 것을 보자 나도 눈물이 왈칵 쏟아졌다. 엄마는 석 달 동안이나 아들 소식을 몰랐다. 내내 죽지 않았나 걱정하고 있었다. 엄마, 사드 오빠, 알리아 언니 그리고 파티마 고모와 친척들은 모두 라드 오빠와 하디 형부의 행방을 찾는 데 전력을 다했고, 석 달 만에 형무소에 있는 것을 알아냈다. 그때부터 가족들은 그들의 석방을 위해 친척까지 동원하여 돈을 모았다. 모아진 돈은 보안대에 전해졌지만, 그들은 거금을 받고도 즉각적인 석방을 하지 않았다. 우리는 무작정 기다릴 수밖에 없었다.

오랜 기다림 끝에 그들은 결국 우리 품으로 돌아왔다. 목숨이 금세라도 꺼질 것 같았지만 그들은 분명 살아있었다.

라드 오빠는 현관문에 들어서는 것조차 힘들어했다. 마라톤을 완주한 사람처럼 숨을 헐떡거렸다. 내가 이제까지 알았던 당당하고 우람하던 오빠의 모습은 더 이상 찾아볼 수 없었다. 머리는 헝클어졌고 턱수염은 추레했다. 입술은 피가 나올 듯 터져 있었고, 멍하게 벌린 입술 사이로 누런 이빨이 엿보였다. 나는 오빠를 더 이상 바라볼 수가 없었다. 고개를 돌려 형부를 쳐다보니, 눈이 퀭하고 수척해져 있었다. 그런 형부를 알리아 언니가 서글픈 눈으로 빤히 보고 있었다. 그들의 초췌한 모습에 놀란 무나 언니는 바들바들 떨면서 오빠와 형부에게 물 잔을 내밀었다.

엄마와 알리아 언니는 그들을 방으로 들이고 우선 좀 요기를 하게 했다. 그리고 목욕을 하고 좀 쉬라고 말했다. 무나 언니와 나는 서로 바라보기만 할뿐 아무런 말도 할 수 없었다. 언니는 방으로 들어갔으나 나는 내 마음을 진정시키느라고 오랫동안 현관에서 빈 하늘만 쳐다봤다.

그날 오후 늦게야 우리 가족은 평온을 되찾았다. 오빠와 형부가 석방되어 돌아왔다는 소식을 듣고 친척들이 모여들었다. 덕분에 집안 분위기는 활발해졌다. 오빠가 끌려 간 후 엄마를 위로하고 돕기 위해 아이샤 이모가 술래마니아에서 우리 집에 와 있었는데 나는 아이샤 이모를 제일 좋아하여 오늘도 이모 옆에 바짝 붙어 앉았다. 엄마는 아빠에게 사촌을 보내 알리아 언니의 상태가 좋지 않아 밤늦게야 집에 가겠다고 기별을 보냈다. 엄마는 지금까지도 오빠와 형부의 체포사실을 아빠에게 비밀로 하고 있었다. 그러자니 거짓말이 거짓말을 낳고 있었다. 아빠에게 절대 이야기가 들어가지 않도록 사람들 입단속도 철저히 시켰다. 아빠한테는 알리아의 건강이 안 좋아 엄마가 언니네 집에 가는 것이고, 라드 오빠는 운 좋게 유럽 여행을 하게 되어 장기간 집을 비우게 되었다고 둘러댔다. 나는 오빠가 건강을 되찾아서 아빠와 만날 날이 빨리 오기를 바랐다.

우리는 오빠와 형부 주위에 둘러앉았다. 항상 즐겁게 이야기를 주도하던 형부는 말이 없었다. 라드 오빠가 그동안 일어난 일을 말해주겠다고 운을 뗐다. 내가 아이샤 이모의 손을 꽉 잡자 이모는 나의 머리를 쓰다듬으셨다. 오빠에게선 예전의 활기찬 목소리를 찾을 수 없었다. 힘없고 쳐진 오빠의 목소리를 듣고 있노라니 슬펐다.

"우리가 체포되던 시각은 모두 잠든 야심한 시각이었어요. 누나, 매형과 두 조카는 더위를 피해 정원에 자리를 깔고 자고 있었고 나는 지붕 위에 누워있었어요. 나는 종려나무 가지 사이로 보름달을 쳐다보며 라디오를 듣고 있었어요. 그때 갑자기 인기척을 느꼈어요. 나는 매형이겠지 하며 고개를 들어보니 놀랍게도 민간복장에 소총을 든 괴한 다섯 명이 날 에워싸고 있었어요. 나는 이상한 소리를 전혀 듣지 못했기 때문에 이들이 어떻게 지붕 위까지 올라왔는지 의아했어요."

"그들이 말없이 다가오더니 나를 무자비하게 가격하고 폭언을 퍼부었어요. 라디오를 잡아채곤 계단으로 끌고 갔어요. 그들은 이미 매형도 붙잡고 있었어요. 누나와 어린 두 조카는 겁에 질려 있었어요. 그들이 내 방을 마구 뒤지자 매형이 '도대체 당신들은 누구냐?'고 물었어요. 그러자 그들은 내가 이스라엘과 쿠르드 스파이라고 말했어요."

"나는 내가 '쿠르드 학생 연맹' 회원인 것을 문제 삼는 것 같은데 그것은 이미 1970년 3월 이후 합법화된 것이라고 말해도 그들은 들은 체 하지 않았어요. 그즈음 쿠르드 학생에 대한 감시가 강화되었다는 소문을 들었기 때문에 그 선상에서 나도 조사를 하나보다 라고 생각했어요. 또, 며칠 전에 나에게 '바트 학생 연맹'에 가입하라고 했으나 내가 거절해서 나를 조사한다고 생각했어요."

나는 오빠의 말을 들으며 그날 밤 우리 집에 들이 닥쳤던 그 무법자들을 생각하며 고개를 끄덕였다.

라드 오빠가 차를 마시는 사이에 하디 형부가 주저하며 말을 이었다.

"집안에서 그들이 찾은 것은 라드가 만든 팸플릿뿐이었는데 거기에 라드는 정부가 쿠르드 언어와 역사를 배우게 허용한 것은 좋은 정책이라고 썼을 뿐 불법적인 것은 없었어요. 그런데도 그들은 그것을 흔들며 환호하더니 나와 라드의 얼굴을 수건으로 묶었어요. 알리아가 울며 애원했지만 우리는 결국 보안대 만수르 본부로 끌려갔어요. 전에도 내가 몇 번 가봤는데 무척 크고 오래된 건물이지요."

형부는 재채기가 심해서 방을 나가자 라드 오빠가 계속해서 이야기 했다.

"그곳에서 의자에 앉히더니 눈가리개를 풀어주더군요. 험상궂고 멍청하게 생긴 수사관이 다짜고짜 무선라디오로 정보를 딴 곳에 빼돌린다고 우겼어요. 나는 이자들이 왜 이런 억지를 쓰나 생각해 보니 내가 며칠 전에 매형의 차를 빌려 타고 파티마 고모 댁을 간 것이 생각났어요. 고모 댁에서 나오면서 나는 차의 안테나선이 느슨한 것을 보고 그것을 나중에 고치려고 차에서 빼어 손에 들고 있어요. 그때 한 행인이 나를 쳐다보며 지나가고 있었어요. 그 자가 아마 바트당원이며 나를 고발한 것이 아닌가하는 생각이 들었어요."

"조사관은 내가 그 안테나를 이용해 히브리말로 이스라엘에 정보를 보내고 쿠르드 말로 바르자니당에 정보를 보냈다고 우겼어요."

가족들은 '참 그 스파이가 유식하여 쿠르드어와 히브리말도 할줄 알고 또 어떤 스파이가 멍청하여 행인들이 보는 데서 외국어로 정보를 보내냐'며 기막혀 했다. 라드 오빠는 쓴 웃음을 지으며 말을 계속했다.

"그네들 억지가 하도 말이 안 되어 나는 내가 간첩질을 하는 그순간에 나를 체포하지 않았냐고 물었죠. 내가 그네들 말처럼 정말 간첩이라면 대로에서 그런 짓을 하는 무능한 스파이 짓은 안할 거라고까지 말했어요. 또한, 내가 그 짓을 한 날짜와 시간을 대라고 했지요. 그런데 그 자가 말한 날은 내가 파티마 고모 댁에 가지 않은 날이었어요. 그날은 내가 친구 스물두 명과 축구를 하고, 그들과 같이 티그리스 강에서 수영하던 날이었어요. 나는 알리바이를 증명할 수 있으니 조사해보라고 했지요."

"조사관이 부관을 불러 스물두 명의 명단을 적으라고 했을때 나는 그 말을 한 것을 후회했어요. 내가 쿠르드 학생 연맹에가입할 때 경험 많은 선배가 우리 중 누군가 체포되면 절대 동지의 이름을 발설하지 말라고 한 충고가 생각났거든요. 그 선배는 죽을지언정 비밀을 지키라고 했지요. 그래서 나는 입을다물고 같이 축구하고 수영한 친구들의 이름을 말하지 않았어요."

"내가 이름을 대지 않자 그 자가 벨을 흔들었고, 낯선 두 명이 들어왔어요. 그들은 내가 수영한 그 날 안테나를 통해 히브리말과 쿠르드말로 정보를 보내는 것을 목격했다고 진술하더군요. 나는 히브리말은 들어본 적도 말해본 적도 없다고 했지요. 그러자, 매형을 끌고 들어와 나와의 관계를 묻더군요. 매형은 처남이라고 대답했어요. 그 자는 매형을 쿠르드 동조자라고 다그쳤어요. 매형은 자신이 쿠르드인이지만 평화를 사랑하는 한 가정의 가장이며 안정적인 직장을 갖고 있는 엔지니어라고 말했어요. 평범한 바그다드 시민이라고 항변하기도 했지요. 그러나 그들은 매형의 동생이 페쉬메르가이고 최근에도 매형이 동생을 만난 것을 다 알고 있었어요."

"그들은 다시 우리의 눈을 가리고 건물 밖으로 끌고 가선 차에 태웠어요. 그 순간 아지즈 삼촌이 생각났어요. 아지즈 삼촌이 천장에 매달려 일주일 동안 매를 맞고 고문을 받아 폐인이 된 것만 기억이 났어요. 나도 그런 끔찍한 일을 당하는구나 생각하니 겁이 났어요. 차가 정지하고 눈가리개를 풀더군요. 우리는 높은 벽으로 둘러싸인 캄캄한 곳으로 끌려갔는데 나중에 생각해보니 그곳이 형무소 뒤뜰인 것 같았어요. 우리를 나란히 세우기에 아마도 우리를 총살시켜 매장 하려나 생각했어요."

"보름달은 빈 하늘에 걸려있었고, 우리 옆에는 커다란 금속 뚜껑이 있었어요. 그들이 그 금속 뚜껑을 열었어요. 그곳에는 깊은 웅덩이가 있었는데 그들은 사다리를 내려놓더니 우리에게 그 웅덩이로 내려가라고 했어요. 나는 그게 뱀 굴이려니 생각했어요."

하디 형부가 그때 방으로 들어오면서 '뱀 굴이면 차라리 괜찮지요. 나는 묘지 속으로 들어가나 생각했어요.'라고 말했다.

엄마는 라드 오빠 곁으로 가더니 그의 목과 팔을 만지며, '아들아, 남은 이야기는 다음에 듣도록 하자.'라고 말했다.

라드 오빠는 '제 기억이 생생할 때 이야기 하겠어요. 훗날 이 정권이 선량한 시민을 무자비하게 고문한 사실을 세상이 알게 될 때가 올 거예요. 위에서 금속 뚜껑이 닫히고 매형과 나는 칠흑 같은 웅덩이 속에 갇혔어요.'라고 이야기하면서 고개를 들었다.

하디 형부가 다시 말을 이었다.

"더욱 놀란 것은 어둠 속에서 들리는 거친 숨소리였어요. 칠흑같이 어두워 아무것도 보이지는 않는데, 곁에서 악취와 함께 거센 숨소리가 들렸어요. 공포에 질려 누구냐고 소리치자 '나는 나자프에서 잡혀온 자로 이곳에서 벌써 일주일째 혼자 있어요.'라고 가냘프게 대답하는 소리를 들었어요."

나자프는 바그다드 남쪽의 대도시로 이슬람 시아파의 본거지이다. 사자프는 예언자 무하마드의 사위인 이맘 알리의 무덤이 위치한 시아파의 성지이며, 얼마 전에 시아파들이 폭압자 수니파의 사담 후세인에게 대대적으로 맞섰으나 무자비하게 진압된 곳이었다.

형부는 그 악취가 짐승이 아닌 사람의 냄새라는 것을 알았고 그 냄새가 해가 되지 않는다고 생각하니 안심이 되면서 그 사람이 측은해졌다고 한다.

라드는 공허하게 웃으며 말을 이었다.

"그 자는 자기 형이 사담에게 가장 위협적인 시아파의 일원으로 프랑스로 도피 중이라고 말했어요. 자기는 정치적인 일에 전혀 개입하지 않았으나 형 대신 인질로 붙들려있으며 형이 돌아오지 않으면 대신 처형될 거라고 말했어요. 우리는 밤새 이야기했으나 워낙 기진한 상태라 기분이 나아지지 않았어요. 그는 우리 셋이 그 구덩이에서 죽게 될 것이라고 말했어요. 내가 제일 먼저 죽고 자기가 곧 뒤따라 죽게 되고 매형은 몇 주간은 버틸 것이라고 말했어요."

"다음날 아침 해가 떠오르니 그동안의 고문보다 더 힘든 일이 일어났어요. 우리가 갇힌 웅덩이는 한 번도 청소하지 않은 화장실이었어요. 위는 금속으로 덮여 있었는데, 내리쬐는 햇볕 때문에 뚜껑이 뜨거워지면서 웅덩이 안은 점점 더 무더워졌어요. 더위와 열기 때문에 우리가 있는 곳에선 고약한 냄새가 나기 시작했어요. 그 냄새 때문에 단 하루도 견디지 못하고 죽을 것만 같았어요."

"한낮쯤에 금속 뚜껑이 열리더군요. 그곳에서 따뜻한 물 한 주전 자가 내려왔는데, 내려오면서 거의 다 새어버렸어요. 그리고 우리 셋이 먹으라고 빵 하나를 던져 주더군요. 나는 먹을 수가 없었고 매형은 먹으려고 하다가 못 먹더군요. 그래서 나자프에서 온 자가 혼자다 먹었지요. 그런데, 그는 고문도중 이빨이 다 뽑혀 하나도 없었고, 발톱과 손톱도 다 뽑혔더군요. 나도 조만간 그렇게 당할 것이라고 생각하니 등골이 오싹했어요."

라드 오빠는 머리를 긁적거리며 '이가 많아요.'라고 말했다. 라드 오빠의 머리에 이가 있다니!

라드 오빠는 계속해서 말했다.

"다음날부터 우리는 날짜를 인식할 수 없었어요. 그 열기와 악취는 우리를 미치게 했고, 기약 없는 기다림은 끊이질 않았지요. 나는 매형이 더 버티지 못하고 쓰러질까봐 걱정했어요."

하디 형부는 힘없이 웃으며 '나는 라드가 쓰러질까봐 걱정했지.'라고 말했다.

라드 오빠는 힘겨운지 얼굴을 찌푸리며 이야기를 계속했다.

"그러다 그 자의 말대로 내가 제일 먼저 쓰러져 의식을 잃었어요. 굶주림과 열기 그리고 악취로 나날이 몸이 약해진 거지요."

형부가 말을 이었다.

"라드가 죽은 것처럼 보였어요. 내가 소리쳐 간수를 불렀고,

나자프 사람이 라드의 목을 만지더니 죽었다고 말했어요. 나는
하늘이 무너져 내리는 것 같았어요. 소리쳐도 간수가 오지 않아
서, 돌멩이로 머리 위에 있는 금속 뚜껑을 몇 번 두드리자 간수
가 나타났어요. 라드가 죽었다고 소리쳤어요. 그러자 그들은 라
드를 끌어올리더군요. 한참동안 찬물을 끼얹는 것 같더니 '이
자가 살았다.'고 외치는 소리가 들렸어요. 그 자들은 다시 금속
뚜껑을 덮었어요. 그때부터 라드에게 어떤 일이 일어났는지 몰
라요"

　라드 오빠가 다시 형부의 말을 이었다.

　"그 날이 바트당의 집권 기념일인 7월 14일인 것 같았어요. 간
수들은 맥주를 마시며 춤을 추고 있더군요. 그들은 나를 종려나
무에 묶어 놓았고 나는 그들이 술을 퍼마시고 춤추는 것을 다 지
켜봤어요."

　사드 오빠는 형과 매형의 고문 이야기를 듣고 오장이 뒤틀리
는지 얼굴이 붉으락푸르락 거렸다. 사드 오빠는 우리 형제 중에
서 가장 신앙심이 돈독했다. 기도 시간은 한 번도 빠뜨리지 않
았으며, 누이들의 옷차림에도 신경을 썼다. 선량한 사람을 그런
곳에 감금 시켜 빈사상태로 만들면서 자기네들은 술이나 퍼마
시고 춤을 추고 있다니 하는 생각에 오빠는 치를 떨고 있는 듯
했다. 사드 오빠는 입술을 꽉 깨물고 라드 오빠의 말을 듣고 있
었다.

"내가 종려나무에 묶인 채 고개를 숙이고 있는데 어떤 술 취한 자가 내 곁으로 오더니 나에게 오줌을 갈기려고 했어요. 나는 소리 지를 힘도 없는데, 그 자가 갑자기 '아니, 이자는 라드 알아스까리 아니야?'라고 하는 거예요."

"그 자는 내가 알아다미야 체육관에서 농구하는 것을 몇 번 본 적이 있었던 거예요. 그래서 내가 그에게 나는 죄 없이 끌려 왔으니 도와 달라고 말했어요. 그 자는 자기 계급이 너무 낮아서 죄 없이 끌려온 자기 친척도 도와주질 못하고 있다고 말하더군요. 그럼 우리 가족에게 연락이라도 해달라고 말했어요. 그러자 그 자는 그것이 알려지면 자기도 내 옆에 묶여있게 될 거라며 거절하더군요."

"그가 사라진 다음 날 아침, 마당에 수백 개의 금속 뚜껑이 덮여 있는 것을 보고 깜짝 놀랐어요. 하나하나의 뚜껑 속에서는 죽어가는 사람들이 몇 명씩 있을 것이라고 생각하니 치가 떨렸어요. 실제로 가까운 웅덩이에서는 신음하는 애절한 소리가 들려왔어요. 어느 누구나 살아남지 못할 거라는 생각이 들더군요. 나는 이틀 동안 종려나무에 묶여 있었어요. 그런 후에 건물 안으로 다시 끌려 들어와서 취조를 당했어요. 이번엔 더 험악하고 검은 사람이었어요. 무장을 하고서 서툴게 권총을 흔들고 있었어요. 그는 나에게 총을 겨누며 '야이 바르자니 주구새끼야, 빨리 실토하면 고문을 안 할 것이고 정상도 참작해 주겠다.'고 협박을 했어요. 그는 아주 미친 사람이었어요. 그때 문이 열리면서 다른 피의자가 내팽개쳐지며 들어오더군요."

라드 오빠는 잠깐 긴 한숨을 내쉬었다.

"나를 취조하던 자는 밖으로 나가더군요. 그 피의자가 살려 달라고 쿠르드어로 말했어요. 취조하는 기술 중 하나가 같은 피의자를 한 방에 가두어 서로에게 비밀을 털어 놓게 하는 것이라고 들은 적이 있어서 나는 조심 했지요. 그에게 왜 붙잡혀 왔냐고 물으니까 쿠르드 방송을 들은 죄로 붙잡혀 왔다더군요. 그런데, 쿠르드 방송 청취는 1970년 이후 합법화된 것을 나는 알고 있었지만 아무 말도 안 해 줬어요."

"나는 무슨 일이 또 일어날지 몰랐어요. 그때 문이 열리고 건장한 사람 세 명이 들어오더니 아무 말 없이 다짜고짜 그 피의자를 개 패듯이 때렸어요. 그가 거친 소리를 내더니 쓰러지더군요. 팔다리가 축 쳐졌어요. 죽은 것 같았어요. 그들은 쓰러진 자를 끌고 나갔어요. 그리고 다른 취조관이 들어 왔어요. 그가 아주 낮은 소리로 이야기하는 바람에 저는 그의 말을 거의 알아들을 수가 없었어요. 그가 커튼으로 가려진 창문을 여니 밖의 종려나무가 보였어요. 나는 그 종려나무 밑 웅덩이에 사람들이 매장되어 있다는 생각에 몸서리쳤어요. 또 형무소 밖의 일반 시민들은 그 끔찍한 사실을 전혀 모르고 있고 외국 정부들은 그러한 사담 정권을 비호하고 있다고 생각하니 억장이 무너졌어요. 선량한 시민들이 정부의 이름으로 무고하게 고문당하여 죽어 가는데 왜 아무도 모르고 관심도 기울이지 않는가?”

그 취조관이 나를 이상한 눈빛으로 쳐다보며 다그쳤어요.

“너는 왜 조국을 배신하였느냐? 부인하지 마라. 네가 무선 안테나로 이스라엘과 쿠르드에 스파이 노릇한 것을 목격한 증인이 있다. 이 모든 것이 네 조국에 얼마나 해가 되는지 모르느냐?”

나는 갑자기 이 자에게 매달리고 싶은 생각이 들었어요.

“우리 엄마가 쿠르드인이기 때문에 내가 쿠르드어를 할 줄 알아요. 내가 쿠르드 학생 연맹에 가담하여 활동한 것은 사실이지만 그것은 이라크 정부와 쿠르드 간에 1970년 3월 11일에 체결된 합의서에 의하여 허용된 것이라고 말했어요. 이번 나의 체포는 날조되고 허위에 의해 조작된 것이라고 설명했어요.”

“이 자와는 통할지도 모른다는 생각이 들었어요. 그에게 이전의 취조관들은 내가 사실을 말하면 화를 냈다고 말했어요. 자기네 의견만 일방적으로 주장했고, 강압 때문에 조서를 썼다고 강변했어요. 당신은 현명한 사람이니 사실을 밝혀 달라고 애원도 했어요. 내가 도로상에서 스파이 노릇을 했다고 목격자가 말하는 그날 나는 분명히 축구를 했고, 티그리스 강에서 수영을 한 알리바이가 있다고 그에게 다시 설명했어요.

“그는 내 말은 전혀 듣지 않고 자파르 삼촌 이야기를 꺼냈어요. 근대 이라크 건국에 지대한 공헌을 하고 초대 국방장관을 지낸

삼촌을 둔 내가 조국에 반역 행위를 한 것을 자파르 삼촌이 알면 부끄러워할 것이라고 말하며 이스라엘 운동과 쿠르드 운동은 중대한 반역 행위라고 못을 박더군요."

"나는 다시 매형이 갇혀있는 웅덩이로 끌려갔어요. 매형은 내가 죽었다고 생각했는데 살아서 돌아오니 무척 기뻐했어요. 그동안 매형도 갖은 고문을 당했어요. 그동안의 고문에 우리가 살아있었던 것은 기적이었어요."

그렇게 두 사람은 5일을 그 웅덩이에 갇혀 있었다.

"5일째 되던 날 나자프 사람이 빈사상태에 빠졌어요. 거의 움직이지 못했지요. 6일째 되는 날, 매형과 나는 웅덩이에서 끌려나왔어요. 앞으로 어떤 고난을 당할지 몰랐지만 그 웅덩이에서 나오게 되었다는 사실만으로도 다행이라고 생각했어요."

아이샤 이모는 '그 불쌍한 나자프 사람은 어떻게 되었니?'하고 물었다.

형부는 '우리가 웅덩이에서 끌려 나오고 대신에 다른 사람 셋이 그 웅덩이에 들어갔습니다. 나자프 사람은 이미 그 웅덩이에 넉 달이나 있었고 우리가 나올 때 이미 빈사상태였기 때문에 벌써 죽었을 거예요.'라고 말했다.

눈에 띄게 힘이 빠진 엄마는 '라드야, 그 다음에는 어찌 되었니?'라고 물었다.

"우리에게 검정으로 막힌 안경을 씌우고 차에 실었어요. 어딘

가로 가는데 고개를 움직이면 조금은 볼 수 있었어요. 우리는 바그다드 서쪽으로 한 시간 정도 달렸어요. 그곳은 악명 높은 아부가리브 형무소였어요. 그때 우리의 모든 희망이 사라졌다고 생각했어요."

아이샤 이모 팔에 안겨 있었지만 나는 전율했다. 이라크 사람이라면 누구나 사람을 고문하고 죽이는 것으로 악명 자자한 그 감옥을 다 알고 있었다. 내가 태어날 무렵에 건설된 아부 가리브는 다섯 구획으로 구성된 거대한 감옥도시였다. 건축 이후, 쿠르드인과 시아파 그리고 사담 후세인에 저항하는 수니파들을 잡아들이는 정치범 수용소로 쓰이고 있었다.

하디 형부가 아부 가리브 형무소에 대하여 이야기했다.

"그들은 우리를 십 수 명이 있는 방에 배정했어요. 그 곳에는 쿠르드인, 시아파, 팔레스타인 등 외국인도 있었어요. 일 년 넘게 갇혀 있는 스페인 기자도 있었고요. 다행히 우리가 갇힌 구역에는 바가 있어서 딴 방에 있는 죄수나 간수의 눈을 피해 이야기를 할 수 있었어요."

"매형 말대로 그 땅굴에 비하면 이곳은 천국 같았지요. 우리에게는 허용되지 않았지만, 식당, 체육실, 기도실도 있었어요."

라드 오빠가 말을 이었다.

"우리가 이 감옥에 도착했을 때 어느 재소자가 우리에게 '당신들은 며칠 안에 석방되거나 종신형에 처해지거나 사형에 처해질 것이다.'라고 말해 줬어요. 죽을지 살지 모르는 채 산다는 것이 무척 괴로웠어요."

내가 형부 쪽을 쳐다보았다. 형부는 막내아들 샨을 안고 있는 언니와 큰아들 샤스와르 사이에 앉아 있었다. 얼마나 행복한 가족인가? 그들을 보자 나는 눈물이 왈칵 쏟아졌다.

"그곳에서 일곱 주가 지났지만 우리에게 아무런 조치가 없었어요. 시간이 지나면서 불려나가 처형당하는 재소자들도 많아지더군요. 어느 날 의사가 나를 진찰하더니 필요한 게 있느냐고 물었어요. 의사는 재소자에게 독약을 처방하고 독주사를 놓아준다는 말을 다른 재소자들에게 들은 적이 있어서 겁이 났어요. 그래서 나는 몸은 괜찮고 석방되기만을 바란다고 말했어요."

"그 의사는 나에게 '이곳은 재소자들 중 석방이 임박한 자만 오는 곳이네. 명심하게. 밖에 나가 이곳에서 겪거나 본 것을 절대로 말해서 안 된다네. 만약에 발설하면 다시 붙잡혀오게 된다네.'라고 알려줬어요. 내가 방에 돌아와 보니 매형이 보이지 않았어요."

오빠가 들어오자 문이 닫혔다. 매형 걱정을 하려던 그때였다.

"문이 닫히자마자 방에 있던 자들이 미친 듯이 나를 덮쳐 왔어요. 형무소 당국이 이들을 통해 나를 살해하라고 지시한 줄 알았지요. 나는 발버둥을 쳐 보았지만 그들의 힘은 감당할 수 없었어

117

요. 그들은 내가 입고 있던 파자마 팬티 등 모든 것을 벗겼어요. 애원했지만 소용없었어요."

"그때 한 사람이 나에게 '걱정 말아요. 의사에게 갔다 오면 석방이 된다는 신호예요. 당신 등 뒤에 우리들 집 전화번호를 적어 놓을 테니 밖에 나가거든 우리들이 아부 가리브 형무소 정치범 수용소에 있다는 말만 전해 주세요. 그러면 그들은 누가 전해주는 말인지 알거예요. 절대로 딴 말은 하지 말아요.'라고 말하는 거예요. 나중에 사드가 내 등 뒤에 있는 전화번호를 베끼면 나는 그 번호로 전화해 줄 겁니다. 그게 내가 그들을 위해 할 수 있는 최소한의 일이니까요."

나는 아이샤 이모 품에서 나와 라드 오빠 뒤로 갔다. 등을 살펴보니 전화번호들이 어지럽게 적혀 있었다.

나는 그 모진 고문에서 살아 온 오빠를 경외하며 쳐다봤다.

내가 사랑하는 오빠! 라드 오빠도 나를 보며 '조안나, 너를 다시 보다니!'라며 말했다. 내 뺨이 붉게 달아올랐다. 나는 오빠에게 할 이야기가 많았다. 황금색 눈빛을 갖고 있는 올빼미 이야기며, 오빠가 그 무서운 감방에서 절망하며 쳐다봤다던 그 보름달을 그 시간에 나도 오빠를 생각하며 바라보고 있었다는 이야기도 하고 싶었다. 그의 머리에 이가 있는 것도 개의치 않고 나는 오빠에게 다가가서 뺨에 뽀뽀를 했다. 그러자, 오빠는 '매형은 오늘 아침까지도 돌아오지 않아 등 뒤에 전화번호가 안 적혔지요.'라며 그 비극의 마지막 말을 했다.

하디 형부는 '끌려 나가 내가 다니던 회사에 갔어요. 간수들이 말하기를 내가 석방되면 회사에서 다시 고용하겠다는 보증이 필요했대요. 내가 아무런 예고 없이 장기간 회사에 나오지 않다가 꾀죄죄한 행색과 악취를 풍기며 간수와 함께 회사에 나타났으니 회사 사람들이 얼마나 놀랐겠어요? 그러나 내가 석방되면 즉시 다시 고용하겠다고 약속해 주었습니다.'라고 말했다.

엄마는 '알라여, 감사합니다!'라고 말했다. 정치범에서 풀려온 자를 다시 고용하는 것은 쉬운 일이 아니었다.

라드 오빠는 마지막 이야기를 했다.

"몇 시간 전에 매형과 나는 형무소 정문 앞에 내동댕이쳐졌어요. 우리는 그렇게 석방된 거지요. 목이 메었어요. 머리는 산발되고 턱수염은 꾀죄죄한 두 미치광이를 보고 택시 기사들은 다 피해 갔어요. 그때 나이 많은 기사를 만났어요. 우리는 잘못 체포되었다가 석방됐다고 말하자 그는 순순히 우리를 태워줬어요. 그 기사의 아들도 작년에 체포되었대요."

엄마와 알리아 언니가 오빠와 형부에게 차를 따라 주었다. 오빠와 형부가 살아 돌아온 것이다. 가족의 품으로! 그것이 중요했다. 축제가 시작되었다.

우리의 불행이 이제 끝났다고 생각하자 나는 가슴이 벅차오르고 목이 메어왔다. 오빠와 형부는 말없이 조용히 앉아 있었다.

그들의 눈은 젖어 있었고 아직은 실감이 나지 않는 것 같았다. 그들은 절망의 심연에 빠졌으며 그 곳에서 그들의 불행은 물론 이라크의 암울한 장래를 감지한 것 같았다.

　그런데, 사실은 그들의 이번 사건이 불행의 끝이 아니라 시작에 불과한 것이었다. 불행하게도 우리 집안의 불행은 이제 시작된 것이다.

2
처녀 조안나

6
죽음

바그다드

1976년 10월

　내가 백년을 산다 해도 라드 오빠와 하디 형부가 바트당 악마의 마수에서 구사일생으로 살아 온 이야기는 절대 잊을 수 없을 것이다.

　건강을 어느 정도 회복한 후에 라드 오빠는 다시 학교에 나갔다. 하지만 매달 한 번씩 보안대에 출두하여 다시는 국가에 반한 범죄를 저지르지 않겠다고 보고하고 질문에 답변해야 하는 의무가 주어졌다. 법 없이도 살 오빠가 범죄자 취급을 받고 있었다. 오빠가 아직도 쿠르드 학생 연맹 활동을 하고 있다면 아마도 이제는 가족에게 비밀로 했을 것이다.

내색하진 않았지만, 하디 형부의 건강에 대한 알리아 언니의 걱정은 뿌리 깊었다. 형부는 직장에 복귀하긴 했지만 얼굴은 창백했고, 주름은 깊었다. 게다가 그 밝던 표정은 언제나 딱딱했다. 밤마다 구덩이 속에 갇혔던 악몽으로 고생하고 있었다. 두 아이들의 웃음은 사라지고 우는 때가 많다고 엄마에게 속내를 털어놓곤 했다. 한 가지 다행인 것은 언니가 셋째를 임신하였고 해산달이 다가 오고 있는 것이었다.

천성이 약한 무나 언니는 라드 오빠의 고문 이야기를 듣고 마음에 상처를 받았고 몸도 눈에 띄게 수척해졌다.

천성이 종교적인 사드 오빠는 큰오빠의 사건 이후 더욱 종교에 심취하고 있었다. 기도 시간을 한 번도 빠뜨리지 않았으며, 언니의 여섯 살, 네 살 된 어린 아들들을 기도에 데리고 다녔다. 한참 뛰어놀 어린애한테는 힘든 일이었다.

사드 오빠는 이슬람 성직자의 길로 가는 것 같았다. 믿음이 강한 엄마는 이를 반겼지만 나는 마음이 내키지 않았다. 왜냐하면 오빠가 성직자가 되면 더 권위적이 되어 우리의 모든 행동을 코란에 입각하도록 간섭할 것이기 때문이다.

엄마는 평온함을 유지하고 있었으나 마음에 멍이 들어 있었다. 눈과 입가에 주름이 늘어나는 것이 보였다. 바트당이 활개 치는 바그다드에 산다는 것 자체가 엄마에겐 괴로운 일이다. 고운 얼굴에 주름마저 깊게 패이고 있으니 말이다. 큰오빠가 그 고초를 당했음에도 엄마는 쿠르드에 대한 지원을 끊지 못했다.

나는 나름대로 내 계획에 가슴 뿌듯해했다. 나는 어느 정도 크면 쿠르드를 위해 헌신할 작정이었다. 누구도 내 계획을 막지 못할 것이다. 엄마는 저 잔악무도한 바트당이 집권하여 쿠르드는 역사 이래 가장 위험하게 되었다고 걱정했다. 엄마는 우리들에게 말과 행동을 조심하라고 말했으며, 누구에게나 책잡히는 일이 없도록 하라고 당부했다. 나는 커서 정치적 일을 하게 되면 정말 조심하여야겠다고 마음을 다졌다.

아빠만이 오빠의 사건을 알지 못하고 있었다. 아빠와 결혼한 후 몇 년 동안 엄마는 아빠와 몸짓으로 모든 의사소통을 하게 되었다. 엄마는 그날 밤 도둑이 들었다고 말했다. 현관문을 부수고 들어 왔으나 사드가 칼로 그들을 몰아냈다고 변명했다. 가구 만드는데 명장인 아빠는 견고한 목재 문을 다시 만들었다. 나는 지금까지 그렇게 훌륭하고 견고한 대문을 본 적이 없다. 게다가 튼튼한 열쇠까지 달아 탱크가 아니라면 누구도 부술 수 없게 만들었다.

확실히 내 삶은 오빠 사건 이후 달라졌다. 차 소리만 들려오면 나는 지체없이 커튼 뒤로 달려갔다. 그곳에 숨어서 바깥을 보다가 이상한 사람이 내리면 가족들에게 잽싸게 알렸다. 담장을 넘어 피신하라고 말해줄 심산이었다. 나는 이것을 매일 연습했다.

덕분에 경고를 발하여 비상용 가방을 들고 담장까지 달려가는데 불과 일분 여밖에 걸리지 않게 되었다. 나의 이러한 연습을 엄마와 오빠는 어린이 놀이쯤으로 여기면서도 가족을 위험에서 구하기 위한 정성이 대단하다면서 무척 대견해 했다.

이제 상당수 바그다드 시민이 바트당을 지지한다는 말을 듣고 나는 놀랐다.

당시 이라크 대통령은 아흐메드 하산 알바키르Ahmed hassan Al-Bakir이고 부통령은 미스터 부副라고 불리는 사담 후세인Sadam Hussein이었다. 사람들은 미스터 부가 실권자라고 했으나, 엄마는 그게 그것이며 다 한 통속이라고 했다.

일부 시민들은 바트당이 여성의 인권을 보장하는 법률을 제정하여 이라크가 과거 어느 때보다도 민주적으로 되었다고 좋아했다. 문맹을 없애려는 목적 아래 법률이 제정되었다. 모든 국민은 최소한의 교육을 받을 수 있게 되었으며 학교에 가 본 적이 없는 시골의 촌로들도 읽기 반에 편성되어 교육을 받았다. 그런 개혁 조치는 좋은 개혁이었다. 그러나 대부분의 바그다드 시민은 폭압적인 바트당을 싫어했다.

1976년 내 생일이 지나면서 나는 만 열네 살이 되었다. 그때부터 나는 육체적으로 많이 성장했음을 느꼈다. 그해 여름, 나는 주로 혼자 지냈다.

9월이 되자 학교생활이 다시 시작되었다. 10월에는 가족들도 라드 오빠로부터의 충격에서 서서히 벗어나고 있었다. 하지만 그 충격을 모두 벗어버리기도 전에 죽음이 우리 가족을 덮쳐왔다.

그 소식을 처음 들었을 때, 나는 형언할 수 없는 슬픔에 빠져 구두를 벗어 공중에 던졌다. 나의 이러한 행동이 가족들에겐 충격으로 보였던 모양이다. 하지만 나는 상관하지 않았다. 노트를 갈기갈기 찢어 공중에 흩뿌리기까지 했다. 슬픔을 이기지 못한 나는 정원의 대추야자나무 아래 몸을 숨겼다. 그 가시투성이 나무에 등을 기대고 손바닥으로 이마를 마구 때렸다. 나는 대추야자나무 가지 사이로 바그다드 하늘을 쳐다봤다. 그리고 왜 저 하늘은 내가 어제 본 하늘과 똑같으며 저 태양은 오늘도 뜨고, 저 흰 구름은 왜 오늘도 하늘에 둥실 떠있는지 야속해지기 시작했다.

저 하늘과 태양이 오늘만큼은 검은색 리본을 드리우길 바랐다. 나는 뒷걸음치다 가지에 걸려 땅에 넘어졌다. 나는 비통하여 데굴데굴 굴렀다. 모래가 내 뺨에 덕지덕지 붙었다. 나는 개의치 않고 계속 굴렀다.

나는 '아빠, 아빠, 사랑하는 아빠!'하고 외쳤다. 벌어진 내 입으로 모래가 들어왔다.

아빠는 십일 전 철도 사무실에서 갑자기 쓰러졌다. 아빠가 병원으로 실려 갔다는 소식을 접하고 엄마, 사드 오빠, 무나 언니와 나는 급히 병원으로 달려갔다. 엄마는 정면을 응시하며 기도했고 사드 오빠는 어두운 표정에 미동도 하지 않고 있었다. 무나 언니는 창백한 얼굴로 벌벌 떨고 있었다. 나는 망연자실하여 미동도 하지 못했다. 울고 싶었지만 눈물 한 방울 나오지 않았다. 알리아는 세 번째 아들인 샤자드Shazad를 낳은 지 몇 주가 지나지 않았는데도 우리보다 먼저 병원에 도착해있었다. 알리아 언니는 형부가 붙잡혀 갔을 때도 허둥대지 않고 침착했었다.

우리가 아빠 병상에 가니 아빠는 고통으로 몸이 경직되어 있었다. 입가에는 침이 흘렀고 입술은 처져 있었다. 반쯤 마비된 손을 움직이려 했으나 제대로 되질 않았다.

아빠는 이미 병이 깊었다. 엄마도 아프실 지도 모르고 두 분이 언젠가는 돌아가시게 된다는 생각이 갑자기 드니 나는 하늘이 캄캄해졌다. 나는 아빠의 손을 가슴에 끌어당기려 했다. 엄마가 그런 나를 막으며 나중에 하라고 했다. 눈이라도 마주치려고 했으나 아빠는 힘이 드는지 눈을 제대로 뜨지 못했다.

'아빠는 죽지 않을 거야.'라고 생각하고 있는데 땅딸막한 의사가 들어왔다. 뇌졸증이 심하여 신체가 마비되고 고통이 심하다고 하였다. 나는 아빠가 살기만 한다면 아빠 곁을 항상 지키고 아빠가 원하는 것은 다하겠다고 다짐하였다. 아무리 어렵고 힘든 일이라도.

나는 병원에 남아 있기를 원했으나 엄마는 혼자 있겠다면서 사드 오빠, 무나 언니와 나를 집으로 가게 했다. 아이샤 이모가 슬래마니아에서 오겠다는 기별이 왔다. 나는 아빠의 손과 뺨에 뽀뽀를 하고 어깨를 꼭 껴안은 후 아빠가 곧 나을 것이라는 믿음을 갖고 병원을 떠났다.

그러나 그 의사는 우리에게 사실대로 말하지 않은 것 같다. 그는 아빠가 일어나지 못할 것을 알고 있었다. 그 당시에는 이라크 의사들은 보호자에게 최악의 시나리오를 말해주지 않는 게 보통이었다. 그날 밤 병원에서 아빠를 본 것이 마지막이 될 줄은 꿈에도 몰랐다.

십일 후 학교에서 집으로 돌아오니 우리 집에 무거운 얼굴을 한 손님들이 많이 모여 있었다. 그들이 아빠의 병세와 관계가 있다는 것을 직감으로 알았다. 나를 기다리는 그 나쁜 소식을 듣고 싶지 않아서 친구 집으로 갈까 고민하고 있는데 친척 한명이 나를 보고 다급하게 다가왔다. 그가 내게 아빠의 죽음을 알려 줬다.

"아빠가 돌아가시다니!"

나는 비명을 질렀고 소리 내어 울었다. 아지즈 외삼촌이 '조안나, 조안나, 조안나,'라고 부르면서 나를 달랬다. 그도 흐느껴 울면서 나를 방으로 데리고 들어갔다. 외삼촌이 나를 침대에 눕히고 담요를 덮어 주었지만, 나는 아빠를 한 번 더 보게 해달라고 소리소리 지르며 엄마를 불렀다. 엄마는 아빠의 시신이 있는 병원에 계셨다. 그곳에서 오빠들과 바로 장례식장으로 가실 것이다. 왜냐하면, 무슬림은 사후 24시간 안에 장례를 치러야 하기 때문이다. 엄마가 언제 집에 돌아올 지 아직 몰랐다. 아이샤 이모가 술래마니아에서 우리 집에 도착해 있었다. 아이샤 이모만이 내가 기댈 수 있었다. 이모는 내 방에서 다른 사람은 나가도록 했다.

그랬다. 나는 혼자 남아 아버지와의 추억을 더듬어 보고 싶었다.

아빠는 벙어리여서 나에게 아무런 이야기를 해주지 못했지만 나는 엄마와 오빠들 그리고 친척들을 통해서 아빠가 태어날 때부터 그의 모든 것을 알고 있었다. 아빠가 살아있는 것처럼 내 기억 속에 생생했다.

우리 남매들과는 달리 아빠는 유복한 알아스카리 집안에서 1914년에 태어났다. 이후에 우리 집안은 1914년 제1차 세계대전 종전부터 1958년 혁명 때까지 이라크를 통치했던 이라크 왕가와 공사로 깊은 관계를 맺었다.

아빠와 작은 아빠 오스만은 큰 저택에 살면서 자주 티그리스 강변을 산책했다. 강을 오가는 배들을 바라보면서 그들이 커서 활동할 넓은 세계를 그리며 꿈을 키웠다.

그러나 아빠의 꿈은 겨우 일곱 살 때 깨졌다. 첫 번째 징후는 1921년 어느 날 아침 아빠의 목이 부어 따갑고 음식물을 넘길 수가 없었다. 몸은 고열로 펄펄 끓고 목덜미와 가슴에는 붉은 반점들이 생겼다. 그러고는 아빠는 인사불성이 되어 정신이 오락가락했다.

며칠 후 열이 내리고 회복 되었다고 생각하고 있을 때 아빠는 울면서 소리가 안 들린다고 했다. 그때까지 아빠는 말은 할 수 있었다. 흐느끼는 아들의 작은 손을 덩치가 유난히 커다란 할아버지가 꽉 붙잡고 함께 울었다. 하얗다 못해 창백해진 할머니는 까만 눈망울만 굴리며 목석처럼 서 있었다. 할아버지는 부자이고 영향력이 있는 분이어서 바그다드에서 유명한 의사는 모두 다 불러들였다. 그렇게 할 수 있는 일은 다 해 보았지만, 아빠의 귀가 멀어가는 것은 어찌할 수 없었다.

점입가경으로 발음을 정확히 할 수가 없게 되기에 이르렀다. 어릴 적에 귀머거리가 된 아이들은 벙어리가 되기 쉽기 때문에 걱정이 태산이었다. 비관한 아빠는 남들과 어울리기를 싫어했고, 점점 더 외톨이가 되어갔다.

아빠가 아팠던 1921년에는 그러한 병을 치료할 병원이 이라크에 없었다. 그래서 병에 걸린 아이들은 집 한쪽 구석에 방치되어 죽을 날만 기다렸다. 혹 병이 나아도 몸의 기능 중 일부가 망가지면서 집안의 수치라는 홀대를 받았다. 그래도 아빠는 복이 많았다. 부모는 고등교육을 받은 부유한 유력자였으며 아들에 대한 사랑도 지극했다. 게다가 아빠의 작은아빠는 그 유명한 제

1차 세계대전의 영웅 자파르Jafar 장군이었다. 그때 작은할아버지는 외교관으로 이라크에서 유명한 사람이었다. 내가 태어나기 스물여섯 해 전에 돌아가시는 바람에 안타깝게도 나는 그 분을 만나지 못했다. 하지만 그 분의 명성은 지금까지도 우리 집안의 자랑이다.

작은할아버지는 아빠에게 전문 교육을 받게 했다. 몸이 불편할수록 전문교육을 받아야한다며 훈련기관을 찾아다녔다. 열한 살 때는 프랑스로 유학 가서 농아학교에 다니기도 했다. 아빠는 열심히 공부했다. 그 불편한 몸으로 공과대학을 졸업했으며, 목공예기사가 되었다. 아빠는 프랑스 생활에 만족하면서 그곳에서 12년을 살았다. 하지만 할아버지의 강권에 의해 내키지 않는 이라크 행을 택해야했다. 1936년의 일이다. 하지만 그해 아빠가 그렇게도 존경하던 작은할아버지 자파르 장군은 암살되었다.

작은할아버지의 암살은 우리 가족에게 비극의 시작이었다. 작은할아버지가 돌아가시고 5개월 후인 1937년 3월 22일, 동생의 갑작스런 암살을 비관하던 할아버지는 자신의 머리에 총을 쏘아 자결하였다.

할아버지의 죽음은 가족, 특히 아빠에게 심각한 타격이었다. 하지만 비극은 그것으로 끝나지 않았다. 1958년 7월 14일, 이라크 왕가가 쿠테타로 모두 학살당하였다. 그 와중에 아빠의 가구 공장은 불타버리고 이후 아빠와 우리 가족의 궁핍한 생활은 시작되었다.

　다음날 아침 아빠는 집으로 돌아왔다. 그러나 내가 희망하거나 생각했던 방법이 아니었다. 아빠는 목재관에 담겨 거실에 안치되었다. 많은 친척, 친구, 지인과 이웃들이 집에 와서 조문했다. 아빠는 많은 사람으로부터 존경 받았던 것이다. 아빠의 관은 닫혀 있었으나 나는 상상으로 아빠를 볼 수 있었다. 아빠가 저 작은 관 속에 갑갑하게 누워 있다고 생각하니 눈물이 비 오듯 했다. 나는 관 곁을 떠나지 않았다. 조문객들의 얼굴과 곡하는 입술을 봤으나 무슨 소리인지 잘 와 닿지 않았다.

　알리아 언니도 비통에 잠겨 흐느끼고 있었다. 관이 거실에 놓이자 언니는 관에 쓰러져 아빠에게 돌아오라고 애원하며 통곡하였다. 형부와 사드 오빠가 겨우 언니를 관에서 떼어 놓을 수 있었다. 엄마와 이모들이 언니를 위로했다.

　나는 그 작은 관을 응시하며 아빠를 속으로 불렀다. 아빠가 눈을 뜨고 억센 손으로 관 뚜껑을 열고 나와 미소 지으며 나를 안아주기를 염원했다. 그러나 소용없는 일이었다. 아빠는 그 작은 관 속에서 나오질 않았다. 관을 알카키 공동묘지로 운구할 사람들이 거실에 들어 올 때까지 나는 관 곁을 떠나지 않았다.

　여자는 장지까지 갈 수 없는 것이 무슬림의 법도이다. 장례 후에야 묘지에 가도록 되어 있다. 그러나 나는 어떻게 진행될지 잘 알고 있었다. 장지에서 아빠가 들어 있는 관은 웅덩이에 내려질 것이고 그 위에 흙을 덮을 것이다. 이모들이 제지했지만 나는 장례행렬을 따라 거리까지 가서 장례행렬이 보이지 않을 때까지 쳐다봤다.

　나의 사랑하는 아빠는 다시 돌아오지 않는 그 길을 그렇게 가버렸다.

7
나의 엄마, 나의 아빠

바그다드

1976년 10월 11월

아빠는 친절하고 마음이 항상 넉넉한 분이셨지만 돌아가실 때
는 가난했다.

아빠가 돌아가신 후 우리 가족의 앞날은 암울했다. 장례 후 엄
마와 알리아 언니가 아빠 유품을 다 조사했는데 돈은 60디나르뿐
이었다. 그러나 나는 소중한 것을 찾았다. 빛바랜 사진첩 한권이
었다. 아빠의 부모와 자식들 그리고 친척들 사진이었다. 그리고
사진첩 속에는 우리 자녀들이 아빠에게 그동안 쓴 편지들이 들어
있었다. 아빠는 듣고 말할 수 없어서 우리들과 글로만 의사소통을

할 수 있었다.

60디나르로는 우리 식구가 겨우 몇 주밖에 버틸 수 없었다. 식구가 엄마에다 자녀가 네 명이나 학교에 다니고 있기 때문에 돈 쓸 곳은 많았다. 다섯 자녀 중 알리아 언니만이 결혼을 하여 엄마에게 생활을 의탁하지 않았다. 경제적인 문제가 불거지자 친척들은 우리에게 술래마니아 외갓집으로 이사할 것을 권유하였다. 나는 넓고 사랑하는 외갓집으로 이사 가고 싶었다. 하지만 어린 나의 의견은 고려되지 않았다. 알리아 언니는 나의 의견을 듣더니 술래마니아의 생활은 바그다드와는 다르므로 이사할 생각을 말라고 했다. 바트당은 쿠르드 문제에 더 강경하고 포악해질 것이고 커디스탄에는 정부의 탄압으로 무고한 쿠르드 사람을 체포하여 고문하고 살해하는 사태가 더욱 빈번해질 거라고 했다. 생각해 보니 어른들의 삶이란 복잡하다는 것을 알았다.

우리는 철도청 관사에서 살고 있었기 때문에 정부가 우리에게 집을 비우라고 할 것 같아서 늘 걱정이었다. 1958년 혁명 전에는 우리 가족도 크고 좋은 집에 살았다. 하지만 혁명 이후 집과 가구 공장을 모두 빼앗겼다. 다행히, 아빠는 철도청에 취직이 되었고 허름한 관사 하나를 얻을 수 있었다.

식구가 많아 사생활은 없었지만 나는 이 황갈색의 집에서 많은 형제들과 재미있게 지냈다. 우리가 살던 집은 1940년대에 영국 관리들에 의해 지어졌는데, 영국은 허수아비 파이잘 왕을 앞세워 이라크를 지배했으며 당시 많은 영국인이 이라크에 살았다. 정원에는 감귤나무가 많아 꽃이 만개할 때에는 온 집안이 그 냄새로 싸였다. 거실과 통하는 현관이 있었고 침실 세 개와 목욕탕 그리고 지붕으로 통하는 계단이 있는 그런대로 아늑한 집이었다. 여름이면 더위를 피해 지붕에 올라 잠을 잤다. 가장 좋은 것은 집이 종려나무와 감귤나무가 우거진 정원 한 가운데 자리 잡아 뜨거운 바그다드 햇살을 피할 수 있었다는 점이다.

우리가 집에서 쫓겨날까봐 걱정하고 있던 참에 철도청은 엄마가 살아계시는 동안에는 그 집에 살도록 허가했다. 게다가 연금도 주겠다며 우리 가족을 기쁘게 했다. 그 연금과 집으로 우리는 최소한의 의식주는 해결할 수 있게 되었다. 또, 몇 년 후에는 라드 오빠가 대학을 졸업하게 되어 집안의 장자로서 그가 우리 집을 이끌어 갈 것이다. 그러한 것을 생각해 엄마는 술래마니아로 이사 가지 않고 바그다드에 그대로 살기로 결정했다.

장례가 끝나고도 며칠 동안 친척들은 우리 집에 머물렀다. 저녁 식사 후 여자들이 침울한 표정으로 앉아 있자 파티마 이모가 이제 슬픔을 떨치고 앞날에 대비해야 한다고 말했다. 나는 이모의 이 친절한 말을 이해할 수 없었다. 아빠가 없는 이상 이제 기쁨이란 있을 수 없다는 생각만 들었다. 파티마 이모는 둥그런 얼굴에 미소를 지고 엄마를 쳐다보며, '카피아, 애들에게 형부가 이 애들을 얼마나 사랑했는지 말해 줬나요?'하고 물었다. 엄마는 이 적절치 못한 질문에 어색하여 의자를 돌려 앉고 대답을 하지 않았다.

엄마에게는 여러 장점이 있었다. 현모양처에 독실한 신앙인이었으며 뛰어난 요리사였다. 또한 손님 대접하기를 좋아해서 친척들과 친구들이 항상 우리 집에 북적댔고 어떤 이들은 자기네 집보다도 우리 집에 기거하기를 더 좋아했다. 게다가 엄마는 빼어난 미인이었다. 키가 크고 몸매가 날씬하고 피부가 고울 뿐 아니라 광택이 나는 긴 머리칼은 다른 여자들은 물론 자매와 딸들도 부러워할 정도였다. 비록 중매결혼이었지만, 아빠가 엄마를 한 번 본 후 엄마를 그토록 사랑하게 된 것은 당연한 일이었다.

파티마 이모는 좌중을 한 번 둘러보더니 '글쎄, 형부가 너희 엄마를 얼마나 사랑했던지 달리는 버스 바퀴 밑으로 몸을 던지기도 했단다.'라고 말하자 나는 귀가 쫑긋했다. 처음 듣는 이야기였기 때문이다. 엄마는 당황하여 손으로 입을 가렸고, 알리아 언니, 무나 언니와 나를 쳐다봤다.

파티마 이모는 손바닥을 한 번 치더니 좌중을 보며 말했다.

"너희 엄마가 이 말을 안 한다면 애들아 내가 해줄게. 형부의 할머니 미리암 할머니 이야기를 들어 봤겠지. 할머니 성격이 못됐다는 것은 모두가 아는 사실이지만 특히 너희 엄마한테는 심했지. 너희 엄마가 첫 임신했을 때 할머니는 의사한테 진찰 받는 것도 조산원 도움 받는 것도 금지했단다."

좌중에 모든 사람이 믿을 수 없다는 표정이었다.

"열여섯 살인 너희 엄마는 누구의 도움도 없이 첫 애를 낳는다는 것이 겁이 나고 특히 너희 할머니는 계집아이를 아주 싫어해서 혹시 딸을 낳으면 해를 끼칠지도 모른다는 생각에 술래마니아 친정집에 편지를 보냈단다. 누구를 바그다드에 보내어 애 낳는 것을 도와 달라고. 그렇지 않으면 티그리스 강에 빠져 죽겠다고 말이야."

나는 언니와 내가 태어나기도 전에 죽을 뻔했다고 생각하며 알리아를 쳐다봤다. 둘 다 이 세상에 태어난 것은 기적이었다.

"너희 엄마의 편지를 받고 외갓집은 깜작 놀라 난리가 났지. 편지에 날짜가 없었단다. 너희 엄마가 산달이 가까워 더욱 두려워하고 있을 것이고. 나와 현명한 메흐디Mehdi 오빠는 서둘러 바그다드 행 첫 차를 탔지. 우리가 너희 집에 도착했을 때는 너희 아빠는 철도 사무실에 나가고 없었지. 우리가 엄마를 데리러 왔다고 말하자 너희 할머니는 거세게 안 된다고 했지. 메흐디 오빠는 현명해서 너희 할머니가 못해서가 아니라 이런 어린 신부의 첫 애기 출산은 친정집에 있으면서 친정어머니 도움 받는 것이 제일 좋다고 간곡히 설득하여 간신히 너희 할머니 허락을 받았단다."

"너희 할머니의 마음이 변할까봐 우리는 서둘러 떠나려다 너희 아빠 생각을 못했지. 마침 시내버스가 당도하여 우리는 급히 올라탔지. 그때, 일이 되려고 그랬는지 너희 아빠가 막 당도하며 우리가 타는 것을 봤단다. 너희 아빠는 우리가 가면 다시는 돌아오지 않을 것이라고 생각했던 모양이야. '정지, 기다려!'라는 말을 할 수 없는 너희 아빠는 막 출발하려는 버스 앞바퀴 밑으로 머리까지 디밀었단다."

"갑자기 소동이 일어났지. 화가 난 버스 기사는 경적을 냅다 울려댔지. 사람들은 몰려들고 자살하려는 사람이 귀머거리인줄 모르고 사람들은 소리쳤지. 우리들은 차에서 내려 사람들을 뚫고 차 밑을 바라보고 차 밑에 들어간 사람이 너희 아빠인줄 알고 얼마나 놀랐는지! 너희 아빠는 드러누워서 양팔을 가슴에 얹고 눈을 감고 있더라. 이렇게."

이모는 양팔을 가슴에 얹으며 아빠의 흉내를 냈다. 엄마는 이모를 바라보았다. 싫지 않으신 표정이었다. 엄마의 눈빛은 꿈꾸는 듯 멍했다.

"누군가가 너희 할머니한테 이 소동을 이야기 했는지 사람들을 헤치고 씽씽 달려왔단다, 이렇게."

이모는 나를 의자에서 끌어당기더니 벽으로 밀어 버렸다. 나를 빼고 모두가 웃어댔다.

"너희 할머니는 너희 아빠를 확인하더니 팔을 걷어부치고 어떻게 한줄 아니?"

나는 이모의 두 번째 재물이 되지 않으려고 급히 엄마 뒤로 숨었다.

"이윽고 산달이 가까워 배가 남산만한 너희 엄마는 죽을 힘을 다해서 쪼그려 너희 할머니와 함께 차 밑에 있는 너희 아빠 곁에 갔지. 너희 아빠는 눈을 뜨지 않고 곧 만나게 될 알라께 마지막 기도를 하고 있었던지 입술을 움직이더라. 너희 할머니가 억센 손가락으로 아빠의 눈꺼풀을 들어 올리자 너희 아빠는 너희 엄마를 원망스러운 눈으로 바라봤단다. 자기를 버리고 영영 친정으로 가는 줄 착각하고. 아빠와 몸짓으로 대화가 가능한 너희 엄마는 아빠에게 친정에서 출산만 하고 돌아올 계획이었다는 것을 알려 주자 그때서야 아빠가 차 밑에서 빠져 나왔단다. 그 사건으로 너희 할머니는 너희 엄마를 더 못살게 시집살이를 시켰지. 아무튼 그 사건으로 아빠가 엄마 없이 살기보다는 죽음을 택할 정도로 엄마를 사랑한다는 것이 알려진 셈이지."

파티마 이모의 말은 효과가 있었다. 잠시 동안이기는 하지만 나는 아빠가 우리 곁을 영원히 떠났다는 것을 잊을 수 있었다. 나는 엄마와 아빠의 사랑을 더듬어 생각하니 기분이 좋아졌다. 아빠가 죽은 후 그날 밤 처음으로 나는 울지 않고 잠들 수 있었다.

나는 아직 인생이 무엇이고 특히 그 부침을 이해하기에는 아직 어렸다. 특히, 내 인생에 가장 중요한 만남이 곧 다가올 줄은 전혀 몰랐다.

8
찢긴 산하 그리고 사랑

바그다드

1977년

목요일 저녁, 엄마에게 전화한 알리아 언니는 천방지축 뛰어다니는 두 녀석과 젖먹이 애기 때문에 힘들어 죽겠다는 푸념을 늘어놓았다. 그래서인지 요즘 들어 언니는 많이 수척해졌다. 딸 셋 중 알리아 언니를 제일 사랑하는 엄마는 나와 무나 언니를 알리아 언니 집에 보내서 며칠만이라도 애들을 보살펴 주라고 했다. 학교 가는 것도 빠지게 하고.

다음날 오후 어린 세 녀석들이 낮잠을 자고 있을 때 나는 큰 소리가 들려와서 깜짝 놀랐다. 처음에는 보안대원이 형부와 라드 오빠를 체포하러 온 줄 알았다. 뛰는 가슴을 억누르지 못한 채 이야기를 엿들으려고 벽에 몸을 기댔다. 여러 목소리들 중에서 하디 형부의 목소리가 들렸다. 형부는 바트당 집권으로 일어난 쿠르드와 바트당의 긴장 사태에 대하여 누군가와 토론하고 있었다. 알리아 언니의 유순한 목소리도 들려 나는 안심했다. 알리아 언니와 형부 그리고 또 한 남자가 부엌에 있었다.

나는 안도되었으나 궁금해서 참을 수 없었다. 저렇게 큰 소리로 떠드는 또 한 남자가 누구인지 궁금했다. 문 가까이에 다가가서 소리가 나는 곳을 쳐다보았다. 그는 내가 알고 있는 사람으로 형부의 조카인 사바스트Sarbast였다.

내가 어렸을 때 우리가 술래마니아 외갓집에 있을때 그는 더러 외갓집을 다녀갔었다. 그 당시에 그는 눈여겨 볼만한 사람이 아니었다. 하지만 지금의 그는 달랐다. 그의 준수한 용모에 나는 그만 넋을 잃을 뻔했다. 보면 볼수록 그에게 빠져 들었다. 내 얼굴은 홍당무가 되었고 심장은 심히 고동쳤다. 무슨 일이 일어나고 있는가?

나는 순간 그 아름다운 쿠르드 처녀와 사랑에 빠졌던 잘생긴 페쉬메르가 용사가 생각났다. 나는 이상하면서도 즐거운 예감이 들었다. 나는 사바스트에 관한 모든 것을 기억해 내려고 용을 썼다. 그러나 그에 관한 기억이 그다지 많지 않았다. 우리가 외갓집에 있을 때 그가 가끔 그곳에 왔었다는 것과 커디스탄에 살고 있으며 나보다 서너 살 많다는 것이 내가 알고 있는 전부였다.

그는 적당히 큰 키에 용모가 뛰어났다. 넓은 가슴과 근육질 팔에 균형 잡힌 몸을 갖고 있었다. 이목구비는 수려했으며 피부는 올리브색이었다. 구레나룻은 제법 자라서 윗입술을 가리고 있었다. 특히 끌로 깎은 듯 수려한 얼굴에는 검은 머리카락 몇 올이 너울거렸다. 그의 옅은 갈색 눈은 진정어린 빛으로 활활 타는 듯했다.

사바스트는 그의 생각을 당당하게 이야기하고 있었다. 반대로 형부는 조용조용 이야기했다. 사바스트는 형부에게 너무 자기 생각만 고집스레 말하고 있는 것 같았다. 그러나 무례하거나 밉게 들리지 않고 오히려 신선하게 들렸다.

그는 손을 흔들어 강조하며, '삼촌, 나는 이라크 바트당 정권이 두렵지 않아요. 사람은 죽으면 끝이에요. 나는 살고 있는 것이 덤이라고 생각해요. 나는 목숨을 걸고 그들과 싸울 거예요.'라고 말했다.

그 말을 듣는 순간 나의 인생은 변했다. 그래! 저 사람이 바로 진정한 페쉬메르가 용사로구나. 갑자기 내 인생의 행복이 잘 알지도 모르는 저 사람에게 달렸다는 생각이 들었다.

바로 그때 언니가 의미심장한 미소를 지으며 나를 보고 있다는 것을 느꼈다. 나는 뒷걸음 쳐 내 방으로 가려했으나 언니가 어느새 내 손을 붙들고 사바스트에게 인사하라고 했다. 그 사람은 이야기를 멈췄다. 사바스트가 고개를 돌려 나를 바라 봤다.

나는 손으로 머리를 두드렸다. 머리는 전혀 꾸미지 않아 길게 내려 있었다. 스커트를 손으로 끌어 당겼다. 내가 좋아하는 스커트가 아니었다. 이렇게 엉망인 채로 사바스트와 말하고 싶지 않았다.

언니는 '조안나!'하고 나를 부르면서 그에게 인사하라고 채근 했다.

그때 사바스트의 무심한 말이 단도가 되어 내 심장을 도려내는 듯 했다. 그는 나를 찬찬히 뜯어보며 웃으며 말했다.

"숙모님의 막내 동생이지요? 그래, 이름이 조안나였지요. 그 개구쟁이 조안나 말이에요. 아직도 말라깽이로군요. 숙모는 이 애에게 먹을 것도 주지 않나요?"

눈물이 나오려했다. 열다섯 살에 제법 크고 날씬하여 어른이 되었다고 생각하고 있었는데 친척들은 아직도 나를 열두어 살 어린애로만 취급하고 있었다. 사바스트 마저도 나를 어린애, 그것도 말라비틀어진 꼬마로만 생각하다니.

언니도 그와 함께 웃으며, '조안나는 천생 뼈만 있어요. 아마 항상 그럴 거예요.'라고 말하는 것이 아닌가.

나는 언니를 비난하는 눈빛으로 쳐다봤다.

'나는 언니를 미워해!'

눈물이 흘러 내렸다. 다행히 아무도 눈치 채지 못했다. 그때 형부가 미처 내 생각을 못했다며 의자를 가져왔다. 식탁 가까이 의자를 놓고 앉으라고 권하면서 형부는 하던 이야기를 계속했다.

"사바스트야, 내말을 들어 봐. 너는 우선 대학을 졸업하는 것이 급선무야. 그때까지도 바트당이 폭압적이면 그때 싸워. 만약에 바트당과 쿠르드가 받아들일 만한 협약을 맺어 싸울 필요가 없게 되면, 생업에 종사하는 거야. 그게 쿠르드를 위한 가장 좋은 길이야."

그러곤 어깨를 으쓱해 보였다.

사바스트는 자기 삼촌을 바라보며 등을 벽에 부딪쳤다. 그러곤 '기성세대들은 싸움을 회피하려고만 해요.'라고 단호하게 말했다. 형부는 언니를 보며 성난 젊은이처럼 무서운 동물은 없다고 말하면서 살짝 웃었다.

결혼 후 처음으로 언니는 형부의 말에 대답하지 않았다. 대신 나와 사바스트를 번갈아 바라본 다음 나를 끌어 당겨 손등으로 내 눈물을 닦아줬다.

언니가 나를 사바스트 맞은편 의자에 억지로 앉히곤 미소 지으며 차와 과자를 준비하기 위해 일어났다. 언니는 바쁘게 움직였지만 시선만은 나에게서 떠나지 않았다.

나는 사바스트를 계속 봤다. 그의 손은 불과 한자 거리의 탁자

위에 놓여 있었다. 마음만 먹으면 그의 손을 덥석 잡을 수 있었다. 나는 형부와 사바스트가 하는 말을 주의 깊게 들었다.

사바스트는 형부의 고향 마을인 이라크 북쪽 지방 커디스탄 카라트 디자Qarat Diza에서 자랐다. 지난해 봄 전교 일등으로 고등학교를 졸업한 그는 좋은 성적으로 바드다드 공과대학에 입학했다. 그러나 앉아서 강의를 듣기보다는 산에 들어가 정부군에 맞서 싸우기를 원했다. 그는 집안 어른들에게 어릴 적 친구들과 함께 싸우겠다고 말했다고 했다.

사바스트는 놀랍게도 다음 주에 언니 집으로 이사 온다는 것이 아닌가? 나는 순간 그가 이 집으로 이사를 온다면 나에게 어떤 일이 일어날지 생각해봤다. 알리아 언니는 세 아이들 때문에 우리들의 도움이 필요할 테지만 나는 학교에서 우등생 성적을 유지하려면 공부를 더 열심히 해야 했다. 그런데도 엄마는 언니 집에 가서 도와주라고 하실 게 분명했다.

문득 사바스트의 반응을 보고 싶었다. 나는 용기를 내어 나도 때가 되면 쿠르드 산으로 들어가 쿠르드 자유를 위해 싸우겠다고 말하려고 했다. 그러나 내가 말하기 전에 사바스트는 끝낼 일이 있다면서 작별 인사를 하고 자리에서 일어났다. 짐과 책을 챙겨 며칠 후 돌아오겠다고 말하면서 알리아 언니가 만든 과자 두세 개를 집어 바지 주머니에 넣었다.

내 감정은 소용돌이쳤으나 그가 나에게 인사하려고 쳐다볼 때 내 모습이나 옷이 초라해 나를 자세히 보지 않기를 바랐다. 그는 문간에 서서 나와 언니를 번갈아보며 '이 애는 아직 어린애지만 틀림없이 굉장한 미인이 될 거에요.'라고 말했다. 그러면서 놀랍게도 그는 나에게 윙크를 해주었다. 내가 놀라 멍하니 서있는 찰나에 그는 문 밖으로 걸어 나가 신기루처럼 사라졌다. 온 몸이 쑤시듯 아픈 것 같았다.

형부는 그와 이야기하며 문밖까지 나갔다. 나는 들떠 탁자에서 뛰어 내려 중얼거렸다 '굉장한 미인이 될 거라고!'

알리아 언니는 고개를 저으며 '조안나, 무슨 일이야?'라고 말하며 웃었다. 나는 계속 몸을 꼬았다. 춤추는 듯한 나를 보고 알리아 언니는 이미 눈치를 챘겠지만 나는 대답하지 않았다. 사랑에 빠진 거였다.

알리아 언니는 입이 무겁고 진실한 사람이어서 누구에게도 나의 이 비밀을 말하지 않을 것이다. 형부에게 조차도.

다음 이틀 동안 나는 언니에게 사바스트에 관한 모든 것을 물었으며 언니는 아는 것을 모두 이야기해주었다.

그는 열두 형제였다. 그가 쿠르드주의에 열정적으로 빠지게 된 이유는 그의 가족이 쿠르드라는 이유로 박해를 많이 받았기 때문이다. 바그다드 군이 그의 고향 마을을 소이탄으로 공격하여 초토화 시키자 그의 가족은 이란으로 수년간 망명한 적도 있었다. 그런데 이런 이야기들 중 그가 아직 정혼하지 않았다는 사실이 내게 가장 중요했다. 그의 가족은 그를 결혼시키려는 생각을 아직 하지 않고 있었다. 중매쟁이도 아직은 그를 찾지 않는다는 말을 듣고 적이 안심했다. 그 당시는 고등학교를 졸업하기 무섭게 중매를 하고 결혼을 시켰었다. 그의 가족은 그가 대학에 들어가서 학업에만 열중하는 것을 바랐다. 또한 그가 아주 예술적이어서 초상화도 잘 그리고 시에도 조예가 깊다고 하였다. 그는 내 이상에 딱 맞는 완전무결한 사람이었다.

그 후 며칠이 느리게 지났다. 나는 내가 본가로 돌아가서 학교에 가기 전에 그가 빨리 언니 집에 돌아오기를 소원했다. 또 그가 언니 집에 나타나는 그 순간 가장 잘 보이기 위하여 갖은 노력을 다했다. 아침 일찍 일어나 가장 좋은 옷을 입었고, 머리를 매만지고 입술을 앵두 빛나게 깨물었다. 언니가 없을 땐 언니 방에 들어가 긴 거울에 내 모습을 비춰봤다. 내 모습이 너무 말라 불만스러웠지만 다행이도 속옷 밑에서 젖 망울이 자리를 잡기 시작하고 있었다. 나도 이제 처녀가 되어가고 있었다.

나는 달콤하고 오묘한 사랑을 알아가기 시작했다. 그것은 복합적인 감정이었다. 어떤 때는 사바스트가 나를 아름다운 처녀로 보지 않고 영원히 알리아 언니의 막내 동생으로만 여길 것 같은 생각에 힘이 빠지고 비참했고, 어느 순간에는 내가 아름다운 처녀로 성장하면 사바스트가 나에게 청혼을 할 거라는 생각에 기분이 좋아지고 힘이 솟았다.

'그래, 그런 일이 반드시 일어나야 해!' 나는 다짐에 다짐을 했다.

내가 그토록 안달이 나고 행동이 불안정하자 알리아 언니는 '조안나, 제발 정신 차려 조심해라. 네가 사바스트의 사랑을 얻지 못하면 너는 슬퍼 죽을 것이고, 네가 그의 사랑을 얻으면 기뻐 죽을 것 같구나!'라며 놀려댔다. 바로 곁에서 무나 언니가 그릇을 씻고 있는 것도 잊어버린 채 나는 큰 소리로 '알리아 언니, 나는 사바스트의 사랑을 얻기 위하여 해야 한다면 무슨 일이라도 할 거고, 되어야 한다면 뭐라도 될 거야!'라고 고백해 버리고 말았다.

갑자기 마루에 그릇 떨어지는 소리가 요란하게 들렸다. 무나 언니가 놀라서 입을 다물지 못하고 있었다. 휘둥그레진 눈으로 알리아 언니와 나를 번갈아 바라보며 '뭐라고? 뭐가 어쩐다고?'라며 소리쳤다.

큰언니는 킬킬댔고, 나도 따라 웃었다. 작은언니는 내가 아주 미쳤다고 생각하는 모양이었다. 그때 열일곱 살이나 된 작은언니는 사랑을 해본 적이 없었으니 동생인 열다섯 살 밖에 안 된 내가 사랑한다는 것을 이해할 수 없었을 것이다.

나는 작은언니의 볼을 살짝 꼬집으며 '사랑은 경이로운 거야, 언니.'하며 방을 빠져 나왔다.

사랑은 경이로운 것이기는 하나 결코 쉬운 것이 아니었다. 왜냐하면, 나는 나를 사랑하지 않는 사람을 사랑하고 있었기 때문이다. 어린 조카들을 돌봐주느라 가끔 언니 집에 들르다보면 사바스트를 만나게 된다. 그때마다 열다섯 살 이상으로 보이려고 갖은 노력을 다했지만 그는 계속 나를 어린애로 취급했다. 심지어 나는 형부와 사바스트의 정치논쟁에 끼어들어 나도 그와 마찬가지로 쿠르드에 대한 굳은 마음과 열정을 갖고 있다고 밝혀 그를 놀라게 해주려고 시도하기도 했다.

사바스트와 떨어져 있을 때마다 그의 준수한 얼굴과 당당한 체격이 떠올랐다. 그는 정치적 소신이 분명하고 너무 강해서 때로는 유쾌하지 못한 장면을 연출하기도 했다. 형부와 의견이 다를 경우 사바스트는 주먹을 불끈 쥐고 흔들어대며 형부에게 대들었다. 존경하는 삼촌에게 해서는 안 될 행위를 한 것이다. 그러나 나는 그러한 그의 열정마저도 좋았다.

그러나 여전히 그에게 나는 알리아 언니의 막내 동생에 불과했다. 나는 사바스트 이외의 남자는 사랑할 수도 없는 반면, 사바스트는 나를 사랑하지 않을 거라는 생각이 들 때마다 괴로웠다. 그러나 한 가지 위안이 되는 것은 그가 마음에 둔 여자가 없다는 사실이었다. 그럼에도 내 마음속에는 상상의 시계가 똑딱거리며 나를 불안하게 했다. 이제 얼마 안 있으면 사바스트의 가족이 서둘러서 그의 혼처를 정할 것이다. 결혼하여 애를 낳게 하는 것이 그 나이 또래 총각의 부모들이 가진 보편적인 경향이기 때문이었다.

그런 내게 위안이 되었던 것은 거울 속의 내 모습이었다. 신체적인 변화들이 하루가 다르게 눈에 띄었다. 그런 나를 엄마는 격려해 주었다. 내가 말라깽이라고 불평하자 엄마는 이모들도 내가 살이 좀 오르고 아주 예뻐졌다고 한다면서 용기를 북돋아줬다. 나도 엄마와 두 언니들처럼 예뻐질 거야. 그렇게 되면, 사바스트도 나에게 관심을 갖겠지. 사바스트가 예쁜 여자에게 관심이 많다는 것을 나는 알고 있었다.

나는 이제부터 사바스트에게 지금까지와는 다른 작전을 쓰기로 했다.

사바스트가 방에 들어오면 나는 무관심한 척 하품을 하기도 하고 형부와 그가 쿠르드에게 가해지는 폭정에 대해 논쟁을 벌이면 나는 공부를 핑계 삼아 방을 나가 버렸다. 나의 의도된 무관심은 큰 반응을 불렀다.

며칠 후 사바스트는 예상치 못한 부탁을 했다. 그는 알리아 언니를 본 다음 나를 쳐다보고 알리아 언니에게 '숙모님, 조안나의 얼굴이 아주 흥미롭게 생겼다고 생각지 않으세요?'라고 말했다는 것이다. 그는 '조안나를 스케치하고 싶어요. 물론 숙모님이 허락해 주실 때만요.'하며 자신의 모델이 되게 해달라고 간청했다.

나는 속으로 놀랐지만 내색치 않고 조용히 서 있었다. 내 작전이 성공한 거야. 나는 콧노래라도 부르고 싶었다. 아마 꿈이 실현될 것 같았다. 일주일쯤 후 어느 날 사바스트는 도화지와 스케치용 연필을 갖고 와서 흰 벽 앞에 의자를 놓고 나에게 그 위에 앉으라고 했다. 나는 그대로 했다.

처음으로 사바스트가 나만을 응시하게 된 것이다.

천국에 온 느낌이었다. 이 남자의 온 관심을 끈 것은 이번이 처음이었다. 그와 같이 있는 이 순간이 기쁨으로 넘쳤다. 긴 침묵의 순간이 계속 되고 가끔 내가 머리나 어깨를 움직이면 사바스트는 '조안나, 가만히 있어. 움직이지 말고'라고 말했다. 그가 목을 가다듬은 다음 나에게 한 말은 영원히 잊을 수 없다.

"조안나, 젊음은 두 번 다시 오지 않는 거야."

나는 그가 타고난 예술가라는 것을 새삼 알게 되었다. 그가 그린 나의 초상화는 나라고 믿을 수 없을 정도로 훌륭했다. 순간 내 어깨가 그를 스쳤고 나는 그의 깊은 눈을 바라보며 찬사의 의미로 미소 지었다. 그도 씽긋 웃었다. 그러나 그의 미소는 오빠와 같은 친근감같은 거였다. 그럼에도 그 순간 나는 말할 수 없는 행복감에 젖었다.

그러나 커디스탄에 있는 그의 친척으로부터 새로운 소요사태가 발생했다는 소식이 전해지면서 그 행복도 바로 깨졌다. 사바스트는 학업을 그만두고 산으로 들어가서 커디스탄을 위해 싸우겠다고 했다. 나는 다시 절망의 구렁텅이에 빠졌다. 계속 되는 전쟁으로 찢긴 산하에서의 삶이란 정말 쉬운 일이 아니었다. 찢긴 산하에서의 사랑은 두 배로 힘겨운 도전을 받았다.

9
전쟁

바그다드

1980년 10월

최악의 사태가 일어났다. 바그다드가 이란군의 공격을 받았다.

1980년 10월로 내가 바그다드대학교 농과대학에 입학을 며칠 앞두고 있을 때였다. 바그다드 농과대학을 찾아가고 있을 때 공습이 시작되었다. 너무 놀란 나머지 나는 멍청하게 엄마가 있는 집으로 가려 했다. 혼비백산한 군중을 뚫고 시내를 통과하는 일은 만만한 일이 아니었다. 모든 구역이 밀려드는 인파로 가득했다. 앞뒤에서 밀고 당기는 바람에 거리는 아수라장으로 변해 있었다.

바그다드 경찰들이 처음에는 질서를 잡으려고 애썼으나 곧 포기하고 철수했다. 경찰들은 자기들이 마땅히 보호해야 할 시민들에게 무관심했다. 심지어 어떤 경찰관은 나의 발을 그 무거운 군화로 짓이기듯 밟고 지나갔다.

내가 절룩거리며 마침내 집에 도착했을 때 온몸은 비 오듯 흘러내린 땀에 젖었고 뺨은 먼지로 범벅이 되었다. 게다가 구두도 한 짝이 없어졌다.

나는 숨도 쉬지 않고 엄마에게 '시내에서 공습 받았어요. 이란 비행기가 공중에 가득했어요. 발도 밟혔어요.' 하며 내 발을 가리켰다.

엄마도 충격을 받아 말이 두서가 없었다. '조안나, 요즈음 바그다드 사람들은 누구도 집안 청소를 하지 않고 외출한단다.' 나는 엄마의 말을 듣고 웃었다. 지금 나라가 공습으로 충격에 빠졌는데 엄마는 한가하게 청소 이야기를 하시다니 정신이 혹 어떻게 된 것은 아닐까?

전쟁은 이미 9월부터 시작이 되었지만 누구도 바그다드까지 공습 받을 줄은 몰랐다. 천재나 전문가가 아니더라도 이번 전쟁이 잘못 시작되었다는 것은 알 수 있었다. 우리보다 인구가 세배나 많고 더욱이 순교를 신성시하는 광적인 성직자가 지배하는 나라와 전쟁을 하게 되다니.

나는 우리 정부가 못마땅했다. 알바키를 제치고 작년에 취임한 사담 후세인 대통령이 먼저 발포 명령을 내렸다고 생각했다. 물론 정부는 그 반대로 선전하며 이란 대통령 아야톨라 호메이니 Ayatolla Khomeini를 괴물로 선전했다. 물론 그러한 말을 가족 외에 누구한테도 말하진 않는다. 어떤 이는 자식 두 명이 전쟁터에 보내어져 전사한 후 정부를 비난하다 체포되어 처형당했다고 한다.

그 외에도 이 전쟁에는 문제점이 많았다. 이란은 시아파 국민이 대부분이며, 이라크군도 주로 시아파 병사들로 구성되었다. 지난 몇 년간 이라크 정황은 수니파 바트당 정권과 시아파 종교 계간에 팽팽한 긴장감이 흐르고 있었다. 시아파 종교 지도자 아야톨라 사드르는 바트당 정권에 대한 비난 성명을 발표했고, 이에 맞서 사담 대통령은 시아파 정당을 1980년 초에 해산시키고 간부를 처형했다. 그러한 상황에서 시아파가 사담 대통령을 위해 싸우겠는가? 소문에 의하면 시아파 군인들이 수니파 상관들에게 반기를 들었다고 한다. 이러한 상황이니 전쟁은 우리가 질 것이 확실했다. 게다가 이라크에는 쿠르드 문제가 있지 않은가?

모든 이라크 국민은 이 암울한 시기에 대하여 걱정이 많았다. 특히 쿠르드인들은 더욱 그랬다. 과거에도 바그다드 정부가 쿠르드를 압박하면 쿠르드는 이란에게 도움을 청하곤 했었다. 커디스탄의 술래마니아는 이란과 국경을 맞대고 있으며 아이샤 이모가 사는 할랍자Halabja는 이란 국경까지 몇 마일 밖에 안 된다. 이라크와 이란이 전쟁을 시작하고 이 지역에 대규모 군이 대치하고 있어 쿠르드 주민의 안위가 몹시 위태로웠다.

또 다시 폭탄을 투하하는 폭격기 굉음이 들려 왔다. 나는 엄마의 손을 잡고 목욕탕으로 뛰어갔다. 그곳에는 이미 무나 언니가 쭈그려 앉은 채 손으로 얼굴을 감싸 쥐고 있었다. 엄마와 나는 무나 언니의 양편에 앉았다. 나는 무나 언니의 작고 보드라운 손을 꼬옥 잡았다. 이 지역에는 방공호가 없어 집안에 숨는 것이 고작이었다.

나는 최전선에 징집되어 간 사드 오빠를 생각했다. 오빠는 가장 치열히 전투가 벌어지고 있는 석유가 많이 생산되는 쿠지스탄주에 파병되었다. 그가 소속된 사단은 아흐바즈를 포위하고 있었다. 그의 임무는 풍향과 풍속 등의 정보를 모아 이란을 향해 포격하는 이라크 포병부대에 제공하는 것이다. 오빠는 아주 위험한 곳에 있었다. 언제 무슨 일을 당할지 매 순간 순간을 알 수 없었다.

사드 오빠를 위해 기도하라고 일 년 전에 했다면 아마 나는 거절했을 수도 있다. 십대가 된 뒤부터 사드 오빠와의 관계가 좋지 못했기 때문이다. 사드 오빠는 행동과 사고에 있어서 보수적이었다. 젊은이로서 가족들 중 여자들의 명예를 지키는 것이 자기의 신성한 의무라고 생각하였다. 다른 이라크 남성들과 마찬가지로 보수적인 사드 오빠는 여자들이 옷 입는 방식 등 행동에도 간섭하였다. 오빠의 말을 듣지 않으려 했던 나는 자주 오빠와 충돌했다.

근년에 와서 내가 입는 옷에 대한 사드 오빠의 간섭은 더욱 심해졌다. 그는 내 드레스의 길이를 쟀고, 팔을 가리고 검은 머리 위에 스카프를 쓰도록 강요했다. 그러나 오빠가 스물네 시간 나와 같이 있을 수 없으므로 나는 집에서는 보수적으로 학교에서는 자유롭게 입었다. 집을 나설 때는 스카프에 발목까지 내려오는 스커트를 입었고 오빠가 눈에 안 띄면 스카프를 벗어 버렸고 스커트는 최신 유행에 맞게 말아 올렸다.

사드 오빠가 징집되기 몇 달 전에 오빠와 나는 심하게 충돌했다. 내가 전국 고교 프랑스어 경시대회에서 2등을 한데서 비롯되었다. 1등과 2등 입상자는 프랑스 교육부의 초청으로 프랑스 여행을 하게 되었다. 한 번도 해외여행을 해본 적 없었던 나는 좋아서 흥분하지 않을 수 없었다. 그러나 사드 오빠는 내가 어려서 보호자 없이 해외여행을 가는 것은 있을 수 없는 일이라고 펄쩍 뛰었다. 나는 오빠의 결정을 수긍할 수 없었다. 나는 울고불고 소동을 벌였다. 나는 입상하기 위하여 얼마나 열심히 공부했었는가? 입상을 했으니 여행도 당연히 가야지.

엄마가 나를 딱하게 여겨 알리아 언니와 계획을 꾸몄다. 엄마는 나를 알리아 언니 집에 보낸다고 하고선 프랑스로 보낸 것이다. 내가 알리아 언니 집에 머무른다고 생각한 사드 오빠는 더 이상 문제를 삼지 않았다.

프랑스에 다녀온 나는 프랑스의 모든 것을 사랑하게 되었다. 산과 강, 땅이 가진 아름다움, 국민, 언어, 역사까지…. 그 여행의 즐거운 기억은 내 마음속에 영원히 간직되었다.

그러나 나의 프랑스 비밀 여행은 사드 오빠에게 우연히 발각되었다. 입상자들은 자기네 민족 고유 의상을 한 벌씩 가져가도록 되어 있었다. 나는 프랑스 여행 중 쿠르드 고유 의상을 입고 사진을 찍었다. 운이 나쁘게도 내가 바그다드에 도착하던 날 이라크 몇몇 주요 신문 1면에 프랑스에서 찍은 내 사진이 그대로 게재되었다. 그러나 대다수 이라크 국민들처럼 사드 오빠도 정부의 선전만 요란한 신문을 잘 보지 않았다. 물론 엄마와 무나 언니에게도 그날 신문이 사드 오빠의 눈에 안 띄게 하려고 무던히 노력했었다.

그러나 알라신은 내편이 아니었다. 그날 사드 오빠는 여느 때와 마찬가지로 친구들과 티그리스 강에서 수영을 하고 강둑에 누워 쉬고 있었다. 그때 신문 한 장이 바람에 날려 강둑에 누워있는 오빠 얼굴에 떨어졌다. 우연히도 그날 신문의 1면이었다. 오빠는 무심코 신문을 집어 들었고 눈이 휘둥그레졌다. 여동생 조안나가 파리에서 쿠르드 전통의상을 입고 자랑스럽게 웃고 있지 않은가?

사드 오빠는 벌떡 일어났다. 어찌나 흥분했던지 바지도 입지 못했다. 수영복차림으로 득달같이 달려온 오빠는 현관문을 요란스럽게 차고 들어와서는 신문을 흔들었다. 불과 몇 시간 전에 집에 도착한 나는 오빠의 화난 표정을 보고 겁에 질렸다. 엄마가 있는 부엌으로 도망가자 오빠는 불같이 화를 내며 부엌으로 들어왔다. 그런 오빠와 나 사이에 끼어든 엄마와 무나 언니는 나중에 후회하게 될지도 모를 폭력행사를 그만 두라며 오빠를 달래고 또 달랬다.

큰 소동이었다. 오빠는 나를 붙잡아 때리려했고 나는 비명을 지르며 도망 다녔다. 무나 언니는 울고 엄마는 오빠에게 나를 내버려두라고 고함쳤다. 이웃 주민들이 경찰에 신고하지 않은 것이 이상했다. 엄마는 나에게 알리아 언니 집으로 피신하라고 소리쳤다. 모두가 오빠를 붙잡고 있는 사이에 나는 택시를 타고 언니 집으로 도망갔다.

다행히 라드 오빠는 여성에 관하여 좀 현대적인 경향의 소유자였다. 이 문제에 대하여서도 라드 오빠는 내 편을 들어주었다. 사드 오빠는 형의 의견을 항상 거스르지 않았으므로 적어도 표면상으로는 이 문제가 해결되었다.

그 후 얼마 지나지 않아 사드 오빠가 참호에 배치되어 집을 떠났다. 그곳에서 적과 대치하게 되면서 우리는 자연스럽게 헤어지게 되었다. 나는 사드 오빠가 살아 돌아오기만 하면 오빠를 사랑하며 그의 말에 순종하겠다고 다짐하였다.

이란 공군기가 바그다드 상공에서 사라진 후 텔레비전에서는 아나운서가 근엄한 얼굴로 적기는 쫓겨 갔고 이라크 국민은 적들을 다 몰살시킬 것이라고 떠들어댔다. 나는 전쟁에 관한 천편일률적인 뉴스를 들으면서 내가 가장 두려워하는 적은 이란이 아니라는 것을 알았다. 바트당 정권은 들어선 첫날부터 포악한 모습을 보였고, 이라크는 죽은 사회가 되었다. 이런 현실을 쿠르드 사람 말고는 아무도 말하지 않고 있었다. 쿠르드인은 바트당에 완강히 맞서고 있었다. 우리는 절대로 포기하지 않았다.

그즈음 우리 식구의 관심사는 우리가 모두 살아남아야 한다는 거였다. 큰오빠도 작은오빠와 마찬가지로 징집되어 최전선으로 끌려갈 수도 있었다.

큰오빠는 26세로 아직 미혼이지만 바그다드 공과대학을 졸업한 엔지니어로 기업을 잘 꾸려 나가고 있었다. 그러나 언제라도 소집영장을 받을 수 있었다. 43세인 하디 형부도 세 아들을 두고 있었으나 징집될 수 있는 나이였다.

사바스트는 어떠한가? 22세인 그는 현재 공과대학 졸업을 1년 남겨 두고 있었다. 그의 가족은 그가 졸업한 후에도 전쟁터는 얼마든지 있을 수 있을 터이니 먼저 대학을 졸업하도록 강권한 덕에 그는 아직은 바그다드에 남아 학교에 다니고 있었다. 이라크 정부에서는 전쟁은 한 달 안에 끝날 것이기에 졸업할 때까지 대학생들은 징집하지 않을 것이라고 장담하고 있었다. 하지만 그들의 정책이 언제 변할지는 누구도 장담할 수 없는 상황이었다.

징집영장이 사바스트에게 떨어지면 그가 어떻게 행동할 것인 가는 내가 잘 알고 있었다. 그는 자기 신념을 위해 끝까지 싸울 사 람이며 바트당을 철저히 증오하기 때문에 바트당을 위해 전쟁터 에는 가지 않을 것이다. 그가 이라크군에 징집되게 된다면 산으 로 들어가 페쉬메르가가 될 것이다.

낮의 공습을 피하느라 파김치가 된 우리 가족은 일찍 잠자리 에 들었으나 쉽게 잠을 이룰 수가 없었다. 나와 사바스트와의 관 계는 변함이 없었지만 내 생각은 오로지 사바스트에 관한 것으 로 가득 찼다. 나는 엄마나 두 언니보다는 예쁘지 않았지만 이젠 어린애 티를 벗고, 매력적인 18세의 처녀로 자라고 있었다. 나 는 검은 머리카락에 키가 크고 늘씬했으며 사바스트가 흥미를 갖고 스케치할 정도의 얼굴을 가지고 있었다. 일방적인 사랑이 수년간 계속되었지만 사바스트에 대한 내 감정은 여전했다. 내 가 이제 성인이 되었어도 사바스트는 나에게 거리를 두고 친구 같이 대했으며 사랑에 관한 말은 한마디도 꺼내지 않았다. 나도 내 감정을 말할 수 없었다. 비록 내가 우리 여자들에 대한 보수 적 문화에 대하여 저항은 하고 있었지만 이 문제에 대하여 내가 먼저 행동을 취할 수는 없었다. 그러한 행동은 내 평판에 해가 될 것이다.

그래서 나는 기다렸다. 물론, 나에게는 소중히 간직할 추억이 몇 개 있기는 하다. 사바스트가 알리아 언니에게 내가 예쁜 얼굴을 갖고 있고 성격이 활달하다고 말했던 것이다. 그래서 초상화를 그렸노라는 고백을 했다는 것이다. 또한 사바스트는 나를 정치적 논쟁에 동참토록 했다. 그 일로 나도 커디스탄을 사랑하고 있다는 것을 그가 알게 되었다. 그의 권유로 나는 독서광이 되었으며, 그 후 여러 주제에 관한 책을 읽고 그와 더불어 토론을 벌이는 값진 추억도 꽤 여럿 가지게 되었다. 내가 영문학에 관심이 있다고 믿었지만, 농업대학에 합격하여 등록하는 것을 보고 그가 기뻐하는 것을 나는 알고 있었다.

아직도 알리아 언니는 내 사랑이 가망없는 것으로 생각하고 '조안나, 너는 실연당할 여자 표정을 지니고 있어. 그러면 좋은 결과를 기대할 수 없단다.'라고 나에게 충고를 했다.

알리아 언니가 그렇게 말하기는 쉬웠다. 자기를 숭배하는 남자와 결혼한 언니는 정말 운이 좋은 여자였다.

10
참호

스프링Spring

1981년

깊은 밤, 겁에 질린 비명소리에 잠을 깼다. 놀랐으나 그게 무나 언니 방에서 나오는 소리인 줄은 바로 알았다. 무나 언니의 정신 상태가 작년 전쟁이 시작된 이후 눈에 띄게 악화되었다. 요즈음 에는 항상 침울한 상태였다.

나는 침대에서 뛰어 내려 언니 방으로 갔다. 엄마는 벌써 와 있 었다. 엄마는 팔로 언니의 머리를 감싸고 언니를 진정시키려 했 으나 언니는 막무가내였다.

"사드가 숨을 쉬지 못해요. 사드가 질식하고 있어요."

고함을 치며 사드 오빠만을 찾았다. 언니의 발작이 심해지기 시작했다. 나는 등골이 오싹했다. 엄마도 지쳐 있었다. 엄마는 '무나, 괜찮아. 사드는 무사해.'라며 언니를 달랬다.

언니는 진정되지 않았다. 언니는 계속 벌벌 떨며 울었고, 사드 오빠만을 불러댔다. 언니의 증상은 밤새 계속 됐다. 나는 언니가 슬픔으로 미쳐버리지 않을까 걱정되었다.

무나 언니는 자기와 쌍둥이인 사드 오빠와 불가사의한 관계를 맺고 있었다. 사드 오빠의 기쁨과 슬픔 등 모든 감정을 언니는 자신의 것인 양 강하게 느끼고 있었다. 오빠가 군에 징집된 이후 언니는 상심이 컸다. 나는 언니도 전선으로 가서 오빠가 있는 참호로 찾아가지 않을까하는 말도 안되는 생각을 하기도 했다. 언니가 참 안되었다.

아침이 되어서야 무나 언니는 겨우 잠이 들었다. 나는 내 방과 언니 침상 사이를 오가며 언니가 계속해서 숨을 쉬고 있는지 확인했다. 언니 곁에서 조용히 지켜보며 언니 얼굴에 삐친 머리카락을 손가락으로 들어 올렸다. 그때 문득 언니가 참으로 예쁘다고 새삼 느꼈다. 23살인 언니는 인형처럼 섬세하게 예뻤다. 백자처럼 투명하고 윤기 나는 피부와 옅은 핑크빛 입술을 지녔다. 그러나 언니는 정신이 유약했다. 어렸을 때부터 나는 언니의 건강을 걱정했다.

우리 문화권에서 23살은 결혼 적령기를 지난 나이지만 언니는 뛰어난 미인이어서 청혼이 빗발쳤다. 더구나 여자의 순종을 미덕으로 여기던 땅에서 언니는 유순하다고 소문이 나 있었다. 그러나 언니는 부끄러움을 많이 탈 뿐 아니라 결혼하지 않고 엄마와 같이 살겠다며 청혼을 받아들이지 않았다.

친척들은 언니가 적당한 때 결혼하지 않으면 평생 독신으로 살 것이고 그러면 형제들에게 얹혀살게 될 것이라고 걱정하였다. 엄마조차도 더 이상 언니의 결혼을 연기할 수 없다고 생각하였다. 그러나 나는 결혼하지 않겠다는 언니와 의견이 같았다. 이라크 남자들은 대개 구혼기간에는 친절하고 간을 빼줄 듯하다가 일단 결혼하면 독선적이고 이기적이며 때로는 폭력적으로 변하기 쉬웠다. 내가 사랑하는 착하디착한 언니에게 그러한 결론을 권유하고 싶지 않았다. 엄마나 나처럼 언니를 보호해주고 사랑하고 언니의 뜻을 받아줄 사람은 없다고 생각했다.

언니에 대하여 생각하면 걱정할게 많았다.

그날 오후 우리는 큰 충격을 받았다. 아바즈에서 수천 명의 사상자를 낸 피비린내 나는 전투가 있었다는 소식을 들었기 때문이다.

심장이 멈추는 듯했다. 지난번 사드 오빠에게서 온 편지가 그곳이었다. 놀란 엄마와 나는 그저 서로 바라볼 뿐이었다. 엄마의 눈빛은 엄마와 내가 같은 것을 생각하고 있지 않느냐고 묻는 듯했다. 무나 언니의 꿈이 경고인가 전조인가? 사드 오빠는 정말 질식 상태인가?

우리는 아바즈 전투에 대하여 자세히 알려고 백방으로 수소문했다. 아바즈는 석유가 풍부한 국경지대로 카룬강에 건설되었다. 그 지역 일대는 고대 때부터 이란과 이라크가 서로 지배하려고 다투던 곳이었다.

전투 첫날 이라크의 6사단 병력이 국경을 넘어 아바즈와 이웃 여섯 개 도시들을 점령하고 이란 영토 1,000킬로까지 진격하여 이란 땅을 점령했다. 그 후 전쟁은 소강상태에 들어갔고 전쟁의 승패를 좌우하는 결정적인 전투가 없었다.

그게 사드 오빠가 참호 속에서 지내는 이유이다. 수만 명의 이라크와 이란의 장병들이 평행으로 쭉 파 만든 참호 속에 서로 죽이기를 기다리며 쭈그리고 앉아 있었다.

사람의 목숨이 우리 정부에서는 개 값에 불과했다. 사담 정권은 전사자 가족에게 두 달분의 급여와 약간의 연금 그리고 텔레비전 한 대씩을 주다가 전쟁이 계속되자 토요다 한 대와 15,000달러를 주기 시작했다. 우리 가족은 가난하기는 했어도 몸값에는 관심이 없었다. 오로지 사드 오빠가 살아 돌아오기만을 바랄 뿐이었다.

오빠의 운이 다 했다는 말인가? 전우들이 수없이 죽었지만 오빠는 6개월 동안 계속된 처절한 전투에서 살아남았다. 사드 오빠는 편지를 자주 쓰는 사람인데 최근 몇 달 동안에는 한통의 소식이 없었다. 그때부터 무나 언니의 악몽이 시작되었다. 아바즈의 치열한 전투 소식을 듣고 온 가족은 걱정에 휩싸였다.

라드 오빠가 부상병이 후송되는 군 병원에 호출되었을 때 나는 거의 기절할 뻔했다. 우리 가족은 큰언니 집에 모여 소식을 초조히 기다렸다.

오랜 시간 후에 돌아온 큰오빠는 나쁜 소식, 좋은 소식과 놀라운 소식을 동시에 가져 왔다. 나쁜 소식은 작은오빠가 참호 속에서 빈사 상태로 있다가 후송되어 왔고 지금도 중태라는 것이다. 좋은 소식은 그래도 살 가망이 높다는 것이고 놀라운 소식은 작은언니의 악몽은 작은오빠와의 텔레파시에 의한 작용이라는 것이었다.

큰오빠는 창백한 손을 이리저리 흔들며 작은오빠의 말을 우리에게 전해줬다. 아바즈 전선은 긴장을 조금도 늦추거나 비울 수가 없어 대소변을 참호 속에서 우유팩으로 해결했다. 진흙으로 뒤범벅이 된 군화는 신을 수가 없게 되었다. 음식 공급도 중단되었다. 적의 공습으로 옆에 있던 친구가 직격탄을 맞고 목이 잘려 나갔다. 포탄이 비 오듯 떨어져 참호 속의 누구도 머리를 들고 그 시체를 참호 밖으로 밀쳐내지 못해서 작은오빠는 며칠 동안을 그 썩어가는 시체와 어깨를 맞대고 지냈다. 일주일 동안 계속된 그 전투로 참호 속에 살아남은 사람은 작은오빠뿐이었다.

갑자기 놀랍게도 주위에서 이란 병사들의 이란어 소리가 들려 작은오빠는 소스라치게 놀랐다. 이란 장교가 부하들에게 살아 있는 놈들은 꼴도 보기 싫으니 모두 사살해 버리라는 말도 들렸다. 작은오빠는 전선이 뚫렸고 참호가 이란군에 점령되었다는 것을 깨달았다. 그것도 포로를 원하지 않고 무조건 사살해 버리겠다는 이란군에 의해.

작은오빠는 눈을 감고 몸을 뒤틀어 죽은 시늉을 했다. 다행히 이란 병사들은 참호를 보고 다 죽었다고 판단하고 도망가는 이라크군을 급히 추격해갔다. 한참 후 참호에서 빠져 나와 주위를 살펴보니 이라크 병사 시체더미가 커다란 피라미드 모양으로 몇 군데 쌓여 있었다. 뒤에 인기척을 느끼고 도망가는 것이 불가능하다고 생각한 작은오빠는 시체 한구를 자기 몸 위에 덮어 자신을 은폐했다.

그 말을 듣자 작은언니가 숨을 쉴 수가 없다고 비명 지른 사실이 떠올랐다. 큰오빠가 언니의 악몽 이야기를 작은오빠에게 하니까 실제로 작은오빠는 숨을 못 쉬어 질식사하지 않나 걱정했단다. 그 말을 듣고 내가 질식사할 것 같은 생각이 들어 나는 손으로 목을 만졌다.

이라크군이 전열을 가다듬어 결사적으로 싸워 빼앗긴 진지와 참호를 되찾지 않았다면 작은오빠는 시체 더미 아래에서 질식사했을 것이고 아무도 그의 행방도 몰랐을 것이다. 이라크군이 참호를 되찾았을 때 작은오빠는 너무 쇠진하여 자기가 살아 있다고 말할 힘조차 없었다. 시체를 묻기 위해 끌어 내릴 때 한 병사가 오빠가 살아 있다는 것을 발견하고 끄집어냈던 것이다. 합동 매장 일보직전에 작은오빠는 병원으로 후송되는 앰뷸런스에 실리게 되었다.

군의관은 작은오빠의 건강이 심각하게 망가졌다고 했다. 군 당국은 작은오빠를 의병제대 시켰다. 작은오빠는 더 이상 전선으로 징집되지는 않게 되었으나, 몸 상태가 좋지 않아 언제 죽을지 모를 운명이다.

작은오빠의 충격에서 우리 가족이 헤어 나오기도 전에 아주 나쁜 소식을 들었다. 이제 큰오빠가 걱정의 장본인이 됐다. 군 당국으로부터 신체검사 통지서를 받은 것이다.

11
라드 떠나다

바그다드

1982년-1983년

여행 가방을 꾸리는 나의 손이 떨렸다. 큰오빠, 엄마, 작은언니
와 나는 바그다드를 떠나 유럽 여행을 할 것이다. 이번 여행은 우
리가족에게 파국을 가져올 수도 있다.

이란과의 전쟁이 확대됨에 따라 이라크 치안 사정은 하루가 다
르게 악화되었다. 해외여행은 전면 금지되었으나 실력자에게 거
액의 뇌물을 주고 우리 가족에 대한 일시 해외여행이 운 좋게도
허가되었다. 모든 이라크 사람은 해외로 빠져 나가려 했으나 그
러질 못했다. 그래서 친구와 이웃들은 우리의 여행허가를 아주

부러워하고 시샘하기도 했다. 우리가 보안대에서 주장한 것처럼 여행 목적은 이웃들이 짐작하는 바와 같이 단순한 관광이 아니었다. 불법적인 목적이 있었다. 우리의 계획이 발각되어 출국 전에 붙잡힌다면 우리는 처형될 것이다.

큰오빠는 이라크에 돌아오지 않고 도망가는 것이다. 오빠는 유럽에서 새로운 생활을 계획했다. 새 생활을 하기 위해서는 어느 정도 자금이 필요했다. 외국에 나가는 이라크인은 개인당 1,500불만 소지하도록 규정되었다. 이번 여행은 네 명이 가니까 큰오빠 생활 자금으로 6,000불까지 가져갈 수 있었다.

위험이 도사리고 있는 이번 여행에 즐거운 일이 있을 수 없었다. 비행기를 타고 가서 오빠에게 가져온 돈을 건넨 다음 오빠를 프랑스에 두고 돌아오면 보안대 조사를 받게 될 것이다. 오빠가 돌아오지 않은 것을 어떻게 설명할 것인가? 그런 위험에도 불구하고 우리 가족은 기꺼이 큰오빠의 이라크 탈주를 돕기로 했다.

큰오빠가 이라크 탈주를 결심하는 데는 두 가지 큰 이유가 있었다. 가장 큰 이유는 전쟁과 관련되었다. 신체검사 통지를 받고 큰오빠는 비행기 조종사를 지원했다. 보병으로 끌려가면 참호 생활이 얼마나 참혹한가는 작은오빠한테 많이 들었기 때문이었다. 그러나 신체검사 결과 척추에 문제가 있어 군 면제 처분을 받자 가족 모두는 좋아 했으나 본인은 실망했다.

그러나 위험이 다 사라진 게 아니었다. 전쟁이 계속되고 징집 자원이 고갈되자 전에 군 면제 받은 자도 징집되기 시작했다. 조종사 부적격 판정을 받은 큰오빠도 보병으로 징집되어 총알받이가 되기 위해 최전선으로 투입될 게 분명했다.

대부분의 이란 군인도 아주 어린나이로 훈련도 받지 않고 전선에 투입되었다. 그들의 유일한 무기는 정신적인 것으로 그들의 가느다란 목에는 천국의 열쇠라는 띠가 둘려져 있었다. 심지어는 아홉 살짜리 병사들도 있었는데 우리는 엄마의 무릎에서 갑자기 최전선에 끌려온 이런 소년 병사들을 불쌍하게 생각했다. 이들은 지뢰밭을 행군하거나 대포알 밥으로 이용되어 살점이 뜯겨 났다. 사정은 이라크 쪽도 마찬가지여서 어린 병사들을 전선으로 마구 실어 날랐다.

큰오빠의 이라크 탈출 두 번째 이유는 사업에 관한 것이다. 대학 졸업 후 큰오빠는 일 년 동안 대학에서 학생들을 가르쳤다. 그후 대학동창 네 명과 함께 바그다드 서쪽 100킬로에 위치한 이라크 중부도시 라마디에서 전선 합작 회사를 설립했다. 프랑스에서 교육받은 아빠로부터 경영기술을 전수받은 오빠는 여러 계약을 성사시키면서 동료들의 신임을 받았다. 이라크에서 정권의 비호를 받지 않고 사업에 성공하기란 극히 어려웠으나 큰오빠 회사는 잘 나갔다. 처음에는 그랬다.

그러나 파트너 네 명이 징집되어 전선으로 나가자 그들의 아버지가 자기 아들 대신 사업에 참여하기 시작했다. 그들은 그런 능력이 없었다. 그들은 결국 큰오빠의 지분을 빼앗기 위한 엄청난 음모를 꾸몄다. 큰오빠가 지분 양도를 거절하자 그들은 사담 대통령의 악명 높은 삼촌 툴파를 찾아갔다. 사담이 대통령에 오르자 툴파는 직위를 악용해 돈 있는 사람들의 재산을 무모하게 빼앗았고 그들을 처형시키기도 했다. 툴파는 오빠에게 주식 양도서에 서명하도록 통고했다. 이제 서명을 거부하면 종신형이나 처형을 당할 게 분명했다.

나는 큰오빠가 낙담하여 집에 돌아온 날을 생생히 기억한다. 어떻게 하면 정당하게 모은 자기 재산을 지킬 것인가 생각하며 오빠는 즐겨 찾던 티그리스 강둑으로 갔다. 오빠는 드디어 이라크를 영원히 떠날 결심을 하였다. 이라크는 더 이상 자기 꿈을 펼칠 수 있는 나라가 아니라고 판단했다.

아빠가 돌아가시고 작은오빠는 반신불수가 되었으니 큰오빠와 헤어지는 것은 정말 싫은 일이었다. 내 운명은 믿을 만한 남자들을 모두 잃어버리게 되는 것 같았다.

사바스트도 떠나고 없었다. 그가 커디스탄으로 떠난 이후 일년 이상 그를 만나지 못했다. 내가 우려했던 대로 그는 졸업과 동시에 징집 신체검사를 받았고 적격 통지를 받았다. 어쩔 수 없이 군사훈련까지 받았으나 싫어하는 이라크 군인이 되어 전선에 가는 것을 원치 않던 그는 병영을 이탈하여 커디스탄으로 탈출하였다. 그곳에서 '쿠르드애국동맹' PUK;Patriotic Union of Kurdistan에 가입하였다. 쿠르드애국동맹은 쿠르드민주당 KDP:Kurdistan Democratic Party의 간부였던 탈라바니 Jalal Talabani가 결성한 쿠르드 페쉬메르가의 최초의 정치조직이었다.

사바스트는 떠나기 전에 나에게 좋은 추억거리를 주었다. 그 추억은 이후 나의 외로운 삶을 지탱해 나가는 위안이 되었다. 바그다드를 떠나기 직전에 사바스트는 나에게 한 가지 부탁을 했다. 큰언니 집에서 나를 한쪽으로 불렀다. 항상 근엄한 태도를 지녔던 사바스트는 그날따라 세상에 걱정거리 하나 없는 사람 같았다. 며칠 있으면 도망병이 되고 그와 가족을 위험에 빠뜨리게 될 처지임에도… 그의 용감한 가족들은 사바스트가 사담에 대항해서 싸울 것이라고 했다. 커디스탄 대의를 위해서 그들은 모든 것을 던질 결심을 한 것이다.

사바스트는 머뭇거리며 말했다. '조안나, 나는 곧 떠나야 해. 가기 전에 바그다드 대학에서 해야 할 일이 있어. 나와 같이 갈 수 있어?'

그의 검고 큰 눈은 빛났으며 애써 미소를 지었다. 남자치고는 긴 그의 검은 곱슬머리는 매력적이고 막 폭풍 속에서 나온 것처럼 야성적이었다. 그가 그런 제안을 하다니 믿기지 않을 정도로 기분이 좋았다. 머리에서 발끝까지 기대에 차 전기가 찌릿했다. 틀림없이 결혼이야기를 하겠지.

'그래, 그래야지!' 나는 혼자서 결론을 냈다.

그날이 내가 소녀 때부터 일방적으로 좋아한 이후 사바스트와 단둘이 같이 있게 된 첫날이었다. 처음에는 내가 그렇게 오랫동안 꿈꾼 대로 진행되었다. 우리는 대학행 버스를 타고 가면서 몸을 구부리고 창문 너머로 바그다드 거리의 군상들 모습을 낱낱이 살펴봤다. 뒷주머니에 돈을 감추는 풍채가 좋은 상인, 말 안 듣는 어린애를 어찌할 바를 모르며 소리 지르는 아낙네, 무거운 자루 두 개를 막대기에 균형 잡으며 나르는 젊은이, 은밀한 사랑 표시를 주고받는 연인들, 몸집이 우스꽝스럽도록 큰 할머니, 티그리스 강에서 잡히는 맛있는 물고기 마스구프가 할딱거리는 것처럼 입을 오므렸다 벌렸다 하는 노인들… 사바스트가 나를 어찌나 웃겼던지 눈물이 뺨에 흘러내렸다. 우리가 어찌나 정겹게 이야기했던지 우리를 바라보던 승객들은 우리가 신혼여행에서 돌아오는 신혼부부라고 생각하는 듯했다. 그의 이야기가 매우 재미있어 그가 대학에서 일을 처리하는 동안 나는 기다리며 혼자 내내 미소를 지었다.

큰언니 집에 돌아올 때 우리는 함께 더 있고 싶어서 서점에 들렀다. 창작코너에서 손으로는 책을 만지면서 나의 눈은 그만 바라봤다. 그의 말은 달콤하고 유혹적이어서 그가 내 긴 머리가 마음에 든다고 했을 때 그가 나와 사랑에 빠졌다고 믿었다.

바그다드에서는 공개적으로 말하는 것은 일반적인 일이 아니었다. 사바스트는 내 옆에 바짝 붙어서 작은 소리로 이야기했다. 이렇게 가까운 곳에서 그를 자세히 본적이 없었다. 그의 시선은 생각이 많은 듯하면서도 삶에 대한 강렬한 열정이 있어 보였다. 그가 작은 소리로 이야기했지만 나는 분명히 들었다.

"나는 죽는 것이 두렵지 않으나 살고 싶다. 열심히 일하고 아늑한 집에서 예쁜 여인과 결혼하여 자식을 팔에 안아 보는 것이 얼마나 행복한 것인가를 알고 싶다."

그러한 완전한 행복이 그에게 있기 위해서는 내가 그 옆에 존재해야 한다. 그 다음 나올 말을 기다리느라고 나는 숨이 멎는 듯 했다. 분명히 나 없이는 못 살겠다는 말을 하겠지. 물론 나의 대답은 '예'이고.

벌써 나는 가족에게 작별인사를 하고 그와 함께 커디스탄으로 도망가는 생각을 하고 있었다. 그래, 이 남자와 커디스탄 페쉬메르가 용사촌으로 가서 그가 원하는 어떤 일이든 할 거야.

내가 크게 웃어 보이자 그는 말을 멈췄다. 나는 그에게 말을 계속하라고 했다.

이것이 우리 문화권에서 보통으로 행해지는 구혼 방법이 아니라는 것을 인정한다. 그러나 우리 가족의 전통은 일을 형식을 따져 복잡하게 만드는 것이 아니었다. 보통의 이슬람 여자와는 달리 나는 사바스트를 오랜 기간 알고 지냈다. 또한, 내가 그를 사랑한다는 것을 오래 전부터 알고 있었다. 그래서 그의 마법적인 말을 기다렸다.

나는 기다렸다. 계속 기다렸다.

사바스트는 말하는 것이 힘들다고 느꼈는지 늦어서 가야된다고 말하면서 출구 쪽을 향했다.

반쯤 제 정신이 아닌 상태로 나는 그를 따라 서점 밖으로 나왔으나 방금 전에 무슨 일이 일어났는지도 생각나지 않았다. 나는 하마터면 내가 너를 사랑하며, 나를 떼어 놓고 바그다드를 떠나서는 안 되며, 너와 결혼하고 싶다고 말할 뻔했다.

정말이지 아무 말도 할 수 없었다. 여자로서 자존심을 지키기 위해서는 그러한 말을 삼가야 한다는 것을 나는 알고 있었다. 쿠르드 여인이 여러 면에서 용감하지만 우리는 사랑문제에 있어서는 여자가 앞서 나가지 않는다.

물론, 사바스트가 내 감정을 알도록 나는 할 수 있는 모든 일을 다 했다. 하루 종일 그와 함께 있었고, 그가 하는 모든 말을 열심히 들었고, 그 말에 미소 지었고 활짝 웃었다. 어떤 쿠르드 처녀도 그렇게는 못했을 것이다.

내 생각은 소용돌이 쳤다. 마지막으로 나는 사바스트가 나를 납치할 생각을 갖고 있다고 결론지었다. 결혼을 앞당길 비상수단으로…. 그렇게 생각하니 기분이 다시 날아갈 듯했다. 나는 그에게 납치할 필요가 없다고 말하려 했다. 왜냐하면, 그가 말만 하면 내가 자발적으로 따라 갈 테니까. 그러나 나는 말하지 않았고, 그도 말하지 않았다.

돌아오는 버스 안에서 그는 내내 침울했다. 그의 기분을 돋우기 위해 나는 아무 말도 할 수 없었고 하지 않았다. 그는 나를 전혀 바라보지 않았다.

왜 그랬을까? 무슨 생각을 하고 있었을까? 그는 자신이 나를 사랑하고 있다고 생각했을까? 아니다. 그날 같이 외출한 것을 생각해 보면 그는 나를 전혀 사랑하고 있지 않았으며 그는 자기 신념이 중요하지 내 존재는 아무 것도 아니라고 생각했음이 분명하지 않을까?

나는 손으로 얼굴을 감싸고 괴로워했다. 내 상념은 꼬리에 꼬리를 이었다. 사바스트는 다음날 떠났다. 그를 다시는 못 만날지도 모른다. 그는 내게 결혼하자고 해야 했다. 꼭! 그러나, 그는 하지 않았다.

그날 밤이 다 새도록 나는 가슴이 떨려 잠을 이루지 못했다.

다음 날 아침, 가볍게 작별인사를 하고 그는 정말로 바그다드를 떠났다. 그 이후 그를 본 적이 없다. 그로부터 편지조차도 받은 적이 없다. 그동안 이라크군과 페쉬메르가 사이에는 이따금씩 치열한 전투가 있었다. 사바스트가 죽었는지 살았는지 나로서는 알 길이 없었다. 그럼에도, 그를 향한 나의 사랑은 조금도 변하지 않았다.

12
희망의 끝

바그다드

1984년

    유럽에 큰오빠를 남겨 두고 돌아왔으나 우리 가족은 아무도 체포되지 않았다. 이라크는 사년 째 전쟁의 소용돌이 속에 빠져있었기에 우리 가족의 출입국을 눈여겨 볼 사람은 아무도 없는 것 같았다. 우리 가족에게는 일생에 딱 한 번 있던 행운이었다.

    큰오빠는 일 년 만에 스위스에서 자리를 잡았다. 유명한 회사에 취직하여 아빠 때부터 타고난 성실함과 세심함으로 인정을 받았고 그동안 영주권도 얻었다.

    큰오빠가 보고 싶고 그리웠지만 그가 이 엉망인 나라를 떠난 것은 잘 한 일이라고 생각했다. 전쟁은 길어졌고 일진일퇴를 거듭하고 있었다. 누가 최종 승자가 될 지는 아무도 몰랐다. 이란이 미국 대사관에 난입하여 미국인을 인질로 잡았기 때문에 전쟁 초기에는 미국이 사담 대통령을 도왔다. 대부분의 이라크 국민들은 미국이 그러한 이란을 싫어하기 때문에 이라크가 승리할 것이라고 안도했다. 그러나 전쟁은 계속 확대되었다.

사바스트를 마지막으로 만난 지도 일 년이 넘어갔다. 나는 대학생이 되어 있었다. 대학생이 되어서도 그에 대한 생각은 멈추질 않았다. 나에 대한 청혼이 여러 번 우리 가족에게 왔지만 나는 거절하고 있었다. 상대는 잘 생기고 활달했으며 장래마저 촉망되는 청년이었다. 내가 매번 거절하자 가족들은 놀랐다. 두 언니를 제외하고 다른 가족들은 그 이유를 몰랐다. 두 언니만이 내가 사랑하는 이를 두고 딴 사람과 결혼하지 않을 사람이라는 것을 잘 알고 있었다. 우리 사회의 결혼 관습을 거절하면서 나는 대학생활을 보내고 있었다.

그러던 어느 날 오후 내가 큰언니 집에 가보니 사바스트가 와 있었다. 그의 외모로 보아 산에서의 생활이 몹시 힘들다는 것을 알 수 있었다. 그 준수했던 사람이 눈과 입 주위에 굵은 주름이 팼다. 그러나 그를 다시 보게 되니 너무 좋아서 나도 모르게 웃음이 흘러 나왔다. 그에 대한 나의 사랑은 여전했다.

사바스트가 좀 변했다는 것을 감지하였다. 그의 기분은 가라앉아 있었다. 친절했으나 거리를 두었고, 정치적인 이유 때문에 바그다드에 왔다고 했다.

쿠르드가 이란과 동맹을 맺는 것을 막으려고 사담은 1983년 쿠르드와 전투중지를 결정했고 그 약속은 1984년까지 계속되었다. 페쉬메르가는 사면을 받았고 산에서 나와 이라크 국내를 여행할 수 있게 되었다. 그가 바그다드에 올 수 있게 된 연유다.

그는 아니라고 할지 몰라도, 그가 이곳에 온 이유는 단 하나라고 생각했다. 그는 나를 만나기 위해 이곳에 온 것이라고 나는 확신하고 있었다. 그로부터 청혼을 끌어내기 위해 나는 계획을 세웠다. 우리의 미래에 관해 진지한 상의를 하지 않고는 절대로 바그다드를 떠나게 하지 않을 작정이었다. 나는 벌써 스물두 살이고 대학도 곧 졸업하게 되었다. 나는 결혼 준비가 되어있었고 상대는 바로 그 사람이어야 했다. 1984년도 세계인구 4,770,104,443명 중 절반이 남자이나 내 상대는 바로 그 사람이어야만 했다.

나는 처음에는 산에서 보낸 그의 생활과 전투 무용담 등을 물어보며 그에게 말을 시키려 했다. 그러나 그는 이상할 정도로 말하려 하지 않았다. 산악 생활이 워낙 힘든 것이어서 나에게 말하고 싶지 않나 생각하였다.

어느 날 오후 그와 함께 소파에 앉아 차를 마시게 되었을 때, 이때다 싶어 나는 말을 꺼냈다.

"사바스트, 이 정전협약이 깨어지면 다시 북쪽 산으로 들어갈 거예요?"

그는 뜸을 들이며 '그렇다'고 대답했다.

긴 침묵이 우리 사이에 흘렀다.

그는 차를 마시며 자신의 손을 봤다. 주름은 물론, 상처 자국이 많았다. 그 아름답던 손으로 그는 산에서 무슨 일을 했단 말인가? 나는 밖을 쳐다보며 산만하지 않겠다고 다짐했다.

나는 숨을 크게 쉬었다. 때가 온 거야. 생각했던 것을 꼭 말해야 돼.

나는 말했다.

"그렇담, 나도 산에 가겠어요. 나도 싸울 수 있어요. 싸우고 싶어요. 쿠르드 역사상 투르크 여자만 남자와 함께 싸웠다는 것을 알아요. 페쉬메르가 여성은 그러지 않았다는 것도. 기회가 있으면 나는 총 쏘는 것도 배울 것이고 통신병으로도 일할 거예요. 산에서 나도 한 몫 할 수 있을 거예요."

그는 얼굴에 내려진 머리카락을 뒤로 제치며 웃었다. 그러나 이내 내가 너무 진지한 것을 보고 검지로 나를 가리키며 말했다.

"조안나, 지금 말하는 것을 너는 잘 몰라. 너무 위험해. 우리는 수시로 싸움터로 달려가고, 이라크군을 피해 다니고 자쉬 jahsh들로부터 우리를 숨겨야 돼. 죽음의 위험이 사방에 있으며, 나는 이미 많은 친구를 잃었어."

자쉬란 쿠르드 사람 중 징집을 면제받거나 돈을 받고 이라크를 위해 스파이 노릇을 하는 변절자들이다. 그들의 밀고로 인해 페쉬메르가는 물론 민간인들도 많이 희생되었으므로 쿠르드인은 그들을 경멸했다. 나는 포기하지 않았다. 어렸을 때부터 언젠가는 페쉬메르가 생활을 하리라고 생각해 왔다고 응수했다.

그는 화가 난 음성으로 말했다.

"안돼, 조안나. 이와 같은 도시 생활에 익숙한 조안나는 산악생활을 견디지 못해. 들어 봐. 매일 똑같이 조악한 음식에 잠자리가 추워도 담요도 없이 한데서 자고 공습은 매일 계속되어 포탄이 난무하지. 의사도 없어 치료도 받지 못하고 죽어간단 말이야."

그는 말하면서 몸을 나 있는 쪽으로 기울였다. 손만 들면 그의 얼굴을 쓰다듬을 수 있게 되었다. 나는 애써 감정을 억제했다.

그는 고함치듯 말했다.

"조안나, 네가 페쉬메르가가 되면 보안대가 알게 되고 너와 가족을 죽이려고 할 거야."

"상관없어요."

이 논쟁에서 내가 물러나면 또 그와 헤어져야 한다. 또 나는 혼자서 그를 기다리는 인고의 생활을 해야 할 것이다.

"상관하지 않겠어요."

나는 반복해서 외쳤다.

"안된다니까. 그만해."

그가 자리를 벌떡 일어났다. 차를 한 입에 쭉 마시더니 탁자에 쾅하고 내려놓았다. 찻잔은 깨졌다. 그는 뒤도 돌아보지 않고 나가 버렸다.

내가 우려했던 대로 쿠르드와 이라크의 휴전은 깨졌다. 쿠르드는 사담이 곧 축출될 것으로 생각했기 때문에 과도한 사담의 요구를 받아 줄 필요가 없다고 판단했다. 사담이 축출되면 승리는 쿠르드 몫이 될 거라고 쿠르드 지도자들은 속단하고 있었다.

사바스트는 전투에 복귀하기 위하여 바그다드를 떠났다. 이번에는 내게 작별 인사도 못하고 떠났다.

나는 엄마 집에 돌아왔다. 그에 대한 나의 사랑은 광기를 품었다. 그의 그러한 폭력적인 태도에도 불구하고 그에 대한 사랑은 그칠 줄 몰랐다.

삼일 후 알리아 언니가 세 아들들을 이웃에 맡기고 버스를 타고 우리 집에 왔다. 엄마는 야채를 사러 갔고 작은언니는 친구 집에 갔다. 집에는 나 혼자 있었다. 다음 날 학교에 입고 갈 드레스를 다리미질 하고 있었고 텔레비전이 등 뒤에 켜져 있었다. 나는 텔레비전을 잘 보지 않는다. 요즈음 방송은 항상 사담이 나와서 전쟁을 독려하는 방송만 반복한다.

"이라크 전사들이여, 나가 싸우라. 괴물 호메이니의 앞잡이들 목을 남김없이 베어 오라. 알라의 전사들이여, 승리는 우리 것이다."

나는 사담을 보기 위하여 텔레비전을 쳐다봤다. 내가 얼마나 증오하는 자인가? 그 때문에 큰오빠와 헤어지고, 그 때문에 작은오빠가 지금도 병마에 시달리고, 그 때문에 사바스트가 나와 떨어져 산악생활에 시달리고 있지 않는가?

나는 진심으로 사담이 죽기를 기도했다. 나는 다리미질을 멈추고 그의 얼굴을 잠시 관찰했다. 내 기대와는 달리 건강하게 보였다. '귀신은 뭐하고 있담. 저런 자를 데려가지 않고!'

그때 노크도 없이 큰언니가 들어왔다.

언니의 어두운 표정이 불길했다. 최악의 시나리오가 내 머리를 엄습했다. 사바스트 문제일거야. 그래, 확실해! 사바스트에게 문제가 발생한 거야.

"조안나, 앉아봐."

큰언니는 부드럽게 말했다. 나는 언니 앞에 앉았다.

"조안나, 사바스트가…"

언니는 말하기가 힘든 모양이었다. 나는 더 이상 기다릴 수 없어 소리쳤다.

"사바스트가 죽었어?"

"죽었다고? 아니야. 그는 살아 있어. 살아 있고말고."

언니는 나를 유심히 살폈다.

"그럼, 다쳤어?"

"아니야, 조안나."

큰언니는 앞으로 구부려 나를 보며 내 손을 잡았다.

"조안나, 사바스트가 딴 여자에게 청혼을 했어."

나는 고개를 저었다. 내가 잘 못 들은 거야.

"언니, 뭐라고?"

"저 번에 그가 바그다드에 온 이유가 그거였어. 딴 여자에게 청혼하러."

"말도 안 돼!"

"사바스트는 딴 여자와 결혼하고 싶어 해."

나는 말을 더듬었다.

"누구하고?"

"네가 모르는 처녀야. 그와 대학 동창이래."

"이름은?"

"나도 몰라. 동창으로 쿠르드 처녀라는 것 밖에는."

나는 마음이 산란하여 언니의 말을 이해할 수 없었다.

"조안나, 괜찮아?"

당연히 안 괜찮지. 나는 일어나려 했으나 다리에 힘이 빠져 비틀거렸다. 큰언니는 나를 껴안으며 조용히 말했다.

"그가 너를 만난 때부터 고민했던 모양이야. 너와 그가 결혼하는 것은 알라의 뜻이 아닌 모양이니 잊도록 하자. 그게 최선이야."

나는 중얼거렸다.

"사바스트는 이제 죽은 거야."

걱정스런 눈빛으로 나를 보며 언니는 말했다.

"조안나, 너는 참 예뻐. 네가 청혼을 얼마나 거절했니. 다섯 번? 열 번?"

눈물이 주르르 흘러 시야를 가렸다. 그러나 나는 힘주어 일어나 몸을 흔들어 언니가 나를 놓게 했다. 나는 대문을 박차고 나가 거리를 달렸다.

티그리스 강둑까지 달렸다. 나는 풀밭에 몸을 던졌다. 눈물도 닦지 않은 채 티그리스의 푸른 물결을 바라봤다. 고통 받는 도시를 관통하여 고통스럽게 흘러가는 티크리스 강을 하염없이 쳐다 봤다.

티그리스 강에 수영하러 온 십대 소년들이 이상하다는 듯 나를 쳐다봤다.

사바스트가 딴 여자와 결혼하려 하다니. 나하고 결혼 하고 싶어 하지 않다니. 그는 단 한 번도 나하고 결혼하고 싶어 하지 않았어. 나는 그에게 아무런 존재도 아니었어. 단 한번도! 그래서 지난번 바그다드에 왔을 때 나에게 그토록 냉담했어. 내가 그토록 그에게 집착했을 때도 그는 딴 여자와 관계를 맺고 있었어. 지난번 언니 집에서 내가 그에게 실질적으로 청혼한 것을 생각하니 부끄러웠다.

그가 사랑하는 사람이 누구일까? 그의 마음을 어떻게 사로잡았을까? 나를 사랑할 수 있었음에도 그는 왜 그녀를 선택했을까? 순간 분노로 몸이 떨렸다. 대학에서 공부하고 있겠거니 내가 생각하는 동안 그는 신붓감을 만나고 있었던 거야. 내 마음속에는 질투심이 가득했다. 그녀는 누구인가? 누구인가? 도대체, 누구인가? 그녀도 그를 사랑하는가?

적어도 한 가지는 분명했다. 그녀가 누구든 간에 사바스트를 가장 사랑하는 사람은 나라는 것. 그에 관해 나만큼 알지 못한다는 것. 그리고 나는 오랫동안 그를 지켜봤고, 그의 기분까지도 안다. 그의 꿈은 물론이고. 그가 무슨 말을 시작만 하면 뒷말은 들을 필요도 없다. 그는 누가뭐래도 속속들이 내 사람이다.

나는 머리를 구부린 무릎 사이에 넣고 괴로워 신음했다. 그는 나를 사랑하지 않아. 딴 여자를 사랑하고 있어. 나는 조용히 앉아 있었다. 미동도 아니 하고. 주위의 번잡한 도시 생활 가운데서도 나는 외로움에 싸였다.

주름투성이의 노파가 절름거리며 나를 지나쳤다. 못마땅한 눈으로 나를 흘겼다. 나는 노파의 마음을 읽었다. '젊은 년이 강둑에서 어슬렁거리는 것은 남자를 꼬드기려는 몹쓸 년'이라고. 나는 근거 없이 나를 비방하는 눈짓을 보내는 그 노파의 뺨을 한 방 때리고 싶은 충동을 느꼈다. 젊은이들이 바람에 디쉬다쉬 dishdasha를 날리며 지나갔다.

남들은 생명을 걸고 전선에 나가 있는데 네놈들은 뭐하는 놈들이냐? 중년 남자가 당나귀에 짐을 잔뜩 지우고 채찍질하며 지나 갔다. 저 불쌍한 짐승을 저렇게 학대하다니. 학교를 파한 여학생들이 산뜻한 학생복을 입고 오리 떼처럼 내 앞을 지나가며 강에서 수영하는 소년들을 부끄러운 듯 쳐다봤다. 소년들이 소리치며 반응을 보이자 킥킥대며 머리를 돌렸다. 저 애들도 나처럼 바보일거야. 나는 까닭 없이 주위의 모든 사람이 미웠다.

어둠이 깔리자 티그리스 강은 노란 달빛을 반사했다. 나는 무서운 생각이 들어 몸을 일으켰다. 집으로 향해가는 발걸음이 무척 무거웠다. 집으로 들어서자 엄마와 두 언니가 걱정하며 나를 기다리고 있었다.

큰언니가 다 설명했을 것이다. 막내딸이 한 남자를 짝사랑해 왔으며, 그 남자는 다른 여자에게 갔다고. 나는 비난 받아야할 여자였다.

세상에서 나를 가장 사랑하는 세 여인을 쳐다봤다. 그러나 오늘 밤만은 아무런 이야기를 나누고 싶지 않았다. 아니, 할 수 없었다. 나는 나를 붙잡으려는 그들을 지나 손을 입에 대고 내 방으로 들어가 문을 잠갔다. 거울 앞에 서서 비친 내 모습을 봤다. 내가 항상 부러워했던 작은언니처럼 하얗고 창백했다. 그러나 백자처럼 하얀 언니는 예뻤으나 내 하얀 모습은 반점 때문에 허약하게 보였다. 거울에 비친 내 모습은 예쁜 구석이 하나도 없었다.

초라한 내 모습을 보면서 나는 모든 것을 잃어 버렸음을 새삼 깨달았다.

사바스트의 사랑을 얻겠다는 희망과 꿈이 칠년 전인 열다섯 살 때부터 나를 지탱해온 유일한 힘이었다. 나는 이제 더 이상 잃을 것이 없다. 확실한 사실은 사바스트가 딴 여자에게 청혼했다는 거였다. 나에게는 선택의 여지가 없었다.

견딜 수 없는 이 상황을 견디어 내야만 했다.

13
비밀경찰

바그다드

1985년-1986년

그 후 이년 동안의 나의 삶은 비참했다.

나는 아직 스물 셋이었고 건강했다. 대학을 졸업하면서 총각들에겐 내가 선망의 대상이 되었지만 나는 즐겁지 않았다. 오히려 슬프고 절망스러워 죽고 싶을 지경이었다. 빨리 죽게 해 달라고 기도를 하기도 했다.

이란과의 지독한 전쟁은 날이 갈수록 악화되었다. 수많은 젊은 이들이 전쟁터에서 죽어갔다. 나라가 온통 관으로 넘쳐났다.

오스만 삼촌의 아들 사딕도 전투 중 실종되었다. 우리는 그가 전쟁포로가 되었거나 전사했을 거라고 걱정했다.

이란은 50,000명의 포로를 잡아 토굴 속에 가두었다고 한다. 우리는 그보다 턱없이 적은 10,000명의 포로를 잡았다. 이란 포로가 그렇게 적은 것은 이란군들은 죽음을 두려워하지 않기 때문이었다. 그들은 항복하려 들지 않았으며 맨손으로 탱크에 뛰어들기도 한다는 소문이 떠돌았다.

사담 후세인의 폭정은 극에 달했다. 그를 암살하려는 시도가 빈번하게 일어났다. 보안대는 암살범을 찾아내려고 방방곡곡을 뒤지고 다녔다. 온 땅이 정치범 수용소로 바뀌고 있었다.

거의 모든 이라크 사람들이 보안대의 테러 위협 속에 살았다.

1985년 3월 이란과 이라크는 민간인들을 전쟁의 소용돌이 속으로 밀어 넣었다. 바그다드, 키루쿠크, 바스라와 이에 상응하는 이란의 테헤란과 아바즈가 공습을 받았다. 지대지 미사일이 그들 땅을 향해 날아갔다. 보복 공격이 날마다 이어졌고, 무고한 시민들은 공습 속에 죽어 나갔다.

그 와중에도 사바스트에 대한 나의 감정은 실망스럽고 분노스럽기까지 했다. 누구도 나만큼 그를 사랑하지 못할 것이라고 나는 아직도 생각하고 있었다.

나는 우연찮게 사바스트가 청혼했다는 처녀를 보게 되었다. 더 실망스럽고 괴로워졌다. 나와 사바스트의 관계를 모르는 사촌 언니와 대학 식당에서 나오던 길이었다. 사바스트가 큰언니의 친척이라는 사실만을 알고 있던 그녀는 어떤 여자가 우리 앞을 지나가자 옆구리를 꾹꾹 찌르면서 '조안나, 저기 저 처녀가 사바스트가 청혼한 여자야.'라고 했다.

나는 정신이 들어 그녀를 봤다. 대단한 미인이었다. 사랑스러울 만큼 하얗고 고운 피부와 우리 민족에게는 거의 없는 긴 금발이었다. 순간 증오심을 느꼈다. 나는 궁금해서 그녀 옆으로 다가갔다. 그런데 그녀의 목소리를 듣고 다시 한 번 놀랐다. 그녀의 목소리는 매우 맑고 정겹기까지 하였다.

신은 한 사람에게 모든 것을 허용치 않는다는 데… 매력적인 금발의 아름다움에 그녀의 목소리조차 천상의 소리를 닮아 순간 내 질투심은 사라지고 사바스트가 나를 외면한 이유를 알 수 있을 것 같았다.

그런 일이 있은 지 며칠 후 나는 사바스트의 청혼이 딱지 맞았다는 소식을 들었다. 그 금발의 미녀가 사바스트에게 세 가지 조건을 내세워 거절했다는 것이다. 그 조건이 쿠르드인으로서는 뜻밖의 것이었다. 첫째는 그가 페쉬메르가 생활을 청산하는 것이고 두 번째는 그가 커디스탄주의를 버리는 것이고 세 번째는 그가 이라크를 떠나 유럽에 사는 허가를 받아 내는 것이었다. 하나라도 받아들여지지 않으면 결코 청혼을 받아들이지 않겠다고.

사바스트가 그녀의 이기적인 최후통첩을 받아들이지 않은 것은 당연했다. 왜냐하면 그는 커디스탄주의를 버릴 사람이 절대 아니었다. 내가 사랑한 그 남자는 자발적으로 커디스탄을 떠날 사람이 아니었다.

나는 그들의 결혼에 축복을 보낼 의사가 없었기에 이 소식을 듣고 기분이 좀 좋아지긴 했으나, 내 인생에 희망을 부여하지는 못했다. 사실 나는 내 마음에서 사바스트를 영원히 밀어 내겠다고 이미 결심했던 것이다. 왜냐하면, 그가 나를 한 번도 사랑한 적이 없었음을 내가 알고 있었기 때문이다.

두 번 다시 내 자신을 비참하게 만들지는 않을 것이다.

농업대학을 졸업한 나는 전공과는 무관하게 여행사에 취직했다. 일은 사교적이어서 내 적성과 맞았고 보수도 좋았다. 기사들의 두 배를 받았다.

처음으로 나는 스스로 번 돈을 가졌다. 물론, 월급날 엄마에게 다 주어 가계에 사용했다. 전쟁이 악화되면서 생필품은 귀해지고 극도로 비싸졌다. 그 속에서 일은 나의 유일한 즐거움이었다.

전쟁이 계속 되면서 여행하기가 어려워졌다. 공무가 아니면 해외여행은 전면 금지되었다. 우리의 일은 전쟁으로 일할 만한 사람들이 차출되어 빈 일자리를 외국인이 와서 하였으므로 그들의 여행 수속을 밟는 것이었다. 그러나 얼마 안 있어 나는 소환장을 받고 공포에 떨었다.

1986년 초 어느 날 회사에 도착하니 사장이 놀란 표정으로 문

앞에서 나를 기다리고 있었다. 그는 나를 보자마자 자기 방으로 데려 갔다. 문을 잠그고 조그마한 소리로 '조안나, 보안대 사람들이 와서 내일 보안대 사둔 사령부로 조안나를 출두토록 통보했어.'라고 말하더니 손을 가슴에 대고 조용히 있었다. 한참을 그러고 있더니 걱정스러운 표정으로 무슨 집히는 일이 있느냐고 물었다.

나는 어깨를 으쓱하며 전혀 짐작되는 바가 없다고 대답했다.

사실 나는 문제될 것이 없었다. 직장 일에 충실하고 집에 머무르거나 친척이나 친구 집을 방문하거나 아주 드문 일이지만 가족과 영화 보러 가는 것이 내 생활의 전부였다.

지난 2년간은 커디스탄에도 가지 않았다. 이라크 북쪽 지방은 위험한 전쟁지역이 되었다. 도로 요충지마다 검문소가 생겼고 커디스탄에 갔다 온 것만으로도 체포되었다. 커디스탄은 생활반경에서 제외되었다.

그럼에도, 보안대의 소환장은 큰 충격이었다. 나는 반 쿠르드인이다. 나는 정부가 불순분자의 소굴이라고 생각하는 술래마니아에 옛날 일이지만 여러 번 간 적이 있다. 큰오빠는 유럽에 가서 돌아오지 않고 있다. 큰언니를 연관시키면 정부에서 가장 큰 범죄로 여기는 페쉬메르가인 사바스트와도 관계가 있다. 이 모든 것이 보안대의 눈으로 보면 문제 삼을 만한 것이 아닌가?

나는 불길한 생각에 사로잡혔다. 도망가고 싶었다. 그러나 숨을 곳이 없었다.

다음날 소환 받은 대로 출두하는 수밖에 다른 방도는 없었다.

사장은 매우 염려하며 내일 동행해 주겠다고 했다. 보통 이라 크인이라면 그렇게 하지 못한다. 사장은 많은 바트당원이 그렇듯 이 같은 이유로 바트당원이었다. 다른 선택이 없었기 때문이다. 내 일 때문에 사장을 곤경에 빠뜨릴 수는 없었다.

"그러실 필요 없어요. 저는 괜찮을 거예요."

나는 사장을 안심시켰다. 나 자신도 확신이 안 섰지만.

큰언니와 형부에게만 나의 소환 사실을 알렸다. 만약의 사태에 대비한 일이었다. 걱정할까봐 엄마에게는 알리지 않았다. 내가 수감된다면 그때 알려 손을 쓰게 할 생각이었다.

다음날 무슨 일이 일어날지도 모른다는 불안감 때문에 잠을 이룰 수 없었다. 지금까지 나는 나와 쿠르드와의 연관된 문제를 잘 피해 왔지만 이제 나의 운은 다 끝났는지도 모른다. 안락한 침대에서 자는 마지막 밤이 될지도 모른다. 나처럼 선량한 시민이 얼마나 많이 무고하게 끌려가 이라크 도처에 있는 감방에서 신음하며 죽어가고 있는가? 거의 모든 이라크 국민들은 사담의 공포 정치를 두려워하고 있었다. 큰오빠와 형부가 이미 겪은, 햇빛을 전혀 볼 수 없는 토굴모양의 감방은 널려 있었다. 또한, 하루 스물 네 시간 중 스물 세 시간을 숨구멍 하나 있는 관속에 갇혀 있는 관감옥에도 수많은 정치범이 수용되어 있었다.

고문시설이 모두 갖추어진 형무소는 이라크 밖에 없을 것이었다. 괴기한 형틀이 없는 일반 형무소도 수감자들이 너무 많았다. 운이 좋아야 많은 다른 여성 수감자와 좁은 방에 갇히는 정도였다. 팔 다리를 쭉 뻗칠 수도 없는 공간에서 잠은 침구도 없이 새우잠을 자야한다. 화장실이 없어 아무 데서나 일을 봐야한다.

내가 겪을 지도 모를 여러 고문 생각이 나를 괴롭혔다. 전기 고문, 갈고리 고문, 손톱 뽑기 고문. 특히, 친척이 보는 앞에서 성폭행 당하는 고문 생각을 하니 몸이 부르르 떨렸다.

내일 무슨 일이 벌어질까? 왜 보안대가 나를 주목하여 소환장을 보냈을까? 지난 1년간의 나의 생활은 되짚어 봐도 문제될 것은 없었다. 커디스탄에 간 적이 없음은 물론, 그쪽으로부터 편지 한 장 받은 것이 없지 않은가?

아침이 되어 무거운 마음으로 택시를 타고 사둔 보안사령부로 갔다.

택시 기사는 친절한 용모를 지닌 중년 신사였다. 나를 걱정하며 나올 때까지 기다려야 하는지를 물었다. 자기는 딸이 셋 있는데 자기 같으면 딸만 혼자 저 보안대에 보내지 않을 거라고 했다.

그에게 두 시간 후에 돌아와 달라고 말했다. 만약 그때까지도 내가 나오지 않으면 큰언니에게 내가 붙잡혔다고 전해 달라고 부탁했다.

그 친절한 운전수는 내가 보안대 문 안으로 들어갈 때까지 나를 지켜봐 주었다. 아직도 바그다드에 저렇게 친절한 사람이 있다니.

보안대 건물에 들어서니 땀에 찌든 듯한 악취가 풍겼다. 무고한 사람을 고문한다는 생각 때문인지 두려운 분위기에 압도되었다.

커다란 금속탁자에 앉은 직원에게 내 이름을 밝혔다. 집게로 집어둔 여러 장의 종이에서 내 이름을 찾아 표시했다. 내 이름 위에 여러 사람의 이름이 있었지만 대기실에서 기다리는 사람은 아무도 없었다. 다 어디로 갔을까?

그 직원은 울려대는 전화를 받는 일로 분주했다. 앞에 있는 여섯 개의 나무 의자를 가리키며 퉁명스럽게 앉으라고 말했다. 나는 의자에 앉았다.

후미진 대기실은 어둡고 초라했다. 이라크는 세계에서 원유 매장량이 두 번째로 많은 나라다. 그럼에도 이란과의 전쟁이 육년 동안이나 계속 되면서 국가재정은 고갈됐다. 원유를 수출한 돈은 전투기, 전차, 탱크를 구입하는 일에 모두 쓰였다.

나는 뭐 색 다른 게 있나 살펴보다 한숨을 쉬었다. 좋은 게 아무것도 없었다. 벽을 바른 짙은 브라운 색의 페인트는 듬성듬성 벗겨졌고 옅은 청색의 의자 등받이는 깨져 있었다. 목재 탁자 위에 있는 재떨이는 담배꽁초가 가득 담겨 넘쳤다. 바그다드 사람들은

200

누구나 담배를 피운다. 언제 죽을지 모르는 상황에서 누가 담배를 끊겠는가? 나는 그래도 끊었지만.

담배를 피우고 싶다는 생각이 들었다. 사바스트가 딴 여자에게 청혼한 사실을 들은 후 나는 남몰래 담배를 피우기 시작했다. 가족들도 몰랐다. 가끔 엄마와 큰언니가 내 머리에서 담배 냄새가 난다고 했지만 다른 사람들의 담배 냄새가 내 머리에 베인 것 같다고 둘러댔다. 이라크에서는 여자가 남이 보는 데서 담배 피우는 것을 좋지 않게 받아들인다. 그렇다고 달리 마음을 진정시켜 줄 다른 것이 있는 것도 아니었다.

나는 떨지 않고 당당하게 조사 받겠다고 마음을 다잡았다.

조사관들은 우격다짐으로 나올 것이다. 큰오빠, 형부, 사바스트나 다른 친척들 이야기를 들어보면 보안대 수사관들은 무고한 시민들을 무자비하게 고문하는 것을 즐기는 것 같았다. 나는 당당하게 응할 것이라고 다짐했다. 기다리는 동안 수없이 다짐하면서도 가슴은 계속 떨렸다.

이윽고 구겨진 보안대 복장을 한 땅딸막한 사람이 나타나 내 이름을 불렀다. 나는 숨을 크게 쉬고 등을 바로 하고 그를 따라 갔다. 떨리지 않았다. 그 쾌쾌한 대기실을 빠져 나와 좋았고 이왕 조사 받을 바에야 빨리 받고 끝내고 싶었다.

그는 나를 어둡고 좁은 방으로 데려 갔다. 뚱뚱한 두 사나이가 앉아 있었다. 둘이 딱 붙어 있어서 그들이 용접되어 있는 것처럼 보였다. 그들 앞에 의자 하나가 있었다. 앉으라는 말도 없었지만 갑자기 다리가 떨려 의자에 미끄러지듯 앉았다.

그 둘은 인상이 아주 달랐다. 왼쪽에 앉은 사나이는 턱수염이 길고 무성한 반면 오른쪽 사나이 턱수염은 숱이 거의 없었다. 턱수염이 긴 사람은 대머리였으나 다른 사람은 흑발에 숱이 많고 올백으로 엘비스 프레슬리와 같은 인상을 풍겼다. 다른 장소에서 만났더라면 그 머리 스타일에 대해서 물어 보았을 것이다.

보안대인 데다가 건물마저 음습해서 나는 이 자들도 거칠 것으로 생각했다. 그러나 그들은 정중했고 목소리도 부드러웠다.

대머리가 더듬거리며 먼저 입을 떼었다.

"어세 오세요. 알아스카리 가족을 환영해요."

나는 위험에 처해 있다는 인상을 주지 않으려고 활짝 웃었다. 떨리는 입술을 진정 시키려했지만 뜻대로 되지 않았다.

내가 속으로 엘비스라고 별명 붙인 자가 정중하게 물었다.

"안녕하세요?"

"좋습니다."

"회사일은 잘 되어 가나요?"

"물론입니다."

손에 잡은 서류철을 넘기면서 엘비스가 물었다.

"아스카리 양, 당신에 관한 조사서가 있어요."

딱딱한 의자에 허리를 뻣뻣하게 세우고 앉아있었더니 아팠다.

나는 자세를 고쳐 다리를 꼬고 앉았다.

"여행사에 다니는군요."

"그렇습니다."

"당신은 농업대학을 졸업한 농업 기사인데요?"

"맞습니다."

"전공과는 무관한 직장이군요. 그렇지 않습니까?"

"사실입니다."

"아스카리 양, 외국인과 통상적으로 만나는 직장을 선택한 이유가 무엇인지 말해 주시겠어요? 사년씩이나 공부한 전공을 제쳐두고."

순간 사바스트의 얼굴이 떠올랐다. 페쉬메르가 용사와 사랑에 빠져 그런 어리석은 선택을 하였다고 말할 수는 없었다. 그러면 나는 인질로 체포되고 사바스트를 유인하여 처형할 것이다. 나는 사바스트를 미워했지만 그렇게는 할 수 없었다.

대학에 들어간 후 곧 나의 전공 선택을 후회하게 되었다고도 말할 수 없었다. 나는 농공학보다는 문학을 좋아했으나 이라크에서는 전공을 바꿀 수 없었다.

아직은 수사의 탐색전이었다. 마음을 담대히 하고 무엇보다 중요한 것은 내가 겁을 먹고 있는 것을 그들에게 보여 줘서는 안되는 것이었다.

"단순히 돈 때문에 그랬어요. 여행사의 월급이 좋아요. 아빠는 여러 해 전에 돌아가셨고 엄마는 일을 안 해요. 가족을 돌봐야해요."

"알겠어요. 그런데, 사드 오빠가 가족을 부양치 않나요?"

"오빠가 있는 것은 맞아요. 그런데, 오빠는 아직도 아픈데다가 결혼했어요. 오빠는 새언니를 부양해야 해요. 저는 이제 성인이고 가족을 도와야하구요."

"흠. 1962년 5월 13일 생이지요?"

"예, 맞습니다."

"그 나이에 왜 결혼을 안 하고 있지요?"

"모르겠습니다."

엘비스가 이상하다는 듯이 동료와 서로 쳐다보더니 나에게 물었다.

"모른다구요?"

"모릅니다. 결혼을 왜 못하고 있는지 모른다는 것이 사실이에요."

엘비스는 질문을 멈추고 나를 위아래로 쳐다봤다.

나는 목을 가다듬고 스커트에 뭐가 묻었나 검사하는 듯 머리를 숙였다.

"아스카리 양, 당신은 쿠르드 사람이지요?"

"엄마는 쿠르드계이고 아빠는 아랍계입니다."

"당신은 쿠르드 사람이라고 생각합니까 아니면 아랍인이라고 생각합니까. 아니면 양쪽 다라고 생각합니까?"

결국 올 것이 왔다고 생각했다. 쿠르드 피가 조금만 흘러도 의심하는 세상이었다.

"예, 사실입니다."

"뭐가 사실이란 말이지요?"

나는 거짓말을 했다. 나는 항상 쿠르드인이라고 생각했지만, 그렇게 말하면 위험에 빠진다는 것을 잘 알고 있었기 때문이다.

"나는 양쪽 사람이라고 생각해요."

"아스카리 양, 왜 바트당에 지금껏 가입하지 않았지요?"

아! 엘비스는 핵심적인 질문을 던지면서도 중요하지 않은 양 부드럽게 말하고 있지 아니한가? 나는 그 질문을 예상했기 때문에 미리 생각해 두었다.

"나는 너무 바빴어요. 아빠는 안 계시고, 엄마는 집안 일로 늘 힘들어 하시고, 언니는 아프고요. 오빠는 전선에 나갔고, 저는 학교 다니고 직장 다니느라고 다른데 신경 쓸 여유가 없었어요. 당원이 되면 열심히 활동해야 할 터인데 그럴 자신이 없었어요. 당에 도움이 되지 못했을 거예요."

"아스카리 양, 당신의 대학 동창 중 가장 친한 친구인 제난Jenan 양이 열성 당원인줄 알지요?"

"알고 있습니다."

물론, 나는 제난이 얼마나 바트당을 증오하는지 말하지 않았다. 그 애는 강요를 받고 어쩔 수 없이 바트당원이 된 거였다. 그 애와 나는 바트당의 강압, 독선, 의심, 매너리즘을 비판했었고 학생들을 조종할 수 있다는 그들의 생각에 얼마나 증오했던가?

나를 바트당원으로 가입시키기 위하여 한 사람을 지정할 때 제난이 자원했었다. 강의가 끝난 오후면 그 애는 나를 복도에서 불러 '조안나, 오늘 내가 너에게 당원 가입을 권유해야 해. 커피 한 잔 마시자.'라고 말하곤 했다.

그러면 우리는 커피를 마시며 옷이나 결혼 등에 관한 이야기를 나누었다. 물론, 얼굴에는 진지한 표정을 하고. 왜냐하면, 어디에선가 우리를 엿보고 당에 보고하는 자가 있다는 것을 우리는 알고 있었기에.

그 자는 제난이 많은 시간을 내어 나를 설득했다고 보고 했을 것이다. 다음날 바트당 회의에서 제난은 나에게는 두 명의 환자가 집에 있고 방과 후에는 텃밭을 일구어야 하고 저녁에는 숙제를 해야 한다고 보고하곤 했다. 또한, 내가 얼마나 당원이 되고 싶어 하며, 집안 일만 정리되면 바로 당원이 될 거라고 보고하곤 했다.

그러한 일이 대학 생활 내내 계속되었고 제난 덕분에 나는 그 가증스런 바트당원이 되지 않았다.

"아스카리 양, 당신은 우리나라에 오는 외국인을 상대하는 민감한 분야에서 일을 하고 있으니 꼭 바트당에 가입해야 해요."

"그럼, 엄마는 누가 돌보고요?"

"엄마는 괜찮을 거예요. 엄마도 딸이 바트당원이 되면 좋아할 거예요."

그 대머리는 몸을 앞으로 내밀며 덧붙였다.

"바트당이 필요 없다고 생각하지 않는 한."

엘비스가 검은 눈썹을 씰룩거리고 올백 머리를 쓰다듬으며 말했다.

"당신 엄마는 바트당을 싫어하나요, 아스카리 양?"

대머리가 흥분하여 목소리를 높이며 끼어들었다.

"그렇다면, 이라크의 충성된 국민으로서 엄마를 고발해야 하지 않나요?"

나는 등에 땀이 났다. 이제 조사가 본격적으로 시작되는 거야. 정신 차려야 해.

"아니에요. 엄마가 바트당을 싫어하는 것이 아니에요. 대통령도 당원이잖아요? 엄마는 대통령과 당을 좋아해요. 다만, 엄마는 늙고 아파, 내가 집에 있는 것을 원할 뿐예요."

"언니랑 같이 살고 있잖소?"

"그렇습니다만"

"언니가 당신 엄마를 보살필 것이오."

두 사람은 철두철미 했다. 그들은 함정 수사에 능했고, 그들의 질문은 다 계산되어 있었다. 작은언니 무나가 집에 돌아온 것을 어떻게 알았을까?

"언니랑 지금 같이 살고 있는 것은 사실이에요. 그러나 엄마를 보살필 수는 없어요. 언니도 실제로 몸이 성하지 않거든요."

"언니가 몸이 성치 않다고?"

엘비스가 서류철을 소리 내어 뒤지며 경고하듯 말했다.

"이 파일에는 그런 말이 없는데?"

"분명히 사실이에요. 언니는 상태가 좋지 않아요. 자신도 제대로 가누지 못해요. 더군다나 갓난아이도 하나 있어요. 제가 학교 다닐 때에는 엄마가 돌봤어요. 이제는 엄마가 나이가 드셔서 그들을 스물 네 시간 돌봐줄 수 없어요. 제가 퇴근 후에 돌봐줘야 됩니다."

엘비스가 내 서류철을 책상에 꽝 내려놓더니 볼펜으로 뭔가를 적었다.

맙소사. 이제 언니의 몸 상태가 보안대 서류에 기록되는구나. 나는 불안하여 몸을 움직였다.

불쌍한 작은언니. 언니는 쌍둥이로 태어날 때부터 불운했던 것이다. 그리고 지난 2년간이 가장 고통스러웠다.

내가 작은언니의 결혼에 반대했지만 소용이 없었다. 우리 사회에서는 언니처럼 결혼이 부적절한 사람도 결혼을 하도록 강요되었다. 여자가 결혼을 하지 않고 독신녀로 남는 것을 수치로 여겼다. 그래서 작은언니는 결혼을 하였고 우리 집을 떠나 남편 집으로 가서 살았다. 작은언니의 신체적 허약함보다 다른 이유로 결혼생활은 순탄치 않았다. 형부는 나이가 너무 많았으며 시어머니는 성격이 포악했다. 유순하고 순종적인 언니를 종처럼 부렸다.

작은언니가 임신하고 지독한 산고 끝에 어렵게 딸을 낳았다. 예쁘게 생겼으며 이름을 나쟈Nadia라고 지었다. 출산 후 곧 파경을 맞았다. 사랑하는 딸과 남편이 있었지만 못된 시어머니는 언니에게 모진 일을 시켰으며 마음에 들지 않는다고 급기야 폭행까지 서슴지 않았다.

작은언니는 큰 소리나 폭행 같은 것은 전혀 경험하지 못한 가녀린 소녀였다. 어느 날 시어머니의 폭행을 피하여 언니는 시집을 나와서 우리 집으로 도망 왔다. 엄마는 언니를 혼내지도 않고 시집으로 보내지도 않았다. 너무 경황이 없어서 언니는 딸을 놓고 왔다. 딸을 요구했지만, 양육권이 아빠에게 있다면서 응하지 않았다. 엄마가 언니 남편 집에 가서 설득을 하여 가까스로 나쟈를 데려 올 수 있었다.

작은언니는 이제 우리 집에 돌아와서 잘 지내고 있지만, 폭행의 후유증은 아직 남아 있었다. 사랑하는 딸 나쟈와 잘 놀다가도 무슨 소리만 나면 깜짝깜짝 놀란다.

엘비스는 나에 대한 서류철이 불완전하다는 것을 알고 짐짓 당황한 것 같았다. 정말로 다행스러웠다. 그는 벌떡 일어나더니 험악한 소리로 '아스카리 양, 집안 일을 몇 달 내로 정리하고 바트당에 가입하여 열성적으로 활동해야 해. 그렇지 않으면 여행사를 그만 두어야 할 것이야.'라고 소리치며 나를 보냈다. 예의도, 점잖은 체 하던 것도 던져 버리고 개가 짖듯 소리쳤다.

"말을 듣지 않으면 파면당할 거야."

나는 고개를 끄덕이며 '친절히 대해주셔서 감사합니다.'라고 말하고 그 어두운 방을 나왔다. 기분 나쁜 그 두 사람과 퀴퀴한 바트당의 냄새를 날려 버리려고 나는 숨을 연거푸 크게 내쉬었다.

나는 체포되지 않았다. 최소한 그날만큼은 체포되지 않은 것이다. 춤이라도 덩실 추고 싶었다.

길 저편에서 나를 기다리고 있는 택시 기사가 보였다. 내가 안색이 좋은 것을 보고 그도 안도하는 것 같았다. 낯선 사람과 이야기 할 때는 조심하라는 이라크 속담이 있지만 이 운전수는 신뢰할 만한 사람 같았다. 나는 차를 타고 집에 오면서 내가 얼마나 놀랐는지 그에게 말했다. 그리고 몇 개월 안에 바트당에 가입하지 않으면 심각한 위험에 빠질 거라는 말도 했다.

그는 이빨이 다 드러나도록 입을 크게 벌리며 명랑하게 말했다.

"걱정하지 말아요. 삼 개월 후에 무슨 일이 일어날 줄 누가 알겠어요? 당나귀에게 말을 하게 가르친다면 큰 상을 내리겠다고 한 왕의 이야기를 기억하세요?"

"처음 듣는 이야기인데요. 무슨 이야기지요?"

"그래요. 내가 얘기해 드리지요. 그 왕은 연말까지 당나귀에게 말하는 것을 가르치면 큰 상금을 선금으로 줄 것이되, 연말에도 당나귀가 말을 못한다면 목숨을 내놓아야 할 것이라고 방방곡곡에 방을 붙였어요. 아무도 응하지 않자 최고 현인으로 칭송받던 학자가 이에 응했어요. 그의 친구들이 달려가 걱정했지요. 그러나 그는 태연자약했어요. 그의 말에 의하면, 연말까지는 무슨 일이 벌어질지 아무도 모른다는 거예요. 임금이 죽을 수도 있고, 그 자신이 죽을 수도 있고, 당나귀가 죽을 수도 있고, 아니면 기적이 일어나 당나귀가 말을 배울 수도 있다는 거예요."

나는 웃었다.

운전수는 백미러로 나를 바라 봤다. 그는 의미심장한 미소를 밝게 지으며 목소리를 낮추어 말했다.

"누가 알아요? 대통령이 죽을지, 저 안에 있는 그 두 사람이 죽을지, 아니면 이란군이 바그다드를 점령해 버릴지. 그래서 저 사둔 보안사령부가 불타 버릴지, 그것도 아니라면 당신 가족이 이사를 가게 될지…. 삼 개월 후의 일은 아무도 모르지요.'

후에 나는 운전수의 말 한마디 한마디를 가슴에 새겼다.

그러나 그 당시에는 내 인생이 확 변하게 되어 있다는 것을 어떻게 알았겠는가? 내 운명이 당나귀 이야기와 닮았다는 것이 불가사의했다.

내가 택시를 타고 바그다드의 번잡한 거리를 지나갈 때, 당나귀 한 마리가 커디스탄 높은 산자락을 지나 최종 목적지인 술래마니아로 향하고 있었다. 그 당나귀는 양편에 무거운 자루 두 개를 지고 있었다.

그 중 한 자루에는 '조안나 알 아스카리' 앞으로 보내는 편지 한 통이 정성스럽게 들어 있었다. 그 예기치 않은 편지 하나가 내 인생을 완전히 바꾸어 놓았다.

14
연애편지

바그다드와 술래마니아

1986년-1987년

새해

그리운 조안나,

새해가 밝았지만 더욱 쓸쓸하기만 해요. 이 곳 산에서도 조촐하
게 새해맞이 행사를 하고 그대에게 새해 편지를 쓰오. 그대와 더불
어 내 인생을 새롭게 시작하자는 소원을 빌고 새해를 시작하오.

그대는 내 세상 모든 것이오.

부디 내 청혼을 들어 주오.

나의 사람이 되어 주오. 나를 완전한 사람으로 만들어 주오.

사바스트

'무엇이라고?'

나는 큰 소리로, 그러나 마음 속으로 외쳤다. 손으로 그 짧은 편지 한 장을 이리 저리 돌려보다가 뒷면도 살펴봤다. 봉투도 살펴봤다.

평이한 보통의 황색 봉투였다. 아무리 봐도 우표 흔적이 없다.

조금 전에 큰언니가 우리 집으로 들어서며 '조안나, 편지가 왔어. 커디스탄에서 네 앞으로 온 거야.'라고 큰소리로 외쳤다.

경계의 벨소리가 들리는 듯 했다. 사바스트가 전사해서 누군가가 나에게 통지해주는 것인가? 누가 관심이나 있대? 언니에게 손을 내밀며 '이리 줘봐.'라고 퉁명스럽게 말했다.

내가 봉투를 뜯고 편지를 읽으려 하자 큰언니가 그 사이를 못 참고 말했다.

"조안나, 사바스트에게서 온 거지? 오늘 아침 술래마니아에서 온 하디의 사촌이 가져온 거야. 그 사촌이 말하길 모르는 여자가 자기 집에 갔다 줬대. 문 두드리는 소리가 나서 문을 열어 주었더니 웬 여자가 서 있더래. 하루 종일 산길을 걸었는지 꾀죄죄하게 보이더래. 한 마디 말도 없이 편지만 전해주고 가버렸대. 물어 볼 겨를도 없었대. 한마디도 없었다는 것이 도대체 믿어지니? 그 편지 사바스트에게서 온 거 맞지?"

"언니, 제발 좀 가만있어."

언니가 정말 귀찮았다.

큰언니는 한동안 나를 무척 걱정했다. 내가 무슨 말을 해도 언니는 내가 사바스트를 완전히 잊었다고 생각하지 않았다. 언니는 내가 사바스트 외의 누구와도 행복할 수 없다는 것을 알았다. 그래서 내가 그와 어떻게든 재결합하기를 원했다.

편지를 다시 읽어봤다. 장난인가?

그는 시인 기질이 있었다. 수사가 화려한 것으로 보아 사바스트에게서 온 편지가 확실했다. 하지만 믿어지지가 않았다. 내가 그를 마지막으로 봤을 때 그는 딴 여자에게 눈이 멀어 나를 쳐다보지도 않지 않았는가? 그런 사람이 저런 편지를 쓸 수는 없지. 절대로!

보안대에서 조사를 받은 이후 나는 매사에 의심을 하게 되었다. 아마 엘비스와 그의 대머리 동료가 이 편지를 보냈는지도 몰라. 우리 집은 감시 받고 있을 테니까, 내가 답장을 보내면 체포되어 페쉬메르가와 편지를 주고받았다 해서 최소 종신형을 받겠지.

편지를 한 번 더 읽었다. 아무리 봐도 사바스트의 필적이었다.

그는 딴여자를 마음에 두고 있었잖아. 이는 나를 우롱하는 거야. 그리고 지금 와서 내내 아무런 말이 없다가 결혼을 하자고? 안되지. 나는 있을 수 없는 일이라고 생각했다.

사바스트가 아니라면 누가 이런 편지를 써서 나를 우롱할 수 있나? 이런 가짜 청혼서에 답장을 바라는 자가 누구인가? 편지를 읽을수록 화가 났다. 화가 불현듯 치솟아 큰언니를 쏘아 보며 '뭐하는 거야?'라고 소리쳤다. 누군가에게 화풀이 하고 싶었다.

큰언니는 머쓱해서 어깨를 들어 올리며 말했다.

"금방 말한 게 전부야. 술래마니아에서 온 하디 사촌이 가져온 거라니까."

큰언니는 편지를 나에게서 빼앗아 읽고 더 자세히 살펴보더니 '사바스트 필체가 맞네. 여기 사인도 있고. 본인이 아니라면 누가 이런 장난을 하겠어?'라고 말했다.

나는 편지를 탁자에 놓고 의자에 앉아 생각했다. 저 편지가 사바스트에게서 온 거라면 얼마나 험난한 길을 돌아 왔겠는가?

이란과 이라크의 대치 국면에서 쿠르드애국연맹이 이란과 동맹을 맺자, 커디스탄은 치열한 전쟁터로 변했다. 그 결과 시골 지역은 쿠르드가 장악했고 도시 지역은 이라크 군이 장악했다. 그래서 커디스탄 전역은 검문소가 설치되어 어떤 쿠르드인도 여행을 할 수 없었다. 이란과 쿠르드의 연합군에게 몇 차례 패하자 화가 난 사담은 커디스탄 전 지역에 요새를 만들 계획을 세웠다. 그게 완성되면 쿠르드인은 숨도 못 쉬게 될 것이다.

커디스탄에 있는 페쉬메르가로부터 한 통의 편지를 받는다는 것은 그의 가장 중요한 것을 선물 받은 거나 같은 거였다. 편지 내용이 중요치 않고는 절대로 밀반입자에게 부탁을 하지 않는다. 왜냐하면, 페쉬메르가의 편지나 탄약, 식품 등이 검문소에서 발각되면 가족에게 통보도 않고 쥐도 새도 모르게 처형당하기 때문이다.

사바스트에게서 온 게 맞겠지. 그렇담, 왜 나를 사랑하게 되었을까? 그렇더라도 나는 독하게 마음먹을 생각이다. '나는 두 번째 선택인거야. 절대 잊어선 안돼.'

그래도 궁금했다. 그래서 손가락으로 편지를 쓸어 봤다. 이 편지가 정말 사바스트에게서 온 거라면 길고 험한 여정 끝에 내 손에 당도했을 것이다. 수개월 전에 그의 손을 떠난 후 밀반입자의 당나귀 등에 얹힌 자루 속에 숨겨졌을 것이다. 밀반입자는 보통 남자지만 때로 여자인 때도 있다. 여자가 더 안전한 경우가 많기 때문이다. 여자는 전선에 보내지 않는 것이 아랍인의 전통이기 때문에 쿠르드 여자가 목숨을 걸고 페쉬메르가를 돕는 것을 이해하지 못한다. 편지를 부탁받은 밀반입자와 당나귀는 커디스탄의 험한 산길을 돌고 돌아 검문소를 용케 통과하여 술래마니아 시내로 들어 왔겠지.

도중에 통과한 많은 검문소에서 발각되었다면 밀반입자는 체포되었을 것이다. 강심장을 소유한 자가 아니면 이런 부탁을 수행할 수 없다. 술래마니아에서 밀반입자는 믿을 만한 쿠르드인을 찾아서 수취인인 나에게 전달해달라고 부탁했겠지. 술래마니아에서 바그다드로 가져오는 것도 마찬가지 위험이 도사리고 있지.

편지 진본 여부를 보관 상태로 따져 본다면 틀림없이 그에게서 온 것이 맞는 것 같다. 편지 접힌 곳이 더럽고 오래된 것이 확연했다. 냄새를 맡아봤다.

"어휴!"

짐승에 절인 고약한 냄새가 코를 찔렀다. 어렸을 적 술래마니아 외갓집에 가면 노새며 당나귀 그리고 양과 같은 짐승에서 풍기는 찌든 냄새가 싫었다. 적어도 도시 생활에 젖은 내 코에는 그 냄새가 역겨웠던 기억이 생생하다.

내가 그 편지를 보며 오랜 생각에 젖자 큰언니는 아기들을 돌봐야 한다며 자기 집으로 돌아갔다.

나는 편지를 갖고 정원으로 가서 의자에 앉아 또 읽었다.

엄마, 작은언니, 작은오빠와 새언니가 집에 돌아왔지만 나는 편지를 숨기고 아무 이야기도 하지 않았다.

잠자리에 들기 전에도 여러 번 읽고 또 읽어 봤다. 잠을 이룰 수 없었다. 사바스트의 편지라면 대학에 같이 가서 함께 보냈던 그 마법 같은 시간에 대해 왜 아무런 언급이 없는가? 우리의 마음이 통했던 날인데. 그때 왜 나에게 청혼을 안했을까? 또, 내가 커디스탄에 그를 따라가겠다고 밝혔을 때 그가 그토록 냉담하게 대한 것에 대해서도 왜 아무런 언급이 없는가? 딴 여자에게 청혼한 것에 대하여도 왜 아무런 변명이 없는가?

그는 저간의 사정에 대해선 아무런 설명도 하지 않은 채 그냥 사랑 선언만 하고 있지 않은가?

나는 그 편지가 사바스트에게서 온 것으로 결론지었다. 그의 필체를 잘 알기 때문이다. 그럼에도 한없이 슬펐다. 그 일만 없었다면, 그의 편지는 나를 세계에서 가장 행복한 사람으로 만들어 주었을 것이다. 그러나 그의 두 번째 선택이라는 생각이 나를 괴롭혔다. 그 금발의 미인이 그의 청혼을 받아 주었다면, 사바스트는 그녀와 결혼하여 지금쯤 애 아빠가 되었겠지. 나는 슬픔을 삼켰다. 그러나 자존심까지 삼키는 것은 불가능했다.

나는 그 편지를 무시하고 답장을 보내지 않았다.

몇 달 후 한편의 시가 전과 같은 경로로 또다시 나에게 도착했다. 이번에는 내 이름도 적지 않고 그의 사인도 없었다.

내가 그대에게 잘못했소.

내 결정이 너무 늦었소.

의심이 많았다오.

얼마나 잘못했는지 이제 알게 되었소.

내 사랑 그대라는 걸 이제 알게 되었소.

내 사랑 한량없는 내 사랑!

그대의 침묵 내 마음 부수오.

침묵하지 마오.

무섭게 하지 마오.

책장마다 그대 생각

글을 써도 그대 생각

모든 산새 한 목소리로 그대 부르오.

그대 없는 나 생각할 수 없다오!

모든 산새가 나를 부른다고, 이제 와서?

재미있게 되었구먼. 사바스트의 간절한 애원에도 내 마음은 완고했다. 거울을 들여다보고 놀랐다. 피폐한 여자가 거울 앞에 서 있었다. 환희에 찬 조안나는 찾아 볼 수 없었다.

이번 시를 저번 편지와 함께 숨기고 이번에도 답장을 보내지 않았다.

몇 달 후 당나귀 특급 우편 냄새를 풍기며 세 번째 편지가 도착했다.

그리운 조안나.

슬픔에 크기가 있다면 나는 매일 아침 산만한 슬픔을 안고 일어나오. 그리움에 곡조와 가사가 있다면 그대는 웅장한 심포니 오케스트라를 들을 것이오. 나는 그대 있는 남쪽을 가는 길 밖에 모르오. 산꼭대기에서 자르까 알야마 넘어 바그다드 그대 집 창문까지 내달리오.

북쪽에서 남쪽을 향해 묻소, 그대에 관해.

산꼭대기에서 바그다드 건물들에게 묻소, 그대에 관해.

북쪽의 호두나무가 남쪽의 종려나무에게 묻소, 그대에 관해.

그러나 대답이 없소. 거리에 관계없소. 나는 당신의 한마디 듣고 싶어 산에 오르오. 그러나 당신은 비켜가오. 거리가 밉소.

당신의 마음 어떻게 얻겠소? 신호를 보내주오, 내 기꺼이 가리다. 기꺼이 가리다. 신호만 주면 기꺼이 가리다. 그대 위해 내 모든 것 기꺼이 받치리다. 내 사랑 믿어 주오.

사바스트

나는 크게 소리 내어 웃었다. 산봉우리들과 나무들이 나를 이야기 한다고?

일이 점점 재미있게 흘러가는구면.

이때쯤에는 가족 모두 나의 고민거리를 대략 알고 있었다. 이렇게 작은 공간에서 같이 살고 있으니 비밀이 오래 갈 수 없었다. 나는 누구에게도 자세히 말하지 않았다. 큰언니와 형부만이 사바스트의 애절한 청혼 사실을 알고 있었다.

큰언니는 이제라도 그가 청혼하니 기쁘게 받아들이라고 했다. 우리의 관계가 역전되었어도 나는 조금도 기쁘지 않았다. 사랑은 불가사의라고 했던가?

내가 그토록 그를 원할 때는 딴전을 피우더니, 이제 와서 애걸

복걸하다니. 그러나 우리의 행복을 깬 장본인은 그 사람이지 내가 아니었다. 그러나 달콤한 사랑과 고민이나 고통은 별개가 아니고 동전의 앞뒷면 같다는 생각이 들었다. 나는 갑자기 우울해졌다.

아무튼 나는 마음을 다잡고 상처받기 쉬운 사랑놀이에 빠지지 않겠다고 마음을 다졌다. 그리고 네 번째 편지를 받았다.

나에게 전쟁을 선포하지 마오.

그러면

나는 이 도시에서 지친 이방인이라오.

나를 고문하지 마오.

그러면, 수천의 사람이 나를 괴롭히오.

나에 대한 전쟁은 영웅적이 못되오.

나와 함께 있어 주오.

나를 행복하게 해주오.

그대의 눈빛만 있으면 나는 행복하오.

나는 그대 심장 소리만 들리오.

산봉우리들과 나무들이 예전과 달리 나에게 말하지 않으오.

태양은 서산에 졌지만

새 날이 오지 않으오, 외로움 때문에

산 정상에서 나는 슬퍼 지쳐 있소.

주위는 적막하고 나는 슬픔에 잠겨 있소.

갑자기 사바스트의 저돌적인 이미지가 떠올랐다. 그리고 내가 그에게 첫눈에 반했던 기억을 지웠다.

나는 조용히 울기 시작했다.

엄마가 소리 없이 들어와 곁에 앉았다. 엄마가 내 머리 핀을 풀자 긴 머리카락이 등 뒤로 흘러내렸다. 엄마는 내 머리카락을 손으로 들고 냄새를 맡았다. 그리고 손으로 내 뺨을 들어 키스했다. 그리고 말했다.

"조안나, 슬퍼 보이는구나."

엄마의 팔에 기댄 채 나는 울기 시작했다.

그때 작은언니가 방에 들어 왔다. 그러나 언니는 아무 말도 없이 그냥 서 있었다.

엄마와 작은언니는 몇 달간 나를 지켜보고 있었다. 사실 가족 모두가 나와 함께 고민하고 있었다. 아물었다고 생각했던 나의 상처가 도졌다. 사바스트의 편지와 시가 계속 도착했으나, 내 마음은 여전히 얼어붙어 있었다. 나는 불안정해지고 화를 잘 냈다. 작은오빠와 새언니는 나를 피하기 시작했다. 직장 동료들은 집에 무슨 큰 일이 있나 걱정했다.

사바스트가 나의 사랑을 거들떠보지 않았을 때 나는 불행했다. 그러나 나는 그 불행을 가두어 버리고 잊고 살았다. 그런데

요즈음 그의 편지들이 다시 불행을 풀어 놓았다. 나는 괴로워했다.

다음날 아침 엄마와 차를 같이 마시며 이런 저런 집안 일을 이야기했다.

그런 끝에 엄마는 굳은 얼굴로 말했다.

"조안나, 너에게 편지를 전해주느라고 목숨을 건 사람이 많다는 것을 너도 알 것이다. 그런데도, 너는 답장도 않고. 그 편지를 위해 목숨을 건 고마운 사람에 대한 도리가 아니지 아닐까?"

나 때문에 처한 남들의 위험을 생각지 않고 있었다는 말에 몸이 움츠려 들었다. 엄마는 내 무릎을 두드리며 말했다.

"조안나, 나는 네가 그 남자와 결혼하여 페쉬메르가로서 산속에 들어가 사는 것을 원치 않는다. 그러나 네가 그를 사랑하고 그 결혼이 너에게 행복을 가져다준다면 나는 이 결혼을 승낙하겠다."

나는 사랑하는 엄마를 올려다봤다. 그런 말씀을 해주시니 더욱 존경스러웠다. 이런 상황에서는 쿠르드인이라도 딸을 페쉬메르가에게 시집보내는 것을 허용하는 부모는 거의 없을 터였다. 쿠르드인은 아들을 전투에서 많이 잃었기 때문에, 딸 만큼이라도 잃고 싶어 하지 않았기 때문이다. 지금 내가 북쪽으로 가서 페쉬메르가로서의 삶을 산다면 엄마는 끝없는 걱정 속에서 살게 될 것이다. 사랑하는 막내딸이 포로가 되었는지, 고문을 당하고 있는지, 죽었는지 살았는지도 모른 채….

　나는 떨기 시작했다. 사바스트가 진정으로 보고 싶어졌다. 나
는 마침내 결정했다.

　나는 엄마 품에 안겼다.

　"엄마!"

　나는 해답을 얻었다.

3
커디스탄의 사랑과 비극

15
사랑과 결혼

바그다드에서 술래마니아와 세르완까지

1987년 5월-6월

신랑이 없는 결혼식이었다. 나에게는 정상적인 게 아무 것도 없었다. 엄마 팔에 머리를 기댔다. 실망스럽다고 작은 소리로 투덜거리자 엄마는 어쨌든 결혼을 하게 되었으니 기뻐하라고 했다.

마음이 안정되지 못한 채 몇 주일을 보냈다. 울면서 엄마에게 십여 년 전부터 자리 잡은 사바스트에 대한 사랑의 뿌리를 뽑아내기 위하여 발버둥을 쳤으나 그를 사랑하지 않을 수 없었다고 고백한 이후 많은 일이 일어났다. 그의 편지와 시 그리고 사랑 고백이 나를 서서히 녹여 그에 대한 나의 사랑이 되살아났다. 내가 어렸을 때부터 동경하던 나의 결혼생활—페쉬메르가의 아내가 되어 그와 더불어 쿠르드를 위해 싸우는 산악 전사로서의 결혼생활—을 다시 꿈꾸게 되었다.

엄마의 충고를 받아 들여 나는 사바스트에게 답장을 보냈다. 그러나 나의 답장은 그가 기대했을 사랑의 편지가 아니었다. 대신에 내 심장 밑바닥에 있던 모든 감정과 좌절 그리고 분노들을 여과 없이 토해냈다. 또한, 그가 청혼했던 여자에 대한 감정을 증오 섞인 말과 함께 쏟아냈다. 그가 외모에 눈멀어 청혼한 그녀가 청혼을 받아들였다면 당신은 쉴 새 없이 잔소리를 퍼붓는 이기적인 여자에게 질렸을 거라는 말도 잊지 않았다.

내 편지를 받고 그동안 귀엽고 기쁨만 가득 찼었던 모습만 보았을 사바스트는 나의 새로운 면모를 알게 되어 놀랐을 것이다. 그러나 그것은 자업자득이었다. 그가 나에게 안겨 준 배신으로 인해 그런 사람으로 변한 것이기 때문이다.

분노에 찬 나의 편지에도 그는 자신의 마음을 접지 않았다. 오히려 나를 설득하기 위하여 더욱 열성적으로 변해 있었다. 큰언니는 나도 모르게 내 편지 속에 쪽지를 넣어 보냈다. 나에게 청혼하는 사람이 많다는 쪽지였다. 그 말에 동요되었는지 그 먼 북쪽 산악지역에서 쏜살같이 편지를 보내왔다. 빨리 자기 사랑을 받아달라고 그렇지 않으면 죽어버리겠다고.

나는 사바스트의 정열이 얼마나 강한지를 거의 잊고 있었다.

그 대상이 조국이건 가족이건 무엇이든지 간에…, 이제 그 대상이 나인 것이다. 내가 오랫동안 헛되이 사랑했던 그 남자에게 사랑 받는다는 것은 근사한 일일 것이다.

모든 게 예정된 대로 흘러갔다. 나는 결국 승낙하고 말았다. 나는 그와 결혼할 것이고 바그다드 생활을 뒤로하고 그와 함께 산으로 들어갈 것이다. 그리고 탈주자 신세가 될 것이다.

나는 겁나지 않았다. 오히려 그 결정으로 꿈이 이루어진다고 생각하니 가슴이 벅차올랐다. 드디어 나는 페쉬메르가의 아내가 되어 남편과 아름다운 조국을 위해 싸우는 자유의 전사가 되는 거였다.

바그다드를 영원히 떠날 준비를 시작했다. 여행사 사장에게 결혼하기 때문에 회사를 그만둔다고 통보하였다. 페쉬메르가와 결혼한다는 말은 하지 않았다. 터놓고 지내는 친구들에게는 비밀리에 작별인사를 했다. 그들은 내가 페쉬메르가와 결혼한다는 말에 모두 놀랐다. 그들도 사담의 군인들은 페쉬메르가는 물론 그의 부인까지도 모두 잡아 죽이려고 혈안이 되어있는 것을 알고 있기 때문이다. 보통의 친구들에게는 술래마니아 외갓집에 간다고 둘러 댔다.

조급해진 사바스트는 하루 빨리 오라고 쪽지를 보내왔다. 커디스탄의 상황이 날로 나빠진다는 것이다. 전쟁의 불길이 커디스탄 전역에 타 올랐다. 작년 1986년에 쿠르드애국연맹이 이란과 동맹을 맺고 공동의 적인 사담군과 싸우기 시작했다. 이라크 대통령 사담은 이에 격분하여 쿠르드애국동맹의 지도자 탈라바니를 이란의 앞잡이로 몰아붙였다. 그와 쿠르드애국동맹 당원을 몰살시키겠다고 공언하고 군사 작전을 폈다. 사바스트는 쿠르드애국동맹의 일원이고 나도 이제 그들 눈에는 그렇게 보일 것이다.

이라크군이 커디스탄 도시 지역을 장악했다. 페쉬메르가는 그 외곽인 산악지역을 장악했다. 페쉬메르가는 이란과 합세하여 키루쿠크에서 이라크군을 공격하여 큰 전과를 거두었다. 키루쿠크는 북부 이라크 도시로서 원유 매장량이 풍부한 중요한 도시였다.

쿠르드의 공세에 대한 이라크의 대응은 극단적이었다. 1987년 이라크 혁명위원회는 160호 명령을 발동하여 이라크 북부사령관 알마지드Ali Hassan Al-Majid에게 전권을 부여하여 쿠르드 문제를 끝장내라고 했다. 후세인의 사촌 동생인 알마지드는 포악한 사람으로 모든 쿠르드인을 죽이려 할 것이다.

2주일 후, 그는 그에게 '독가스 알리'라는 불명예스러운 별명을 안겨준 쿠르드인 말살 작전을 시작했다. 4월 15일 세르가루Sergalou에 있는 쿠르드애국동맹 본부와 베르가루Bergalou에 있는 통신본부에 독가스 공격을 감행했다. 약간의 민간인 피해는 있었지만 페쉬메르가 전사들은 대부분 살았다. 왜냐하면, 살포된 독가스는 잘못 제조된 불량품인데다가, 다행히 그날은 바람이 불지 않아 피해가 적었다. 그러나 독가스 살포로 사담을 제거해야 한다는 우리의 의지는 더욱 강해졌다.

용감한 페쉬메르가도 보이지 않는 독가스전에는 어쩔 수 없었다. 쿠르드 민간인들은 방독면을 전혀 가지고 있지 않았다. 페쉬메르가에게도 방독면이 거의 없었다. 사담은 이 때를 위하여 쿠르드인이 방독면을 갖는 것을 불법화시켰었다. 민간인을 보호할 길이 없어 쿠르드애국동맹은 주민들에게 어쩔 수 없지만 소개 명령을 내렸다. 큰일이 아닐 수 없었다. 마을을 포기하면 페쉬메르가는 산속 은신처의 보급 기지를 잃게 되며, 쿠르드는 전멸되는 것이다. 쿠르드의 오래된 속담이 떠올랐다. '산을 밀어 버려라. 그러면 쿠르드족은 하루를 버티지 못할 것이다.'

나는 전쟁의 새 국면에 당황하며 어서 빨리 사바스트 곁으로 가서 위험을 함께 견디고픈 마음에 안달이 났다.

바그다드를 떠나기 삼일 전에 나는 엘비스와 대머리의 소환 통지서를 받고 가슴이 덜컹 거렸다. 일주일 안에 보안대 사령부에 출두하여 바트당 가입문제를 보고하라는 거였다. 나는 결혼문제에 정신이 없어 그들을 잊고 있었는데 그들은 나를 잊지 않고 있었다.

그들이 나에게 바트당에 가입하라고 기한을 준지도 몇 달이 흘렀다. 나는 좀 더 빨리 두 번째 소환장이 당도할 줄 알았다. 그러나 그들에게는 여행사 여직원을 바트당에 가입시키는 것보다도 더 중요한 일이 있었던 것 같았다. 그러나 나의 시간은 끝난 것이다.

첫 번째 소환장은 나를 공포의 도가니로 밀어 넣지만 이번 소환장은 전혀 그렇지 않았다. '어떤 일이 일어날 수 있다.'는 그 친절한 택시 기사의 말을 생각하니 웃음이 나왔다. 어떤 일이 정말 일어 난 것이다. 나는 바그다드를 떠나 북쪽 산악지역으로 피신할 것이다. 엘비스와 대머리가 그곳까지 나를 잡으러 온다면 거꾸로 그들이 잡힐 것이다. 왜냐하면, 그곳은 쿠르드 용사와 쿠르드 주민들만이 사는 바트당의 사찰이 없는 우리의 낙원이기 때문이다.

나는 소환을 당연히 무시했다. 직장 대신 결혼을 선택하여 바그다드를 떠나게 되었다는 한 통의 편지를 써서 사장에게 내가 떠난 후 그들에게 전해주라고 부탁했다.

"다음에 만나요, 엘비스!"

나는 하루에도 몇 번씩 즐겁게 이 말을 했다. 이 말을 들은 영문 모르는 친척이나 친구들은 당혹한 표정을 지으며 내가 미친것이 아닐까하며 걱정하였다.

1987년 5월 5일 나는 바그다드에서의 마지막 밤을 보냈다. 엄마와 나는 다음날 술래마니아로 떠날 것이다. 그곳에서 사바스트 가족의 환영 속에 일주일간 결혼 준비를 할 것이다. 작은오빠가 가장의 자격으로 뒤따라 술래마니아에 도착하여 결혼 계약서를 작성할 것이다.

사바스트를 본지 삼년이 넘었다. 그에게 예쁘게 보일 욕심으로 나는 필요 이상의 쇼핑을 했다. 친한 친구들과 만수르 백화점에 가서 가장 유행하는 의상, 가장 높은 구두, 가장 섹시한 잠옷은 물론 화장품과 향수까지 아낌없이 샀다.

준비가 끝났다.

출발하기 전날 나는 집 주위를 한 바퀴 돌며 정들었던 장소와 물건들에게 작별 인사를 했다. 어쩐지 정들었던 이 집에 다시 못 올 거라는 직감이 들어 눈시울이 뜨거워졌다.

정들었던 가구들을 보자 즐거웠던 어린 시절의 기억이 떠올랐다. 오크나무로 만든, 엄마가 시집올 때 가져왔다는 의류 상자! 그 안에는 1958년 혁명 전에 구입한 예쁜 옷들이 지금도 가득 차 있다. 그 당시에는 우리 집이 부자였다. 왕궁 행사에도 초대 되었다. 나는 말괄량이여서 어머니를 지치게 만들곤 했다. 옷상자에서 무도복을 꺼내어 나에게 입히면 끝이 뾰족하고 굽이 높은 구두를 신고 이곳저곳을 돌아다녔다. 집안이 왕과 젊은 왕자와 공주들이 참석한 왕궁 무도회인양 춤추는 동작을 하며 이리저리 돌아다니기도 했다. 덕분에 빨간 구두가 남긴 상처가 벽 이곳저곳에 남아 있었다.

나는 아빠가 즐겨 앉던 너도밤나무로 만든 의자에 앉았다. 아빠가 직접 디자인하고 만든 것이다. 단순하나 정교하게 제작되었으며 아빠의 책상과 좋은 짝을 이뤘다. 아빠의 공장은 1958년 혁명 때 불타버려 나는 가본 적이 없다. 그래도 큰오빠나 엄마가 자주 이야기해 주었기에 그 공장은 내가 일해 본 것처럼 선명하다. 아빠는 이 의자에 앉아 숫자가 빼곡한 서류와 씨름했다. 우리 식구들을 먹여 살리기 위하여 애쓰던 모습이 떠올라 아빠가 불현듯 보고 싶었다. 아빠가 살아 계셨다면 나의 결혼을 뭐라고 하셨을까? 말은 못하시지만, 고생길이 뻔히 보이는 이 결혼에 반대하진 않으면서도 가슴 아파했으리라.

아빠, 걱정 마세요. 그이와 함께 떳떳하게 살 거예요! 나는 아빠처럼 등을 꼿꼿하게 세우고 팔을 탁자에 얹고 머리를 괴어봤다. 공장이 불에 탈 때 아빠가 목숨 걸고 빼낸 것이 바로 이 의자와 책상이었다.

문외한이 보아도 비범한 장인이 혼을 불어 넣은 작품인 것을 알 수 있을 정도이다. 아빠가 돌아가신지 11년이 넘었지만 아빠가 못 견디게 그리웠다.

나는 정원으로 나가 가장 커다란 종려나무로 갔다. 내가 즐겨 숨던 곳이다. 단단한 종려나무 줄기에 등을 기대고 나는 바그다드의 엄청나게 파란 하늘을 올려다봤다.

"안녕, 종려나무야, 안녕. 바그다드 하늘아!"

나는 즐거움과 슬픔으로 얼룩진 바그다드에서의 25년 나의 삶에 작별인사를 했다. 그 순간 나는 영원한 행복을 꿈꾸며 어느 때

보다도 행복하다고 생각했다.

엄마와 내가 떠나던 날 모든 식구들이 모여 작별 인사를 했다. 여자들은 다 울었고 남자들은 조용하고 근엄했다. 마치 내 장례식에 참석한 사람들처럼.

그들의 걱정을 날려 버리려고 내가 소리 내어 웃었다. 경사스런 일 아닌가? 곧 내게 닥칠 위험이나 그들을 얼마나 지나야 다시 만날 수 있는지를 알았더라면 그들을 두고 떠나지 못 했을 것이다. 아무리 사랑하는 이의 품속으로 가는 여행이더라도….

나는 슬퍼하는 큰언니에게 '회자정리고 거자필반이야. 나는 새 생활을 위해 가는 거고 곧 다시 만날게 될 거야.'라고 위로했다.

큰언니가 알았다는 듯 미소 지었다. 큰언니만이 내 사랑의 전말을 다 알고 있었다. 사바스트와 행복한 결말로 끝나는 이 결혼에 이르기까지 내가 겪은 고통을 다 알고 있는 유일한 사람이었다.

미지의 위험 속으로 가는 여행이고 바그다드의 먼지를 마지막으로 본다고 생각해도 서운치 않았다.

바그다드에 몇 년 동안 갇혀 있어서 우리는 북쪽 지방의 변화를 알지 못했다. 우리가 사랑하는 땅 커디스탄은 공중에서 지상에서 무자비하게 할퀴고 찢기었다. 셀 수 없이 많은 헬리콥터가 머리

위에서 벌떼처럼 윙윙거렸다. 거리 요충지마다 거미줄처럼 설치된 검문소에서는 탄약이나 먹을 것이 페쉬메르가에 보급 되는 것을 막기 위해 철저하게 통제되었다. 사담은 모든 쿠르드인을 아사시킬 작정이었다.

엄마와 나는 검문소에 정지할 때마다 겁에 질렸다. 모든 쿠르드인은 간첩으로 조사 받았다. 많은 쿠르드인이 차에서 내려 끌려가는 것을 검문소마다 목격했다. 그들의 운명은 알 길이 없었다. 실종되어 생사를 알 수 없는 쿠르드인이 부지기수였다. 우리가 가진 서류는 완벽했다. 여자만 있어서 그들에게 술래마니아 친정집에 간다고 둘러대고 검문소들을 용케 빠져 나갔다. 우리가 버스에 오르자 엄마는 묵주를 꺼내 크게 소리 내며 굴렸다.

나는 엄마의 걱정스런 눈빛을 보며 '엄마, 묵주로 특별한 곡을 연주하는 거예요?'하고 물었다. 엄마는 나지막한 소리로 '조안나, 이번 여행은 네게 닥칠 험한 앞날에 비하면 소풍가는 것에 불과할지 모른단다.'라고 말했다.

맞는 말일 거다. 그러나 나는 이를 회피하지 않을 거다.

결혼식 후, 나는 사바스트가 살고 있는 쿠르드애국동맹의 중요한 은신처인 자파르 계곡 깊숙한 곳에 있는 베르가루로 들어 갈 것이다. 커디스탄 산악지방에서도 가기 험한 곳이다. 그곳에는 쿠르드 방송국과 야전병원이 설치되어 촌락이 임시로 만들어진 곳이다. 쿠르드 저항 세력의 근거지여서 이라크군이 호시탐탐 노리며 기회만 닿으면 공습하고 포격하였다.

이상할 정도로 나는 그런 위험을 걱정하지 않았다. 나는 버스 창밖을 내다보며 사바스트를 생각했다. 결혼생활을 빨리 시작하여 쿠르드 자유를 위해 나도 내가 할 수 있는 일을 하고 싶었다.

술래마니아의 주택지역인 사르크나르에서 살고 있는 사바스트의 형 오스만의 집에서 우리를 따뜻하게 맞아 주었다. 또한, 오스만은 내가 존경하는 아이샤 이모의 딸 노바하르와 결혼하여 살고 있었기 때문에 우리 집 같은 푸근한 느낌을 받았다.

사바스트의 가족은 나에게 금팔찌 네 개를 결혼 선물로 주었다.

쿠르드인은 금을 귀하게 여겼다. 보통 신랑은 신부에게 금을 선물한다. 설사 남편이 죽거나 이혼하는 경우에도 이 선물은 신부의 소유이다. 비상시에 이 금으로 자식이나 가족의 굶주림을 면할 수 있다고 쿠르드 여인들은 믿고 있다. 나는 결혼 선물로 이런 값진 팔찌를 예상치 못했다. 내가 청혼을 받아들이자, 사바스트는 나에게 결혼 선물로 무엇을 원하느냐고 물었었다. 나는 조그마한 금반지 이외는 받지 않겠다고 했다. 나는 사바스트 가족이 쿠르드 운동을 위해 거의 전 재산을 헌납한 것을 알고 있었다. 게다가, 이라크군이 사바스트 형제 두 명이 페쉬메르가가 되었다 해서 보복을 하고 집마저 몰수했었다.

우리는 똑같은 조건에서 결혼하기로 했다. 우리는 둘 다 가진 것이 없었다. 그러나 같이 노력해서 장래를 가꾸기로 했다. 커디스탄이 자유를 얻게 되면 우리는 잘 살 수 있게 될 것으로 믿었다. 내가 순수하게 그를 사랑하기 때문에 결혼하는 것을 알자 사바스트는 자기가 이 세상에서 가장 행복한 사나이라고 좋아했다.

금팔찌는 결혼 증거물에 불과한 것이지만 내가 그의 가족이 되는 것을 진심으로 환영하는 표시라고 생각되어 나도 기쁘게 받았다.

커다란 가방을 열자 여자들은 나를 원형으로 둘러쌌다. 값비싼 의류와 구두를 보고 탄성을 지르며 이것저것 물었다. 그들은 물건 하나하나를 볼 때마다 '이것은 뭐야? 뭐야?' 놀라며 물었다. 사바스트의 어머니는 덕스럽게 생겨 이내 친근감이 들었으나, 그녀가 걱정하는 말을 듣고 당혹스러웠다.

그녀는 나의 팔을 끌고 침대에 앉히며 말했다.

"애야, 베르가루는 파티장이 아니란다. 너는 페쉬메르가로서 살기 위해 산으로 간단다. 네 옷들은 험한 산중 생활에 적합해야 한다. 너의 화려한 옷들은 적의 표적이 되어 위험하게 된다. 네가 그러한 옷을 입으면 이라크군이 좋아할 거다. 이러한 얇은 옷은 추워 죽게 생겼다. 이러한 뾰쪽 구두는 우리 아이가 신데렐라에게 장가든 것이냐?"

나는 나의 어리석음을 후회했다. 사바스트에게 예쁘게 보이고 싶다는 생각 때문에 이성을 잃었던 거 같다. 나는 입술을 지그시 깨물며 주위를 살펴봤다. 내가 산 물건들이 증기처럼 없어지기를 바랐다.

숨을 몰아쉬더니 사바스트의 어머니는 나를 끌어안으며 말했다.

"애야, 네가 필요한 것은 두꺼운 바지와 장화 그리고 이러한 잠바란다. 네가 가져온 이 실크 옷들은 내가 보관하고 있으마."

나는 실망스러워 얼굴이 굳어졌다.

그녀는 내 어깨를 두드렸다.

"전쟁은 언젠가 끝나게 되어 있다."

그녀는 나를 위로했다. 나는 낙담하여 내 옷들을 가방에 다시 넣었다. 그러나 누비이불, 베개 등 핑크빛 침구류들은 그곳과 어울리지 않는다 하더라도 가져가겠다고 말했다. 신혼을 상징하는 예쁜 것 하나는 갖고 싶었다.

그날 오후 우리는 고물 택시를 타고 시장에 갔다. 나는 산에서 입을 옷들을 사바스트의 어머니에게 물으며 샀다. 남자 옷 같아 마음에 들지 않았다. 어느 신부가 신랑에게 예쁘게 보이고 싶지 않겠는가? 나도 예외는 아니었다.

시누이가 될 사람이 내 얼굴이 일그러지는 것을 보고 놀리며 말했다.

"그 바지는 필요 없을 거예요. 어차피 당나귀를 타고 높은 산에 오를 테니까. 그 옷 입고 내 얼굴까지 뛰어 보세요. 그리고 이 큰 바지 주머니를 보세요. 그곳에 빵을 넣으면 둘이 일주일은 먹을 거예요."

실제로 주머니 길이가 바지 길이와 같았다.

오후 늦게 결혼반지를 사기위하여 금은방에 갔다. 나는 나뭇가지 하나를 손가방에서 꺼내어 남자 것은 이 사이즈로 달라고 했다. 사바스트가 자기 손가락에 맞는 것이라고 보내 온 것이다. 나는 몇 개의 남자 반지를 그 나뭇가지에 끼어 봤다. 나의 행동이 우스꽝스러웠던지 가게의 모든 사람이 내 주위에 모여 들었다.

사바스트와 결혼하는 데는 또 하나의 난관이 있었다. 사담은 페쉬메르가의 결혼을 허가해 주지 않았다. 그래서 어떠한 성직자도 우리의 결혼을 주례하려 하지 않았다.

결혼식을 올릴 수 없어서 바그다드로 돌아가야 하지 않나 걱정하고 있을 때 사바스트의 형이 이 문제를 해결했다. 그가 결혼 증서를 해결하고 그가 아는 용감한 성직자 사리 Ibrahim Salih를 주례로 알선했다.

그 문제가 해결되자 또 하나의 문제가 발생했다. 알라도 우리의 결혼을 반대하는 것인가? 사바스트로부터 산에서 내려와 술래마니아에 올 수 없다는 통보를 받은 것이다. 나는 가장 큰 충격을 받고 쓰러질 뻔했다. 모든 페쉬메르가에게는 현상금이 붙어 있었고 이라크의 공세가 강화되고 있었다. 어떤 페쉬메르가도 산에서 내려와 검문소를 통과하여 술래마니아로 잠입할 수 없는 상황이었다.

나는 비참한 심정으로 말없이 앉아 생각에 잠겼다. 한 생각이 떠올랐다.

신부와 신랑이 함께 결혼식장에 꼭 있어야 된다고 규정된 것은 우리 전통에 없지 않은가? 실제로 어떤 무슬림 사회에서는 결혼식 과정에 신랑과 신부가 서로 딴 곳에 있게 하는 국가도 있지 않은가? 우리도 살리 성직자가 사바스트에게 결혼 서약을 받고 나중에 나에게 받으면 성사 되는 게 아닌가? 그것이 끝나면 우리는 부부로 인정받는 것이지.

살리 성직자가 위험을 무릅쓰고 기꺼이 산으로 가서 사바스트의 결혼 서약을 받아 오겠다고 했다. 평생 고마운 분이시다. 아무튼 사바스트가 결혼식장에 못 오게 되어 가슴 아팠으며 냉정하려고 해도 눈물이 나왔다.

끝내 사바스트는 나타나지 않았다.

작은오빠가 결혼식 몇 시간 전에 도착했다. 검문소에서 다행히 큰 문제가 없었다 한다. 큰오빠가 스위스에 있으니 작은오빠가 가장으로서 공식적으로 나의 결혼을 승낙해야 한다.

사바스트가 없어 지루했다. 내가 그렇게 오랫동안 기다리던 결혼식에 신랑 없을 줄은 꿈에도 생각지 못했다. 그런데 그런 일이 실제로 발생했다.

모든 사람이 오스만의 거실에 모였다. 따뜻하고 아늑한 곳이었다. 붉은 천으로 벽은 장식되었고 손으로 만든 카페트가 나무 마루에 깔렸다. 소파 뒤에는 야생말 벽화가 걸려 있었다.

사촌이 만들어온 과자가 차려져 있었다. 나는 무언가가 나타나 결혼식을 방해하지나 않을까 걱정이 되어 식욕이 없었다. 혹시 살리 성직자가 검문소에서 총격이나 받지 않았나 하는 두려운 생각도 들었다. 다행히 최악의 시나리오는 일어나지 않았다.

살리 선생님이 도착했다. 그는 입술을 꼭 다물어 미소를 짓지 못할 거라는 생각이 들었다. 커디스탄에서는 성직 수행도 위험을 무릅쓰게 되었다. 모든 게 위험한 세상이 된 것이다.

사바스트의 아빠와 형제들이 살리 선생님에게 사의를 표했다. 나도 미소를 지어 보이며 사의를 표했다.

살리 선생님은 검문이 철저하다는 말 외에는 산에 갔다 온 힘든 여정에 대해서는 언급하지 않았다. 그는 사바스트가 자기 없이 결혼식의 주례를 맡아 달라고 서명한 서류를 자랑스럽게 우리에게 보여 주었다. 그는 나를 바라보며 사바스트가 나에게 하루 빨리 산으로 오라고 했다고 전해 주었다.

나는 그 말을 '나의 신부여, 가능한 빨리 내 곁으로 오시오!'라고 받아 들였다.

바로 그때 작은오빠가 내 머리가 노출되었다고 살리 주례 선생님 앞에서까지도 참지를 못하고 이의를 제기했다. 누군가가 내게 하얀 스카프를 건네주었다. 나는 머리 위에 그 스카프를 느슨하게 걸쳤다. 작은오빠가 화가 나는지 툴툴거렸지만 다행히 남에게 들리지 않게 했다.

나는 오빠를 쳐다보고 미소 지었다. 나는 오빠를 사랑한다. 오빠는 잘 생겼고 다정한 사람이다. 단, 여성의 옷차림에는 엄격했다. 오빠도 나에게 미소를 보냈다. 그동안 어느 때 보다도 행복한 모습이었다.

내가 결국 결혼하게 되어 오빠는 안심하게 될 것이라는 생각이 순간 들었다. 스물다섯이면 쿠르드 신부치고 나이가 꽤 많은 편이다. 내가 이제 결혼했으니 그의 짐을 벗어 버린 게 아닌가?

결혼식이 시작되었다. 나는 사실 종교 의식에 무지했다.

살리 주례가 정식 쿠르드어로 코란의 필요한 구절을 읽으면 나는 그대로 따라 읽어야 했다. 나는 그 구절들을 거의 이해할 수 없었다. 나는 쿠르드 구어에만 익숙하여 말은 좀 해도 딱딱한 문어는 몰랐기 때문이다. 나는 멍한 상태로 더듬거리며 주례자의 말을 따라 읊었다.

오빠와 엄마는 불안한 듯 나를 보며 자리에서 연신 움직였다.

보통 성직자들은 딱딱하고 권위적이다. 그런데 살리 주례는 다정하고 형식에 구애 받지 않았다. 그는 모든 구절을 반복해서 읽었고 어떤 구절은 짧게 읽었다. 그가 나를 많이 배려했지만 나는 자포자기가 되었다. 오빠는 나를 노려봤다. 코란을 외울 줄 아는 오빠는 내가 코란에 그토록 무식한 것을 보고 한심하게 생각하는 것 같았다.

결혼의식이 끝났을 때 나의 옷은 땀으로 촉촉이 배었다. 내 인생에 있어서 가장 행복해야 할 날이 가장 당혹스런 기억으로 남게 된 것 같았다. 살리 주례가 내 결혼식이 나의 무지로 성사되지 않았다고 발표한다면 어떻게 되는가?

그러나 주례 선생님은 나에게 서명하라고 서류를 내밀면서 부정적인 말은 한마디도 안하셨고 그래서 내 결혼은 공식적으로 성공리에 끝났다.

사바스트는 마침내 내 남편이 되었다.

쿠르드 결혼에 남편이 함께 있지 않아도 되나 신혼여행에는 남편이 필수 불가결한 존재였다. 그래서 나는 빨리 술래마니아를 떠나 산으로 남편을 찾아가려 했다. 그러나 나 혼자 갈 수 없는 길이었다. 안내자가 꼭 있어야만 했다. 아직도 내 운명은 모르는 사람에게 달려 있었다.

식이 끝나고 맛있는 오찬이 준비되었다. 우리는 잘 모르는 방문자에게는 결혼 피로연이라는 말을 하지 않았다. 우리는 조심조심했다. 왜냐하면, 누가 결혼식이라고 고발을 하면 페쉬메르가의 결혼을 주례한 살리 선생님은 물론 다 잡혀가 처벌을 받게 될 것이기 때문이다.

그날 밤 늦게 이라크 군의 대대적인 공격이 임박했다는 소문이 돌았다. 나는 다음날 아침에 서둘러 시집 식구들과 사드 오빠에게 작별인사를 했다.

엄마와 사바스트의 여동생 한명이 나와 함께 술래마니아에서 카라트디자까지 동행한 후 그곳에서 짐짝처럼 여자 안내인에게 나를 맡기고 엄마와 남편의 여동생은 술래마니아로 돌아가기로 했다. 그러면 나와 안내인은 또 우리를 보호해 줄 남자와 함께 산으로 가게 되었다. 그 지역은 여자들만 여행하는 것은 매우 위험한 곳이었다.

카라트디자를 둘러싸고 있는 비옥한 들이 곧 시야에 들어왔다. 요즘처럼 긴장이 고조된 때에도 통바지를 입은 쿠르드 농부들이 밀을 재배하고 있었다. 웅장한 칸딜Kandil산이 마을 뒤편에 보였다. 바위 봉우리는 아직도 눈에 덮여있었고 산자락은 무성한 나무들로 빼곡했다.

카라트디자는 커디스탄에서 가장 아름다운 마을이다. 그곳은 사바스트가 소년시절을 보냈고 그의 운명을 바꾼 곳이기 때문에 나는 관심이 컸다. 커디스탄은 항상 저항했고 이에 따른 학살이 뒤따랐다.

1974~5년에도 불안한 기운이 팽배했다. 이라크군은 한마디 경고도 없이 카라트디자 주민들에게 나팜탄을 발사했다. 수백 명이 순식간에 죽었고 이를 목격한 소년 사바스트는 다친 사람들을

구하려고 혼신을 다했다. 결국 그의 가족은 이란 난민촌으로 피신하여 2년 동안 있었다고 했다. 이란 난민촌에서 돌아왔을 때 사바스트는 이라크군에 사무친 증오감을 갖게 되었고 페쉬메르가가 되어 쿠르드를 위해 목숨 바치기로 결심했다고 했다.

카라트디자에 도착하여 나는 나를 안내해줄 자가 아주 특별한 사람이라는 것을 알게 되었다. 그녀는 사바스트의 사촌으로 이름은 자키아 칸이다. 그녀의 남편은 카디르로 페쉬메르가 고위직이며 막강한 군벌로 그 지역에서는 영주로 여겨지는 인물이었다. 자키아는 고맙고 용감하게도 나를 사바스트가 있는 베르가루까지 안내해 주겠다고 자청했다. 참으로 위험한 여정인데도….

카라트디자에서 나는 엄마와 작별인사를 했다. 우리 둘에게는 가장 슬픈 인사였다. 왜냐하면, 커디스탄의 상황이 악화되고 있어 어쩌면 다시는 못 만나게 될 수도 있었기 때문이다. 그렇지만 사바스트 곁으로 가기 위해 마음은 애달팠지만 그 길을 재촉하였다.

길을 가면서 자키아가 참으로 용감하고 지혜로운 여자라는 것을 알았다. 검문소에서 나는 두려움에 가슴이 뛰었으나 자키아는 침착하게 위험한 상황을 피해 나갔다.

어떤 검문소에는 놀랍게도 쿠르드의 배반자인 자쉬가 배치되어 있었다. 자쉬는 쿠르드 자유를 위해 싸워야하는 자들이었지만, 페쉬메르가를 밀고하는 배반자가 된 자들이다. 자쉬는 사담

병사보다도 우리에게 더욱 위험한 존재였다. 우리와 같은 종족이어서 식별하기 어려워 페쉬메르가에 침투하여 정보를 빼내고 밀고하는 자들이다. 그들이 쓸모없어지면 사담은 가차 없이 처형했다.

그 위험한 여정은 힘이 들고 긴장을 요했다. 높은 산과 나무로 은폐된 곳에 도착하자 여러 날 만에 처음으로 두려움을 느끼지 않게 되었다.

주위의 아름다운 풍경을 둘러보았다. 높은 산봉우리가 하늘을 찌르고 커다란 나무 기둥에는 무성한 넝쿨식물들이 휘감아 올랐다. 눈이 녹아 골짜기 계곡물은 콸콸 흘렀다. 모든 위험과 증오를 잠시 잊고 눈앞에 펼쳐진 기막힌 자연의 절경에 취했다.

마침내, 비포장 돌길 – 어찌나 요철이 심한지 머리가 자동차 천장에 심하게 충돌하는 – 을 지프차로 여섯 시간 달려 우리는 메르제Merge라는 작은 마을에 도착했다.

이 가난한 쿠르드 마을은 도로를 따라 둘로 나뉘어져 있는데 모든 집은 시멘트 벽돌로 단순하게 만들어져 있었다. 포도, 무화과, 석류로 유명한 북부 커디스탄의 최대 관광지인 도칸Dokan호가 주위에 있지만 이곳 메르제는 대조적으로 빈한한 촌락이었다.

사바스트가 이 마을 어느 집에서 나를 기다리고 있을 것이다.

내 남편! 도대체 어디에서 만날 수 있을 것인가?

조바심이 나서 나는 지나친 집들의 출입문을 하나씩 쳐다보았다. 갑자기 어느 문에서 인기척이 나더니 그 집에서 사바스트가 나왔다. 나를 보더니 빨리 달려 왔다. 긴 머리를 날리며 눈을 크게 뜨고 내가 탄 차를 향해 달려 왔다.

몸을 지탱하고 막 뛰어 내릴 참일 때 운전수가 나를 보더니 차를 길가로 서서히 몰았다. 차를 완전히 세우기 전에 나는 차에서 뛰어 내렸다.

사바스트가 나를 팔로 잡더니 공중에 계속 돌렸다. 나는 소리 내어 웃었다. 이 순간을 위하여 나는 수천 번의 위험을 견뎌내지 않았는가!

사바스트 등 뒤로 많은 사람들이 우리를 바라보며 웃고 있는 것이 보였다. 많은 사람들이 모여 있었다. 페쉬메르가 용사가 바그다드 처녀와 결혼하는 것은 흔히 있는 일이 아니었다.

자키아도 차에서 내렸다. 사바스트가 그녀에게 나를 안전하게 데려와줘서 고맙다고 인사를 했다.

내 생애에 있어서 가장 흥분되고 행복해서 웃었다. 이제 저 마음 좋은 사람들의 가족이 된 거야. 나는 드디어 내 집에 온 거야.

사바스트에게서 눈을 뗄 수가 없었다. 그는 여전히 나에게는 가장 잘 생긴 사람이었다. 그러나 좀 달리 보였다. 내가 사랑에 빠졌던 저돌적인 사람이 아닌 것 같았다. 잠이 부족해 보였다. 턱수염은 더부룩하고 머리는 더욱 길어졌고 고수머리는 엉켜 있었다.

그때 내 행색도 꾀죄죄하다는 생각이 떠올랐다. 나는 최대한 예쁘게 보이려고 계획했었다. 그러나 자키아가 나의 큰 가방과 옷들을 보고 그러한 것들이 검문소에서 의심을 살 수 있으므로 갈아입을 옷 하나만 비닐에 싸서 가져 오도록 했다. 나머지 짐은 적당한 때를 봐서 가져다주겠다고 했다.

그 뿐만이 아니었다. 자키아는 얼굴의 화장도 다 지우고 내 긴 머리도 돌돌 말아 빵 모양으로 만들었다. 또한, 내 손톱을 보더니 그렇게 우아하고 완전하게 치장한 손톱은 본 적이 없다고 칭찬하더니, '조안나, 검문소에서 그 예쁜 손톱을 보면 조안나가 산에 사는 여자가 아니라는 것을 금방 알아낼 거야.'하며 손톱을 깎아 버렸다. 나는 정성스럽게 가꾼 내 손톱이 잘려 쓰레기통에 들어 가는 것을 속절없이 바라만 보았다.

거기에서 끝난 게 아니었다. 자키아는 펑퍼짐한 청색 드레스에 검은 외투를 입히고 칙칙한 스카프를 머리에 씌웠다. 게다가 닳아빠진 슬리퍼를 신게 하는 것이 아닌가? 그것은 명령이었다. 내가 가난한 시골 처녀로 보여야 한다는 거였다. 내가 그러한 복장을 하게 될 거라곤 생각해 본적도 없었다. 작은오빠가 이런 내 모습을 못 봐 그나마 다행이었다.

나는 울지 않으려고 애썼다. 이런 모습으로 새 신랑을 맞고 싶지 않았다. 그러나 자키아는 요지부동이었다. 내가 어설픈 도시 처녀 겉모양에만 집착하는 것을 알았다면 목숨을 건 안내인에 자원하지 않았을 거라고 말했다.

나는 사바스트를 바라보며 낮은 목소리로 말했다.

"당신 신부가 이런 복장으로 와서 미안해요."

사바스트는 가장 행복한 눈빛으로 그의 하얗고 건강한 치아를 드러내며 말했다.

"조안나, 아주 아름답구려. 내가 당신이 꿈에 그리던 신랑 같아 보여요?"

"예, 그렇고말고요. 당신은 내가 꿈꾸던 신랑 모습 그대로 예요."

행복에 취해 그의 턱수염을 만지며 웃으며 말했다.

"내가 면도를 해 드리겠어요."

우리를 둘러싸고 있는 사람들이 기뻐하며 우리를 보며 우리의 이야기를 듣고 있었다. 쿠르드 전통은 공개적인 애정표현을 용납하지 않지만 갓 결혼한 신혼부부만큼은 예외로 용인한다. 우리의 거침없는 대화와 행동은 그들에게 애정영화를 보는 즐거움을 주었을 것이다.

사바스트와 나는 베르가루에 바로 가지 않아도 된다는 말을 듣고 기뻤다. 사바스트의 페쉬메르가 상관이 우리에게 한 달간의 신혼휴가를 주었다고 했다. 우리는 자키아의 집에서 신혼휴가를 보내기로 하였다.

나는 기뻐 소리치고 싶었으나 남들이 있어 애써 참았다. 자키아는 우리에게 산 속에 있는 자기의 별장에서 신혼을 보내라고 했다. 우리가 베르가루에서 힘든 일을 시작하기 전에 휴가를 충분히 즐기라고 당부하였다.

산 속의 훌륭한 별장에서 내 신혼생활을 시작하다니 꿈만 같았다.

모든 꿈이 이루어진 동화 속에 있는 기분이 들었다. 몇 년 동안이나 주저하던 끝에 사바스트도 나를 사랑하는 것 같았다. 나는 순간 '나에 대한 우정이 왜 사랑으로 변했는가?' 하고 물어 보고 싶은 충동을 느꼈다. 나의 마음이 착해서 나를 사랑하게 된 걸까? 나는 그러한 생각들을 제쳐 두었다. 그러한 것을 알아낼 시간이 앞으로 얼마든지 있을 것이기 때문이다.

지프차 속에서 사바스트와 나는 바짝 붙어 앉았다. 팔이 가볍게 밀착 되었다.

자키아가 운전수와 이야기하려 몸을 앞으로 기울이자 사바스트는 나의 입술에 갑자기 키스를 했다. 가슴이 놀라 뛰었다. 그러나 그 키스의 감촉은 감미로웠다. 그 옛날 내가 그를 처음 보고 사랑에 빠진 이후 내 신랑이 되어 주기를 그렇게 바랐지만 이렇게 부부가 되어 차에 나란히 앉게 될 줄은 몰랐다. 게다가 키스까지. 굉장한 일이었다. 잊을 수 없다.

나도 마음 같아서는 그에게 키스를 하고 싶었으나, 자키아와 운전수가 있어서 무릎 위에 두 손을 깍지 끼고 차 밖을 바라보았다. 무성한 숲이 산을 덮었다. 꼬불꼬불한 길은 밤나무와 피스타

치오 나무 그늘로 가려 있었다. 이름 모를 색색의 들꽃들이 산자락에 지천으로 피어 있었다.

커디스탄은 정말 지상 천국이다.

우리는 곧 길에서 좀 들어간 곳에 있는 자키아의 집에 도착했다. 집은 크고 나무숲 그늘 속에 있었고 애들이 많았다. 금세 집에 친근감이 들었다.

목욕을 하고 싶었는데 산에서 물을 끌어 오는 파이프가 연결되어 있었다.

자키아가 집안을 보여준 다음 후원으로 데려갔다. 야채와 과일을 가꾸는 밭이 있었다. 또한 소, 말, 양, 닭, 오리를 키우는 커다란 외양간도 있었다.

자급자족할 수 있는 모든 것이 있었다.

자키아가 우리가 묵을 아늑한 방으로 안내하자 내 뺨은 부끄러워 빨갛게 물들었다. 그 방은 외딴 곳에 떨어져 있었다. 자키아의 여러 배려에 감사할 뿐이었다.

자키아의 남편 카디르는 광대한 토지와 막강한 힘을 갖고 있는 그 지방의 토호였다. 그러한 그가 쿠르드애국동맹에 가입하여 그가 가진 모든 것이 위험하게 되었지만 그의 눈빛은 자신감으로 평온했으며 세상에 걱정거리가 하나도 없는 듯했다.

그의 평온함과 쾌활함에 빠져 그를 존경하는 마음이 저절로 들었다. 나는 이렇게 대단한 사람은 보통 사람과는 다르며 근엄하고 점잖은 척하는 사람으로 생각했다. 그러나 그는 전혀 그렇지 않고 모든 것에 관심을 기울이고 부인에게 친절하고 손님과 격의 없이 웃으며 대화하고 그의 일곱 애들하고도 장난치며 놀았다.

가장 큰애가 아빠의 망원경을 갖고 놀았다. 망원경은 소지가 불법이며 체포되면 처형되는 물건이었다. 나는 위험하다고 생각되어 저런 물건은 애들 손이 안 닿는 높은 선반 위에 두면 좋겠다고 생각하며 걱정스런 눈빛으로 그 애를 쳐다봤다. 그러자, 카디르는 웃으며 말했다.

"우리 애들은 이 집의 모든 것의 주인이라오. 그들의 아빠까지도."

가정부가 집을 비워서 저녁은 조촐했다. 내가 피곤한 것을 알고 자키아가 우리에게 빨리 쉬라고 권했다. 우리가 편히 지내도록 모든 배려를 해 준 자키아를 떠나 우리 방으로 올 때 나는 부끄러워 홍당무가 되었다.

마침내 사바스트와 나만 있게 되었다.

그의 여자가 되는 것은 내가 상상했던 것 이상으로 경이로웠다. 세월이 많이 흘러 내 애들이 성인이 되고 손자가 내 무릎 위에서 재롱떠는 날에도 또 내 머리가 백발이 되어 빛날 때에도 나는 잊지 못하리라. 그와 하나가 된 첫날밤의 그 황홀한 기억을!

16
베르가루 하늘 밑에서

베르가루

1987년 6월

무언가 이상한 움직임이 있는 것 같아 나는 잠에서 얼핏 깼다. 아직 비몽사몽이어서 무엇인지 확실치는 않았다. 눈을 크게 뜨고 지붕 쪽을 보았다. 지붕이래야 잔가지로 얼기설기 엮어 만든 원시적 지붕인데 잘 보니 무엇인가 움직이는 게 보였다.

사바스트는 옆에서 세상 모르게 자고 있었다.

그의 곁으로 바싹 다가가서 '사바스트, 일어나 봐요.'라고 속삭였다.

사바스트는 '왜 그래?'하며 게슴츠레 눈을 떴다.

"보세요. 지붕이 움직여요."

"조안나, 지붕은 안 움직여." 그의 목소리는 힘이 없었다.

"움직인다니까요."

나는 이제 잠이 달아났다. 우리의 호롱불 빛이 희미했지만, 나는 지붕 양쪽 끝이 무언가에 의해 움직이고 있는 것을 똑똑히 볼 수 있었다.

"사바스트!"

그제야 사바스트는 담요를 제치고 마지못해 지붕 쪽을 바라보았다.

"보세요. 천정이 움직이잖아요?"

나는 상기되어 말했다.

사바스트는 말없이 일어나 앞문 쪽으로 가더니 그의 플라스틱 슬리퍼 하나를 들었다. 그리고 발끝으로 서서 그 슬리퍼로 벽과 천정을 쳤다. 커다란 전갈 몇 마리가 떨어졌다.

나는 놀라 손으로 입을 막으며 거의 비명을 지를 뻔했다.

사바스트는 그것들이 움직이지 않을 때까지 슬리퍼로 때렸다.

"전갈이네요?"

나는 겁에 질려 중얼거렸다. 그제서야 지붕이 왜 떨렸는지를 알았다. 지붕에 전갈이 득실대고 있었다.

내 목소리가 떨렸다.

"사바스트, 전갈이 득실대는 곳에서는 잘 수 없어요. 절대 잘 수 없어요."

사바스트가 내 옆으로 누우면서 팔로 내 등을 감싸 안았다.

"여보, 전갈은 우리에게 달려들지 않고 도망가요. 우리가 귀찮게 하지 않으면 전갈은 해를 안 끼쳐요."

나는 그제야 어젯밤에 우리가 동료들에게 작별 인사를 할 때 그들이 암시한 말이 무엇을 의미하는지 깨달았다. 몇몇 페쉬메르가 친구들이 킥킥 거리며 '사냥 잘 해봐.'라고 말했었다.

베르가루에 온지 불과 몇 시간 밖에 안 되었는데 화장실에서 뱀에 놀라 뛰쳐나왔고, 이제 머리 위에 전갈을 이고 자다니 차라리 숲에서 자는 게 낫겠다고 생각했다.

사바스트는 내 입술에 가볍게 키스하고 매트리스에 누었다. 담요를 끌어당기며 '조안나, 전갈 따위는 잊어버리고 이제 다시 자도록 해.'라고 말했다.

'잊으라고? 저 전갈을 어떻게 잊어?'

나는 어안이 벙벙했다.

뱀과 전갈만큼 나에게 무서움을 주는 것은 없다. 내가 여섯 살 때 술래마니아에서 사는 사촌 한 명이 뱀을 나뭇가지 끝에 매달고 나를 뒤쫓은 적이 있다. 내 눈앞 가까이에 그 뱀을 갖다 댄 사건 이후 나는 뱀 공포증에 시달렸다.

그 몇 년 후 나는 술래마니아에 있는 외갓집 넓은 정원에서 놀고 있었다. 나는 무심코 전갈 지나간 자국을 따라 갔다. 내가 외마디치자 할머니가 달려왔다. 내가 다리 많은 그 벌레를 가리키자 할머니는 전갈에 물리면 죽는다며 전갈의 위험성을 자세히 설명 해 주었다. 다리가 여섯 개나 달린 그 벌레는 앞다리로 발가락을 잡고 두 번째 다리로 물고 사람의 피를 빨아 먹고 독을 풍겨 죽게 한다고 설명했다. 할머니는 사랑하는 손녀딸이 주의하라고 한 말 이지만 나는 그 덕에 전갈을 평생 무서워하게 되었다.

결혼 전에 나는 적들과 포탄의 위험 등에 대하여 많이 생각했기 때문에 그것들에 대해서는 별 두려움이 없다. 그러나 전갈이나 뱀은 다른 문제였다. 그런데 베르가루 도착 하루 만에 그 두 녀석 이 나타났으며, 그로 인해 이곳이 야생 동물로 둘러싸인 산골이 라는 것을 새삼 깨닫게 되었다.

나는 흉측한 녀석들 때문에 전전반측 잠을 못 이뤄 애써 다른 생각을 해 봤다. 먼저 재미있던 신혼생활부터. 우리는 세르완에 있는 자키아의 집에서 그녀의 가족과 함께 한 달간 꿈같은 생활 을 했지. 그 지역의 친척들이 방문해서 조그마한 선물을 주며 축 복해 주었지. 다행히 그곳에서는 내 긴 머리를 유행에 맞게 모양 도 내 보고 화장도 하고 예쁜 옷도 입었지. 마침내 남편이 그의 신 부가 그렇게 예쁘다고 경탄했을 때 내가 얼마나 행복했던가?

그뿐인가? 우리는 서로 만나 부부가 된 것을 서로 감사하고 장 래를 설계했지. 또한, 그가 바그다드를 떠난 후 내게 일어났던 사 건들을 모두 이야기 해주었지.

우리가 결혼했다고 해서 전쟁이 끝난 것이 아니기 때문에 우리는 긴장을 늦추지 않았다. 자키아는 페쉬메르가의 아내의 할 일에 대해서 많은 것을 알려 주었다.

닭 키우기, 소 젖 짜기, 야채 가꾸기는 물론 전투기 식별법도 배웠다. 공습 받을 때 제일 먼저 할 일은 가까운 곳에 있는 은신처를 미리 알아 두는 것이라는 것도 배웠다. 전투를 한번 경험하면 나이나 출신, 경력 등에 구애 받지 않고 다 동지가 된다는 것도 알았다. 페쉬메르가의 아내는 절대 게을러서는 안 되고, 남편과 쿠르드를 위해 헌신해야한다는 것을 알았다. 그리고 신혼여행이 끝나면, 나는 원시적인 생활을 해야 한다는 것도 알았다.

내가 그의 청혼을 받아 결혼한 것은 정말 최상의 결정이었다. 이제 자유의 용사로서 그와 더불어 산중 생활을 할 것이다. 커디스탄의 자유를 위해 싸우겠다는 평생의 소원이 현실로 다가 섰다. 미혼 처녀는 베르가루에 살지 못한다. 그곳은 전사의 터전으로 남자의 공간이다. 극소수의 용감한 미혼 여자도 있긴 하지만 그들은 모두 아빠나 오빠가 페쉬메르가인 것이다. 내가 처녀라면 이곳에 용납이 안 되겠지만 사바스트와 결혼했으니 이제 환영 받으리라.

사바스트가 몸을 뒤척이면서 담요를 끌어당겼다. 그는 이미 곤히 잠들었다. 어떻게 저렇게 잘 잘 수 있을까? 아, 그는 오 년도 넘게 이 생활을 하고 있지. 페쉬메르가 생활은 생각했던 것보다 더 위험하고 힘들 거라는 생각이 들었다. 그럼, 더 배우고 노력하여 잘 이겨 내리라 결심을 다졌다.

눈꺼풀이 무거웠다. 자야 한다. 내일은 그의 친구들에게 인사해야 한다. 오늘은 해가 진 후 도착하여 그럴 시간이 없었다.

나는 눈을 감았다. 그러나 지붕에서 전갈들이 움직이는 소리에 다시 눈을 뜨고 천장을 보았다. 도대체 저 가지로 엮은 보잘 것 없는 지붕에 무엇이 있기에 저 전갈들은 바삐 움직이며 무슨 일을 하고 있는 것일까? 나는 배를 깔고 누웠다. 전갈이 얼굴보다는 등에 떨어지는 것이 덜 무섭기 때문이었다. 이것을 이겨내야 해. 이곳에서 오래 살아야 할 테니까.

그래도 잠은 오지 않았다. 지난 일들이 주마등처럼 내 머리에 스쳤다.

세르완에 있을 때, 내가 얼마나 페쉬메르가의 삶에 대하여 준비를 하지 않았는지 알게 되었다. 마음만 앞섰지 그 생활에 필요한 기술이나 준비는 전혀 없었다. 엄마와 언니들의 과보호 속에 나는 요리나 설거지, 청소, 세탁은 한 번도 해본 적이 없었다. 세르완에서 두 번의 경우를 당하고 내가 페쉬메르가의 아내로서 얼마나 준비가 안 되었는지를 뼈저리게 느꼈다.

어느 날 아침 예기치 않은 손님이 들이닥쳐 점심 대접을 해야 했다. 나는 자키아에게 돕겠다고 자청하며 할 일을 말해 달라고 했다. 자키아는 후원을 가리키며 '조안나, 그럼 닭 여덟 마리를 잡아 준비해 주겠어?'라고 말했다.

십여 분 후 닭은 한 마리도 못 잡고 깃털만 몇 개 손에 쥐고 나는 지쳐 땅바닥에 큰 대자로 누워 버렸다. 자키아 집에 온 손님들이 나중에 이 소동을 알고 박장대소했다. 그들에게 닭고기 대접은 못했지만 재미있는 이야깃거리는 제공한 셈이 되었다.

자키아는 내가 집안일을 아무것도 할 줄 모르는 것을 보고 크게 놀랐지만 인내심을 갖고 친절하게 닭을 잡아 털 뽑는 것은 물론이고 모든 것을 알려 주었다.

며칠 후 두 번째로 닭털 뽑기를 도와주고 있었다. 예전의 실수를 만회하려고 내가 자청한 것이다. 닭털 뿌리를 연하게 하기 위하여 끓는 솥 옆에서 닭들을 끓는 물에 담갔다 빼내는 일을 하고 있었다. 그때 모든 사람들이 외양간 쪽으로 급히 달려갔다. 자키아가 내 손에서 닭을 잡아 끓는 물속으로 던진 다음 내 손목을 잡고 뛰면서 말했다.

"빨리 뛰어, 방공호로!"

나는 자키아 뒤를 따라 달렸다.

몇 초 후, 자키아가 나를 외양간 옆에 있는 흙으로 만든 조그마한 방공호에 밀어 넣었다. 순간 폭음이 들려왔다.

굉장한 폭발로 땅이 흔들렸다. 공습을 받고 있었다.

바그다드에 살 때 이란기의 공습을 자주 받았다. 그러나 이런 산골까지 그들이 찾아내 공습할 줄은 생각하지 못했다.

후에 나는 자키아에게 물었다.

"이란기가 이곳까지 찾아내 공습할 줄은 몰랐어요. 공습경보도 없었는데 여객기가 아닌 줄 어떻게 아셨어요?"

주위 모든 사람들이 내 말에 웃었다. 어떤 여자는 손바닥으로 허벅지까지 치면서 웃었다. 저런 바그다드 얼간이! 나는 얼굴이 홍당무가 되었다.

자키아가 친절히 설명해줬다.

"조안나, 저 비행기는 이란기가 아니야. 이라크 비행기야. 여객기는 산악지역에서 저렇게 낮게 날지 않지. 이곳에서 비행기 소리를 듣게 되면 여객기가 아니고 백발백중 적기야. 이 산골에서 우리의 적은 바그다드에서 오지, 테헤란이 아니야."

그래. 나도 알고 있지. 사담과 싸우기 위하여 이란과 쿠르드가 동맹을 맺었지. 사담군이 산에 근거지를 둔 페쉬메르가를 전멸시키기 위하여 대대적인 공세를 취할 거라는 것도. 근데 이란 공습을 바그다드에서 받는데 익숙하여 우리의 적이 이제 이란이 아니고 사담군이라는 것을 잊고 있었다니. 나는 내 자신이 못 마땅해 울고 싶었다.

자키아가 내 등을 두드렸다.

"조안나, 기억해 둬. 우리가 일할 때나 먹을 때나 항상 그것에는 신경을 반만 써. 나머지 반으로는 하늘에서 들려오는 소리에 신경을 써야 해. 베르가루에서도 실정은 똑같으니 잊지 말아요.

곧 익숙해질 거야. 멀리서 들려오는 비행기 소리를 새가 듣기 전에 들을 수 있어야 해."

자키아가 내게 말할 때 나는 놀라 숨이 멎는 줄 알았다.

"사담이 화학전을 준비한다는 정보가 있어. 그 미친 자가 무슨 짓을 못하겠어? 조심하고 항상 경계해야 해. 우리는 새로운 위험한 국면에 접어들고 있어."

그녀는 나를 끌어안았다.

정말이지 세르완에 한 달 머무르면서 나는 이곳 산골 생활에 대해서 많은 것을 배웠다. 그러나 아직도 배울 게 많을 거야. 열심히 보고 듣고 배워서 '바그다드 얼간이'라는 소리를 안 들어야지.

신혼 한 달 동안 사바스트는 내게 베르가루의 재미난 이야기를 많이 해줬다. 물론, 페쉬메르가 전우들을 전투 중에 많이 잃어버렸고 자신도 죽을 고비를 여러 번 넘긴 이야기도 했다.

다음날은 내가 살 집도 봐야 하고 사바스트가 이야기 해줬던 동료 전사들도 만나야 했다. 특히, 베르가루의 여자들도 만난다. 수백 명의 전사가 사는 이곳에 여자는 몇 안 되고 어린이는 단 두 명이랬다. 여자들이 살기에는 너무 위험한 곳이랬다.

베르가루는 자파티 계곡을 따라 조성된 촌락 중 하나였다. 그 촌락들에 쿠르드애국동맹의 중요한 시설이 설치되었다. 베르가루에는 방송시설과 야전병원이 있었고, 그 옆 쌍둥이 촌락인 세르가루에는 지역사령부가 있고 인접한 촌락들에는 비슷한 쿠르드애국동맹 시설이 있었다.

왜 쿠르드애국동맹 본부나 중요 시설이 쿠르드족이 100% 살고 있는 술래마니아에 있지 않을까 의아히 생각하고 있었는데 쿠르드 지도자의 생각이 옳다는 것을 깨달았다. 술래마니아는 보호하기 어려운 민간이 많이 살고 있는 대도시다. 반면에 자파티 계곡은 험한 산으로 둘러싸여 사담군이 진격해 오기가 여간 어렵지 않았다.

사바스트는 내게 베르가루와 자파티 계곡의 여러 촌락들의 중요성을 설명해 줬다.

"조안나, 이렇게 생각해봐. 바그다드는 이라크의 수도야. 이라크군의 총사령부가 그곳에 있지. 자파티 계곡은 쿠르드애국동맹의 본부지. 베르가루, 세르가루, 할라딘, 에크세마르, 마르마 그리고 제와는 우리에게 중요한 곳이지. 바그다드가 사담에게 중요하듯이. 자파티 계곡은 쿠르드애국동맹의 수도야."

내가 이렇게 중요한 곳의 일원이 되었다는 생각에 행복해져 나는 잠을 잘 잘 수 있었다. 다행히 그날 밤 전갈에게 한 방도 물리지 않았다.

다음날 아침 사바스트가 웃으면서 달콤한 키스를 하며 나를 깨웠다.

"조안나, 일어나야지. 새 집에 온 걸 환영해."

나는 만족하여 등을 똑바로 세우고 팔을 쭉 뻗었다. 어젯밤에 머리 위에 있었던 것을 생각하며 천정을 바라보았다. 내 마음을 알고 그가 말했다.

"걱정 마. 전갈은 낮에는 조용해. 지붕을 따뜻하게 달구는 햇볕을 좋아해 낮에는 자거든. 저녁에 돌아다니지만 마. 저녁에는 그놈들이 바쁘게 활동하거든."

"당신은 전갈에 물린 적이 있나요?"

나는 신경이 쓰여 몸을 떨면서 물었다.

"전혀."

깊은 숨을 내쉬며 나는 매사 최선을 다 하겠다고 다짐했다. 앞으로는 전갈 따위는 두려워하지 않으리라. 전갈들은 자기 영역에서 활동하고 나는 내 영역에서 활동하면 그 뿐 아니겠는가?

하루하루를 좋은 날로 만들자고 마음을 다잡았다. 바그다드의 편안한 삶을 마다하고 적들이 득실대는 산중생활을 선택하는 사람은 거의 없겠지만 내게는 베르가루가 나의 꿈을 실현시키는 곳이다.

갑자기 17년 전의 술래마니아 시장에서 보석을 팔던 아름다운 쿠르드 세 처녀 생각이 났다. 페쉬메르가 용사와 결혼하여 커디스탄을 위해 살겠다던 세 처녀의 순수한 꿈을 난폭한 바그다드 정권이 무참히 깨뜨렸었지. 바그다드 정권이 세 처녀를 아마 처형했겠지만 그 세 처녀는 아직도 내 마음 속에 살아 있다. 나는 그때 그 처녀들을 부러워했다. 이제 내가 그 처녀들의 꿈을 내 것으로 실현시켰다. 어떤 의미에서는 그들은 나로 다시 환생한 것이리라.

눈물을 글썽이며 새 생활의 첫날을 시작했다.

나는 아침 식사 전에 내가 살 집을 우선 보고 싶었다. 내가 그렇게 하자고 신랑에게 고집하자 그는 걱정스러운 듯이 말했다.

"여보, 혁명 생활에 아늑한 것을 기대하지 말아요."

"당신 말이 맞아요."

나는 그의 억센 팔에 매달리며 대답했다.

"아침을 이곳에서 먹읍시다."

그는 좁은 거실을 가리키며 말했다.

둘러보니 쓸 만한 가구가 없었다. 집을 밝게 꾸미려면 어떻게 하지? 거실 가운데 낮은 동양식 탁자와 닳아빠진 쿠션 두 개가 사바스트의 무기와 같이 있었다. 카라쉬니코프 소총과 권총이 그의 무기다. 전사의 첫 번째 임무는 총을 장전하여 항상 휴대하는 것이라고 그가 알려줬다. 대부분의 전투가 돌발적으로 벌어져 촌각을 다투기 때문이라면서.

그는 베르가루에 가서 알려주겠다면서 신혼기간에는 사격을 나에게 알려 주지 않았다. 내 마음을 아는지 '내일 자신을 보호하는 방법을 알려 주지.'라고 말했다.

나는 고개를 끄덕였다. 그 순간 나는 우리 집을 생각했다. 약간의 책, 사진첩 외에 옷가지들을 보관할 세간은 전혀 없었다. 하지만 우리 주위는 온통 숲이니 세간을 만들 가능성이 보였다. 저 수천의 나무가 있으니 책장 하나와 작은 탁자 두어 개를 만들 수 있겠지.

한쪽 벽에 생각지도 않은 텔레비전이 있었다.

"오, 저거 작동되나요?"

"가끔 방송 하나가 잡히기도 하지만 수신 잡기가 어려워요. 워낙 오래된 거요."

흐음. 나중에 내가 손 좀 봐야지. 어떤 방송이라도 볼 수만 있다면 좋겠지.

어떻든 잘 보관해야지. 그것이 있다는 것만으로도 정상적인 생활을 기억나게 하니까.

우리의 작은 집은 그저 살기 위하여 만든 것이지, 품위 있는 생활과는 전혀 무관한 집이었다. 벽은 시멘트 벽돌로 페인트칠도 안 되었고 공간은 작은 거실 한 개와 부엌으로 사용할 수 있는 작은 공간이 전부였다. 세간은 사바스트가 찬장으로 사용한 냉장고와 전기철판이 전부였다. 전기는 발전기가 이따금 가동될 때만 공급되므로 냉장고나 전기철판은 거의 사용할 수 없었다.

마루는 콘크리트로 되었으나 눈에 띌 정도로 거칠어서 맨발로 다닐 수 없는 지경이었다.

앞뒤 두 창문은 철망으로 되었다. 커디스탄 창문은 유리로 된 것이 거의 없다. 포격이 잦아 유리 파편의 위험을 없애기 위해서였다.

"최소한 물은 좋아. 맑은 계곡물에서 호스로 직접 연결되었지."

사바스트가 자랑스레 말했다. 사랑하는 내 남편은 내가 집이 성에 안 찰까봐 걱정한 것 같다.

"이것은 인형의 집 같네요. 화장실은 보여줄 필요 없어요."

어젯밤의 일을 떠올리며 그에게 상기시켰다. 화장실 구석에 똬리를 틀고 눈을 번뜩이며 침입자인 나를 쳐다보던 뱀. 나는 소스라쳐 옷을 끌며 화장실 밖으로 나오자 그가 화장실로 급히 들어갔다. 붉어진 얼굴로 나오며 그는 내가 잘못 봤다고 했다. 벌레 잡으려고 나뭇가지를 놓았는데 내가 뱀으로 착각했다는 것이다. 믿는 척 했지만 나는 안다. 남편이 내게 심리적 안정을 주고 싶어 한다는 것을.

세르완에서 공습을 받아 놀랐기 때문에 방공호를 보여 달라고 했다. 마을 중앙에 공용 콘크리트 방공호가 있으나 우리 집은 외져서 공습 받을 때 그곳까지 갈 시간이 없다고 했다.

집 모서리 한 켠에 덤불로 덮은 개인용 은신처가 있었다. 몸을 구부려 어떻게 생겼나 봤더니 눅눅한 공기에 짐승 냄새가 실려와서 역겨웠다. 공간이 작았다. 사바스트와 내가 저 좁은 곳을 어떻게 비집고 들어가나 걱정되었다. 난생 처음으로 뼈만 있는 내 몸매가 다행스러웠다. 나만 바닥에 누워있으면 꽉 찰 것 같았다. 사바스트의 큰 몸집은 어떻게 들어갈까?

은신처가 마음에 전혀 들지 않아 나는 아무 말도 안했다. 우리는 집안으로 들어 왔다.

가방을 풀어 빗, 브러쉬, 손거울, 립스틱, 비누, 로션을 핑크빛 침대에 놓으며 남편에게 말했다.

"이것들이 참 예뻐요."

이 핑크빛 침구를 바그다드에서 카라트디자와 세르완을 거쳐 이곳까지 가져 오기 위해 나는 고집을 부렸다. 사람들은 한결같이 부피가 너무 크고 화려하다고 했다. 사바스트마저도 전사의 거처는 사치스러워서는 안 된다고 했다. 나는 전사도 집에서는 어느 정도 쉬어줘야 한다고 고집을 부렸다. 아이러니컬하게도 사바스트가 그것을 덮고 자며 제일 만족해한다.

"아늑한 집을 만들 거예요."

나는 만족스럽게 자신 있는 미소를 지으며 말했다.

자신의 아내가 진정으로 만족해하는 것을 보고 남편은 나를 들어 한 바퀴 돌린 다음 끌어안았다.

몇 시간 후 사바스트는 나를 베르가루로 안내했다.

우리 오두막은 작고 볼 품 없었다. 하지만 주변 환경은 딴판이었다. 베르가루는 커디스탄 땅에서 가장 외진 곳으로 자연림이 울창한 푸르고 아름다운 계곡에 자리 잡았다. 게릴라의 거점으로 천혜의 요소였다.

주위의 높은 산에는 동굴이 많아서 설령 적들이 계곡을 점령한다 해도 전사들이 은신처로 사용하여 저항을 계속할 수 있다고 남편은 내게 설명했다.

주위를 살펴보니 남편의 말에 수긍이 갔다. 이곳은 사담의 어떤 공격에도 아주 완전하다고 생각했다. 산봉우리는 하늘을 찌를 듯 높이 솟아 그 위용을 자랑했다. 누가 감히 이곳을 침범해? 나는 순진하게도 그런 일은 있을 수 없다고 믿었다.

우리가 마을로 가는 자갈길을 따라 걸어갔다. 수많은 산새가 우리를 환영하며 쩍쩍거렸다. 우리 오두막 같은 집들이 길 양편으로 있었다. 그 안에는 누가 살까? 나는 궁금했다. 마을 중앙에는 일반 주민이 살고 그 주변에는 페쉬메르가의 집들이 배치되어 있었다. 모든 집들은 언덕을 등지고 있어서 공습을 받으면 한쪽은 어느 정도 보호 받을 수 있었다.

나는 전날 이곳에 오면서 저 산길을 넘어왔지만, 틈만 나면 나를 떨어뜨리려고 애쓰는 것 같은 당나귀를 타다가 걷다가하는 바람에 피곤하고 지쳐 이 계곡의 아름다움을 보지 못했던 것 같다.

베르가루에 정착한 후 페쉬메르가는 이십여 분 걸어올라 가는 높은 봉우리에 안테나를 설치하고 이곳에 방송국을 만들었다. 방송국은 쿠르드애국동맹의 중요한 선전 도구였다. 방송을 이용하여 전사를 모병하고 단합을 호소하고 사담군의 공격 시 정보를 제공하기도 했다.

사바스트는 집에서 방송국까지 매일 이 길을 오갔을 것이다. 방송국에 여자는 없었다. 사담의 폭격기가 이곳을 폭격하려고 호시탐탐 노리고 있었기에 특별히 위험지역으로 분류되어 있었다. 나도 집에서나 그의 일을 도와 줄 수 있으리라.

사바스트는 몇몇 동료와 함께 방송국에서 '자유전사의 소리'를 진행하고 있었다. 그가 나에게 보내온 편지로 그가 훌륭한 문필가라는 것은 알고 있었으나 그의 정치적 소신을 담은 글이나 방송은 아직 보지 못했다. 쿠르드 방송은 사담군의 주된 표적이었기에 방송 종사자들은 가명을 사용하였다. 사바스트의 방송명은 '보이지 않는 자'란 뜻의 나바즈Nabaz였다.

내 남편이 무한히 자랑스러웠다.

베르가루에서 첫날을 보내며 나는 많은 페쉬메르가가 바삐 이리저리로 가는 것을 목격했다.

사바스트도 불안한 듯 주위를 보며 말했다.

"예전보다도 훨씬 바삐 움직이네. 무슨 일이 발생했나?"

"뭐라구요? 무슨 일 같아요?"

"곧 알게 되겠지. 전선은 이곳에서 멀지 않은 두반산Duban이야. 전사들은 이곳을 통과해서 그곳으로 가지. 그런데 움직이는 전사 수가 보통 때보다 훨씬 많군. 사담은 이란군보다도 쿠르드를 더 미워해. 사담이 이란과 종전 협약에 서명을 마치면 잉크도 마르기 전에 쿠르드를 전멸 시키려고 할 거야. 우리는 그때를 걱정하고 있지."

나를 응시하는 그의 표정은 어느 때보다도 진지했다.

나는 조용히 생각에 젖었다. 이란과의 전쟁이 개시된 이후 나는 전쟁이 끝나기를 기도했다. 그런데, 사바스트의 말이 사실이라면 내가 잘못한 거 같다.

지금은 이란에 발이 묶여 사담은 검문소를 운영하고 폭격하는 최소한의 병력만 쿠르드에 배치할 수밖에 없다. 그러나 이란과의 전쟁이 끝나면 대규모 지상 병력을 이곳에서 멀지 않은 곳으로 파병하여 쿠르드를 박멸시키려 한다지 않은가?

사바스트가 콩콩거리며 기침을 한 다음 말했다.

"요새도 공격이 거세지고 있어. 거의 매일 폭격해 오지. 이때쯤이면 시작될 시간인데. 폭격이 시작되면 나와 함께 뛰자."

그때 우리는 마을 공동 취사장에 막 들어갔다. 요리사가 있지만 정식 요리사는 없다고 했다. 세르완에 있을 때 사바스트는 전사의 생활 중 가장 고달픈 게 음식이라고 나에게 말한 적이 있다. 사담군이 주요 요충지를 봉쇄하였기 때문에 양식 공급이 어려웠다. 밀반입자들은 탄약을 가져 오기에도 손이 모자랄 정도였다. 얼마나 안타까운 일인가? 쿠르드 요리는 세상에서 제일인데.

"바그다드의 요리는 이곳에서 기대하지 마."

내 귀에 속삭일 때 그는 장난꾸러기 같았다.

나는 웃었다. 그와 모든 것을 함께 공유하고 있으니 이 얼마나 행복한 일인가?

식사는 정말 조악했다. 하얀 밥에 토마토소스가 살짝 뿌려진 콩이 전부였다. 접시에 그것을 담은 다음 식탁에 앉아 먹었다. 사바스트는 친구들과 인사를 나누었고 나를 소개했다.

어떤 전사는 내가 바그다드 출신이라는 것을 알고 놀랐다.

나는 진지하게 말했다.

"저도 이곳에서 한 몫 할 거예요."

아무 일도 없었던 것처럼 모두가 일상대로 움직였다. 사람은 어떤 상황에서든, 적응해서 살아갈 수 있었다고 나는 믿었다.

사바스트는 방송국으로 일하러 가기 전에 나를 집까지 걸어서 데려다 주었다. 저녁 먹으러 집으로 돌아와 다른 여자들을 소개해 주겠다고 했다. 그런데 사바스트는 - 이라크군이 하루해가 끝날 때쯤 반드시 세발의 포격을 가해 온다는 사실을 - 나에게 말하는 것을 잊었다.

이라크군은 내가 베르가루에 도착한 첫날에도 어김없이 세발의 포탄을 퍼 부었다.

그 포탄이 터질 때 나는 집에 혼자 있었다. 또 심한 공격이 시작되는 줄 알고 나는 손을 머리에 올리고 어디가 안전한 곳인가를 찾고 있을 때 사바스트가 걱정하며 문 안으로 달려 왔다. 내가 의외로 침착한 것을 보고 놀라서 나를 팔로 감싸며 말했다.

"당신은 진정 용감한 페쉬메르가이구려. 당신 꿈이 실현된 것이오. 커디스탄 땅에 온 것을 환영하오."

저녁은 점심 때 가져온 딱딱한 거였다.

어두워지면 언덕에 모든 사람들이 모일 거라고 했다. 이라크군이 그 세 발의 포탄을 끝내면, 모든 사람이 그곳에 모여 춤을 추고 이야기를 하며 하루도 무사히 살았음을 감사한다는 것이다.

그날 저녁은 내가 그동안 꿈꾸어 왔던 모든 것이 이루어지리라 기대했다.

일부 전사가 마을 주위의 초소를 지키는 동안 여타 마을 사람들이 푸른 풀밭에 모여 앉았다. 유월이지만 산위에서 불어오는 미풍으로 시원했다.하늘에서 둥그런 달이 모인 사람들의 얼굴을 예쁘게 비춰주었다.

전사들 틈에 끼인 여자 세 명이 보였다. 그들도 나를 눈여겨보고 있음을 알았다. 사바스트가 여자 한 명이 더 있는데 오늘밤에는 나오지 않았다고 알려줬다. 수백 명의 남자에 여자 네 명이 사는 마을에 내가 온 것이다. 세 명의 여자에게 가까이 가자 젊은 여자가 아이를 잠재우려고 어르는 것이 보였다. 엄마와 애기가 모두 예쁘게 생겨 흥미가 생겼다. 그녀의 이야기를 듣고 싶었다. 페쉬메르가에게는 모두 사연이 있으니까.

나는 커디스탄 영웅들 사이에 끼여 있었다. 경험 없는 새 각시에게 시선이 집중되었다. 나는 부끄러워 다소곳이 사바스트 옆에 있었다. 게릴라 복을 입은 전사들이 뛰쳐나와 원을 그리며 초피

춤을 추기 시작했다. 어떤 이는 율동에 맞춰 탐부라를 쳐 흥을 돋 웠다. 나도 흥이 나기 시작했다. 어떤 사람은 막대기로 전투 장면 을 흉내 냈다. 사바스트도 뛰쳐나가 초피춤 대열에 합류했다.

나는 손뼉으로 장단을 맞췄다. 나를 향해 환영의 미소를 보내 는 사람들에게 나도 환히 웃었다. 소란Soran 사투리로 우리는 민 요를 불렀다. 감정이 솟구쳐 기쁨의 눈물이 흘렀다. 바로 이거야. 내가 항상 꿈꾸어 왔던 일을 지금 하고 있는 거야. 바로 이곳이야. 내가 항상 있고 싶던 곳이. 드디어 나는 집에 온 것이다. 커디스탄 내 집에.

17
좋은 사람, 나쁜 사람

베르가루

1987년 7월

1987년 7월 22일 수요일

그리운 엄마,

보고 싶어요. 엄마와 모든 식구들 무사한지요? 조카들이 무척 보고 싶어요. 특히 갓난아이 란지가. 벌써 태어난 지 일 년이 되어 가네요. 큰언니에게 조카들이 나를 잊지 않도록 내 이야기를 많이 하라고 하세요.

이곳 상황이 그래서 소식을 늦게 전합니다. 사실, 이 편지가 엄마 손에 당도할지도 모르겠어요. 하도 여러 사람의 손을 거쳐 가야하니까요.

보고 싶은 엄마, 이곳에 살면서 저의 선택이 옳았다는 것을 새삼 알게 되었어요. 사바스트를 남편으로 선택하여 페쉬메르가의 삶을 사는 것에 아무런 후회가 없어요. 그는 내 이상에 꼭 맞는 사람이에요. 강철 같은 의지와 나에 맞는 생활신조를 갖고 있어요. 그는 모험과 위험 가득한 생활을 하고 있지만 그게 정의로워서 저는 매우 자랑스러워요. 왜냐하면, 그는 그가 옳다고 믿는 바를 위하여 싸우기 때문이지요. 그런 전사의 아내로서 그와 함께 고통을 나누고 있는 제 자신을 명예롭게 생각하고 있어요. 그의 정의는 저의 정의이기도 해요.

당연히 저의 생활은 많이 변했어요. 이곳에서 새로 태어난 조안나는 날마다 힘들고 무자비한 전쟁을 겪으며 살아가고 있어요.

바그다드에서 우리의 쿠르드 동족에게 가해지는 잔학성에 대해 들었지만 실상은 훨씬 더 잔혹해요. 상상 이상이지요. 이런 야만적인 전쟁이 우리 땅에서 평화롭게 살기를 원하는 우리 동족에게 닥치고 있어요. 그러나 우리는 두렵지 않아요. 왜냐면, 우리가 결국 승리할 테니까요. 사필귀정이니까요.

지금까지 일어난 일 궁금해 하실 테니 말씀 드리겠어요.

카라트디자에서 자키아와 함께 메르제로 가서 사바스트를 만났어요. 도중에 검문소를 많이 만났지요. 통과했어요. 가슴이 철렁거리기도 했지만 자키아의 도움으로 무사히 통과했어요.

사바스트를 만나 함께 세르완에 있는 자키아 집에서 한 달간 신혼휴가를 즐겼어요. 자키아와 그의 남편은 우리를 극진히 대해 주었고, 자키아에게 많은 것을 배웠어요.

지금부터는 이곳 베르가루의 생활을 말해줄게요. 사바스트는 이곳에서 바쁘게 중요한 일을 해요. 그래서 저는 주로 혼자 집에 있으며 이렇게 편지를 쓰는 거예요.

아무 것도 숨기지 않을게요. 항상 정직했잖아요. 이곳에는 바그다드에서 생각하는 정상적인 것은 없어요. 원시적 형태의 작은 오두막에서 살고 있지요. 가구도 거의 없지만, 어떤 궁궐보다도 저에게는 소중하지요. 쥐가 많아요. 무척 귀엽답니다. 마루에 나와서 그 작은 눈으로 나의 모든 동작을 바라보며 나에게 먹을 것을 달라고 발을 들어 보여요. 나는 가끔 빵 부스러기나 치즈 조각을 던져줘요.

사바스트는 쥐들 사이에서 이 집에 맘씨 좋은 사람이 산다는 소문이 돌아 동네 쥐가 다 모일 테니 주지 말라고 그래요. 쥐는 실제로 우리에게 해를 안 끼쳐요. 왜냐면, 음식물을 모두 냉장고에 저장하니까요. 물론 냉장고는 작동이 안 되지만 찬장 노릇을 톡톡히 해요.

쥐는 해가 안되지만 다른 녀석들은 사정이 달라요. 특히 한 걸음 뗄 때마다 조심해야 하는 뱀이 있어요. 게다가 전갈도 있어요.

음식에 대해서는 이야기 안 하는 것이 낫겠어요. 검문이 심해 밀반입자들이 식품을 거의 못 가져 와요. 죄수처럼 마른 빵에 물만 먹을 때가 많아요. 굶어 죽지 않는 것이 다행이에요.

그러나, 집은 행복으로 가득 찼지요. 어떤 부부도 우리 사랑만은 못해요. 내 소녀 적에도 남편 곁에서 페쉬메르가 생활이 이렇게까지 행복할 줄은 몰랐어요. 계속되는 공습도 우리의 행복을 막지 못해요.

공습에 대해서 말할게요. 공습은 항상 기습적이어서 대비하기가 어렵지요. 하지만 이제 제 눈과 귀는 위험을 빨리 알아채지요. 이제 자키아가 제게 한 말을 이해하게 되었어요. 무슨 일을 할 때 반만 집중하고 나머지 반은 하늘에서 들려오는 소리에 집중하라는 거예요. 식사 준비를 하거나 사바스트의 방송 원고를 읽거나, 화장실에 있거나, 빨래를 할 때나, 길을 갈 때나, 다른 여자와 이야기 할 때나 항상 신경의 반은 폭격기나 헬리콥터 소리가 들려오나 귀를 쫑긋하고 있지요. 경계를 한시도 놓지 않아요.

사상자가 발생하지만 요란한 폭격에 비하면 그리 많은 건 아니에요. 그런데, 한 사건이 제 머리를 아직도 맴돕니다. 두 명의 어린 페쉬메르가가 전사했어요. 나이는 잘 모르지만 학교에 다니지 않고 전사 생활하기에 측은한 마음을 느꼈던 페쉬메르가예요. 항상 명랑하고 훈련에 열중했던 전사였어요. 공습을 받을 때 지대공포로 응사하다가 직격탄을 맞고 전사했지요.

몸이 산산 조각 났어요. 저도 나중에 목격했지요. 조각난 시신을 자루에 담아 공동묘지에 묻었어요. 그 참혹한 기억이 머리에서 떠나지 않아요. 한 가지 위안은 그들이 우리의 투쟁과 함께 산다는 거예요. 또한, 그들의 희생이 커디스탄 자유를 찾는데 밑거름이 된다는 거예요.

그이한테 어제 물었어요. 이런 생활을 어떻게 5년이나 했냐고? 그는 웃으며 말했어요. 전에는 이와 같이 심하지 않았다면서 내가 이것을 베르가루에 가져왔대요.

다행히 이곳은 높은 산으로 둘러싸여 적들이 육탄전을 벌이지는 못해요.

이곳에는 좋은 친구들이 많아요. 네 명의 여자들이 있는데 그 중 한명은 고위 페쉬메르가의 부인으로 우리에게 모범을 보여주고 있어요. 또한 어린이 두 명이 있는데 한명은 사내이고 한명은 계집애지요.

이곳에서 가장 친한 이가 바로 사내아이의 엄마지요. 이름이 아쉬티지요. 그녀는 아주 어렸을 때부터 이런 생활을 했대요. 제가 바그다드에서 대학 생활할 때 아쉬티는 이런 험난한 생활을 한 거지요. 그것을 생각하면 저도 좀 더 빨리 커디스탄 운동에 참가했어야 했어요. 마음은 커디스탄에 가 있었지만 한 일이 아무 것도 없어요. 대학을 그만두고 커디스탄에 와서 할 일을 찾을 수도 있었는데. 그런 생각이 들면 나는 아빠 피의 아랍계 특권과 엄마 피의 쿠르드 정의를 동시에 주장하는 이기주의자였다는 생각이 들어요.

아쉬티는 예쁘고 어지간한 남자보다 용감하고 영리하지요. 그녀의 용맹은 산의 사자와도 견주지요. 그녀의 아빠는 유명한 페쉬메르가였는데 여러해 전에 자쉬에 의해 희생되었대요.

그녀는 전통 페쉬메르가 집안에서 태어났지요. 열다섯 살 때 하울레, 아르빌에서 페쉬메르가 비밀요원이 되었대요. 그녀는 암살할 정보를 다행히 미리 듣고 산으로 간신히 도망쳤지요. 예쁘고 총명하여 총각 페쉬메르가들이 모두 관심을 보였으나 아쉬티는 묵묵히 일만 했대요. 그러다, 얼마 전 그녀의 아자드 오빠의 친구인 엔지니어 출신의 페쉬메르가인 레브와르와 결혼을 하게 되었지요.

쿠르드애국동맹 방송국이 베르가루에 설치될 때 제일 먼저 아쉬티와 레브와르가 차출되었대요. 처음에는 동굴이나 텐트에서 살았대요. 그러다가, 바로 그 사내아이 헤마를 낳았대요. 엄마도 그 앨 보면 저처럼 그 애를 사랑하게 될 거예요. 공습이 그 애를 놀라게 해서 헤마는 자주 울어요. 그러나 그 애가 이 마을의 모든 이에게 희망과 기쁨을 주지요. 무엇을 위해 우리가 싸우는지 그 애가 알려주지요. 우리가 비록 죽는다 하더라도 그 애가 커디스탄 우리 땅에서 자유롭게 살 날이 꼭 올 거예요.

금년 초에 그 애가 독가스 공격을 이겨내고 살았어요. 내가 세르완에 도착하기 얼마 전에 베르가루가 독가스 공격을 받은 걸 알고 있는지요? 다행히 독가스가 불량품인데다 바람이 우리에게 유리하게 불어 사망자가 이백여 명에 그쳤대요. 그 살포된 양으로 보면 수천 명은 희생될 수 있었대요.

그 후로도 여러 번 이 지역에서 독가스 공격이 있었대요. 이것이 모두 사담이 그의 사촌 알리 알마지드에게 쿠르드를 말살시키라고 전권을 주었기 때문이래요. 그는 사담의 가장 광신적인 추종자지요.

우리의 집요한 저항을 보고 사담이 격노했대요. 그래서 화학가스 공격이 자행되고 앞으로도 더 심해질 거라는 소문이에요. 그러나 너무 걱정 마세요. 우리에게 방독면이 지급되었어요.

이곳에서 가장 홍미 있는 일은 무기 다루는 법을 배운 거예요. 아시겠지만, 페쉬메르가는 항상 무기를 휴대하고 있어요. 여성이 전투에 투입되지 않는 게 저는 불만이에요. 내 생명이 사바스트의 생명보다 더 중요하다는 말인가요? 우리의 생명은 다같이 소중하지요. 그가 전투에 나가면 저는 그가 돌아 올 때까지 숨이 막혀요. 그를 따라 전투에는 갈 수 없지만 피습 받을 경우를 대비해야 하지요. 게다가 우리 집이 마을 가장자리에 있어 적들이 산을 넘어 쳐들어오면 우리가 가장 먼저 적과 부딪치거든요.

카마란 하산이라고 기억나시지요? 사바스트의 이종 사촌으로 카라트디자에서 어렸을 때부터 사바스트와 같이 자라고 나탄 공격을 받고 이란 난민촌에서도 이 년을 같이 보내 누구보다도 둘은 친하지요. 이번에 경제학과를 졸업하고 쿠르드애국동맹에 가입했대요. 훈련이 끝나면 이 근처로 배속이 된대요. 그가 오면 환영 파티를 열겠어요. 지도부도 그에게 기대가 크답니다.

이곳에서 그이가 하는 일을 알려드릴게요. 전사로서 항상 전선에 투입 대기 상태로 있으면서, 방송국에서 자유 투쟁을 고취하는 애국 방송 원고를 동료들과 함께 쓰는 게 주 업무지요. 전사들이나 민간인에게 전선 상황을 알리고 위험지역에서 대피할 것도 알리는 방송도 합니다. 잘랄 탈라바니 같은 쿠르드 지도자의 원고를 가져다 방송도 하지요. 바그다드 정부 방송은 거짓을 방송하지만 우리는 진실을 보도하고 있어요.

가끔 저는 자신에게 물어봅니다. 세계 사람들은 도대체 어디에 있는가? 쿠르드인에게 어떤 일이 자행되는지 그들은 아는가? 바그다드 정권이 선량한 쿠르드인을 무고하게 수십 년 동안 잡아 죽이고 있는 일을 아는가? 관심이라도 있는가? 바그다드의 핍박이 날이 갈수록 악랄해 지는 것을 아는가? 바그다드 정권이 쿠르드의 마을을 공동화시키는 것을 아는가? 남자들을 아무도 모른곳으로 데려가 처형시키고 여자들과 아이들은 남쪽 난민촌으로 데려가 돌려보내지 않고 있는 것을 아는가? 그 빈 마을에 아랍인을 이주시켜 우리의 생활터전을 송두리째 빼앗는 것을 그들은 아는가? 세계인들이 알고 있다면, 그들이 관심을 갖고 우리를 도울

건가?

　지금 이 시간도 수천의 쿠르드인이 죽어 가고 있지만 누구도 우리의 고통을 외부에 알리고 있지 않아요.

　편지를 쓰는 지금 눈물이 쏟아집니다.

　가장 실망스러운 것은 좋은 쿠르드인도 많지만 나쁜 쿠르드인도 상당히 많다는 거예요. 나쁜 쿠르드인이 가장 해가 되지요. 그들은 바그다드 앞잡이이고 쿠르드 배반자지요. 그들은 바그다드를 증오하는 척하며 쿠르드애국동맹에 가입했다가 고급 정보를 빼어 바그다드에 밀고하지요. 그로 인해 수많은 우리의 전사들이 희생될 뿐 아니라 우리 쿠르드의 단합이 깨지지요.

　사바스트에 의하면 이란과의 전쟁터로 끌려가 작은오빠처럼 참혹한 참호생활을 하느니 차라리 양심을 팔아 전선에 나가는 것도 피하고 돈도 받고 대신 바그다드를 위해 동족을 배반하는 자쉬가 된다는 거예요. 그 나쁜 자쉬들은 언젠가는 틀림없이 지옥에 갈 거예요.

　바그다드에 살 때 공습을 피하며 저는 이란을 미워했어요. 그러나 이곳 커디스탄에서는 이란이 우리의 유일한 친구예요. 바그다드에서는 이란기가 엄마, 오빠, 언니를 죽이려고 하고 있고, 이곳에서는 이란군이 나와 사바스트 그리고 모든 쿠르드인을 보호하기 위해 우리와 같이 사담군과 싸우고 있어요. 이란에 대한 나의 감정을 어떻게 해야 할지 모르겠어요.

우리 쿠르드는 바그다드와 육십 년 이상을 싸워왔어요. 나는 이곳에서 또 육십 년을 싸워야 할까요? 나는 쿠르드의 옛일 때문에 이곳에 자원해서 왔어요. 나는 이제 내가 꿈꾸는 미래를 위하여 이곳에서 싸울 거예요. 우리 애들이 쿠르드어와 역사를 자유로이 배우고 우리의 산하를 이 끝에서 저 끝까지 공격 받지 않고 여행할 수 있는 그러한 미래 말이에요.

그러기 위해서 우리는 이겨야 해요. 절대 포기하지 않을 겁니다.

절대로!

사랑하는 엄마, 석양 나절의 태양이 서산에 넘어 가려 합니다. 곧, 적들이 오늘의 마지막 포탄을 쏘아 올리고 나면, 개구리가 합창을 시작할 겁니다.

이어 그이가 집에 돌아와 저녁을 같이 먹고 다른 전사들과 함께 산자락에 모일 겁니다. 우리는 웃으며 이야기하고 노래하고 춤출 겁니다. 오늘 하루도 죽지 아니하고 살았음에 감사드리며….

우리는 어린 시절을 회상하며 또한 자유가 넘치는 미래를 함께 누릴 겁니다.

평안하세요.

엄마의 막내딸 조안나 올림

18
화학전

베르가루

1987년 8월

잘랄 탈라바니가 특별 협상창구를 요청했다. 그래서 나는 응했
다. 내가 슬래마니아에 가서 특별한 무기로 그들을 쳤다. 나의 대
답은 그러했다. 동시에 쿠르드 퇴거 작전도 병행했다. 나는 쿠르
드 측에 화학무기로 공격할 것이기 때문에 쿠르드 마을은 살아남
지 못할 거라고 분명히 통고했다.

나는 화학무기로 그들 모두를 없애겠다. 누가 이의를 제기하겠
나? 국제사회? 우라질 놈! 국제사회와 그에 빌붙는 놈들.

이란과의 전쟁이 끝나 이란군이 물러나도 탈라바니와는 협상

하지 않을 것이며 박멸작전도 멈추지 않을 것이다.

그게 내 생각이니 명심하길 바란다. 소개가 끝나는 대로 작전에 따라 그들을 전면 공격할 것이다. 그들의 본부까지도.

공격 중에 삼분의 일이나 반은 철수 시킬 것이다. 삼분의 이를 뒤로 뺄 때는 화학무기로 공격하겠다. 화학 무기로 최소한 15일은 공격하겠다. 누구나 항복하는 자는 받아들이겠다.

나는 이 전단을 백만 장 인쇄하여 커디스탄 전역에 살포하겠다. 이라크 정부의 지시에 따른 것이 아니다. 이라크 정부는 이 문제에 관련이 없다. 이는 북부사령부 독자 결정에 의한 것이다. 우리의 뜻에 따르는 자는 환영한다. 반대하는 자는 치명적인 화학무기 공격을 받을 것이다. 화학무기 이름은 기밀이기 때문에 밝히지 않겠다. 그러나 그들을 전멸 시킬 수 있는 신무기로 공격하겠다. 이 말을 듣고 항복하기 바란다. 하나님이 와도 그들을 구하지 못할 것이다. 맹세코 그들을 다 쓸어버리겠다.

나는 동료들에게 유럽의 특수부대가 와서 저 쿠르드 반도들을 보는 족족 사살해 달라고 했다. 이제 내가 알라의 도움으로 그렇게 하겠다. 이란까지도 그들을 쫓아 다 쓸어버리겠다.

알리 하산 알마지드, 북부사령관
1987년 회의 녹취록
날짜미상

그날 점심을 먹으며 사바스트와 나는 말이 없었다. 요즈음 우리는 음식을 공동 취사장에서 가져와 집에서 먹었다. 같이 있는 시간을 늘리기 위해서다. 그러나 긴장이 고조되고 쉴 시간이 없었다. 이라크군, 이란군, 쿠르드 전사 사이에 많은 일이 벌어지고 있었다.

그이와 동료들은 쿠르드 전사로 자원하라고 요즈음 선무 방송을 하고 있다. 이란이 우리와 함께 싸우고 있을 때 바그다드에 최후의 승리를 얻기 위해서는 결정적인 타격이 필요했다. 이를 위해서는 더 많은 전사가 필요했다.

사바스트가 방송국으로 간 다음 나는 설거지를 하고 아쉬티와 그의 아들 헤마를 보러 갔다. 폭격이 없을 때는 가끔 가서 그녀와 이야기하는 것이 일과였다.

거기에는 이미 고위 페쉬메르가의 부인인 팍샨과 그녀의 어린 딸 라시크, 아기가 아직 없는 젊은 아낙 바하르와 카잘이 와 있었다. 나는 임신을 했는지 요즈음 속이 메스껍고 구역질을 했다. 아쉬티는 헤마를 목욕시키려고 플라스틱 통에 물을 받고 있었다. 아쉬티는 전선에도 나가야하고 돌볼 아기도 있어서 이중으로 힘들어 보였다.

나는 헤마를 들어 올려 뽀뽀했다. 나는 이 애와 노는 것이 즐겁지만 요즈음은 그들의 앞날을 장담할 수 없어 안타까웠다. 이곳이 폭격당할 때마다 헤마와 라시크가 놀라 눈을 크게 뜨고 우는 것을 보면 마음이 아팠다.

아쉬티가 내게서 아들을 받아 통속에 넣고 비누칠을 했다. 라시크는 아장아장 걸어가 물장난을 쳤다.

남편이 유명한 방송인인 카잘이 '세르가루에 내일 고기가 들어온대요.'라고 말했다. 벌써 입에 군침이 돌았다. 지난 한 달, 고기 같은 것은 구경도 할 수 없었다. 매일 콩만 먹었다. 며칠 전에는 사바스트의 동생이 예기치 않게 빵을 가져와 먹을 수 있었다.

바하르의 남편이 세르가루의 고기가 하루 일찍 도착해서 그곳에 고기를 사러 가야한다고 기별을 했다. 우리는 각자 집으로 돌아갔다.

집에 가기가 그래서 산책을 좀 하기로 했다. 사바스트없이 혼자 산책하는 경우는 드물었다. 보통 그날의 마지막 포격이 끝나면 둘이서 손잡고 산책하며 기분전환을 하는 것이 최근 우리의 일과였다. 산에서 나오는 맑은 공기를 흠뻑 들이키면 그날의 스트레스가 봄눈 녹듯 사라졌다.

오늘따라 생각나는 일이 많았다. 사바스트 동생의 말에 따르면 알리 알마지드가 대대적인 화학전을 감행할 것이라 했다. 그 미친 자가 커디스탄 전역을 황폐화시키고 싶어하는 것은 삼척동자도 알고 있는 사실이었다. 열두 살에서 예순 살까지의 남자는 다 죽이고 나머지는 모두 난민촌에 격리시킬 것이라는 소문도 나돌았다. 우리는 더 많은 쿠르드 전사가 절실히 필요했다. 제발 사바스트의 선무 방송이 효과 있기를 바랐다.

걸어가면서 나는 어떻게 방송을 해야 쿠르드 젊은이들이 쿠르드의 대의를 위한 전선에 자원을 해올까 골몰했다. 나는 걸음을 잠시 멈추고 청량한 산 공기 두어 모금을 깊이 들이마셨다. 오래지 않아 이 계곡이 눈과 얼음으로 뒤덮이겠지. 겨울이 오면 이 상쾌한 산책은 더 이상 못 하겠지.

예기치 않은 시간의 갑작스런 포격으로 나는 깜짝 놀랐다. 사실 우리는 항상 공격에 노출되어 있고 적들은 우리의 의표를 찔러 오는 일이 많았기에 그다지 놀랄 일도 아니었다. 하지만 오늘은 오후나 저녁때쯤 포격해 올 줄 생각하고 있었다.

나는 당혹감에 전율했다. 은신처를 찾아 집까지 달려가기에는 너무 멀리 떨어져 있었다. 우선 길에서 비켜나 납작 엎드리면서 구석방에서 가리개를 할 요량으로 집으로 달려갈 틈을 노렸다.

바로 그때 나는 이상한 것을 감지했다. 이번 파편은 예전과는 좀 달랐다.

공중에서 포탄이 조용히 낙하하다 지면에 닿자 뿌연 구름 같은 먼지가 일어났다. 내 입안은 불안으로 바짝 탔다. 나는 그 이상한 광경을 계속 주시하며 제발 최악의 시나리오가 아니길 바랐다.

그때 또 하나의 이상한 현상이 일어났다. 새들이 공중에서 떨어지기 시작하는 것이었다.

나는 '새가 비 오듯 떨어지는구나' 하고 본능적으로 외쳤다.

소리 없이 떨어지는 포탄과 새들을 보자 덜컥 겁이 났다. 나는 고개를 좌우로 흔들며 내 주위 모든 것을 자세히 살펴봤다. 이상한 물체가 땅에 곤두박질치듯 계속 떨어졌다. 오후나절의 하늘 한편이 여러 색깔로 뒤범벅이 되고 있었다. 새들이 떨어지는 거였다. 그 불쌍한 새들이 속절없이 파드득 거리며 돌덩어리처럼 무겁게 아래로 아래로 떨어지고 있었다.

내 주위 사방에서 들리는 그 소름끼치는 둔탁한 소리를 듣고 나는 몸을 움츠렸다. 나는 어렸을 때부터 새들을 무척 좋아했다. 그 불쌍한 광경을 차마 눈을 뜨고 볼 수가 없었다.

새들이 하늘에서 힘없이 떨어지는 것을 보고 나는 어떻든 빨리 움직여 방공호로 가야 된다고 생각했다. 몸이 전혀 움직여지지 않았다.

나는 본능적으로 길 저편을 쳐다보며 남편이 오나 살펴보았다. 남편의 성격으로 보아 내가 위험에 빠져 있다는 것을 알면 지체없이 나에게 달려올 사람이었다. 아마도 내가 이미 대피소에 와 있을 것이라고 생각하고 있겠지. 이 위험한 사태가 너무 갑자기 발생하여 마을 중앙에 위치한 공동 대피소에서 남편은 마을 주민들을 위하여 덮을 것을 찾고 있겠지.

나는 남편의 안전이 갑자기 걱정스러우면서도 근육질의 균형 잡힌 남편 모습이 저 길 모퉁이에서 나타날 것 같아 아랫입술을 깨물며 계속 주시하였다.

그때 새 한 마리가 둔탁한 소리를 내며 내 발 아래 떨어졌다. 그 소리에 놀라 고개를 돌렸다. 불쌍한 새는 고통스러워 보였다. 작은 검정 부리를 엇비껴 굳게 다물면서 힘겹게 숨을 내뱉었다. 그러더니 힘에 부친 듯 축 늘어졌다.

포탄은 아직도 소리 없이 쏟아지고 있었다. 그 광경을 보면서도 나는 아무런 행동을 취할 수 없었다. 포탄에선 연기가 퍼져 나와 갈색 구름이 되어 지면을 덮고 있었다.

새 한마리가 또 내 옆에 떨어졌다.

새들이 떨어지는 것을 보고 화학가스 공격을 받고 있다고 확신했다. 이것이 바로 알리 알마지드가 위협하던 바로 그 독가스 공습이었던 것이다. 그런 소름끼치는 생각이 들자 나는 바람 부는 쪽으로 몸을 돌렸다. 이대로 죽게 되지 않을까하는 두려움이 생겨났다. 잽싸게 집으로 통하는 길로 내달렸다.

모든 것이 희미하였으나 고삐 풀린 노새 한 마리가 내달리며 광란치는 것을 보았다. 그 노새는 나를 지나쳐 길 저쪽으로 빠르게 내달려갔는데 꼭 춤추는 것 같았다. 그렇게 빨리 달리는 노새는 처음 보았다.

나는 떨어지는 새들이 내 앞길에 떨어지는 것을 피하며 숨을 할딱거리며 계속 달려 마침내 집에 뛰어 들었다.

무사히!

조금 후에 남편이 문안으로 급히 들어왔다.

입을 벌린 채 할딱거리며 나는 말없이 그를 바라보았다.

"조안나, 분명 이게 화학공습이야."

그가 외쳤다.

"그래요! 나도 알고 있어요."

예전의 화학공습 때 살아남은 사람으로부터 들은 이 기분 나쁜 냄새를 나는 이제 식별할 수가 있었다. 썩은 사과나 양파나 마늘의 냄새가 혼합된 냄새.

남편은 재빨리 쪽문 위 선반에서 방독면을 하나 꺼냈다. 나에게 쓰라고 재촉하면서 그는 두 번째 방독면을 꺼내 머리에 쓰기 시작했다. 머리에 꽉 조이게 끈을 잡아당기면서 그는 나를 쳐다보았다.

나는 가죽 끈을 잡아매는 동안 숨을 멈췄다. 너무 흥분하여 이 간단한 동작을 제대로 할 수 없었다.

남편은 예전부터 방독면 사용법을 숙지하라고 여러번 강권했었다. 그런데도 나는 사용법이 익숙지 않았다. 남편은 내 방독면을 빼앗아 내 머리에 씌워주었다.

우리는 손을 잡고 땅굴로 내려가 될 수 있는 대로 깊이 기어 들어갔다. 들어가 앉자마자 숨이 가빠오기 시작했다. 공기를 한 입 가득 마시려 하였으나 공기가 한모금도 들어오지 않았다.

사바스트는 내가 무슨 고통을 받고 있는지 전혀 모르고 있었다.

필사적으로 나는 방독면을 벗고 숨을 쉴 수가 없다고 외쳤다. 남편은 그제서야 일의 심각성을 깨달았다. 그는 나를 향하여 몸을 움직인 다음 내 손으로부터 방독면을 받아 이곳저곳을 살펴봤다.

내 몸이 폭발하는 듯한 느낌이 들었다. 나는 오염된 공기를 어쩔 수 없이 마신 모양이다. 내 눈이 불 위에 놓인 것처럼 따끔거렸다. 아픔이 어찌나 심한지 뜨거운 바늘로 눈동자를 찔러대는 것 이상으로 아팠다. 더 이상 참을 수가 없어서 화학공습을 받으면 눈을 비비지 말라는 경고도 무시하고 나는 눈을 계속 비볐다.

땅굴로 스며드는 독가스로 숨이 막혀왔다. 나는 독가스가 내 눈에 들어갔다고 비명을 질렀다. 독가스는 지면 낮은 곳에 퍼지며 낮은 움집들을 덮쳤다. 남편은 재빨리 땅굴을 빠져나간 다음 나를 끌어 올렸다. 남편은 한손에 내 방독면을 들고 다른 한손으로는 나를 잡아끌며 집안으로 들어갔다.

남편이 포탄의 공격을 받으면 낮은 곳으로 피하고 화학가스 공격을 받으면 될 수 있는 데로 높은 곳으로 피하라고 말했었다. 지금은 산으로 가야 할 때라고 생각했다. 그러나 지금은 그것보다 제대로 작동이 되는 방독면이 있어야 했다.

목의 통증이 심해지고 눈이 심하게 쓰라렸다. 나는 마루에 주저앉았다. 남편은 내 옆에 꿇어앉았다. 찐득한 안개가 내 감각을 둔하게 하고 있었다. 의식이 점점 더 흐려졌다.

'오 죽음이여' 혼자 속으로 생각하였다.

숨이 차서 냄새가 더 지독해진 공기를 마셨다. 빨리 죽었으면 좋겠다는 생각이 들었다. 고통이 오래 지속될까 공포감이 들었다.

그때 놀랍게도 방으로 들어오는 사람을 보았다. 아이샤 이모였다.

아이샤 이모가 나를 찾아오다니! 이모가 사는 할랍자가 이곳에서 아주 먼 곳은 아니지만 이모가 이곳에 온다는 것은 정말 뜻밖이었다. 아빠가 돌아가신 직후인 십여 년 전에 이모는 할랍자로 이사를 갔었다. 이모는 신앙심이 깊었다. 이모는 나이가 들면서 알쉐이크 알리 아바바이리 사당 근처에서 살고 싶다고 말했다.

아바바이리는 존경받는 이슬람 종교지도자로 할랍자에 묻혔다. 나는 어렸을 때부터 아이샤 이모를 좋아하고 따랐다. 이모와 이야기하면 놀랍게도 모든 걱정이 사라지고 마음이 평온해지곤 했다. 내가 성인이 된 뒤에 나는 이모의 신통력이 꿈에 계시를 받아 나타나는 것을 알게 되었다. 경건하고 엄숙한 신앙심의 소유자임에도 항상 밝은 마음을 갖고 어린이들과 항상 웃으며 이야기를 하며 같이 놀았다.

그러나 오늘은 웃지 않았다. 얼굴에 엄한 표정을 하고 있었다. 도대체 베르가루에 이모는 무얼 하러 왔을까? 방문하기에 좋은 시기가 아닌데. 여하튼 이모가 와서 안심이 되었다. 어렸을 때 이모와 같이 있으면 모든 게 해결되었다는 생각이 들었기 때문이다.

그런데 이모가 떠다닌다는 사실에 골몰하여 나는 이모가 공중에 떠다니는 법을 어떻게 배웠을까하는 생각 말고는 다른 생각을 할 수 없었다. 이모는 여러 면에서 신비스런 분이었지만 지금까지 저렇게 떠다니는 것은 본 적이 없었다.

아이샤 이모가 내 쪽으로 허리를 굽혀 내 얼굴과 이모의 얼굴은 거의 마주칠 정도가 되자 이모는 한숨을 쉬며 놀라운 말을 했다.

"나는 죽었다."

나는 움찔하며 작게 말했다.

"죽었다고요?"

모든 게 너무 섬뜩했다. 이모의 유령인가? 할랍자도 이곳 베르가루와 동시에 독가스 공격을 받았나? 이모가 죽었단 말인가? 내가 죽었나? 그러지 않기를 바랐다. 죽기에는 아직 너무 젊지 않은가? 이제 스물여섯 살, 더 많은 세월을 사랑하는 사바스트와 지내야 하지 않나? 그리고, 우리의 애들을 가져야 하지 않나? 그와 나는 이 위험한 곳에서 애를 갖지 말자고 했지만 임신 초기 증상을 나는 감지하지 않았던가? 임신했다는 생각이 들자 세상이 다른 어느 때보다도 더 소중하게 생각되었는데 내가 죽다니. 나는 그에게 임신 사실을 말하지 않았다. 그에게는 다른 걱정도 많았기 때문이다.

모든 게 혼란스러웠다. 눈을 보호하기 위해 손으로 얼굴을 감 쌌지만 아이샤 이모가 무엇을 하는지 손가락 틈으로 보았다.

이모가 증기처럼 사라져 실망했다. 이모가 내게 온 이유는 가 스의 위험성을 내게 알려 주겠다는 이유 하나라는 것을 알았다. 이모는 내가 살기를 바란 것이다. 이모는 자신이 항상 나를 지켜 보고 있다는 것을 알려주고 싶어서 온 것이다. 그런 생각이 들자 나는 한결 기분이 좋아졌다. 이모는 능력 있는 분이다. 이모가 나 를 지켜주는데 내가 어찌 죽는단 말이냐?

사바스트를 쳐다봤다. 그는 내 고장 난 방독면을 풀어 살펴보 고 있었으나 어디가 고장 났는지 모르고 있었다.

나는 구역질을 하기 시작했다. 그는 나를 보더니 자신의 방독 면을 벗어 나에게 쓰라고 했다. 나는 고개를 흔들었다.

"안 돼! 절대, 당신의 방독면을 써선 안 돼. 당신 없이 살고 싶 지 않으니까."

나는 숨을 멈추고 아픈 눈을 눌렀다. 손으로 얼굴을 가리고 비 볐다. 옷자락으로 얼굴을 가렸다. 나의 의식이 막 없어지려고 할 때 사바스트는 내 방독면을 고쳐 내 머리에 씌워 주었다.

나는 급히 숨을 들이켰다. 내 생에 있어서 가장 시원한 숨이었 다. 세상의 그 어느 요리보다도 맛있는 공기였다. 사실은 고무 냄 새 풍기는 공기였다.

알라여! 나는 행복했다. 살았다!

안도감이 팽배하여 몸통에서 다리를 거쳐 발, 발가락까지 전달되었다. 여러 생각이 떠올랐다. 아이샤 이모가 나를 살렸다. 사바스트가 나를 살렸다. 나는 살 것이다. 아이샤 이모가 할랍자에서 독가스 공격을 받고 죽었을 것이라는 방정맞은 생각은 접어 두기로 했다.

나는 킬킬대고 웃었다. 내가 이상스럽게 갑자기 웃어대자 사바스트는 크게 놀랐다. 독가스로 중상을 입으면 죽기 직전에 정신이 이상해져 춤추고 낄낄대며 웃게 된다고 배웠기 때문이다. 나는 그렇게 되지 않으리라. 숨을 깊게 들이 마시며 나는 미치지 않으리라는 것을 확신했다. 살게 되어 행복할 따름이었다.

그는 나를 끌며 집 바깥으로 나갔다.

나는 산등성이로 오르면서 음산한 잿빛사이로 모든 것을 보았다. 마을 전체가 아수라장이었다. 모든 사람들이 산 위쪽으로 급히 오르고 있었다. 사바스트와 나도 산 위로 사력을 다해 빨리 올랐다.

찐득한 분비물이 눈에서 나와 뺨으로 흘러내리는 것을 느꼈다. 더욱 두려운 것은 독가스 때문에 내가 생각하고 제대로 반응할 수 없었다는 것이다. 한걸음 내디딜 때마다 길에 있는 작은 돌멩이가 바위처럼 보였다. 조금 경사진 것도 큰 산처럼 보였다.

도저히 산위까지 갈 엄두가 안 났다.

우리가 상당히 올라와 독가스로부터 안전한 지대까지 왔다는 생각이 들자 나는 다리에 힘이 빠져 습한 땅바닥에 주저앉았다.

사바스트가 자기 방독면을 벗고 내 것도 벗겨주었다.

"여보, 이제 안전해."

나를 안심 시키며 가볍게 웃었다.

손을 뻗어 그를 안으려 하자 그는 뒤로 물러서며 주의를 주었다.

"조안나, 나를 잡지 마. 당신 자신도 만지지 말고. 우리 몸은 다 오염 되었어."

그때 내 눈은 부어 거의 감겼다. 사바스트가 희미하게 보였다. 이미 오염된 사람을 어떻게 또 오염시킬 수 있나 의아했다. 그러나 내가 묻기도 전에 굉음소리를 내며 이라크 비행기가 계곡으로 돌아오고 있었다. 우리가 발견되었나?

"엎드려!"

사바스트가 외쳤다.

우리는 땅에 바싹 엎드렸고 주위에서 폭발이 일어났다. 돌과 흙이 튀어 오르더니 우리 몸 위로 비 오듯 떨어졌다.

사바스트가 나를 잡아 올렸다. 우리는 물속으로 뛰어드는 연인들처럼, 계곡 빈터로 뛰어내렸다. 둘이 뒤엉켜서 대굴대굴 구르다가 큰 나무에 부딪혀 멈췄다.

우리 둘은 놀라서 한동안 말을 못했다. 몸은 엉망이었다.

오, 알라여! 그렇게 뛰어내리다니 우리 둘은 죽을 수도 있었다.

그를 때려 주고 싶었지만 손바닥을 움직일 힘도 없었다. 비행기는 지나갔다.

사바스트가 가까이에 있어 그의 숨소리가 친근하게 느껴졌다.

"미안해, 여보. 괜찮아?"

속삭이며 내 머리에 붙은 잔가지와 흙을 떨쳐 주었다. 떨어지면서 나무에 세게 부딪친 충격으로 말하기가 힘들었다. 그를 호되게 나무라고 싶었으나 나오는 소리는 꼴깍꼴깍이 전부였다. 나는 그저 그의 목에서 내 팔을 풀어 등과 무릎을 만질 뿐이었다. 다치지 않았는지 걱정이 되었다.

눈앞이 가물가물 거렸다. 혀도 무거웠다. 서너 번 침을 꼴깍거리고 나서야 겨우 '사바스트, 내 눈이 이상해.'라고 말할 수 있었다.

그가 손으로 내 얼굴을 만지며 자세히 보더니 말했다.

"볼 수 있어?"

"조금. 아주 조금"

내 말을 듣고 사바스트는 크게 놀랐다. 눈이 안 보이는 것이 독가스 공격을 받은 가장 흔한 후유증이라는 것을 알기 때문이다. 그는 숨을 크게 들이 마시고 아무 말도 없었다. 대신 나를 팔로 붙잡아 앞뒤로 흔들었다.

눈물을 억제할 수가 없었다. 걱정이 태산 같았다. 공격이 끝나지 않았다면 어떻게 되지? 전면전이 시작되어 백병전이 일어난

다면 사바스트는 소경 마누라를 두고 어떻게 할 것인가? 우리는 아마 뒤에 처져 죽임을 당할 것이다. 시체가 되어 길바닥에 나둥 그러지겠지. 그러한 일은 커디스탄 전역에서 우리 쿠르드인에게 늘상 일어나는 일이었다.

사바스트의 생각은 달랐다.

"조안나, 걱정 마. 당신 눈을 씻어 줄게. 공습은 끝났어. 독가스 도 다 날라 갈 거야. 집으로 돌아갈 수 있어."

그가 옳았다. 비행기는 사라졌다. 내가 생각한 최악의 시나리 오는 연출되지 않았다. 독가스 뒤에 전면 공격은 없었다.

나의 소용없는 눈은 아직도 부어있었다. 페쉬메르가들이 우리 곁을 지나 마을로 돌아가는 소리가 들렸다. 지나가는 전사가 이 제 독가스가 날아갔다고 하는 말이 들렸다. 마을에는 부상당하여 구원의 손길을 기다리는 사람도 있을 것이다.

어떤 페쉬메르가가 지나치며 말했다.

"커디스탄 전역에 알려야 해. 적들은 가장 강력한 독가스를 사 용했어."

나는 우리 친척들의 안전을 생각했다. 사바스트와 결혼함으로 써 커디스탄 각지에 살고 있는 수백 명의 친척이 생겼다. 그들 모 두가 위험에 처했다.

다행히 사망자는 없고 나처럼 부상자만 있다는 소식이 산 아래에서 위로 빨리 전달되었다. 아마도 방독면이 작동되지 않은 것이 많았던 모양이다. 사바스트가 적시에 집에 당도하지 않았다면 아마 나는 죽었을 것이다. 방독면을 고칠 수가 없었으니까.

지체할 시간이 없었다. 방송국에 가서 방송을 해야 했다. 방송을 하지 않으면 이 소식을 다른 마을 사람들이 알 수가 없고 독가스가 살포된 것을 모르고 대비할 수도 없는 것이다.

평화를 주장하는 사람들은 다 어디에 있나? 국제연합은 어디에 있나? 왜 세상은 사담이 자국민을 향해 독가스를 쏘아 대는 데 모르는 체하나?

우리 쿠르드인은 그렇게도 쓸모없고 없어도 되는 종족이란 말인가? 나는 산꼭대기에 올라가서 외치고 싶었다. 세상이여 그대들은 어디에 있는가? 그대들은 다 어디에 있는가?

나는 타는 듯이 아프고 부어 오른 눈을 손으로 감쌌다. 내가 눈이 멀면 부상당한 마을 사람들을 도와 줄 수 없을 것이라는 생각이 들었다. 안타까운 노릇이다.

속이 매우 메스껍더니 심하게 토하기 시작했다. 아마 독가스가 혈관과 내장에 작용한 것 같다.

죽을지도 모른다는 생각이 다시 엄습해 왔다. 태아는 괜찮을까? 건강하다 할지라도 그 애는 전쟁터에 나오게 되겠지. 내가 선택한 위험한 세상에 아기를 태어나게 할 수 있는 것인가? 나는 그때 그 장소에서 그럴 수는 없는 거라고 생각했다. 내 삶은 너무나 위험했다. 임신하지 않았다면 임신하지 않도록 더욱 조심해야지.

나는 아직도 볼 수 없었다. 어떻게 되어 가는지 사바스트에게 물어봤다. 페쉬메르가들이 부상당한 동료들을 등에 업고 폭격으로 군데군데 파인 옛길을 따라 멍한 눈빛으로 집으로 돌아가고 있다고 알려줬다.

나는 지나가는 사람들의 웅성거리는 소리를 들으며 아직도 축축한 땅에 움츠리고 앉아 있었다. 사바스트가 일어나 나를 꽉 붙잡았다. 나를 부축하며 천천히 길을 따라 마을 쪽으로 내려갔다. 얼마쯤 가다가 사랑하는 내 남편 사바스트가 나를 어린애처럼 팔에 안고 내려가며 내 귀에 속삭였다.

"내 사랑 공주님, 세상의 어떤 고통도 감내할 수 있으나 그대 아파하는 것은 내가 볼 수가 없다오. 조안나, 이 세상에 당신이 있기에 나는 그것으로 무한히 행복하다오."

나는 그의 어깨에 머리를 얹었다. 무엇보다도 포근했다. 비록 눈은 안 보여도, 나는 분명 세상에서 가장 행복한 여자이리라.

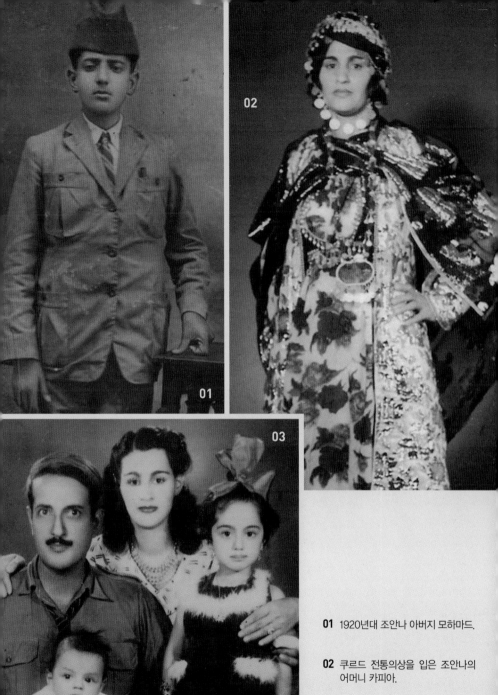

01 1920년대 조안나 아버지 모하마드.

02 쿠르드 전통의상을 입은 조안나의
어머니 카피아.

03 1958년도 조안나의 부모, 알리아
언니, 라드 오빠.

01 조안나와 하디 형부.

02 쿠르드 전통 초피댄스.

03 조안나의 쌍둥이 사드 오빠, 무나 언니.

04 키디스탄을 방문한 조안나(앞줄 왼쪽)와 가족.

05 1970년 정원에서 조안나.

06 사드 오빠의 강권에 이슬람 전통 복장을 한 10대의 조안나.

01 베르가루의 puk라디오 송신소.

02 조안나가 존경하던 아이샤 이모. 1988년 화학
    가스 공격으로 사망.

03 사담군의 폭격으로 폐허가 된 커디스탄.

04 칸딜산 중턱(페쉬메르가와 함께)

05 쿠르드 전통춤 초피댄스(아르빌 공원)

06 한국이 지원하는 아르빌 시범학교
부지에서 쿠르드 소년들.

01 KOICA 송산강 소장, 자이툰 황
중선 사단장, KRG 신자리 내무
장관.

02 고마스판 학교 준공식

03 KRG와 전국경제인연합회 한
국 기업 진출 협의(바르자니 국
무총리, 조건호 전경련 수석부
회장, 송인엽 KOICA 소장, 정
승조 자이툰 사단장 등).

04

05

04 자이툰 정승조 사단장 일행을 격려하는 잘랄 탈라바니 이라크 대통령 내외.

05 태권도 대회에 입상한 쿠르드 소년들

06 한국 정부의 지원에 감사서한을 전달하는 KRG 사픽 기획부장관

06

01 KRG 마스드 바르자니 대통령, 장○
대사, 송산강 KOICA 소장.

02 소설에 대해서 이야기하는 KRG 네치
반 바르자니 국무총리와 송산강 소장

03 이명박 대통령과 바르자니 KRG 총○
(2008. 2. 14)

사진제공 「Korea Tim

19
눈이 멀다

베르가루

1987년

사바스트는 나를 안고 조심스럽게 산을 내려왔다. 다음 발 디딜 자리를 살피는 모습에서 그가 긴장하고 있다는 것을 느낄 수 있었다. 그러면서도 페쉬메르가와 방송국에 밀어 닥친 최대의 위험에 온 정신을 쏟고 있었을 것이다. 눈은 부어 아무것도 볼 수 없었으나 나는 그의 마음과 고뇌를 감지하였다.

그는 나를 안심시키려 노력했다. 난생 처음으로 걷지 못하게 된 나는 내 몸을 남에게 의탁하는 신세가 되었다. 그러나 내가 몸을 의탁한 이가 사바스트여서 안심이 되었다.

"우리 집이 무사하군."

사바스트의 목이 쉬었다. 내색은 안 해도 지쳤겠지. 그 소리를 듣고 우리 집이 무슨 궁궐이나 되는 것처럼 안도가 되고 기뻤다.

마을에 돌아와 보니 온통 혼돈이었다. 독가스 공격이 마을을 뒤덮은 것이었다.

"빨리 집을 나가 병원으로 가 눈을 치료 받아야겠어."

그가 말했다.

나는 볼 수 없었다. 배도 아팠다. 기운도 전혀 없었다. 가장 행복한 시절을 보낸 이 집에서 내가 어젯밤에 죽었을 수도 있었다는 생각이 들었다.

"부서진 데는 없어요?"

"없어. 모든 게 그대로야."

나는 안도했다. 그리고 속으로 집안 구석구석을 살펴봤다. 왜냐하면 형태만 있어 원시적인 집을 사람이 사는 집으로 그동안 열심히 꾸몄기 때문이다. 매트리스 두 개를 방 한 켠에 포개 놓았었다. 그 위에 우리의 오밀조밀한 세간을 정리해 올려놓았다. 그 옆 책장에 책과 사진첩이 있을 테고, 텔레비전은 처음부터 거실 중앙 벽면에 있었지. 나는 숲에서 나무를 베어와 작은 탁자 두 개를 만들어 긴요하게 사용했다. 핑크 빛 담요와 베개도 침대에 잘 놓여 있겠지.

사바스트는 서 있는 채로 숨을 거칠게 쉬고 있었다.

우리 둘은 아무 말 없이 서 있었다. 서로에게 무슨 말을 해야 좋을지 몰랐다.

불길한 생각이 또 들었다. 시력을 영구히 찾을 수 없다면 어떻게 될까? 봉사가 되면 내 생활이 어떻게 변할까? 내가 사바스트에게 사랑의 대상이 아니라 평생 혹만 되는 것은 아닐까?

나는 처음 본 순간부터 사바스트가 나의 천생배필이라는 것을 알았다. 그이도 나중에 그것을 알게 되었다고 전적으로 동의했다. 그 뒤 그는 나에게 많은 편지와 시를 적어 주었는데, 그 순간에 한 편이 떠올랐다. 시력을 잃은 그 순간에 그 시가 생각난 것은 너무나 아이러니했다.

그대는 나의 넓은 세상이라오. 그대의 밝은 눈빛은 갈 길 잃은 내 인생의 등대였다오.

사바스트가 내 옆에 앉았다. 어깨에 손을 얹으며 말했다.

"조안나, 그대는 아직도 나의 넓은 세상이라오."

그 말을 증명이라도 하려는 듯 우리 몸이 오염된 것도 아랑곳 않고 그는 내 입술에 뽀뽀를 했다. 손으로 내 뺨을 어루만지며 물었다.

"좀 보여? 조금이라도 뭐가 보여? 빛이라도 구별할 수 있어?'

두 눈은 아직도 부었고 점액이 뭉쳐 있었다. 나는 희미한 그림자 뿐 다른 아무것도 볼 수 없었다. 내가 가장 두려워하는 것을 그에게 말하지 않았다. 나는 그의 얼굴을 만졌다. 구레나룻이 난 그의 까칠까칠한 얼굴의 촉감이 좋았다. 잊을 수 없는 친밀감을 주는 촉감이었다. 넓은 이마를 거쳐 머리를 만졌다. 얼굴로 흘러내린 몇 개의 고수머리도 만졌다. 내가 그토록 좋아했던 고수머리다. 그의 두 입술도 만졌다.

사바스트는 독가스 영향인지 마른기침을 계속했다. 걱정이 되어 물었다.

"괜찮아요?"

"괜찮아. 내 말 들어봐, 조안나. 눈은 문제없을 거야. 일시적인 문제일 뿐이야."

나는 동의하지 않았다.

"죽은 자가 살아 날 수 있나요?"

목소리가 빠르고 톤이 높아졌다.

"독가스가 내 눈을 완전히 망가뜨렸어요. 가망이 없어요."

그가 내 손을 잡아끌며 말했다.

"따라와 봐요."

그를 따라 방 밖으로 나왔다. 그가 물 호스를 트는 소리가 들렸다. 다행이 우리는 이라크 어느 도시보다도 맑은 물이 풍부한 산골에서 살고 있었다. 그러나 아래 계곡에서 물을 가져 오기 위해서는 호스로 복잡하게 마을 집집마다 연결하였다.

"이렇게라도 하면 좀 나아질 거야."

우리는 옷을 입은 체 머리에서 발끝까지 호스로 물을 뿌렸다. 그리고 물에 젖은 강아지마냥 몸을 부르르 떨어 얼굴과 머리에 남은 물을 떨구었다.

그는 다시 방안으로 나를 손을 잡고 들어갔다.

"응급약품 상자가 어디 있지?"

"냉장고에 두었어요."

모든 페쉬메르가에게는 응급약품 상자가 지급되어 있었다. 야전병원은 약품이 거의 없어서 그곳에 갈 필요가 없었다. 최근에는 부상자들을 이란으로 후송했다.

그가 구급상자를 찾는 동안 나는 말없이 서 있었다.

"여기 안약이 있군."

그가 내 양쪽 눈에 주의하며 안약 몇 방울을 떨어뜨렸다. 눈가에 떨어진 약을 그가 닦았으나 끈적끈적한 게 아직도 눈 주위에 남았다.

"조안나, 가스로 인해 눈이 머는 기사를 많이 봤어. 대개 늦어도 일주일이면 다시 시력을 찾게 돼. 정상으로 말이야. 나는 실제로 그런 경우를 많이 봤어."

나는 아무 말도 하지 않았다.

그는 당면한 문제에 신경을 돌렸다. 그는 내 어깨를 두드리며 말했다.

"곧 배고플 거야. 깡통에 들어 있는 것은 오염되지 않았어."

"당신 동생이 가져온 과자는 어떨까요? 빵과 함께 냉장고에 두었는데."

"괜찮을 거야. 냉장고는 독가스에 안전해."

"제대로 먹지 못해 고통 받지는 않겠네요."

"마을 센터에 가봐야겠어. 무슨 일이 있는지 알아 봐야지. 그 다음에 당신을 데리러 올게."

그는 나의 뺨을 어루만졌다.

밝은 빛으로 말하려 했으나 잘되지 않았다.

"가세요. 가서 사람들을 도와주세요. 난 떠날 준비할게요."

나는 미소를 지어 보였다.

"당신을 여기에 홀로 남겨 두기가 싫소."

그가 말했다.

"당신은 가야해요. 어서요, 지금 바로."

"조심하오. 무슨 이상한 소리가 들리면 은신처로 바로 가요."

"그럴게요."

나는 약속했다. 그러나 적들이 내가 들을 수 있는 데까지 온다면 내가 은신처로 가는 것은 무의미한 일일 것이다.

"그리고, 넘어지지 않도록 조심하고."

그가 주의를 환기시켰다.

"이 오두막이 무슨 맨션이라도 되는 줄 아세요?"

나는 웃으며 덧붙였다.

"세 발만 걸으면 벽이 나오는데 넘어질 데가 어디 있어요?"

"그렇군. 내 곧 돌아오리다."

"여보, 아쉬티와 헤마를 체크해 보세요."

나는 부탁했다.

"알았소."

그가 떠나자 내 감정을 억누를 수가 없었다. 내가 얼마나 비참한 심정인지를 보여 주기 싫어 나는 괜찮은 척 한 것이다. 실제는 공습 이후 눈만 안 보이는 것이 아니었다. 살아남지 못할 것 같았다. 그러나 어떻게 하든 살고 싶었다. 죽어서는 안돼. 그이와 하나가 되려고 여기까지 왔는데.

태어날 내 자식은? 커디스탄의 자유는? 자유가 넘치는 커디스탄 산하에서 친구들과 함께 마음껏 뛰노는 내 자식들을 사바스트와 같이 지켜봐야 한다. 그런 커디스탄을 만들어야 한다.

나는 앞으로 닥칠 도전에 강력히 대처해 나가겠다고 마음을 또 다졌다.

"좋아, 조안나. 너는 도마뱀처럼 태양 아래에서 멈춰서는 안돼. 너는 움직여야 돼."

아빠는 나에게 이렇게 용기를 불어 넣어 주었다. 보고 들을 수 없던 아빠는 외로운 생활을 할 수 밖에 없었을 것이다. 그러나 아빠는 내색치 않고 엄마와 다섯 자식을 위해 열심히 일하지 않았던가? 아빠의 용기를 닮아야지. 아빠가 하늘에서 나를 보고 있는 것 같았다. 아빠를 실망시켜서는 안 되지.

나는 손으로 마루를 짚고 일어섰다. 문지방이나 바깥에서 넘어져 뼈라도 부서져서는 안 된다. 지금도 힘든데 더 다쳐서는 안 되지. 나는 손을 들어 더듬더듬하며 한 발을 내밀고 조심스럽게 또 한 발을 움직이며 앞으로 나갔다.

옛날 바그다드에서 보았던 공포 영화가 갑자기 생각났다. 죽은 시체들이 공동묘지에서 일어나 마을을 공격하러 갈 때 시체들이 지금 나처럼 팔을 쭉 뻗고 한 걸음씩 괴기스럽게 걷지 않았던가? 나는 힘없이 웃었다.

팔을 들어 올리니 역겨운 냄새가 풍겼다. 냄새를 맡아봤다. 맙소사. 손으로 옷을 문질렀다. 바지와 셔츠가 먼지로 가득했다. 손가락으로 머리를 만졌다. 잔가지가 많았다. 엄마가 보면 뭐라고 말했을까? 바그다드 우리 집은 깨끗하고 잘 정돈된 것으로 유명했다. 엄마는 우리에게 날마다 샤워할 것, 여름에는 하루에 두 번 할 것을 강조했다. 몸에서 냄새나는 식구가 아무도 없었다. 그러나 베르가루에서는 엄마의 기준을 적용할 수가 없었다. 궁핍하게 사는 것에 적응하는 것이 우리 페쉬메르가의 첫 번째 덕목이었다. 내가 이곳에 도착하여 사바스트와 목욕을 교대로 하기로 했다. 오늘은 사바스트가 하는 날이다. 나는 냄새를 무시하기로 했다.

아무튼 짐을 꾸려야 했다. 넘어질까 봐 손발로 기어 작은 탁자

쪽으로 갔다. 탁자 밑에 그의 권총이 있었다. 그는 케이 소총을 갖고 갔겠지. 그 옆에는 총알 더미도 쌓여 있었다. 총알은 그대로 두고 장전된 권총을 잡았다.

나는 울퉁불퉁한 마룻바닥을 몇 번을 기어 왔다 갔다 하며 짐을 찾아 바닥에 놓았다. 손과 발이 여러 군데 마룻바닥에 긁혀서 아렸다. 이 마룻바닥을 결코 잊지 않으리라.

그때 사바스트가 돌아오는 발자국 소리가 들렸다. 저 사나이는 전선에서도 저 걸음걸이일거야. 나는 웃었다.

"내가 없는 동안 무슨 소리 들었소?"

그가 물었다.

"아니요. 아무소리도 없었는데요. 그 놈들은 독가스로 우리가 다 죽은 줄 아나 봐요. 아마 내일 해가 뜨면 시체를 보러 올 건가 봐요."

"글쎄, 내 생각으로는 독가스 공격을 이삼 주 더할 것 같소. 우리의 물이나 음식이 다 오염되어 우리가 도망갈 때까지. 그 후에 그놈들이 이곳으로 들어올 것 같소."

그가 심하게 재채기 했다. 재채기 후 쿵쿵거리는 소리가 맘에 걸렸다. 독가스로 폐가 상하지 않았어야 될 텐데.

"음식을 좀 가져왔소."

그가 말했다.

아까의 초콜릿이 입맛을 당긴 모양이었다. 속이 메스껍지도 않왔다.

"오염되지 않은 캔이 몇 상자 있기에 그것을 나누어서 가져왔소. 닭고기 캔과 콩 캔이요."

그가 캔 하나를 칼로 따는 소리가 들렸다. 닭요리 냄새가 맛있게 풍겼다.

"아쉬티와 애는 어때요?"

"다 무사하오. 가까이에서 보았소. 레브와르가 그들도 후방으로 가도록 하였소."

"그러니까 레브와르도 무사하군요."

"그가 아쉬티와 헤마랑 함께 있으며 다 무사하오."

"헤마가 독가스로 어디 다친데 없어요?"

"조안나, 잘은 모르오. 잠깐 보았으니까. 물어볼 시간도 없었소. 담요에 싸여 있었는데 눈을 깜박거리고 있었지. 자, 이걸 좀 먹어요. 모든 게 오염이 되었소. 입을 벌려요."

나를 먹이며 사바스트가 말했다.

"사담이 자파티 계곡을 공격하라고 직접 지시했대요. 자파티가 그들에게 너무 위험하다고 생각한 것 같소. 대규모군이 쳐들어 올 때가 임박하였소. 우리 지도부는 방송국을 우선 메르제로 옮긴 후 다른 장소를 내일 더 알아보기로 했소. 아마 이란 국경 쪽으로 될 것 같소. 그러면, 당신은 이란 병원에서 치료를 받을 수 있을 것이오."

우리가 도망가다니. 그러나 방송시설을 빼앗겨서는 안 되지. 그 시설은 무엇보다도 중요하니까.

"메르제는 안전할까요?"

"아직은 그렇소. 이곳이 첫 번째 타깃이오. 우리가 이곳을 떠나면 놈들은 또 쫓아 올 것이오."

그래서 일단 우리가 메르제로 간다? 그곳은 나와 그이가 신혼 여행가기 전에 만난 곳이다. 그곳에서 자키아를 만날 수 있겠지. 그 생각을 하니 일단 안심이 되었다.

"당신은 뭘 좀 먹었어요?"

"나중에 먹을게"

"베르가루는 언제 떠나나요?"

"내일일거요."

"오염되지 않은 물이 있나요?"

"아니오. 마실 물이 근처에 없소. 독가스가 미치지 아니한 산 높은 곳에 샘이 있나 알아보고 있소."

나는 음식을 삼키며 내내 궁금하던 것을 물어 봤다.

"사상자는 많아요?"

"전사 너 댓 명이 생명이 위독하오. 중경상자도 꽤 있소. 그들은 바깥에서 공격을 받아 방독면을 쓸 시간이 없었다오."

다 무사하기를 그렇게 기도했는데. 너무 많은 우리 전사가 희생되겠구나. 사바스트의 말이 맞아. 바그다드는 이 자파티 계곡을 노리고 있는 거야. 자파티 계곡이 수년 동안 공습에도 잘 버텨 왔지만 독가스는 어쩔 수가 없지. 방독면으로 살긴 하더라도 물과 음식이 다 오염되는데 어떻게 버티겠어?

나는 캔을 기울여 국물을 다 마셨다. 갈증이 심했던 모양이다.

"콩 캔도 지금 먹어두겠소?"

바로 그때 쿵하는 소리가 가까이서 들렸다.

"문 뒤로 숨어요, 빨리!"

그가 작은 소리로 말하고 방밖으로 나갔다.

나는 숨지 않기로 했다. 숨은들 무슨 소용이 있겠나? 대신, 권총을 들었다. 누가 나를 붙들면 쏘아 버릴 것이다.

긴장된 시간이 흐르고 그가 돌아왔다.

"아무것도 없소."

"짐승들 소린가요?"

독가스 공격으로 이곳 짐승들은 다 죽었거나 곧 죽겠지.

"아마도 그런 것 같소."

그가 걱정스런 소리로 말했다.

"내가 집 토굴로 데려다 주겠소. 마을에 곧 다녀 올 테니 거기서 좀 쉬고 있어요."

"아니에요. 방이 더 안전해요. 토굴은 절대 싫어요. 무덤보다도 더 무서워요. 거기는 온갖 벌레가 옷 속과 머릿속으로 기어들어 온단 말이에요. 게다가 뱀까지. 내가 볼 수 없으니 내 바로 옆에서 똬리를 틀고 있어도 모르잖아요?"

그의 목소리에 인내심이 배어 있었다.

"조안나!"

"안가요. 차라리 여기서 죽겠어요."

나는 팔로 내 몸을 감쌌다.

"당신의 안전을 위해서 그러는 거요."

"글쎄 먼눈으로 토굴에는 안 간다니까요."

나는 이빨을 꽉 물었다.

그도 집요했다.

"제발, 조안나, 몇 분이면 돼. 나와 같이 마을에 가도 되지만 당신은 좀 쉬어야 해. 내가 곧 돌아 올 테니 제발 토굴에 가 있어."

"토굴에 뱀이 있다니까요."

나는 되풀이 했다.

"조안나, 적들에게 붙들리면 죽을 거요."

"뱀들. 당신 잊었어요? 내 눈이 안 보이니 뱀들이 내 곁에 다가 와도 모르잖아요. 토굴엔 못가요."

그가 재빨리 내 허리를 꽉 잡고 들어 올렸다.

나는 비명을 질렀다. 정적 속에서 날카로운 비명소리에 그가 놀라 나를 놓았다.

"적들이 이 근처에 왔다면, 그들이 이곳에 우리가 있다는 것을 알 것이오."

나는 손바닥을 펴서 그를 밀어 제치고 소리쳤다.

"안가요, 사바스트. 토굴에는 먼눈으로는 못 간다니까요. 안가요."

나는 싸울 태세로 주먹을 쥐었다.

내가 고집이 세게 태어났으나 사바스트는 더했다. 그 점에서는 우리가 쌍둥이 같다. 그러나 다행히 그날은 그가 양보했다.

그가 경탄스럽다는 듯이 말했다.

"놀랐소. 적들이 나타나면 그렇게 소리 지르시오. 그러면 마을 사람들이 다 듣고 피신할 수 있겠소."

"예, 그렇게 하겠어요. 피신하도록 소리를 지를 게요."나는 진지하게 대답했다.

그가 소리 내어 웃었다. 나는 화제를 돌려 그가 없을 때 어떻게 할 것인가를 알려줬다.

"당신이 나가면 문에 몸을 대고 권총을 손에 들고 자겠어요. 당신이 돌아오면 먼저 나를 부르세요. 그럼, 몸을 비켜 문을 열어줄 게요."

그가 내 팔을 꼬집고는 마을로 갔다.

볼 수 없는 것만큼 불편한 것이 없을 것이다. 나는 더듬거리며 마룻바닥에 담요를 깐 다음 몸을 누이고 베개를 뱄다. 권총을 머리맡에 놓았다.

누운 지 불과 몇 분후에 사바스트의 소리가 희미하게 들리는 듯

했다.

"조안나, 움직여."

정신이 바짝 들었다. 그의 다리가 담요에 걸려 내가 마룻바닥으로 내동댕이쳐졌다.

"사바스트, 무엇하는 거예요? 당신도 좀 쉬어야지요."

그는 대답하지 않았다. 나는 힘을 들여 눈을 떴다.

그는 내가 덮고 있는 담요를 들었다.

"우리의 이동 방향은 동북쪽이오."

그의 말소리가 들리지 않았다. 나는 나만의 세계에 있었다. 나는 급히 눈꺼풀을 몇 번 두드리고 눈앞에 손을 어른 거렸다. 나는 안도했다. 시력이 회복된 것이다. 사바스트가 보였다. 비록 흐릿하지만 그의 얼굴과 근육질 체격을 알아 볼 수 있었다.

나는 아직 실감이 안나 우두커니 서 있었다. 울퉁불퉁한 마룻바닥을 발로 더듬어 안전한 곳을 찾았다.

"사바스트, 나를 쳐다봐요."

"조안나, 제발."

"사바스트, 나를 보세요. 지금."

입과 코로 들이쉬는 그의 숨소리가 거세었다. 무언가에 쫓기는 것 같았다.

"뭐라고?"

신발을 들며 화가 나서 나를 돌아봤다.

"사바스트, 볼 수 있어요. 조금씩 보여요."

나는 미소 지었다.

그가 화가 기쁨으로 바뀌며 소리쳤다.

"볼 수 있다고? 정말?"

"조금요."

그가 바짝 내 옆으로 와서 내 눈을 자세히 들여다봤다.

"당신 하얀 눈동자가 핑크빛이오."

"내가 좋아하는 핑크빛이라고?"

나는 웃었다.

나는 내게 아직도 눈동자가 있다는 것이 고마웠다. 무니라 이모처럼 눈동자가 말라 없어진 줄 알았다.

그가 덧붙였다.

"눈이 온통 우유 빛인데 정말 볼 수 있어?"

"그럼요!"

나는 크게 대답했다.

"당신 눈이 나날이 좋아질 거야."

"나는 이만큼만 보여도 원이 없어요."

나는 그와 내 자신에게 다짐했다.

그가 나를 꼭 끌어안았다. 나는 기뻐 눈물이 뺨을 적셨다. 그의 셔츠에 닦았다. 그가 나를 자세히 들여다보더니 웃기 시작했다.

나는 약간 몸을 뒤로 빼고 그의 얼굴을 보며 웃으며 말했다.

'나의 남자여'

긴박한 위험이 우리에게 도사리고 있었지만 나는 기뻐 소리치고 싶어 주체할 수 없었다. 이 오두막 방은 내 기쁨을 담기에는 너무 좁았다. 그래서 방밖으로 뛰쳐나갔다.

모든 게 아름답게 보였다. 산자락이 흐릿하게 보였으나 고마웠다. 산봉우리까지 한걸음에 오를 수 있을 것 같았다. 기뻐 미칠 것 같았다. 나는 좁은 마당에서 작은 원을 그리며 미친 듯 돌고 돌았다. 나는 야생마야. 오로지 나의 남자에게만 어울릴 수 있는 야생 암말이란 말이야.

그도 기뻐하며 내 뒤를 따라 돌았다.

이윽고 그가 내 손을 잡으며 말했다.

"자 이제 안으로 들어갑시다."

내가 그의 곁에 바짝 다가서자 그의 섹시한 구레나룻으로 내 목을 간질였다. 발에 힘이 빠졌으나 한 가지만 원했다. 그의 곁에 바짝 붙어 그를 느끼고 싶었다. 사랑에 빠진 남자와 여자로…

임신한 것 같다고 말하고 싶었으나 하지 않았다.

그가 어깨 넘어 위를 보며 말했다.

"적들이 들이 닥칠 것은 분명해. 오늘 아니면 내일, 늦어도 다음 주에는 올 거야. 우리는 어디서든 그들과 싸워야 돼."

대전투의 전조인양 멀리서 총소리가 들렸다. 어느 쪽일까?

우리는 서둘러 방으로 들어가서 짐들을 챙겼다.

빈한한 살림이지만 할 일이 많았다. 우리는 이제 베르가루를 떠나야 된다. 눈 치료도 빨리 받아야지. 새로운 쿠르드애국동맹 방송국 자리도 빨리 찾아야 했다.

정들었던 그이와 나의 오두막에게 작별인사를 했다. 마음이 찡했다. 슬퍼해서는 안 된다고 마음을 다졌다. 가장 중요한 것은 살아남는 거야. 그래, 살아서 그들과 싸우고, 이기고 또 우리가 사랑할 수 있도록 꼭 살아남는 거야.

20
메르제로의 탈출

베르가루에서 메르제로

1987년 8월

서둘러 우리는 베르가루 중심부로 갔다. 이미 여러 사람이 와 있었다. 모두가 지치고 행색이 꾀죄죄하고 넋이 빠져 있었다. 독가스 공격을 받아 모든 것이 변했다.

나는 주위를 살펴봤다. 어떤 이들은 옷을 머리 위까지 덮어 쓰고 있었다. 다른 곳이었다면 연극하는 어릿광대로 보였을 것이다. 그런 옷차림은 계곡을 오를 때는 위험할 것이고 계곡으로 떨어질 때는 뼈를 보호해줄 거라고 생각했다.

모인 숫자가 생각보다 적었다. 다 어디로 갔을까? 사바스트가 내가 걱정할까봐 거짓말 했나? 산사람보다 죽은 사람이 많았나?

어찌된 영문인지 묻자, 대부분의 전사는 이곳에 남아 방송국 자리를 찾을 때까지 베르가루를 지킬 것이라 했다.

주위를 다시 한 번 둘러보며 슬픔을 느꼈다. 이곳에서 정을 나누며 함께 살았는데 이제 끊어진 목걸이에서 진주알이 흩어지듯 우리도 커디스탄 전역으로 흩어지는구나.

사람들을 자세히 보니 모두 나처럼 손등에 물집이 있었다. 마치 우리 모두가 독가스 공격을 받은 것을 증언이나 하는 것처럼 말이다. 누군가가 물집은 시간이 지나면 저절로 없어질 거라고 말했다. 물집은 치료할 방법이 없고 그냥 잊고 있으면 된다는 것이다. 그러나 내 눈은 달랐다. 흐릿하게나마 보이기는 했지만, 아직도 쓰리고 아팠다. 시력도 아까보다 더 흐릿해졌다. 빨리 베르가루를 떠나서 치료를 받아야했다.

나에게는 또 다른 걱정거리가 있었다. 손으로 배를 만져봤다. 조심해야 한다. 넘어져서는 안 된다. 주위 산길을 여러 번 다녀봐서 알지만 험하고 뾰쪽뾰쪽한 바위가 많이 있었다. 넘어지면 살이 째지고 계곡으로 넘어지면 천 길 낭떠러지도 많았다. 조심조심해야지.

배가 조금 아팠다. 아쉬티 가족이 보이지 않았다. 바하르, 카잘, 꽉찬 가족도 보이지 않았다. 그들은 벌써 떠났나? 언제 다시 만날 수 있을까?

머리를 돌려 사바스트를 바라보니 그 옆에 낯익은 얼굴이 있었다. 군사훈련을 곧 마칠 것이라던 그의 사촌 카마란이었다. 걱정스러운 듯 카마란이 말했다.

"조안나, 괜찮아요?"

"카마란!"

나는 미소 지었다. 그는 건강해 보였다.

바그다드에서 여러 번 만나곤 했던 카마란을 한동안 잊고 지냈다. 그와 남편은 사촌간이기 전에 막역한 친구였다. 톰 크루즈처럼 생긴 미남으로 따뜻한 마음을 지녔다. 경제학을 전공하고 사바스트처럼 안락한 개인 생활을 포기하고 험난한 페쉬메르가가 되었다.

카마란이 나에게 말했다.

"베르가루로 오던 길이었는데 길에서 만난 이가 이곳이 독가스 공격을 받았다기에 서둘러 왔습니다."

사바스트가 끼어들었다.

"카마란도 우리랑 같이 메르제로 갈 거야."

같이 간다니 참 좋았다. 그러나 이라크에서는 모든 여성이 짐인 것이 사실이었다. 최근에 폭로된 문서는 충격적이었다. 사담 정권은 각 교도소에 '정부 강간범'을 두게 했다. 정권에 저항하는 자를 끌어다 보는 앞에서 그의 부인과 딸을 강간하도록 하는 제도였다. 가족의 일원이 강간당하면 가장 큰 치욕으로 여기는 우리 사회의 약점을 사담은 악용하고 있는 것이었다. 나도 체포되면 그런 일을 당할 것이다. 이미 수천의 쿠르드 여성이 당했다.

"가요. 사바스트"

내가 말했다.

"그래, 갈 시간이야."

사바스트가 일어서며 말했다.

"소그룹으로 나누어 떠나기로 했어. 우리는 셋이 한조야. 내가 머리고 몸통은 조안나, 꼬리는 카마란이야."

우리는 도중에 오염되지 않은 맑은 샘에서 물을 채우기 위하여 빈 수통 세 개를 가져갔다. 사바스트와 카마란은 케이 소총을 메고 나는 권총을 주머니에 넣었다.

우리 셋은 떠날 준비를 하는 전사들에게 작별 인사를 하고 베르가루를 떠났다.

떠나자마자 가파른 돌길에 접어들었다. 내가 잘 볼 수 없었기 때문에 우리는 간격을 좁혀 걸었다. 어떤 위험 순간에도 나는 앞뒤에서 도움을 받을 수 있었다. 나는 사바스트의 발뒤꿈치를 보다가 노면을 주시했다. 사람이 많이 다닌 길이어서 매끄러웠다. 나는 기계적으로 한발 한발 내디디며 내게 닥친 일들을 생각했다. 갈증이 났다. 적들의 소리나 총소리를 듣기 위하여 귀를 쫑긋 세우고 주변의 소리에 신경을 집중시켰다.

하늘을 쳐다봤다. 해가 떠오르며 바위산을 비추기 시작했다. 안개가 깔린 시원한 아침이었다. 나는 페쉬메르가 바지에다 재킷을 하나 입고 있었다.

계속 오르막을 천천히 오르면서 야생화 한 무더기를 봤다. 갈증이 심하여 목까지 아팠다. 물기 젖은 꽃잎이 먹음직스러워 몸을 구부려 한 주먹 땄다. 걸음걸이를 유지하면서 꽃잎에 있는 작은 물방울을 혀로 핥아 마셨다. 시원하고 맛있었다.

카마란이 내 뒤에서 웃는 소리가 들렸다. 나도 미소 지었다. 덕분에 목과 혀가 좀 나아졌다.

오르막길을 한 시간 정도 걷자 장딴지가 쑤시고 목이 타올라 미칠 것 같았다. 세 시간 넘게 걷자 내 다리는 위험할 정도로 휘청거렸다.

카마란이 말했다.

"사바스트, 오 분만 쉬었다 갑시다."

사바스트가 카마란이 쉬자는 것에 의외란 듯이 뒤를 돌아 봤다. 그는 금방 카마란의 의도를 알아챘다.

내가 가쁜 숨을 쉬며 축축한 길바닥에 주저앉았다. 조용히 쉬고 있었는데 흐르는 물소리가 구세주 목소리인양 희미하게 들렸다.

"저기 들리지, 저 소리"

사바스트가 가리켰다.

"어디에?"

카마란이 쳐다봤다.

나는 입 속 부은 혀를 움직여보았다. 사바스트가 그 물이 화학 가스에 오염되지 않은 물이라고 선언하기 전에 빨리 마시고 싶었다. 자세히 보니 나뭇잎 사이로 실개천이 흐르는 것이 보였다. 실개천은 바위를 돌며 샘을 만들고 아래로 흘렀다. 무척 아름다웠다.

"기다려."

사바스트는 짐과 총을 조심스럽게 내려놓고 수통을 들고 웅덩이로 내려갔다. 그가 몸을 구부리고 물맛을 보았다.

"예상대로 맑은 물이야."

그 물은 우리 모두에게 기운을 북돋웠다.

나는 수통을 기울여 마지막 한 방울까지 마신 다음 사바스트에게 건네주었다. 그가 다시 수통에 물을 채웠다.

출발하기 전에 사바스트의 말에 따라 우리는 옷을 갈아입었다. 독가스로 오염된 옷을 벗어 계곡에 던져 버리고 플라스틱 통에 보관한 옷으로 갈아입었다.

잠시 후 우리는 물집 잡힌 발로 꼬불꼬불한 오르막 산길을 다시 걷기 시작했다. 평생 동안 목숨 걸 일 없이 전쟁이나 독재자에게 시달림 받는 세상에서 멀리 떨어져 살 수 있었다면 평온한 삶을 누릴 수 있었겠지만, 그런 인생길을 걷는 자는 이런 산길에 펼쳐진 오묘한 장관과 나무 사이로 햇빛 비치는 웅덩이의 아름다움을 볼 수 없었을 것이다.

산길을 가노라니 커디스탄의 역사가 주마등처럼 나의 뇌리를 스쳐갔다.

원시 수렵꾼들은 산짐승을 잡아 이 근처 동굴에 모닥불을 피워 놓고 빙 둘러 앉아 맛있게 먹고 있었을 것이다. 내가 걷고 있는 이 길을 따라 메소포타미아인이라고 불리는 우리 선조들은 이 땅 전역으로 퍼져 나가 인류 문명을 꽃 피웠을 것이다. 그들은 인류의 첫 문자를 만들고 이어 최초의 성문법을 만들었지. 그런데 오늘날 우리의 현실에 대한 생각에 이르자 어디에서부터 잘못된 건지 알 수 없었다. 언제부터 문명 생활이 끝나고 무법천지가 되었단 말인가?

가파른 언덕 위 숲에 당도하자 사바스트가 말했다.

"이곳에서 뭐 좀 먹고 쉬었다 갑시다."

먹고 쉬어 가자는 말이 반가웠으나 쥐꼬리만한 힘이라도 아껴야 했으므로 나는 대답하지 않았다. 태아를 위해서라도 뭘 먹어야 했다. 이제 임신했음이 틀림없다고 생각했다. 발을 괴고 땅에 앉아 수통을 열었다. 그 물에 수건을 적셔 부은 눈에 댔다. 통증은 여전했다.

사바스트가 내 옆에 앉으며 물었다.

"좀 어때?"

329

나는 물수건을 계속 눈에 댄 채 대답했다.

"괜찮아요."

사바스트가 카마란 곁으로 갔다. 둘이 작은 목소리로 뭔가 말했다.

나는 다리를 쭉 펴고 머리를 무릎에 대고 쉬었다. 잠시 그렇게 쉬고 있는데 발꿈치 부분에 뭔가 시원하고 묵직한 것이 닿는 기분이 들어 머리를 들어 쳐다보고는 깜짝 놀랐다. 길고 검은 뱀이 내 다리를 스쳐 지나가고 있는 것이 아닌가?

"뱀이야."

나는 비명을 지르며 재빠르게 다리를 오므리고 동시에 공중으로 뛰었다. 뱀도 공중에서 떨어지더니 숲속으로 빠르게 사라졌다. 나는 손으로 목을 감싼 체 숨을 헐떡거리며 서 있었다.

내 비명에 놀란 사바스트와 카마란이 나를 바라봤다.

"뱀이야!"

뱀이 사라진 쪽을 가리키며 다시 한 번 소리쳤다.

"물렸소?"

사바스트가 물었다. 그의 너무 침착한 모습에 버럭 화가 났다. 그를 쳐다봤다. 그 놈이 내 살을 물지만 않았을 뿐 혀를 날름거리며 발위를 지나가지 않았는가?

"그 놈이 혀로 발을 핥았단 말이에요."

나는 심통이 나서 말했다.

그들은 즐거운 듯 웃었다.

"그 녀석이 물지 않고 핥기만 했다니 고맙구만."

사바스트는 그렇게 대충 말을 하곤 카마란과 이야기를 계속했다. 나는 기가 막혀 남편의 등 뒤를 한동안 노려봤다. 사바스트는 내가 생각보다 잘 걸어 온 게 기뻤던지 농담까지 하며 나의 기분을 북돋워주었다. 우리가 제법 많이 왔으니 밤까지는 메르제에 도착할 거라고 했다.

나는 그 말에 아까 뱀과 스친 것을 기억하며 내심 크게 안도했다. 숲에서 하룻밤을 지내는 것은 위험한 일이었다. 뱀이 사람의 따뜻한 몸을 좋아한다는 것은 쿠르드 사람이라면 삼척동자도 다 하는 사실이다. 페쉬메르가는 야영하면서 뱀과 나란히 잔다는 이야기를 나는 수없이 들었다.

사바스트와 카마란은 정어리 캔을 다 먹고 나에게 콩 캔을 먹으라고 했다.

"다들 슈퍼맨이예요?"

나는 웃으며 그들에게 말했다. 나만 없으면 그들은 쉬지 않고 베르가루에서 메르제까지 산양처럼 한 걸음에 갔을 것이다.

"적을 만나면 어떻게 해야지요?"

나는 그동안 가장 궁금했던 것을 물었다.

사바스트가 어깨를 으쓱하고 목을 손가락으로 긋는 섬뜩한 동작을 하며 말했다.

"우리가 이렇게 될 때까지 싸워야지."

카마란이 소리 내어 웃었다. 그는 어떤 상황에서도 여유가 있는 사람이었다. 그는 네 손가락을 펴 보이며 말했다.

"조안나, 걱정 마세요. 세상에 절대 일어나지 않을 네 가지 일이 있어요. 첫째, 사담 후세인은 절대 평온하게 죽지 못해요."

그는 수통을 들어 물을 마시고 말을 계속했다.

"둘째, 커디스탄 계곡의 맑은 물이 절대 샴페인이 될 수 없어요. 셋째, 나 카마란은 아무리 원해도 절대 왕궁에서 살지 못해요."

그는 강조하려는 듯 잠시 뜸을 들였다.

"넷째, 사바스트와 나는 절대로 적들에게 붙잡히지 않아요."

우리의 급박한 상황 속에도 나는 웃었다. 그와 같이 있으면 아무리 어려워도 모든 게 고맙다는 생각이 들었다. 사바스트도 재미있었던지 웃으며 말했다.

"계속 갑시다."

메르제에 도착하면 안전할 것이라는 확신이 들었다.

'메르제'

그 이름만 들어도 신비스러웠다. 사바스트와 신혼여행 직전에 만났던 메르제에 다시 가다니⋯. 그때가 꿈만 같았다.

우리는 계속 걸어 높은 봉우리 몇 개를 지나 둥글고 낮은 봉우리를 통과하기 시작했다. 앞서 걸었던 가파른 돌길보다 한결 쉬었다. 하루 종일 걷다 보니 어느새 어두워지고 우리의 발걸음이 느려졌다.

사바스트가 오른손을 들어 우리를 정지시켰다.

나는 그의 어깨너머로 계곡으로 통하는 자갈길을 보았다. 그 길 끝에 메르제가 있으리라.

사바스트가 지형을 살피며 산 아래를 쳐다봤다. 나도 산 아래를 바라보며 저 아래에 있는 마을에서 살고 있을 사람들의 소리를 들으려고 했다. 아무 소리도 들리지 않았다. 채소 재배로 푸르른 저 아래는 들꽃으로 화려함을 더했다.

이라크 전역을 여행해 봤지만 역시 커디스탄의 경관이 제일이었다. 푸른 풀이 우거진 고원지대와 짙푸른 계곡은 우리에게 풍요로운 삶의 터전을 제공해 주고 있잖은가. 그런데 저 아름다운 강토가 전쟁의 소용돌이에 싸여 사람이 살 수 없는 폐허로 변할지도 모른다니….

사바스트가 카마란에게 다가가서 조용히 말했으나 나도 귀를 쫑긋하고 유심히 들었다.

"커디스탄 전역에 무슨 일이 일어나고 있는 줄 어떻게 알겠어? 이곳 북쪽도 마찬가지지. 우리 여기서 헤어져 한 시간 후에 카림의 집에서 만나자."

카마란은 나무 사이로 재빨리 사라졌다. 나는 사바스트의 말에 신경이 쓰였다. 알리 알마지드의 5군단이 커디스탄 전역에 독가스를 살포했을까? 메르제도 벌써 공격당했을까?

바그다드에서부터 악마의 바람이 불어오고 있잖은가? 항상 조심에 만전을 기하는 사바스트가 말했다.

"조안나, 내 뒤에 너 댓 발 떨어져서 따라와. 아무 말 말고."

"알았어요."

나는 쉽게 대답했지만 정말 봉사가 될 것 같았다. 그에게는 말하지 않았다. 지금 말하면 걱정만 할 뿐 그에게도 다른 방법이 없기 때문이었다.

사바스트가 빠르게 앞으로 나아가고 나는 겨우 따라 갈 수 있을 정도였다. 언덕길에서 마을 어귀의 자갈길로 들어서서 우리는 길 한편으로 바짝 붙어서 걸어 나갔다. 보통이라면 여기쯤부터는 오가는 사람으로 붐벼야 하는데 아무도 보이지 않았다. 내심 불안했다. 이곳도 벌써 화학가스 공격을 받았단 말인가? 이런 생각을 하며 굽은 길을 돌아섰을 때 서너 명의 여인이 걷는 것을 볼 수 있었다. 나는 안도하였다.

그 여자들은 화려한 옷과 그에 어울리는 스카프를 하고 있었다. 눈이 흐릿하였지만 그중 뚱뚱한 이가 머리에 쓴 하얀 터번 위에 큰 단지를 이고 있는 것을 알 수 있었다. 커디스탄 여인들은 머리에 무거운 단지를 이고 균형 있게 빠르게 걷는 기술을 갖고 있다. 아마 세계 다른 어떤 여인도 이 기술에는 못 미치리라. 비록 나도 배우려고 몇 번이고 시도했지만 아직 익숙지 못했다.

그 단지를 유심히 쳐다보니 요구르트 단지 같았다. 나는 침을 삼켰다. 시원한 요구르트 한 잔이 눈앞에 너울댔다.

그 여자들을 지나치면서 나는 그들에게 미소를 보냈으나 아무도 내게 말은 걸지 않았다. 험악한 시기인지라 모르는 쿠르드 사람을 만나면 서로 상대편이 자쉬인 줄 몰라 말을 하지 않았다.

늙은 여자가 땅바닥에 앉아 민간 방독면을 열심히 만들고 있었다. 숯 조각을 천에 담아 반달 모양으로 서로 꿰매고 있었다. 나는 전에도 이런 민간 방독면을 본 적이 있다. 그러나 우리가 베르가루에서 당한 것 같은 전면적인 독가스 공격에는 무용지물이었다. 그 조악한 민간 방독면은 방독면이 없는 것보다 심리적으로 조금 도움이 될 뿐이다. 쿠르드인 모두가 방독면이 없다는 것은 큰일이었다. 사담이 방독면 소지를 불법화시킨 이유를 알았다. 우리의 쿠르드 지도자들은 그런 사담의 간계를 알고 방독면을 밀반입하여 전사들에게 지급한 것이다.

방독면이 없었다면 아마 우리는 많은 전사들과 함께 자파티 계곡에서 죽었을 것이다.

마침내 우리는 목적지 카림 집에 도착했다. 사바스트가 가볍게 문을 두드렸다. 카림이 문을 열고 나와 사바스트의 어깨를 안으며 말했다.

"사바스트, 살아 있었구만. 얼마나 걱정했는데. 자파티 계곡의 모든 마을에 독가스 공격을 받았다는 소식을 방금 들었어요."

카림과 소잔도 페쉬메르가 부부였다. 신혼 때 잠깐 보았지만 무척 반가웠다. 그들은 진정으로 우리를 반겼다.

소잔이 가장 반가운 말을 했다.

"배고플 거예요. 우선 과자를 드시는 동안 식사를 준비하겠어요."

"들은 것을 이야기 해봐요."

사바스트가 걱정스러운 듯 카림을 독촉했다.

"바그다드 방송에 의하면 베르가루와 세르가루를 공격하여 불순분자를 소탕했다고 떠들어대요. 많이 죽었나요?"

카림이 근심 띤 빛으로 물었다.

"우리가 화학 공격을 받은 것은 사실이요. 아직 사망자는 없소. 부상자가 많아 사망자도 나올 것 같소. 세르가루나 다른 마을 소식은 알 길이 없소. 그들이 우리를 다 죽이려 하는 것은 분명하오. 우리는 방송국을 북쪽 안전한 곳에 세우려 하오. 다행히 장비는 다 갖고 있소. 자파티 계곡에서 다 도망 나오고 있소."

나는 부엌에서 걱정하는 소리를 들었다. 소잔이 메르제도 같은 독가스 공격을 받을까봐 한숨짓는 것이라고 추측했다. 그녀는 애들이 많아 걱정이 더 클 것이다. 나도 새삼 태아를 생각하며 배를 두드렸다.

"잘랄 탈라바니 삼촌은요?"

"다행히 베르가루에 없었어요. 괜찮을 거예요. 곧 소식이 있겠지요."

"다행이군요."

카림이 한숨 쉬며 말했다.

잘랄 삼촌 이라고 불리는 잘랄 탈라바니는 열네 살부터 쿠르드 저항운동에 가담하여 혁혁한 공로로 불과 사년 후에 중앙상무위원으로 선출되었다. 과묵한 그는 1959년에 변호사가 되었다. 쿠르드 저항운동을 더 민주적으로 운영해야 한다는 그의 신념이 기존 지도층과 충돌했다. 1975년에는 쿠르드 저항운동의 독립적인 조직으로 쿠르드애국동맹이 결성되었다. 그는 쿠르드인의 존경뿐만 아니라 국제적인 신임을 받고 있다. 그를 잃는다는 것은 쿠르드에게는 큰 타격일 것이다.

카림이 더 물었다.

"소문에 의하면 가스가…"

사바스트가 말을 이었다.

"사린과 독극물로 만들어졌어요. 공기만 쐬어도 화상과 물집을 유발하지요."

"보세요. 이와 같이 생겨요."

나는 손가락을 내 보이며 말했다.

소잔이 부엌에서 나와 내 손가락 물집을 보며 말했다.

"연고가 있어요."

나는 사바스트의 손을 봤다. 그의 손에는 물집이 전혀 없었다. 기침하는 것 외에는 독가스 영향을 전혀 받지 않은 것 같았다.

이란-이라크전 개전 이후 페쉬메르가는 사담군에게 연전연승하여 커디스탄 전역을 되찾고 사담군을 커디스탄 땅 외곽으로 물리쳤다. 이란군과의 협력으로 최후의 승리가 보였다. 사담과의 협상에서 우리의 자치권이 보장되게 되었다. 아직 이란과의 전쟁이 소강상태가 되자 사담은 대규모 병력을 커디스탄으로 돌렸으며 화학공격도 불사하며 대대적인 공격을 해 와 이제는 우리가 쫓기게 되었다.

복잡한 생각이 들었다. 어떻게 그들을 막아낼 것인가? 어디에서 피난처를 찾을 것인가? 우리 이웃 국가들은 자기 영토 내의 쿠르드인도 미워하고 있지 않은가? 터키? 이라크보다도 쿠르드인을 더 싫어하는 나라에 어떻게 도움을 청하겠는가? 시리아? 하페즈 아사드Hafez Assad 대통령은 사담과 마찬가지로 독재자가 아닌가? 아사드는 정권 유지를 위해서 필요하다면 민족공동체 하나를 모두 소탕하는 짓도 감행한 인물이 아닌가? 시리아에 사는 쿠르드인은 삼엄한 감시 속에 살고 있다지 않는가? 이란? 이란이 지금은 페쉬메르가와 동맹을 맺고 있지만 그것은 이라크와 싸우고 있기 때문이다. 그들도 이란내의 쿠르드인을 억압하고 있는 것은 마찬가지였다. 사담이 화학가스로 계속 쿠르드를 공격한다면 이란과 커디스탄의 경계를 이루는 칸딜산맥으로 밀리게 되겠지.

나는 손으로 머리를 감쌌다.

쿠르드가 자유를 찾는 날이 없다는 말인가?

카림이 나를 보며 말했다.

"조안나, 어디가 아파요?"

사바스트가 대신 대답했다.

"조안나 눈은 독가스에 오염되었어요. 지금 일시적으로 앞이 잘 안 보여요. 조금씩 좋아지고 있어요."

나는 눈물을 훔쳐내고 웃으며 말했다.

"그래도 우리는 살아 있잖아요? 다음날 우리는 또 싸울 수 있어요. 우리가 이긴 거예요."

차 한 모금을 막 마시고 있을 때 문에서 노크 소리가 작게 들렸다. 누군지 의아해하며 카림이 사바스트의 얼굴을 쳐다봤다.

"내 사촌 카마란일거예요. 우리와 함께 오다가 마을 어귀에서 헤어지고 이곳에서 만나기로 했어요."

카림이 문틈으로 보고 신원을 확인한 후 문을 열어 줬다. 카마란이었다.

세 남자들이 차를 마시고 땅콩을 깨물어 먹으며 방송국을 어디에 설치할 것인가를 상의하였다. 나는 포도와 빵을 먹으며 쿠르드가 이제 반격을 어떻게 할지 그들이 피를 토하듯 열심히 토의하는 것을 들었다. 그들의 격앙된 소리가 나에게는 점점 작게 들렸다. 피로에 지친데다 음식을 조금 먹으니 나는 의자에 꼿꼿이 앉은 채 곤한 잠에 빠져든 것이다.

몇 시간 뒤 잠에서 깨어 보니 처음 보는 조그마한 방 침대에 누워있었다. 여기가 어디지? 사바스트는 어디에 있지? 나는 기억을 더듬어 봤다. 그래, 산을 넘어 메르제에 있는 카림 집에 왔었지. 그렇다면 사바스트가 잠든 나를 이 방으로 옮겼겠구나하고 생각했다. 목이 마르고 배가 또 고파왔다.

부은 눈을 손으로 만져 보았다. 부기는 더 이상 느껴지지 않았지만 여전히 아팠다.

나는 주위를 살펴봤다. 방에는 장식품은 거의 없어도 깨끗했다. 작은 탁자 뒤 벽에는 커디스탄을 상징하는 그림 세 개가 걸려있었다. 시력이 상당히 회복된 것 같아 기분이 좋았다.

나는 일어나 몸을 쭉 폈다. 온 몸이 쑤시고 아팠다. 침대를 빠져나와 맨발로 복도를 따라 거실로 나왔다. 그곳에 소잔이 애를 돌보고 있었다.

내가 들어서자 소잔이 나를 바라보며 웃었다. 그녀는 하얀 피부에 검은머리와 눈을 가진 미인이었다. 아까는 왜 몰랐을까? 그녀의 미소와 태도 또한 따뜻했다.

"조안나, 잘 잤어요?"

"그럼요. 수면제를 먹은 것처럼요."

내 말을 증명이라도 하듯 나는 하품을 했다.

"사바스트는 어디에 있지요?"

소잔은 환한 웃음을 지으며 말했다.

"당신은 누구도 깨울 수 없을 만큼 깊이 잠들었어요. 혼수상태에 빠진 것 같았어요. 사바스트가 당신을 소파에서 방침대로 옮겼지요. 할 수 없이 저녁도 우리끼리만 먹었지요. 밤새 잔 거예요. 사바스트가 아침에 나가면서 당신이 일어날 때까지 깨우지 말랬어요."

소잔은 나의 안색을 살피더니 곧 그녀의 얼굴에서 웃음이 사라졌다. 나는 뭔가 짚혀 소잔을 정면으로 바라봤다.

"조안나, 사바스트와 카마란은 아침 일찍 산두란으로 떠났어요."

"안 돼!"

"조안나, 들어봐요. 이곳에서 산두란까지는 검문소가 너무 많아 큰 길로는 못가고 험한 산길로 돌아가야해요."

나는 놀라 말을 못했다. 그러나 한 가지는 분명했다. 사바스트는 떠났다. 나를 남겨두고서.

"그들이 떠난 지 얼마나 되지요?"

소잔은 이미 내가 무슨 생각인지 알고 있었다.

"그들을 따라잡을 수는 없어요. 떠난 지 오래 되었거든요. 조안나, 당신도 알겠지만 요즈음은 검문이 심해요. 여자들은 통과되지만 남자들은 열두 살만 돼도 끌려가요. 사바스트와 카마란은 누가 봐도 페쉬메르가인 줄 알 수 있어요. 바그다드는 전사는 무조건 사살하라는 명령을 검문소에 다 하달했대요."

"그래도 나는 사바스트와 함께 있어야 돼요. 나는 걸을 수 있어요."

나는 시위하듯 방을 두어 바퀴 돌았다.

소잔이 머리를 천천히 흔들었다.

"조안나, 당신은 이미 한계를 넘었어요. 오늘은 쉬어야 돼요. 당신은 산두란까지 차로 갈 수 있어요. 사바스트가 당신의 이라크인 증명서를 나에게 맡겨 놓았어요. 이 증명서로 당신은 아랍계 이라크인이라는 것을 분명히 알 수 있오. 알아스카리 양. 그럼 검문소에서 무사히 통과할 수 있어요. 그리고 당신은 차를 타고 곧 떠날 수 있어요. 이라크 비행기가 요즈음 기승을 부리고 있죠. 여기도 무슨 일이 일어날 줄 몰라요."

그때 적기가 날라 오는 소리가 들렸다. 비행기가 출몰하는 지역에 수개월 살다보니 비행기 소리를 듣고 이내 정찰기인지 폭격기인지 식별할 수 있게 되었다. 나는 비행기 소리를 집중해서 듣고 정찰기인 것을 알았다.

소잔도 내 생각과 같았던지 내 어깨에 손을 얹고 말했다.

"정찰기로군요. 어제 아침에도 내내 우리 머리 위를 뱅뱅 돌며 시끄럽게 했어요."

내가 화가 난 것은 비행기가 출몰해서가 아니고 사바스트가 떠났기 때문이었다. 결혼 이후 나는 그의 짐이 되지 않았다. 어제만 해도 눈이 잘 안보였지만 그와 걸음을 같이 하지 않았던가? 나는 화가 나서 어찌할 바를 몰랐다.

사바스트는 내가 고집불통이라는 것을 잘 안다. 그래서 내가 잠자는 때를 골라 떠난 것이다. 잠만 자지 않고 있었더라면 함께 떠날 수 있었을 터인데. 지금이라도 찾아 떠나야하나? 이 위험한 시기에 그와 헤어지기 싫었다.

그때 내 배가 다시 무언가에 찔리듯 아팠다. 그와 다시 못 만날지도 몰라. 나는 소잔의 집에서 편히 있는데 그는 죽을지도 몰라.

그가 어디에 있는지 알 길이 없고 무슨 일을 당하고 있는지도 몰랐다. 실제로 커디스탄에는 실종된 후 아무런 소식이 없는 자가 많았다. 산두란에 그가 안 나타난다면 어떻게 해야 하지? 그런 생각을 하니 내 마음을 걷잡을 수 없었다. 내 손으로 그를 어떻게 할 수는 있어도 남이 그를 해치게 할 수는 없었다.

소잔이 손으로 내 몸을 잡아 부엌으로 데려갔다.

"아침식사를 차려줄게요. 계란말이와 빵과 잼 그리고 차를 준비할게요. 괜찮지요?"

사바스트를 따라 잡으려면 단단히 먹어두어야 되지. 힘이 있어야 돼. 나는 그렇게 생각했다. 그래, 먹자.

아침을 먹으면서 내 몸에서 냄새가 역겹게 나는 것을 느꼈다.

"소잔, 목욕을 해야겠어요. 공습 이후 세수도 못 했어요. 냄새가 나고 끈적끈적해서 못 참겠어요."

소잔이 꾀죄죄한 내 행색을 보고 역겨운 냄새도 맡았다.

"목욕을 빨리 하세요. 오늘 아침 일찍 당신 옷을 다 빨아 빨랫줄에 널었으니 다 말랐을 거예요. 갈아입을 옷을 가져올게요."

돌아서는 그녀에게 감사의 미소를 지어 보였다. 소잔은 좋은 친구였다. 나도 이 은혜를 갚을 날이 있을지 모르겠다. 그녀가 드레스와 속옷을 가져 왔다. 커디스탄의 햇빛과 바람이 스며들어 보드랍고 향기도 나는 듯했다.

그녀가 나를 목욕실로 안내했다. 벽은 콘크리트로 되어 있었으며 좁고 어두웠다. 머리보다도 높은 곳에 손바닥만한 문이 하나 있었다.

가스히터 위에 놋쇠 물 단지가 놓여 있었고 물통 밑 부분에 꼭지가 달려 있었다. 그 옆에 작은 그릇이 하나 있었다. 이 그릇에 물을 담아서 머리와 몸에 뿌린 다음 비누칠을 하고 씻어야겠군.

소잔이 비누, 샴푸, 수건을 건네주며 '빨리 끝내세요.'라고 했다.

"최단시간 목욕 세계기록을 세우겠어요."

나는 돌아서는 그녀에게 대답했다.

나는 옷을 빨리 벗고 따뜻한 물을 머리와 몸에 여러 번 뿌렸다. 비누칠을 하고 머리에 샴푸를 바르고 머리를 문지르고, 물을 또 뿌리고….

몸이 깨끗해졌다. 기분이 참으로 좋아졌다. 그러나 인생이란 한 순간에 변하나 보다.

물을 뿌리는 그 순간 비행기 굉음이 가까이서 들렸다. 놀라 몸을 벽에 기대보니 벽이 울렸다. 나는 놀라지 않으려 했다. 베르가루에서 고비를 많이 넘겼기 때문에 나는 숨을 가다듬고 정신을 차렸다. 다행히 비행기가 폭탄을 투하하지 않고 사라졌다. 나는 숨을 내쉬었다. 아마 아무 일없이 지나가겠지. 그 때 비행기가 엄청난 굉음과 함께 다시 오는 소리가 들렸다. 나는 피해야 된다고 생각했다.

드레스를 급히 잡아 머리위로 들어올렸다. 죽더라도 옷은 입어야지.

욕실 밖으로 한발을 내딛는 순간 내 생에 있어서 가장 요란한 소리가 들렸다. 폭발음이었다. 고막이 터지는 것 같았다. 나는 고개를 숙이고 입을 벌려 고함을 질렀다. 폭발 소리가 이곳저곳에서 났다. 나는 바닥에 넘어져 손으로 얼굴을 감쌌다. 이제 진짜 끝이구나. 이렇게 죽는구나.

사바스트가 미웠다. 나에게 작별인사도 안하고 떠났는데, 이렇게 혼자 죽는구나. 나는 그의 이름을 외쳤다.

"사바스트!"

바로 그때 폭발물이 또 터지면서 벽과 마루를 진동시켰다. 마지막 순간 나는 내 뱃속의 아이가 생각났다. 더 없이 슬펐다. 내 몸이 공중에 솟구쳤다. 강한 바람에 깃털마냥 날아올라서는 잿빛의 욕실 콘크리트 바닥에 사정없이 떨어졌다.

그리고 어둠이 앞을 가렸다.

21
메르제 공습받다

커디스탄, 메르제, 금지구역

1987년 8월

폭격을 받은 것은 나에게 행운이었다. 그 폭격은 나를 낙원으로 보내주었다. 적어도 처음에는 그렇게 생각했다.

천국이라고 생각되는 곳에서 고요한 안개를 뚫고 낯선 소리가 들려왔다. 누구일까? 나는 그 소리에 집중했다. 그때 아빠를 봤다. 나는 당황하여 쳐다봤다. 그의 흐릿한 옆모습이 몇 번 흔들리더니 더 분명해졌다. 그리고 전에 귀머거리에 벙어리였던 아빠의 음성을 들었다.

아빠의 곱던 얼굴이 걱정을 해서인지 많이 상해 있었다. 아빠는 나를 가볍게 꾸짖었다.

"조안나, 여기서 무얼 하느냐? 엄마와 집에 있어야지."

그의 목소리는 내가 항상 생각했던 대로 포근하고 자신에 차 있었다. 나는 숨을 쉴 수가 없었다. 지금이 내가 어린 시절 아빠에게 '아빠, 아빠, 나에게 말 좀 해봐요.'라고 말하면서 내가 항상 꿈꿔오던 그 순간인 것이다.

그의 친숙한 모습이 사라질 때 나는 멀리서 들려오는 메아리 소리를 들었다. 누군가가 나를 부르고 있었다.

"조안나, 조안나! 살아 있어요?"

나는 신음소리를 냈다. 내 생각을 주워 모아 정리하려고 애썼다. 그러나 생각이 나지 않았다. 나는 힘들게 팔을 움직여 손가락으로 머리와 뺨을 두드렸다. 그리고 머리가 미끌미끌하여 이상하다고 생각했다.

'내가 수영하고 있나?'

"조안나!"

나는 발을 펴려고 몸을 움직였다.

"조안나, 소리를 질러 봐요."

정신이 점점 더 혼란스러워졌다. 몸을 떨며 눈을 뜨고 나를 에워싸고 있는 어두운 공간을 살펴봤다. 사방이 어두웠지만 내가 시멘트 바닥에 누워 있다는 것은 알 수 있었다. 기억들이 조금씩 났다. 내가 메르제의 소잔 집에 있었지. 적기가 마을을 공습할 때 목욕하고 있었지.

머리를 가볍게 또 두드려봤다. 얼마나 의식을 잃고 있었나? 머리에서 피가 흘러 얼굴과 목을 적신 것 같았다. 심하게 다친 것이 분명했다. 그렇게 아프진 않았지만 죽을까 두려워 더 크게 신음소리를 냈다.

사바스트! 그는 어디에 있을까?

"조안나, 어디에 있어요?"

필사적으로 소리를 질러 어디에 있는지 알리려고 했지만 소리가 목 속에서 아주 약하게 골골 소리만 났다. 입이 열려지지 않았다. 턱이 나갔나?

엄마가 조용히 하라고 할 때 나에게 자주 하던 말이 순간 생각났다.

"조안나, 입 말고 눈을 크게 떠라."

내 입이 닫혀 있어야 할 때 아마 쫙 벌려 있었던 모양이다. 바보 같은 녀석.

"조안나, 나와요. 공습중이에요."

나는 겨우 낮게 소리를 냈다. 왜 누군가가 나에게 오지 않지? 내가 산채로 매장되었나? 집이 무너져 내가 깔렸나?

"조안나!"

드디어 입안의 무언가를 다 밀쳐냈다. 비로소 크게 소리 질렀다.

"살아있구만! 알려여!"

내 소리를 들었나보군. 메르제 마을 사람들이 공습 중에도 모두 나를 구하려 필사적으로 애쓰는구나. 베르가루에서 오래 생활했음에도 불구하고 나는 순진하였다.

얼마나 더 이런 어려움에 처해야 하나? 이렇게 위험한 일만 당하니 참 불운한 여자지. 그러나 그럴 때마다 죽지 않고 이렇게 살아나 나중에 옛일 삼아 이야기할 날이 있을 테니 얼마나 운이 좋은가!

머리를 두드려봤다. 아직도 피로 젖었다. 시멘트벽에 부딪힌 것이 기억났다. 뇌진탕이 아니길 바랐다.

"조안나?"

"여기 있어요."

모기만한 소리였다.

"나올 수 있어요?"

나는 더 이상 움직이기가 어려웠다. 팔로 몸을 지탱하기도 어려웠다.

"나 여기 있어요."

여전히 모기만한 소리였다. 눈물이 흘렀다.

그때 적기의 굉음소리를 또 들었다. 아직도 놈들이 안갔구나. 또 어느 집이 폭격 당했겠지. 걱정하며 다시 손발을 이용해 억지로 기어나갔다. 흩어진 유리 조각에 손, 발 가슴이 베어 사방이 쓰렸다.

한참을 기어 나와 나를 구해준 사람을 만났다. 카림이었다. 그 옆에는 아무도 없었다. 다 죽었나?

그가 손을 내밀었다.

"조안나, 이리와요."

나는 또 누가 더 있나 살펴봤다. 다른 이는 없었다.

카림이 알아차리고 말했다.

"다른 사람들은 방공호에 있어요. 공습이 워낙 심해요."

공습 중에도 나를 구하려고 카림이 나와 있었다. 그는 내 손을 끌며 말했다.

"걸을 수 있어요?"

나는 고개를 끄덕였다. 주위에서 폭발하는 소리가 들렸다. 카림은 발걸음을 빨리했다.

"자, 빨리. 방공호로 갑시다."

그는 나를 마을 방공호로 데려 갔다. 방공호로 들어설 때 폭발소리가 더 크게 들렸다. 우리는 겨우 비집고 안으로 들어갔다.

소잔이 외쳤다.

"알라여 감사합니다. 조안나가 살았어요."

나는 소잔 앞에 주저앉았다. 소잔은 나를 여자와 애들이 있는 곳으로 데려 갔다. 여자들이 나를 둘러싸며 수건을 내 머리와 어깨에 걸쳐 주었다.

"나 죽을 것 같지요?"

"천만에. 살 겁니다."

"그러나 머리에 피가?"

나는 머리를 조심스럽게 두드렸다.

한 여자가 다가와 머리를 보며 말했다.

"한 번 봅시다."

수건을 걷어내고 내 머리를 좌우로 돌려 검사했다. 나는 숨을
죽였다.

"괜찮아요. 몇 군데 할퀴기만 했어요."

그녀가 말했다.

"정말이에요?"

반가워 말했다.

그 여자가 손으로 내 얼굴을 만졌다.

"얼굴은 시멘트에 부딪혔고, 입술은 찢어졌지만 생명에는 전
혀 지장없어요."

"옷이 찢기고 무릎에서 피가 나요. 무릎에 유리조각이 박혔
어요."

그래. 그래도 무릎이야 낫겠지만 머리의 피가 문제라고 생각
했다.

"그런데, 왜 내 머리에서 피가 많이 흘러요?"

"피는 거의 없고 샴푸예요."

그래. 샴푸를 뿌리고 헹구지는 않았지. 이제 안심이 되었다. 그

런데 복부 아래 부분이 콕콕 찔렸다. 뱃속의 아이는 괜찮을까? 손으로 배를 쓰다듬으며 나는 숨을 깊게 들이마셨다.

"배가 아프세요?"

소잔이 걱정하며 물었다. 나는 고개를 저었다. 나만의 비밀을 누구에게 말하고 싶지 않았다. 그리고 임신이 확실한 것도 아니잖은가?

여자들이 내 무릎에서 유리조각을 조심스럽게 제거했다. 소잔이 담요와 베개를 가져와 말했다.

"공습이 빨리 끝날 것 같지 않아요. 조안나, 좀 쉬어야 해요."

나는 잠이 들었다. 얼마동안을 방공호에서 잤는지 다정히 부르는 소리에 깨었다.

"조안나, 일어나요."

나는 잠에서 반쯤 깨어 고개를 돌려 쳐다 봤다.

"조안나!"

아, 행복했다. 그가 살아 있다니. 사바스트였다.

"사바스트!"

나는 내 몰골이 어떻게 생겼는지도 모르고 일어나 앉았다. 사바스트는 우습다는 듯이 말했다.

"머리에 수건 있는 거 알아요?"

"사바스트! 무슨 일이 있었는지 알아요? 나를 떼어놓고 가다니요?"

나는 화가 난 듯 말하였으나 그가 살아있고 내가 살아 있다는 기쁨에 차 있었다. 우리는 또 한 번 죽을 고비를 넘겼다. 사바스트는 아직도 이상하다는 듯 내 머리위의 수건을 걷어내며 말했다.

"이게 무엇이요?"

"목욕하고 있었어요."

그가 나를 일으켜 세웠다.

"목욕을 끝내야겠어요. 얼굴에 비누 자국이 있어요."

"비누 자국이 아니라 시멘트 조각이에요."

그가 나를 떼어 놓고 갔다는 생각이 또 들었다.

"나를 떼어 놓아 이런 지경에 이르렀어요. 그렇지 않았다면 안전했을 거예요."

그가 내 팔을 가볍게 붙들었다.

"자, 카림의 집으로 가서 우리의 계획을 정합시다."

그날따라 붉은 석양빛이 더 아름다웠다. 서산에 걸린 해가 금빛을 발하며 폭격으로 부서진 마을을 비추었다. 그래도 우리는 살아 있으니 더 이상 바랄 게 없었다.

복부가 다시 아파왔다. 정말 임신했다면 태아가 영향을 받았을 것이다. 마을에는 구급약을 제외한 의료시설이 없었기 때문에 손볼 수가 없었다. 전문 안과는 술래마니아에 있다. 거기에는 갈 수 없었다. 간다 해도 병원에 갈 수 없었다. 이미 이라크 정부는 독가스 공격으로 생긴 부상자를 치료는커녕 다 사살하라는 지시를 병원과 검문소에 내려놓았다. 내 눈이 부어 있고 충혈 되어서 독가스 공격을 받았다는 것은 쉽게 알 수 있었다.

태아의 안전을 위해 내가 할 수 있는 일은 넘어지지 않도록 조심해서 걷는 것 밖에 없었다. 또, 내 눈을 위해서는 안약을 가끔 넣는 것 밖에 없었다.

사바스트에게 내가 임신한 것 같다고 말하려 했으나 그의 주름진 얼굴을 보고 단념했다. 그에게 걱정거리를 하나 더 얹어 주기가 싫었다.

그때는 몰랐지만 사바스트가 나를 두고 떠났을 때, 내가 서둘렀다면 그를 잡을 수도 있었다. 내 성격을 아는 그가 소잔에게 떠난 지 오래 되었다고 말하라고 했단다. 그것이 그가 빨리 메르제로 돌아오게 된 이유였다.

그와 카마란이 메르제를 떠난 지 얼마 안 되어 적기가 메르제를 공습하는 소리를 들었다. 카마란이 나중에 말해줬다.

"메르제가 공습 받는 것을 보고 사바스트는 사색이 되어 서있었어요. 그가 당신 이름을 외치며 장애물이나 계곡물을 한 걸음에 뛰어 넘으며 메르제로 돌아갔어요. 조안나, 당신은 그에게 너무 소중한 사람이에요. 그건 사실이에요."

카마란의 그 말에 나는 행복했다. 우리 둘은 절대 헤어지지 말아야 한다는 생각을 더 굳어졌다. 그러나 그렇게 되지 않았다. 그와 카마란은 검문소가 있는 간선도로는 너무 위험했으므로 험한 산길로 다녀야 했다. 나는 상처가 많았고 눈은 아직도 흐릿하여 산길을 갈 수 없었다. 더구나, 태아를 생각하면 넘어져서는 안 되었다. 그와 나는 따로 가는 수밖에 없다고 생각했다.

영문을 모르는 사바스트는 내가 순순히 따로 가겠다고 하자 크게 놀랐다.

사바스트와 카마란을 산두란에서 만나기로 했다. 차로는 네 시간 거리였다. 최근 소식에 의하면 산두란은 아직 쿠르드가 장악하고 있지만 이라크군 지역과 불과 몇 킬로 밖에 안 떨어져 있어 언제 이라크군의 수중에 들어갈 지 알 수 없었다. 거기에서 우리는 이라크군이 장악하고 있는 산가세르에 가야했다. 왜냐하면 그곳에서 유명한 안내인을 만나 칸딜산을 넘어야 했다. 아주 위험한 여정이며 우리는 이라크군에게 추격당할 것이다.

사바스트는 떠날 때쯤 필요 없는 말로 나를 괴롭게 했다.

"조안나, 우리의 길은 험난하오. 제발 바그다드로 돌아가오. 그대가 또 이 고생을 하고 또 혹 죽을까 봐 내가 우리 일에 집중할 수가 없소."

"사바스트, 아직도 모르겠어요? 당신의 길이 나의 길이요. 왜냐면, 우리는 이미 하나이니까요. 죽든 살든 함께 하는 것이 우리 운명이에요."

내 대답은 단호했다.

세상의 다른 아내들도 남편을 사랑하리라. 그러나 나보다 더 남편을 사랑하는 사람은 결단코 없으리라고 확신했다.

몇 시간 후 소란가족과 작별하고 나는 사바스트가 마련해 놓은 차를 타고 산두란으로 떠났다. 일행은 다 믿을만한 사람이었다.

차창 밖으로 걸어 피난 가는 쿠르드인이 많이 보였다. 남자들은 케이 소총을 메고 탄띠는 가슴에 둘렀다. 여자들은 아기를 업고 꼬마들은 엄마 곁에서 걸었다. 소년들은 소나 당나귀 끈을 손에 들고 걸어갔다. 닭이나 오리는 우리에 갇혀 당나귀 양쪽에 걸쳐 있었다. 그들의 처지가 참 안됐다는 생각이 들었다. 고향을 등지고 떠나는 저들이 안전하게 갈 곳이 어디에 있겠는가? 도처가 위험했다.

목숨 건 여행이 아니라면 드라이브하기에 딱 좋은 계절이었다. 늦여름으로 아직 서리가 내리지 않아 나뭇잎은 푸르렀다. 초원은 시들어 갈색 배경에 푸른 나무가 곳곳에 밀집해 있는 풍경은 전형적인 커디스탄의 전원이었다.

작은 구릉이 연이어 물결치고 저 멀리 높은 산맥은 계속 그 자리에 있는 것 같았다. 아직 눈은 오지 않아 바람 속에 비치는 햇빛이 등에 따사롭게 느껴졌다.

저 산길은 나무가 무성해 햇빛이 안들 테니 좀 추울 것이다. 사바스트가 저 산길 어디쯤 갈 것이라는 생각에 자꾸만 그 쪽으로 눈길이 쏠렸다.

산두란에 도착하여 압둘라 집에 갔다. 그도 비밀 페쉬메르가로 이곳을 지나는 페쉬메르가들에게 은신처를 제공하는 임무를 맡고 있었다.

그들에게 마법의 날개를 달지 않는 한 아직 도착할 시간이 아니라고 압둘라는 말했다. 사바스트가 아직 도착하지 않아 불안했다.

나에게 온갖 친절을 베푸는 압둘라와 그의 부인 미니취는 선남선녀였다. 특히, 압둘라는 사바스트와 비슷하게 생겼다. 그들은 이라크군에게 붙들리면 자녀 셋과 함께 극형에 처해지는 데도 아랑곳 않고 명랑했다. 이라크군은 페쉬메르가에게 은신처를 제공하는 사람들을 가장 악랄하게 처형했다. 자쉬들은 이런 자들을 찾아내기 위해 광분하고 있었다.

나는 나무줄기에 등을 대고 나뭇잎 흔들리는 소리마다 혹 그가 오나 귀를 기울였다.

몇 시간 후 인기척이 나 귀를 기울이고 있었더니 기적처럼 사바스트와 카마란이 나타났다. 열 시간이 넘는 산행으로 지쳐 창백했다. 그는 웃으며 손을 흔들었다. 목숨을 건 도주가 아니라 즐거운 가족 나들이에 나서는 것 같았다.

그이를 살아서 만난 것이 반가웠지만 그의 심상치 않은 얼굴로 보아 무언가 잘못된 것이 있었음을 짐작했다. 간단히 인사를 나누고 나서 사바스트는 우리가 가능한 한 빨리 떠나야 된다고 했다. 적들이 기미를 알아차리고 우리를 뒤쫓고 있다는 것이다.

그의 말을 듣고 내 손이 떨리고 머리가 긴장하여 빳빳하게 섰다. 나는 사바스트의 위험 감지능력을 믿게 되었다. 그래서 나는 그의 직관을 존중한다.

나는 떠날 준비가 되었다. 빨리 떠나면 빠를수록 좋았다.

그들은 차 한 잔과 열두 시간만의 식사를 간단히 마쳤다. 이제는 자쉬가 판을 치고 이라크군이 장악하고 있는 산가세르까지 타고 갈 힘이 좋은 차를 확보하여야 했다. 갈 길이 험하고 돌길이기 때문이다. 다행이 차를 구하여 다음날 아침 일찍 우리는 친절한 주인 압둘라와 미니취 내외에게 인사를 하고 산두란을 떠나 산가세르로 출발하였다.

내가 앞일을 알았다면 그들에게 같이 가자고 강권했어야 했다. 왜냐하면, 우리가 떠난 후 얼마 안 있어 압둘라는 적들과의 교전에서 전사하고 그의 부인 미니취는 세 아이와 정처 없는 피난길에 올랐기 때문이다. 그러나 우리는 한치 앞을 내다 볼 수 없는 운명이며 더구나 커디스탄 전역에 불어 닥칠 비극의 깊이를 알지 못했다.

메르제를 떠난 지 나흘 만에 산가세르에 도착했다.

산가세르에 들어가는 데는 별다른 어려움이 없었다. 왜냐하면, 자쉬들이 어떤 간 큰 페쉬메르가가 감히 이 살벌한 시기에 대로로 올지를 생각지 못했기 때문이었다. 모든 페쉬메르가는 산길을 통해서 도망가고 있었다. 칸딜산은 전문 안내인이 없이는 오를 수가 없다. 그래서 우리가 여기에 온 것이다.

가장 유명한 산악인은 미친 크레이지 하산이었다. 그의 별명은 도움을 받은 이 중 하나가 칸딜산의 조그마한 길, 바위, 협곡 등 모든 것을 알고 있는데 그의 비상함에 놀라 붙여준 별명이었다.

우리는 하산의 집으로 직행했다. 그는 진짜 산사람처럼 보였다. 사바스트보다 약간 나이가 많아 보였으며 키가 크고 말랐으며 곱슬머리에 구레나룻이 무성했다.

하산은 차를 권하며 말했다.

"시기가 가장 안 좋은 때 왔군요. 내 동생이 자쉬에요. 지금 이 도시에 자쉬 일천 명이 암약하고 있다고 해요."

나는 순간 사바스트를 쳐다봤다. 이 자가 자쉬의 형이라니! 사바스트의 얼굴은 아무 동요도 나타나지 않는 표정이었다. 나는 카마란과 꺼림칙한 시선을 주고받았다.

하산은 계속 말했다.

"그들은 상부의 지시를 받았어요. 자파티 계곡의 쿠르드애국동맹이 그들의 첫 번째 공격 대상이지요. 바그다드의 지령은 그곳 방송국을 폭파하라는 거예요. 자쉬의 임무는 도주하는 페쉬메르가를 잡아 사살하는 거지요. 바로 당신이지요. 두 번째 임무는 페쉬메르가를 지원하는 민간인을 잡아 처형하는 거지요. 바로 나 같은 사람이요. 그들은 가가호호 색출하여 남자는 사살하고 여자

는 남쪽 수용소로 보냅니다. 그들의 목적은 전 커디스탄을 공동
화 시키는 거랍니다."

내 심장이 심하게 고동쳤다.

사바스트는 냉정하고 계산적이었다.

"당신 말이 맞는다면 우리는 지금 떠나야겠군요."

"너무 위험합니다."

하산이 대답했다.

"당신이 최고 산악인인줄 알았는데요."

사바스트가 실망했다는 듯 말했다.

크레이지 하산이 사바스트의 도발적인 말을 듣고 정말 미친
듯 보였다. 사바스트는 세상에 전혀 무서울 것이 없다는 듯 무심
히 앉아 있었다. 그러나 나는 그의 근육이 꿈틀 거리는 것을 감
지했다.

이런 사태를 짐짓 예상했지만 이렇게까지 치달을 줄은 몰랐다.
사바스트가 너무 위험에 자신과 우리를 던진 것이 아닌가? 사바
스트나 하산 모두 한가락 할 수 있는 사람들이다. 하지만 이곳은
하산의 안방이다. 언제 하산이 자쉬를 부를지 알 수 없는 상황이
었다.

크레이지 하산이 눈가를 찌푸리며 말했다.

"알아봅시다."

"할 것인가 못할 것인가를 분명히 말해 주세요. 못하겠다면 딴

사람을 알아봐야 하니까요."

하산이 도전을 받았다.

"도와주겠소. 그러나 내 말을 따라야하오."

사바스트의 눈빛이 이글거렸다.

"언제 떠날 수 있겠습니까?"

"오늘은 불가하오. 동생에게 부탁하겠소. 필요한 정보를 얻을
수 있을 것이오."

사바스트가 일어서며 말했다.

"같이 갑시다."

카마란도 일어나 사바스트 옆에 섰다.

하산이 나를 보며 말했다.

"이 여자는 우리 집사람과 함께 이곳에 머물러야 하오."

사바스트가 나에게 가만있으라고 눈짓하며 동의했다. 그때 하
산의 부인이 몇 명의 여자가 있는 거실로 나를 데려 갔다. 우리는
아무 일 없다는 듯이 가벼운 이야기를 나누었다. 나는 마침내 용
기를 내어 하산 부인에게 물었다.

"시동생이 자쉬에요? 어떻게 그런 일이?"

그녀는 오랜 가난에 찌들고 주름진 얼굴이 거칠게 보였으나 심
성이 곧은 여자였다.

"아, 우리 시동생은 진짜 자쉬가 아니에요. 이라크 정부로부터
돈을 받지만 페쉬메르가에게 해를 끼치지 않고 우리 남편을 보호

362

해줘요."

나는 그녀의 말이 진실이기를 바랐다. 우리의 운명이 그녀의 남편과 시동생에게 달려 있기 때문이었다. 그녀의 말은 믿을 만했다. 왜냐면 자쉬의 역사는 복잡하다. 과거 쿠르드인은 죽을지언정 동족을 배반하며 바그다드로부터 한 푼의 돈도 받지 않았다. 우리는 자쉬를 경멸하며 당나귀 새끼라고 불렀다. 그러나 이란과의 긴 전쟁동안 일부 쿠르드인이 변했다. 징병을 기피하면 집안 남자들이 다 처형당했고 전쟁터에 끌려가면 죽거나 작은오빠처럼 죽을 고생을 했다. 징집과 굶주림을 피하기 위하여 바그다드로부터 돈을 받는 자쉬가 생겼다.

최근에는 사바스트와 같이 유명한 페쉬메르가에게는 현상금이 붙어 있어 이를 노리는 자쉬도 생겨났다. 현재 그들은 수십만 명으로 불어났다.

지금 우리는 자쉬가 우글거리는 산가세르 한 복판에 와 있다. 누구를 믿을 수 있겠는가? 나는 아무도 안 믿었다. 내 걱정은 하산이 혼자서 돌아왔을 때 절정에 달했다. 아마 이 자가 사바스트를 새 차와 교환했을지도 몰랐다. 나는 이런 생각에 독이 올라 그 자의 눈을 빼 버리려고 했다.

사바스트는 확실히 나의 이런 반응을 예견했다. 그가 재빨리 나에게 설명했다.

"당신 셋이 모두 우리 집에 있는 것은 위험하오. 저녁에 자쉬들이 수색 나와도 당신 혼자 우리 집에 우리 집사람과 같이 있으면 안전하오. 내 동생네 집은 자쉬들이 수색을 안 하니까 안전하오."

사바스트는 하산 형제를 믿었을지 모르나 나는 반쯤만 믿었다. 그날 밤은 내 생애에 있어서 가장 긴 밤이었다.

다음날 아침 사바스트와 카마란이 돌아왔다. 하산은 지금 떠나는 것이 위험하다고 했으나 사바스트가 바로 떠나자고 고집을 피우자 결국 이를 받아 들였다. 그가 노새를 타고 앞장섰고 우리가 그 뒤를 따랐다. 도심을 막 빠져 나오자 검문소가 눈에 띄었다. 자쉬들이 벌떼처럼 많았다.

우리는 재빨리 뒤돌아 왔다. 다음날 저녁, 두 번째로 도시 탈출을 기도했다. 어제와 다른 길로 갔으나 역시 검문소가 있었다. 산가세르로 다시 돌아올 수밖에 없었다.

사바스트는 거의 미친 사람이 되었다. 나는 손톱을 물어뜯었다. 카마란은 냉정을 잃지 않았다.

삼일 째 저녁에 사바스트가 하산에게 떠나자고 했다. 하산이 추이를 보아가며 천천히 결정하자고 하자 사바스트는 외쳤다.

"사담이 검문소를 지키고 있더라도, 우리는 통과해야 합니다."

우리에게 행운이 있었다. 세 번째 산가세르 탈출 시도는 다른 여행객을 검문하느라고 자쉬들이 바쁜 틈을 이용하여 우리는 포복하여 들키지 않고 통과할 수 있었다.

그 성공은 감미로웠으나 앞길은 더욱 험난하였다. 우리가 칸딜산 정상에 오를 때까지는 자쉬가 우리를 위협할 것이다.

우리가 하산과 그의 커다란 회색 노새 뒤를 따라가며 나는 멀리 보이는 칸딜산을 바라봤다. 칸딜산 높은 봉우리들은 하얀 눈으로 덮여 있었다. 마음에 여유가 있었다면 아름다운 풍경이었을 것이다. 그러나 그 험한 준령을 걸어서 넘어야한다고 생각하니 괴물처럼 끔찍하게만 보였다. 마음이 불안했다. 우리가 저 산 밑까지 자쉬를 피하여 잘 간다하더라도 저 하늘을 찌르는 봉우리를 어떻게 넘는단 밀인가?

알라에게 맡길 수밖에 없다.

나는 그저 묵묵히 버텨 나갔다.

22
칸딜산에 오르다

이란 국경 근처 커디스탄 금지구역

1987년 10월 말

이번 여행 전에는 노새에 대하여 별 관심이 없었다. 그러나 하산의 노새를 죽을 똥 살 똥 힘들여 불과 몇 분을 타고 나니 노새가 내 인생의 모든 것이 되었다. 이 녀석의 모든 동작은 물론, 커다란 귀에서 발굽에 이르기까지 모든 것을 정확히 알게 되었다. 그 녀석 등에 착 달라붙어서 안장에서 떨어져 땅에 나뒹굴지 않는 것이 내 인생의 유일한 목표가 되었다. 팔로 그 녀석 목을 꽉 잡고 등은 공중으로 향했다. 그 자세는 분명 노새 타는 자세가 아니어서 노새도 불편했겠지만 나 역시 불편하기 짝이 없었다.

산가세르를 무사히 빠져 나오자 사바스트와 하산이 합세하여 나에게 노새를 타라고 했다. 나 자신은 용케 그들을 잘 따라간다고 생각하고 있었는데 그들은 내가 너무 느리게 걷는다고 했다. 사바스트에게는 또 다른 이유가 하나 더 있었다. 칸딜산을 넘는 이 일정은 이삼일 걸리는 힘든 일정인데 나의 상처로 보아 우리 속도가 늦어질 게 뻔하다는 거였다.

나는 화풀이를 했다. 내가 어렸을 때 가끔 작은 나귀를 타면, 나귀는 퍽 낮아서 내 긴 다리가 거의 풀을 스칠 뻔했다. 타는 게 지치면 그냥 등에 앉아있었다. 그럴 때면 나귀가 알아서 달려갔다. 그런데 하산의 노새는 달랐다. 나는 고소 공포증이 있는데 이 노새는 몸집이 크고 다른 말에 비해 유달리 높았다.

아름다운 연회색 털에 넓은 가슴과 큰 귀를 갖고 있는 이 녀석은 확실히 명품임에 틀림없다. 하산은 이 녀석을 아주 자랑스러워했다. 하산이 자식을 사랑하듯 이 녀석을 좋아한다. 그러나 나에게는 이 녀석은 공포를 줄 정도로 높았다.

사바스트가 '조안나, 제발 노새를 타고 가요. 지체할 시간이 없단 말이오. 늦어지면 우리 모두 죽게 돼요.'라고 하기 전에는 노새 타기를 거부했다.

노새를 바라봤다. 녀석은 벌써 내 가방 두 개를 양쪽에 걸치고 있었다. 나의 핑크빛 침구가 노새 등에 얹어져 있어서 노새는 한층 더 높아져 있었다. 침구는 내가 고집해서 가져왔다. 사바스트는 그걸 내내 못 마땅해 했다.

"그래 좋아요. 한번 타보겠어요."

나는 부드럽게 말했다.

나는 땅으로부터 너무 높이 있어 현기증이 났다.

"몸을 노새 걸음에 맞춰 좌우로 흔들어요. 노새가 편하도록."

하산이 동작을 하며 말했다.

나는 그를 노려봤다. 내가 그렇게 할 수 있다고 생각한다면 저 하산은 미친 하산임에 틀림없지.

하산은 못 마땅한 듯 머리를 흔들더니 구레나룻을 꿈틀거리며 고삐를 하나 들고 하나는 나에게 주었다. 그러곤 노새를 끌고 앞으로 나갔다.

이 녀석은 나를 못 마땅해했다. 나는 숨을 쉴 수가 없었고 힘이 들었다. 그러나 이 녀석은 괜찮아졌는지 걸음이 가벼워졌다.

사바스트가 물었다.

"여보, 어때?"

나는 대답치 않고 툴툴거렸다. 필요 없는 소리로 이 녀석을 건드리고 싶지 않았다. 노새 타기가 생경하여 한순간도 방심할 수 없었다. 힘들고 고역이었다. 신경을 곤두세우고 있었지만 어느 순간 땅에 떨어질 지 몰랐다.

하산은 오랫동안 페쉬메르가의 밀반입자였다. 그와 이 노새는 백전노장으로 그동안 페쉬메르가에게 약품이며 식품, 무기와 탄

약까지 모든 것을 반입해 주었다. 바그다드는 커디스탄을 아사시키려 했지만 하산 같은 밀반입자들 때문에 목적을 이루지 못하고 있었다.

나는 하산의 용기에 아낌없는 박수를 보낼 수밖에 없었다. 밀반입자의 활동은 위험했다. 밀반입자의 도움 없이는 페쉬메르가가 한 달도 지탱치 못한다는 것을 우리는 잘 알고 있다.

그날의 밤은 끝이 없어 보였다. 노새 등에 어렵게 앉아 나는 사나이들이 하는 말을 거의 알아들을 수 없었다. 태아가 걱정되었다. 나에게 신체적으로 잘못되면 태아에게도 큰 문제가 될 것이다. 나는 걱정이 되어 바그다드 생활이 떠올랐다. 푸근한 침대, 풍성한 음식…. 결혼 후 처음으로 내가 이 위험한 커디스탄에서 이 밤중에 이런 나귀를 타고 무엇을 하고 있나 하는 회의가 들었다.

내가 지쳐 돌처럼 나귀에서 퍽 떨어지지 않을까 걱정하고 있을 때 하산이 작은 실개천 옆에 우리를 멈추게 하고 말했다.

"위험한 지역은 통과했소. 이곳에서 쉬다가 동트기 전에 갑시다."

하산의 말이 천사의 말 같았다. 하산이 말없이 노새를 두드렸고 사바스트는 나를 땅에 내려 주었다.

우리가 마음 놓고 이야기할 밤이 아니었다. 우리는 둘러 앉아 간단한 식사를 했다. 하산이 과일과 호두를, 사바스트가 단단히

369

굳어 버린 빵을 가져온 것이 전부였다. 카마란이 굳은 빵을 물에 적셔 왔다.

나는 거의 먹지 않았다. 실개천 웅덩이에 가서 물을 마셨다. 하산도 노새를 데려 와서 같이 마셨다. 나는 노새의 입과 그 속의 큰 이빨을 봤다.

하산이 이곳은 야생 짐승이 많고 그 중에서도 곰이 잘 나타난다고 했다. 내가 나무 뒤 덤불에 앉자 사바스트가 경계를 섰다. 곰보다도 뱀과 전갈이 더 무섭다고 하자 사바스트는 땅을 살폈다. 그가 침구류를 가져와 나를 감싸주며 용감한 바그다드 신부가 예쁘고 자랑스럽다고 속삭였다.

나는 너무 피곤하여 대답을 못했으나 자려고 눈 감기 전에 그가 곰이 나타날까봐 내 주위에서 불침번을 서고 있는 것을 보았다. 나는 사바스트가 내내 곰과 싸우는 꿈을 꿨다.

몇 시간이나 흘렀을까? 시끄러운 소리에 잠이 깼다. 새소리와 사람들의 웅성거리는 소리였다. 급히 일어나 앉아 주위를 조심스럽게 살펴봤다. 우리 주위에 많은 사람과 노새로 붐비고 있지 않은가?

입이 건조했다. 놀라 사바스트를 바라보니 웃으며 나를 안심시켰다.

"괜찮아. 이게 밀반입자들 쉼터야. 그들은 이곳을 잘 알지."

어떤 사람도 특이한 행동을 않했지만 내가 유일한 여자여서 빨리 떠나고 싶었다. 우리는 이른 식사로 빵과 과일을 먹었다. 노새들이 물을 먹고 있어서 나는 물 마시는 것을 포기했다. 커디스탄 산에는 맑은 물이 지천이므로 가다가 곧 마실 수 있겠지 하고 생각했다.

발각되지 않은 것은 기적이었다. 자쉬에게 붙잡힌 여행자에 관한 무서운 이야기를 하산이 해도 조금도 흥이 나지 않았다. 그 가족은 붙잡혀 남자들은 처형당하고 여자들은 무서운 고문을 당했다고 했다. 무슨 고문인지를 하산은 자세히 말하지 않았다. 하산이 자기는 지금까지 한 번도 붙잡히지 않고 성공했다고 자랑하자 우리는 조금 안심되었다. 숲속에서 적들의 소리가 들리자 풀숲에 앉아 몸을 숨겼다. 이 노새 녀석도 위험을 감지했다. 이 짐승은 자기 주인과 호흡이 잘 맞았다. 하산이 주위의 소리에 귀 기울이면 녀석은 아주 살금살금 발을 옮겼다. 아주 영리한 노새였다.

그런데 녀석에게 유감천만의 일이 발생했다. 녀석은 확실히 내장에 문제를 일으키는 뭘 잘못 먹은 모양이었다. 하산과 사바스트가 뭔가를 상의하고 나와 카마란이 조용히 이야기하고 있을 때 방귀를 요란하게 뀌었다. 소리만이 아니었다. 그 냄새. 냄새를 피하려고 우리는 녀석과 상당한 거리를 두고 따라 갔다. 녀석은 계속 천둥소리를 냈다. 참다못해 천생 재담꾼인 카마란이 입으로 녀석 방귀소리를 흉내 냈다. 그래도 녀석의 방귀는 계속되었다.

녀석의 상태를 이유로 나는 사바스트에게 몇 시간 더 걷겠다고 했으며 내 속도가 워낙 느리게 되면 그때 타겠다고 했다.

그래서 그렇게 했다. 녀석이 이제 좋아지기 시작했다. 우선 무거운 짐을 지고 산길을 계속 걷는 그의 강인함이 마음에 들었다. 걷다보니 이제 주위의 경관이 눈에 들어왔다. 웅장한 칸딜산맥의 자태가 나를 매혹시켰다. 햇빛이 계절에 비해 강렬했다. 하기야 높이 올랐으니 우리가 태양에 가까이 왔겠지. 눈이 안와 다행이지. 눈보라가 친다면 무척 위험하겠지.

우리의 가장 큰 걱정은 검문소가 하산이 알던 위치에서 옮겨져 있지 않나 하는 것이었다. 사실 나무숲 저편에서 들려오는 적들의 소리가 몇 번 있었다. 그러한 순간이 가장 위험했다. 발각되면 우리는 처형될 것이었다. 처형되기 전 모진 고문을 당할 것이다.

정지하고 있을 때 하산은 적들이 어디 숨었나 지형을 관찰했다. 사바스트는 그럴 때마다 우리를 적들에게 포로가 되는 일은 없을 거라고 강력히 말했다.

"전투에서 죽을지언정 포로가 되지 않을 거야."

나를 보며 맹세했다.

"걱정하지 말아요. 적들에게 넘겨주느니 내가 당신을 쏘리다."

내가 그 말에 안도가 되었는지 공포를 느꼈는지는 확실치 않다. 확실한 것은 내 남편은 강철 같은 신념과 의지가 있어서 필요할 경우에는 꼭 그렇게 할 거라는 것을 나는 알고 있었다. 그러한 생각을 하니 몸이 떨렸다. 그러나 그러한 비극이 우리의 운명이라면 사바스트의 고민이 나보다 더 클 거라고 생각되었다.

카마란은 지금도 아무 걱정이 없는지 태평한 모습이었다. 우리 여행이 비극으로 끝나 다 죽게 된다면 카마란이 가장 원통할 거라고 생각되었다. 아직 젊고 결혼, 아니 사랑도 못해봤을 테니까.

노새에 높이 앉아 나는 멀리 앞을 보며 적들이 있나 유심히 살피며 앞으로 나갔다. 다행히 보이지 않았다. 전원풍경은 점점 흥미로웠다. 덤불이 지천으로 깔려 있고 점점 동산이 많아졌다. 내 인생에 있어서 가장 큰 도전이 곧 시작된다는 사실에 나는 기분이 무거워졌다. 녀석도 사태의 심각성을 아는지 긴장하고 있는 것 같았다. 칸딜산이 점점 높고 거대하게 나타나더니 마침내 우리가 칸딜산 바로 밑에 당도했다.

고개를 들어 목뼈가 아플 때까지 산위를 바라보고 나는 경외감에 할 말을 잃었다. 산 정상은 보이지도 않았다. 햇빛이 바위에 쏟아져 춤을 추고 있었다. 나는 나무가 많은 산의 꼬불꼬불한 길을 올라가는 것으로 생각했었다. 그러나 칸딜산은 내가 생각했던 산이 아니었다. 화강암을 딛고 산을 올라야한다고 생각하니 두려운 마음이 들었다. 사바스트는 내가 저 산을 정말 오를 수 있다고 생각했단 말인가?

어떻게 노새가 저 반질반질한 바위에서 발을 내딛을 수 있겠는가? 우리는 녀석을 놓고 가야하나? 그것은 안 될 말이다. 하산이 녀석을 얼마나 애지중지하는데. 게다가 녀석이 우리 물건을 모두 등에 지고 있는데.

출발한 이래 처음으로 카마란도 말이 없었다. 그때 사바스트가 나에게 가장 나쁜 소식을 말했다.

"조안나, 당신은 걷지 않을 거요. 산에 오르는 동안 내내 저 노새를 타요."

내 입이 벌어졌다. 나에게 불가능한 것을 요구하다니.

하산은 한 술 더 떴다.

"지금 산에 오르는 것은 무모하오. 적에게 노출되어 집중 사격을 받을 것이오. 저기 숲속에 숨었다가 어두워지면 출발해야 하오."

사바스트를 물끄러미 쳐다봤다. 나를 노새에 태워 커디스탄에서 가장 험한 산을 한밤중에 올라가라고. 모두 제 정신이 아니군.

해가 지기를 기다리면서 칸딜산을 바라보니 몸이 굳어졌다. 칸딜산은 뾰쪽뾰쪽한 봉우리와 수천 길 낭떠러지가 있는 산 아닌가? 노새가 한발만 삐끗하면 노새에 높이 앉아 있는 나는 바위에 떨어져 머리가 박살나거나 천 길 낭떠러지에 떨어져 까마귀밥이 될 것이다.

생각할수록 앞이 캄캄했다. 난생 처음으로 내가 감당할 수 없는 일에 부딪쳤다.

사바스트가 나를 위로하려 했다. 내 옆에 앉아 마지막 남은 과

일을 권하며 손을 잡았다. 내가 말이 없자 그가 내 어깨를 두드렸다. 그런 것은 쿠르드 문화권에서는 흔치 않은 행위였다. 그는 뭔가 불길한 것에 쫓기는 것 같았다.

심지어 그는 '저 노새는 눈감고도 저 산을 오를 수 있소.'라고 말했다.

나는 숨소리가 거칠어졌다. 그래 이제 알았다. 그래서 노새를 저 산에 끌고 가는구나. 나는 사바스트에게서 손을 빼내며 사납게 말했다.

"그래요. 모든 게 끝났어요. 나는 바그다드로 돌아가겠어요."

"조안나, 무슨 말을 하는 거야? 바그다드론 갈순 없어. 테헤란이면 몰라도. 바그다드는 절대 안 돼."

"사바스트, 내 말 잘 들어요. 나는 눈 가려진 노새를 타고 저 산을 오를 순 절대 없어요."

사바스트는 대꾸를 못하고 한참 있더니 얼굴에 미소인지 경련인지 주름이 꿈틀거렸다. 그러더니, 참지를 못하고 크게 웃더니 눈물이 뺨에 흘러 내렸다.

맞아. 사바스트가 완전히 미쳤어. 무리도 아니지. 그런 스트레스 속에 배겨날 장사가 어디 있겠어? 하루 이틀도 아니고 그 긴 세월을….

그때 카마란이 숲속에서 나와 웃음소리가 어찌된 영문인가 의아해했다. 하산과 그 녀석도 갑작스런 웃음소리에 우리 쪽을 바라봤다. 사바스트는 고개를 앞뒤로 흔들면서 계속 웃으면서 말했다.

"조안나, 그거 재미있군. 아주 재미있어요."

나는 화가 나서 몸이 떨렸다. 그러다 갑자기 깨달았다. 그의 말이 진실이 아니라는 것을. 노새의 눈을 안 가린다는 것을.

사바스트는 내가 오해하자 오히려 즐거워했다. 하산도 내가 정말로 노새가 눈이 가려질 것이라고 믿는 것을 보고 재미있어했다.

"저 녀석은 아주 영리해서 때로는 그가 가는대로 나는 쫓아만 가지요."

노새가 우리 길을 인도한다는 하산의 말을 듣고도 나는 안심되지 못했다. 그러나 노새 등을 타고 산을 오르는 것이 별로 무섭지 않게 생각되었다. 세상에 더 어려운 일이 많이 있을 텐데. 나는 각오를 단단히 했다.

마침내 우리 일행은 출발했다. 해가 지평선에 넘어가고 핑크빛 햇살이 하늘을 붉게 수놓았다. 하산이 녀석을 끌고 앞으로 나가자 나는 정신이 번쩍 들었다. 녀석이 머리와 목을 엉덩이보다도 높이 들자 내 몸이 기우뚱거린 것이다.

내가 힘을 주고 무서워하자 하산이 말했다.

"가볍게 앉아요. 녀석이 무겁거나 중심이 쏠린다고 느끼면 떨어뜨려 버려요."

이제 꼼짝없이 나의 운명은 이 녀석에게 달렸다. 후회스러웠다. 내가 녀석에게 먹을 것을 주고 코를 쓰다듬어 주고 물을 내 손으로 떠주고 했어야 했는데. 나는 녀석과 친해질 수 있는 기회를 다 놓쳐 버렸다.

그것이 악몽 같은 그날 밤의 시작이었다. 녀석이 바위에 발걸음을 디딜 때마다 녀석의 머리와 어깨가 힘이 들어가고 핏줄이 섰다. 땀이 온 몸에 흥건했다. 녀석의 말굽에 채여 돌멩이가 계곡으로 떨어지는 소리를 들을 때마다 나는 등골이 오싹했다. 이런 곳을 새로운 항쟁기지로 선택한 쿠르드애국동맹의 지혜에 경탄했다. 어느 정규군도 이런 곳까지는 추격해 올 수 없으리라. 새로운 방송국은 안전할 것이다.

두어 시간쯤 가다가 항상 긴장을 늦추지 않고 주위를 살피며 앞서 가던 하산이 쉬 소리를 내며 우리를 멈추게 했다. 적군이 근처에 있다는 것이다.

우리를 바위와 바위 사이에 숨게 하고 정찰하러 갔다, 한참 후 돌아온 그가 적들 검문소가 우리 바로 밑에 있고 이 길로 계속 가면 그들에게 노출되니 새로운 길을 찾아야 한다면서 다시 어디론가 갔다.

우리는 끝없이 기다렸다. 나는 불안해서 쉬지를 못했으나 사바스트와 카마란은 그 틈을 이용해서 눈을 붙이고 있었다. 그들은 타고난 전사였다. 내 눈은 아직 온전치는 못했으나 많이 좋아졌다.

달빛에 젖어 잠든 남편을 바라봤다. 적들을 피해 얼마나 많은 밤을 산속에서 노숙으로 보냈을까? 바그다드에 있을 때 나는 페쉬메르가가 되고 싶어만 했지 그 실상을 몰랐다. 페쉬메르가는 항상 전투만 하는 것으로 생각했다. 전투 한 번을 하기 위해서는 때로는 한없이 기다려야하고 배고픔을 이겨내야 되기도 하고 지금처럼 산속을 헤매야 되기도 하는 것이다.

내가 만난 다른 페쉬메르가 여인들처럼 나도 강하고 용감한 페쉬메르가가 되어 사바스트가 자랑스러워하는 아내가 되리라 또 다짐했다.

마침내 하산이 돌아와 자기를 따르라고 했다.

다른 산길로 접어드니 우람한 산봉우리가 눈앞에 있었다. 한 시간쯤 올랐더니 하산이 이제 적들의 감시권에서 벗어났다고 알려줬다.

그날 밤은 아찔한 순간의 연속이었다. 적들의 감시권을 벗어나니 좁은 바위 길을 올라야 했다. 나는 아찔하여 내려다 볼 수 없었다. 두세 번 녀석이 발을 헛디뎌 낭떠러지에 떨어질 듯 위험한 순간이 있었다. 그때마다 하산이 녀석을 잡아당겨 위험을 넘기곤 했다.

공포의 네댓 시간이 지나자 하산이 여섯 시간을 쉬자며 멈췄다. 녀석이 한계에 달했다는 것이다.

사바스트가 떨고 있는 나를 붙들어 내렸다. 나는 팔다리를 흔들었다. 온 근육이 꼬인 것이다. 나는 살아 있다는 것이 기적 같았다.

사바스트는 우리가 아직 가장 험한 코스를 지나지 않았다고 말했다. 내 가슴은 철렁 내려앉았다. 믿고 싶지 않아 그를 멀거니 바라봤다.

우리는 마른 빵을 물에 적셔 먹었다. 식사 후에 잠자리를 만들었다. 산이라 추웠다. 옷을 깔았다. 침구를 가져온 것은 참 잘했다. 그러나 바닥이 딱딱해서 노곤했지만 잠을 잘 수가 없었다. 카마란과 사바스트는 바위에 팔다리를 쭉 편 채 만사 다 잊고 잠들어 있었다. 햇빛 속의 도마뱀처럼 만족한 표정으로.

첫 번째 불침번을 하산이 서고, 두 번째는 사바스트, 세 번째는 카마란이 서기로 했다. 나도 서겠다고 고집했으나 산을 타느라 전력을 쏟았다며 사바스트가 허용치 않았다.

인간의 어려운 처지와는 상관없이 높은 산의 경관은 속절없이 아름다웠다.

초승달이 산허리를 교교히 비추고 있었고 하늘의 수많은 별들은 크고 아주 가까이에 있었다. 손만 들면 만져질 것 같았다. 별들을 하염없이 바라보았다. 내 별은 어느 별이고 사바스트의 별은 어느 별일까? 우리 아이 별은 또 어느 별일까? 그런 생각을 하다가 배를 만져봤다. 내 아이도 지금은 편히 쉬고 있겠지. 임신했다는 사실이 갑자기 기쁘기 그지없이 생각되었다. 이제 위험에서 벗어나면 사바스트에게 사실을 말해야지. 얼마나 기뻐할까? 나를 공중에 빙빙 돌릴 거야. 그리고 손을 맞잡고 우리 아이 장래를 같이 의논해야지.

'내 마음의 아이' 나는 혼자 속삭였다. 아이가 여자애라도 사바스트를 닮았으면 좋겠다고 생각했다.

다시 한 번 배를 쓰다듬었다.

'아기야, 내 마음의 아기야.'

나는 별을 쳐다보다 깊은 잠에 떨어졌다. 사바스트가 새벽에 나를 깨웠을 때는 여명이 아직 트지 않아 어스름이 깔려 있었다.

나는 기대에 차 있었다. 이제 몇 시간만 오르면 우리의 목적지 도라코가에 도착하는 것이다. 쿠르드애국동맹의 새로운 방송국 자리인 것이다.

그날도 도전과 위험의 연속이었다. 나는 때로는 위험을 이겨낸 자신이 대견해서 괴성을 질러댔다. 길이 없어지기도 하고 있어도 너무 좁아 녀석 혼자 가기도 어려웠다. 내가 우연히 밑을 바라보니 저 아래 나무들이 성냥개비처럼 작게 보였다. 나는 아찔하여 몸이 흔들렸다.

어느새 해가 이마와 얼굴을 정면으로 비췄다. 길 가기가 더 어려워졌다. 목적지는 생각보다 멀었다. 한 시간만 더 가면 기진해 쓰러질 것만 같았다.

햇빛을 정면으로 받으며 얼마를 가다가 우리가 가야 할 위쪽을 쳐다봤다. 거대한 바위가 이제 보이지 않았다. 내 입에서 탄성이 나왔다. 처음으로 산과 맞서 이겼다는 승리감이 들었다. 저 멀리 산 밑을 바라봤다. 우리의 적이 저기 있지. 기고만장했다. 너희들은 네놈들이 서 있는 그 땅만 차지하고 있는 거야. 너희들은 절대 커디스탄을 정복 못해. 절대로! 우리가 최후 승리를 할 거야. 우리의 자유를 위해 모든 것을 바칠 거야. 쿠르드의 자유!

칸딜산 정상 바로 밑 평지에 다다랐다. 도라코가에 도착한 것이다. 녀석이 마지막 발걸음을 내딛자 나는 그로부터 큰 선물을 받은 기분이었다.

평지를 둘러보니 우리만이 아니었다. 사오십 명의 전사들이 우리를 환영했다. 그중에 여자가 둘이 있었다. 그 중의 하나가 내 친구 아쉬티였다. 헤마도 있었다. 너무 반가웠다. 이빨이 나기 시작하는 헤마는 험한 여건 속에서도 잘 자라고 있었다. 얼마나 고맙고 장한 일인가? 아쉬티의 남편 레브와르는 특급기술자로 이곳 방송국 설치에 핵심적인 역할을 한 인물이었다.

도라코가에는 아직 건물이 없었고 전사들은 텐트 생활을 했다. 몇 동의 건물과 방공호, 공동 목욕탕, 공동 화장실을 이제 짓고 있었다. 당장 목욕하고 싶었지만 당분간은 대야를 사용할 수밖에 없었다.

땀에 젖은 옷을 벗어 버리고 나는 고마운 마음으로 시원한 물에 몸을 씻었다. 몸이 가뿐해지고 날아갈 것 같았다. 그 순간 우리 앞에 더 큰 고난이 있다는 생각이 들었다. 그러자 뱃속에서 타는 불길처럼 통증이 심하게 느껴졌다.

그렇게 사랑하던 아이를 잃어버리게 된 게 바로 그때였다.

나는 하염없이 통곡했다.

23
아이샤 이모를 찾아서

사케즈, 이란

1988년 여름

사담의 군대는 계속 진군했다. 남에서 북으로,

포병들은 무수한 포탄을 쏘아댔다. 공군은 독가스탄을 투하했다. 이제 쿠르드인의 운명은 총알을 맞고 쓰러지느냐, 독가스를 마시고 쓰러지느냐 둘 중 하나였다. 나도 더 이상 살아남을 것 같지 않았다. 주위의 수많은 사람들이 죽어 가는데 어떻게 살 수 있다는 희망이 보이겠는가?

우리가 베르가루에서 피신한 이후 커디스탄은 진격해 온 사담의 대군들이 초토화시켰다. 커디스탄의 산과 계곡은 쿠르드 난민으로 넘쳐났다. 알리 알마자드가 화학가스를 페쉬메르가 뿐만 아니라 민간인 거주 지역에도 무차별적으로 투하하자 사태는 극에 달했다. 수천의 쿠르드인이 한 번의 독가스 공격으로 사라졌다.

나는 베르가루에서 도망 올 때 불행하다고 생각했지만 지금 생각해보니 다행이었다. 사태가 더 악화되고 대량학살 뒤에 피난 대열은 끝이 없었다. 참혹했다. 아비규환 같은 피난 속에 수천의 부모가 어린자식을 잃어 버렸다. 지치고 굶어죽는 아이들이 부지기수였다. 이렇게 쿠르드인은 정들어 살던 고향땅에서 산으로 산으로 쫓겨 갔다.

쿠르드인들은 서방세계에서 이 화학전쟁을 알게 되기를 바랐다. 그러면 바트당의 만행이 중지될 줄 알았다. 그러나 놀랍게도 이 소식은 밖으로 전해지지 않았다. 바깥세상이 무관심하자 사담의 화학가스 공격은 더 무자비해졌다.

이렇게 쿠르드 인종청소는 더욱 힘을 얻게 되었다. 사바스트와 나는 도라코가에 온 이후, 부족한 텐트 탓에 연장 창고에서 잠을 자야했다. 그곳은 겨울나기에 힘든 곳이었다. 방송국은 아직도 운영되지 않고 있었다. 대본을 쓰고 방송하는 임무를 맡은 사바스트는 할 일이 없었다.

이제 본격적인 겨울이 들이닥칠 것이고 고산지대인 이곳은 눈폭풍이 불 것이다. 내 눈은 아직도 아팠으며 유산으로 인해서 몸은 수척해졌다.

사바스트와 나는 의사의 진찰을 받기 위해 이란 행을 결심했다. 항상 같이 있던 카마란과 헤어지기가 섭섭했지만 아쉬운 작별을 하고 위험한 하산 길을 준비하곤 바로 길을 나섰다. 아래에 내려왔을 때 우리는 다른 노새를 준비해야했다.

내려가는 길은 올라가는 것 보다 한결 수월했다. 더욱이 이란 쪽으로 내려오니 우리를 죽이려 잠복하고 있는 이라크군이 없었다. 그렇다고 하더라도 험한 준령을 넘기가 수월치 않았다. 위험한 고비를 몇 번 넘기고 나서야 하산에 성공했다.

우리의 목적지는 알와탄Al-Wattan이라는 이란의 국경도시로 도라코가에서 여덟 시간 거리였다. 사바스트가 다음 지시를 받을 때까지 그곳에 머물기로 하였다.

내 불평에 사바스트의 기분이 언짢아졌다.

"조안나, 물론 춥지. 그러나 헛간에 자지 않는 것만도 다행이라고 생각해."

맞는 말이었다. 그 점에 있어서 우리는 행운아였다. 페쉬메르가로서 우리는 일반 이란 마을에 거주토록 허가받았다. 독가스 공격을 피해 도망 나온 일반 쿠르드인은 난민촌에 수용되었다. 난민촌의 상황은 말이 아니었다. 사바스트의 증명서로 우리는 국경을 마음대로 넘나들 수 있었다.

알와탄에는 이미 많은 페쉬메르가가 와 있었다. 불길한 징조였

다. 모든 방이 차 있었다. '알와탄은 이라크 사람으로 만원이다.'
라고 했다.

그날 종일 돌아다녀도 방을 구할 수 없었다. 텐트라도 얻으려
고 했다. 우리에게는 돈도 별로 없었다. 급료라고 몇 푼 되지 않았
던 것이다. 우리가 가진 것은 결혼 금팔찌가 전부였으나 그것만
큼은 팔지 말자고 맹세한 바 있었다.

나는 힘이 빠지고 아팠지만, 노새를 잡고 겨우 서 있었다. 어떤
이란 사람이 우리를 딱하게 여겼다.

그가 나를 보며 사바스트에게 말했다.

"우리 집 방은 다 나갔으니 괜찮다면 우리 짐승 우리에서 자도
좋소."

"예, 잠시 동안만 그렇게 하리다."

사바스트가 응낙하자 그 사람이 놀라는 눈치였다. 배가 하도
고파 나의 눈에 근사한 저녁상이 아른거렸다.

나는 순진했다. 우리가 페쉬메르가이고 쿠르드와 이란이 손
잡고 사담과 싸웠지만 그들이 우리에게 보인 태도는 얼음장처
럼 차가웠다. 팔년간의 전쟁으로 그들의 마음도 삭막해졌던 것
이다.

다행이 페쉬메르가 바지 주머니에 빵과 치즈 덩어리가 몇 개 남
아있어서 우리는 자기 전에 허기는 어느 정도 면할 수 있었다.

우리가 잘 곳은 집에 붙은 조그마한 우리였다. 우리 입구와 집

사이에는 조그마한 통로가 있었다. 바닥은 더러웠으나 다행히 무릎 높이의 칸막이가 있었다.

우리에는 노새들, 소들, 닭들, 오리들과 토끼들이 있었다. 우리는 밤새 동물 합창곡 속에 잠들어야 했다. 가축들의 냄새는 역겹기 그지없었다. 벼룩이 그득하여 밤새 머릿속을 간질였다.

지옥이 따로 없었다.

우리는 그곳에서 가축들과 일주일을 지냈다. 그러나 사바스트는 우리의 상황이 더 나빴을 수도 있다면서 아직도 긍정적인 생각을 버리지 않았다.

"조안나, 우리는 난민촌으로 갈 수도 있었어."

그가 옳다는 것을 나도 안다. 그리고 우리의 조건이 더 나빴을 수도 있다는 것도 안다. 다른 페쉬메르가들이 '난민촌은 아비규환이야'라고 말하지 않던가?

이란 정부의 입장도 이해는 된다. 이란은 아직도 이라크와 길고 긴 소모적인 전쟁을 하고 있다. 이란으로 넘어오는 수많은 쿠르드인도 문제이고, 더욱이 그중에는 스파이도 상당수 끼여 있다. 그래서 이란은 피난민들을 모두 난민촌에 수용했다. 전쟁이 끝나면 다 이라크로 돌려보내기 쉽도록.

그 점은 우리의 목적과 일치했다. 사바스트와 나는 해뜰 때 일어나 찬물로 머리를 감았다. 벼룩들을 없앤 다음 방을 구하러 다니기 위해서였다. 꼬박 일주일이 지난 다음 아는 페쉬메르가를 만나 부인과 두 아들이 같이 사는 집으로 들어가게 되었다.

전기도, 화장실도 목욕실도 없는 한 칸 짜리 작은 방이었지만 우리에게는 천국이었다.

6개월 후에 사바스트는 사케즈Saqqez라는 이란 내부의 좀 더 큰 도시로 가라는 지시를 받았다. 쿠르드애국동맹은 그곳에 방송국을 설치하도록 이란으로부터 허락을 받은 것이다. 두 번째 겨울을 알와탄에서 나지 않게 되어 우리는 기뻐했다.

사케즈에 도착해보니 방 구하기가 여전히 어렵다는 것을 알았다. 다행이 한 친구가 샴사라는 이란 아줌마 집을 소개해 주었다. 처음 집 계약을 할 때 이 아줌마는 큰 갈색 눈으로 우리 둘을 차갑게 보며 상당히 유보적 태도를 보였다. 그러나 우리는 이 작은 방에 감사하며 기회 있을 때마다 세입자로서 사의를 표했다.

몇 주일이 지나자 그녀와 친해지게 되었다. 샴사는 나에게 이런 말도 했다.

"엄마가 있는 고향으로 가는 게 좋지 않을까? 새댁은 너무 어리고 여려서 페쉬메르가 삶을 이겨낼 수 없어."

나는 그 말에 희망이 생겼다. 시간이 지나면 이란과 이라크인이 느끼는 불신을 극복하고 이 아줌마와 친구가 될 수 있겠구나. 그러나 한곳에 정착할 운이 나에게는 없었다. 사바스트는 또다시 사케즈를 떠나 할랍자 근처 산으로 가라는 지시를 받았다. 할랍자는 베르가루의 남서쪽으로 이라크군에 점령당했으나 다시 이란과 합동작전으로 쿠르드가 최근에 장악한 술래마니아에 있는 도시이다. 그곳에 새 방송국을 설치하기로 했다는 것이다.

사바스트는 처음에 내가 함께 가는 것을 반대했으나 내 태도는 완강했다. "죽어도 따라 가겠어요."

여기에 있는 동안 사바스트는 나를 남겨두고 국경을 넘나들며 여러 전투에 참가했다. 그때마다 나는 이게 그와의 마지막이라는 생각에 꿈에도 가위눌려 지냈다. 왜냐면, 많은 페쉬메르가가 죽어갔기 때문이다. 그동안 나의 눈은 완전히 회복되었다. 기적이고 행운이라고 생각했다.

이란을 떠나기 전에 꼭 해야 할 일이 하나 있었다. 알와탄에 있을 때 가족과 어떻게 연락이 되어 우리는 이란에 도피하고 있다는 것을 전하였다. 그때 아이샤 이모가 행방불명되었다는 소식을 알게 되었다. 1988년 3월 16일 할랍자가 화학공격을 받은 후 소식이 끊겼다는 것이다. 아들 사바와 세 딸은 이모가 죽었는지 걱정하고 있다 하였다. 살았다면 이란에 흩어져 있는 난민촌에 있을 거다. 사바스트와 나는 이모를 찾기로 했다.

우리는 곧 그 수용소로 갔다. 나는 수용소를 눈으로 보기 훨씬 전에 냄새로 알아냈다. 냄새가 나는 쪽을 유심히 바라보니 하늘로 올라가는 옅은 연기가 보였다. 그쪽으로 가보니 수없이 많은 흰 텐트가 지평선에 나타났다. 끝이 안 보이는 텐트를 바라보다 발을 헛디뎌 여러 번 넘어졌다. 사바스트가 나를 붙들고 들판을 건너 난민촌으로 갔다.

쿠르드 여인들이 색색 옷을 입고 길게 한 줄로 늘어 서 있었다. 빵과 물을 배급 받고 있었다.

'할랍자가 어떤 도시였는데' 그런 생각을 하자 한여름인데도 몸이 떨렸다. 그런 할랍자 시민들이 지금 텐트 생활에 배급 받는 빵으로 연명하고 있었다.

화학가스 공격전의 할랍자는 인구 오만의 교역이 번창한 이란 국경에서 가까운 커디스탄의 도시였다. 뿐만 아니라 알세이크 알리 아바바일리를 모신 신전이 있는 쿠르드의 성지였다. 아이샤 이모가 술래마니아에서 할랍자로 이사 온 것도 그를 가까이서 모시기 위해서였다.

평소 신앙심이 돈독한 이모는 자녀들을 다 키우고 할랍자에 작은 집을 하나 구입하여 신전에서 제사 지내며 이웃들과 노년을 보내다가 독가스 공격을 받았다.

할랍자에 독가스 공격이 있자 이란 정부는 사진기자들을 그곳에 보냈다. 무고한 민간인, 노인과 어린아이까지 수천 명이 죽은 이 사건은 사진 기자들에 의해 외부에 비교적 잘 알려 지게 되었다.

나는 이모의 상태가 심하지 않기를 바랐다. 왜냐하면 이제 이모의 나이가 심한 병을 이겨내기는 어렵기 때문이었다. 이모를 꼭 찾아야만 했다. 나에게 이모는 엄마와 같은 존재였다. 우리가 필요할 때 이모는 꼭 우리 곁에 있었다. 아빠가 갑자기 돌아가셨을 때뿐만 아니라 우리가 돈 문제로 힘들었을 때도 이모는 우리에게 늘 힘이 되어 주셨다.

그 뿐만 아니라 나에게는 이모를 찾아야할 이유가 또 하나 있었다. 누구에게도 사바스트에게조차도 아직 말하지 않은 것이다. 베르가루에서 화학가스 공격을 받던 날 이모의 영이 나에게 신비롭게 나타났던 사실 말이다. 죽는다고 생각하던 그 순간 이모의 영이 나타나 나에게 살도록 영감을 주지 않았던가? 이모를 만나 그 신비스런 장면을 말해 주고 그 순간 이모가 나를 위해 기도하고 계셨는지를 물어 보고 싶었다.

나는 눈을 감고 기도했다. 내가 눈을 뜬 순간 이모가 저 수용소에서 나와 나를 꼭 껴안아 주시기를. 간절히 기대하고 눈을 떴으나 내 꿈은 이루어지지 않았다.

"이모를 꼭 찾고 말거야."

나는 울먹이며 사바스트에게 말했다.

할랍자가 독가스 공격 대상이 된 이유가 있다. 가스 공격 받기 전 쿠르드와 이란이 연합해서 이라크군을 할랍자에서 쫓아냈다. 이에 격노한 사담이 이라크군에게 모든 수단을 동원해서 할랍자를 되찾으라고 명령했다. 전 할랍자 시민을 죽여서라도.

할랍자가 공격 받을 때 인구는 오만 명에서 칠만 명으로 늘어나 있었다. 인근에서 그 곳으로 피난 왔기 때문이다. 사담의 군대는 처음에는 박격포와 로켓으로 공격해왔다. 그러나 3월 16일에 그들은 겨자가스에 사린과 타분을 섞어 만든 화학독가스로 공격하는 만행을 저질렀다. 전날 박격포 공격을 받았던 주민들이 그날도 지대가 낮은 방공호로 대피했다. 그곳이 안전하다고 생각했기 때문이었다.

독가스 공격을 받은 후, 할랍자는 아무도 살지 않는 빈 도시가 되었다. 그렇게 융성했던 할랍자가 유령의 도시가 되었단 말인가? 나와 사바스트는 곧 그 도시를 가게 되었으므로 모든 실상을 확인할 수 있겠지. 목구멍에서 뜨거운 무언가가 나오는 것 같았다. 거기 가서 무엇을 볼 것인가? 그래도 지금은 우선 할 일에 전력을 기울여야지. 이모를 찾는 일에.

수용소는 철책으로 둘러 싸였고 입구는 삼엄하게 경비를 서고 있었다. 사바스트가 입구를 지키고 있는 이란 혁명군에게 증명서를 보여주자, 마지못해 들어가라고 했다.

우리는 말없이 난민촌으로 들어갔다. 이란 적신월사 단원들이 보였다. 밀집한 텐트에서 마구 버린 쓰레기로 수용소 상태는 엉망이었다. 난민들이 호기심 어린 눈빛으로 우리를 쳐다봤다. 지난 육 개월 동안 수십만 명의 난민이 이란으로 피난 왔다 한다. 저렇게 많은 난민 중에서 어디서부터 어떻게 이모를 찾아야 하나.

"당신은 대학 다닐 때만 제외하고 커디스탄에서 살았고 할랍자에도 자주 갔으니 혹 아는 사람이 있나 잘 보세요. 나는 왼쪽 사람들을 살펴 볼 테니 당신은 오른쪽을 살피세요."

사바스트가 대답이 없기에 쳐다보니 그의 얼굴이 창백했다. 수용소의 실상을 말로 듣는 것도 괴로운 일었다. 그런데 수용소의 실상을 눈으로 보니 차마 볼 수도 없게 처참한 광경이었다. 나는 사바스트의 참담한 심정을 이해할 수 있었다. 그는 쿠르드의 자유를 위해서 모든 것을 바쳤다. 직장도 버리고 결혼도 연기하고 자식 갖는 것도 연기하고…. 남들은 안정된 직장에 자식을 둔 30세의 가장일 터인데…. 언제 죽을지 모를 위험을 감수하며 저들의 자유와 삶을 위해 싸워 왔는데…. 저 난민촌이 그의 인생의 또 다른 모든 페쉬메르가의 그리고 쿠르드애국동맹의 노력이 실패했음을 말해 주고 있는 것이 아닌가?

아픈 아기들이 울어대는 소리가 우리의 마음을 슬프게 짓눌렀다. 독가스와 그로 인해 험한 칸딜산에 오르게 되어 내 아이가 유산된 것을 생각하니 슬프기 그지없었다. 우리 쿠르드가 모든 것을 빼앗겼구나. 우리의 희망과 꿈이 무너졌구나.

아무것도 변하지 않는 것은 없으리라.

이 망할 놈의 세상이 우리 쿠르드의 모든 것을 변하게 했어. 우리 쿠르드인은 아름다운 산과 계곡에서, 땅을 경작하고 가축을 기르면서 오손 도손 살며 자식들을 키워 이 땅을 유업으로 건네며 수천 년을 살아오지 않았는가? 이제 우리의 평화와 희망이 저 독가스 연기를 따라 모두 다 사라져 버렸다. 남은 쿠르드인은 사방으로 흩어져 개나 돼지만도 못한 생활에 시달리고 있구나.

뼈아픈 패배였다. 사바스트와 나는 말없이 양편에 주의를 기울이며 걸어갔다. 많은 절망에 찬 난민이 우리를 바라봤다. 그중에서도 어린이들의 슬픈 눈망울이 내 가슴을 쳤다. 나는 차마 그 애들을 볼 수 없어 눈을 감았다. 그리고 기도했다. 어느 전능한 신이 있어 이 수용소에서 저 애들을 들어 올려 커디스탄 아름다운 땅으로 데려가서 마음껏 뛰어 놀게 하라고. 그게 악마라도 나는 기꺼이 그를 위해 마음의 제사를 올리겠노라고. 그러나 실제로 우리는 그들에게 해줄 게 아무 것도 없었다. 과자 사줄 돈도 우리에게는 없었다.

이런 상념에 빠져 있을 때 어떤 이가 소리쳐 우리를 불렀다.

"이리 좀 오세요. 이리로!"

"앉으세요!"

사바스트가 나에게 눈치 했다. 우리는 그들의 호의를 받아야 했다.

우리는 난민에 둘러싸여 땅에 앉았다. 그들은 우리가 여기에 왜 왔으며 최근의 바깥소식을 물었다. 그리고 전쟁이 빨리 끝나

고향에 돌아가기를 바랐다.

사바스트와 나는 의미 있는 시선을 교환했다. 나는 그의 마음을 읽었다.

이 불쌍한 사람들에게 아픈 사실을 말할 수 없었다. 그들의 고향은 더 이상 존재하지 않는다고. 사담의 군사는 할랍자에서 시민들을 다 쫓은 다음 수순에 따라 모든 건물을 불도저로 밀어버렸다. 집, 시장건물, 학교 그리고 모스크까지도. 그리고 모든 우물에 독극물을 풀었다. 가축도 다 죽었다.

사악한 악마 사담이 그런 지시를 직접 내렸다한다. 쿠르드인이 돌아오지 못 하도록. 그러나 수용소의 난민들은 자기 고향의 그러한 소식을 몰랐다. 왜냐하면, 수용소는 바깥세상과는 모든 게 단절되어 있었다. 모르는 게 약일 때가 있다.

화제를 돌리기 위하여 우리는 그들에게 이모에 대해서 물어 봤다.

"이모 이름은 아이샤 하순 아지즈인데요. 몇 년 전에 술래마니아에서 신전이 있는 할랍자로 이사했지요. 손녀딸 레잔과 같이요. 레잔은 그때 딴 곳에 갔기 때문에 화를 면했어요."

놀랍게도 주위의 모든 사람들이 이모에 대해서 들은 적이 있다고 했다. 이모는 할랍자에서 유명했고 이모의 선행과 덕에 대해서 할랍자 웬만한 사람은 다 알고 있다는 것이다.

사바스트가 남자들 편으로 돌아 이야기를 하자 나는 여자들과 이야기를 하며 이모의 행방에 대하여 알아보기로 했다.

나이가 지긋하고 뼈만 남아 얼굴이 오목렌즈처럼 푹 패인 여자가 자기 이름을 차밀라라고 소개하며 이모에 대해서 말했다.

"아이샤의 명성과 선행은 그녀가 모셨던 성자만큼이나 높고 고귀했지요. 그녀의 선행은 헤아릴 수 없이 많다오. 여자 신도들 모임을 그녀가 코란을 독송하고 이끌었다오."

나는 어렸을 때 마호메트의 탄신일 때마다 의식을 생각하며 그랬겠다는듯 고개를 끄덕였다. 이모는 집안의 여자 종교 의식을 이끌었었다. 나는 그때 제일 어린애였지만 이모가 벽을 등지고 앉아 코란을 독송하며 마호메트를 찬양하는 노래를 신비롭게 부르는 장면이 생생하게 기억되었다.

자밀라가 계속 이야기 했다.

"당신 이모는 가난한 자를 돌봐 주었다오. 그런데 당신 이모가 여기에 있단 말이오?"

"그러기를 바래요. 그때 할랍자에 계셨으니까요. 자녀들이 찾고 있어요."

"고양이가 제 새끼를 잡아먹고 싶을 때에는 쥐로 보인다."

자밀라가 코를 씩씩 거리며 말했다. 서너 명의 십대 소녀들이 자밀라의 우스운 이야기를 듣고 서로 옆구리를 찌르며 웃었다.

어린이들의 슬픈 눈동자에 눈길이 갔다. 거의 모든 여자들이 애기 하나씩을 안고 있었다. 그들은 모두 상처가 있었다. 털이 복슬복슬 난 한 아기는 진물이 나는 눈을 계속 비비고 있었다.

다른 애들도 얼굴에 아직도 수포자국이 덕지덕지 남아 있었다. 어린애 하나가 숨을 몰아쉬며 헐떡였다. 공습 중에 폐가 상했다고 했다. 검은 머리가 듬성듬성한 아줌마가 더듬거리며 말했다.

"우리 남편은 공습 중에 현장에서 죽고 나는 다섯 애 중 이 둘만 양팔에 하나씩 안고 나왔지요. 두 개뿐인 팔이 원망스러웠어요. 나머지 세 아이가 데려 가달라고 애원하는 눈빛이 지금도 생생해요."

수심이 가득한 한 아낙이 멍한 눈빛으로 말했다.

"나는 아이 하나를 산에 남겨 두고 왔지요. 다른 애들을 구해야 했으니까요. 애를 바위 위에 올려놓고 오는데 자기 운명을 알고 있는 듯이 그의 작은 눈으로 나를 바라보데요."

그녀는 눈물을 글썽이다 이내 소리 내어 울었다. 옆에 있던 두 명의 처녀가 우는 여자를 달래며 데리고 나갔다.

모든 피난민들은 저마다 다 한 맺힌 사연이 있었다. 무슨 말로 위로를 한단 말인가? 그들을 위해 무엇을 할 수 있단 말인가? 나에게는 그 불쌍한 여인들에게 힘이 되어줄 게 아무 것도 없었다. 내가 하릴없이 흐르는 눈물만 닦아내자 자밀라가 내 등을 두드리며 말했다.

"쿠르드 여인의 모든 태胎는 그러한 희생의 아픔을 꼭 치유해야만 해!"

나는 자밀라의 통찰력에 충격을 받았다. 나의 마음속에 있는 모든 것을 알고 있던 아이샤 이모의 말이 생각났다.

우리 여자들의 이야기가 어떻게 진행되고 있는지를 알지 못하던 사바스트가 내 팔을 두드리며 말했다.

"조안나, 이리 와서 이 얘기를 들어봐요."

나는 자말라에게 눈으로 인사하고 몸집이 크고 구레나룻이 무성한 사나이 쪽으로 갔다.

"할랍자에서 독가스가 씻겨 나고 불도저들이 건물을 밀기 전에 마누라와 세 딸을 찾으러 할랍자에 몰래 갔어요. 집에 죽어 있는 것을 찾았지요. 다행히 두 아들과 나는 그날 화를 면했지요. 딸과 마누라를 땅에 묻은 후 나는 이웃들 집을 살펴봤지요. 아이샤가 우리 옆집에 살았거든요. 아이샤를 불렀어요. 대답이 없기에 손녀딸 이름을 부르면서 그 집안으로 들어갔어요. 후문으로 들어가며 아이샤를 보았어요, 후원에서 기도하는 모습이었어요. 아이샤는 기도 카펫에 쓰러져 있었어요."

"안 돼! 그만!"

나는 소리 질렀다.

내 고함소리에 놀라 그 사람이 사바스트를 보며 그만 할 것인가를 물었다.

"계속 하세요."

내 등을 두드리며 사바스트가 그 사람에게 말했다.

"이모가 살아 있었지요?"

내가 급히 물었다.

"아니요. 죽은 지 하루 이틀 된 것 같았어요."

나는 들은 바를 믿고 싶지 않았다. 저 사나이가 잘못 보았을 거야. 독가스 공격 중에 왜 이모가 후원으로 가서 기도를 하겠어? 그 순간 나는 그 사나이 말이 맞는다는 것을 깨달았다. 남들은 가스 공격으로 놀라 다 도망갈 때 이모는 본능적으로 알라를 생각했을 것이다. 그게 아이샤 이모였다.

다행히 레잔이 그날 집에 없어서 화를 면했으니 얼마나 감사한 일인가?

알라여 찬양을 받을 지어다!

"나는 아이샤를 묻고 싶었으나 그날은 너무 지체되었어요. 그래서 아이샤를 집에서 찾은 천으로 싸서 한 편에 잘 두었지요. 삼사 일 후에 돌아와 보니 누군가가 아이샤를 후원에 묻었더군요. 그 당시에는 청년들이 조를 짜서 시내를 돌아다니며 시신을 땅속에 묻고 다녔어요. 적들이 들어와서 시신을 욕보이지 않게 하기 위해서였지요. 누구나 아이샤를 좋아하고 존경했었는데…."

그 사나이는 더 이상 말이 없었다. 난 그저 앉아 있었다. 온 몸에 힘이 없었다. 아이샤 이모가 죽었다니.

누가 이모를 죽였는지를 나는 안다. 사담 후세인과 그의 사촌 충견 알리 알마지드였다. 아이샤 이모와 무고한 수만의 민간인을 도륙한 살인마였다.

사바스트와 나는 수용소에서 사케즈로 돌아왔다. 나는 사촌들에게 이모가 돌아가셨다고 어떻게 전할 것인가를 고민하였다. 전화 거는 것은 어렵고 돈이 많이 들었다. 편지는 시간이 걸리고 확실치도 않았다. 엄마한테 전할까? 너무 상심이 클 것이다. 마침 라드 오빠로부터 전화가 와서 이모의 죽음을 알렸다.

위안이 되는 것은 알라의 뜻에 살고 알라를 찬양하며 생을 마친 이모가 알라에게 귀의했을 것이라는 확신이었다. 그러나 베르가루에 이모의 영이 나타난 것은 나에게는 풀 수 없는 신비로 영원히 남게 되었다.

수용소에서 돌아온 후 나는 십여 일을 아파 병석에서 꼼짝 못했다. 처음에는 이모의 사망 소식에 놀라 그러려니 하였다. 그러나 오래 통증이 계속 되어 뭘 잘못 먹은 줄로 짐작했다. 사케즈로 떠날 날은 다가오고 사바스트는 나를 두고 갈 생각만 하여 진찰 받고 약도 타 오려고 병원에 갔다.

거기서 우리 인생을 또 한 번 혼돈으로 치닫게 하는 소식을 들었다. 내가 임신을 했다는 것이다. 나를 진찰한 여의사는 틀림없다고 했다. 나에게 아기가 생긴다. 팔 개월만 있으면 사바스트와 나는 아빠 엄마가 된다.

갑자기 수용소에서 만났던 자밀라의 미래를 통찰하는 이야기가 생각났다.

"쿠르드 여인의 모든 태胎는 그러한 희생의 아픔을 꼭 다 치유받아야만 해!"

나는 기쁨의 눈물을 흘렸다.

24
내 마음의 아이 코샤

사케즈, 이란

1989년 5월 8일

잠을 곤히 잘 자다가 나는 갑자기 배가 심하게 아파 깼다. 우리의 작은 침대 가운데서 등을 잔뜩 굽히고 어찌된 일인가 생각했다. 숨소리는 약하고 일정치도 않았다. 어찌된 일인가? 더 심해지지는 않을까? 실망스럽게도 두 번째 통증이 오고 더 심했다. 숨소리가 거칠어졌다. 손을 컵 모양으로 만들어 부른 배를 만졌다.

사바스트를 바라봤다. 코를 골며 자고 있다.

세 번째 통증은 등에서 시작하여 배를 거쳐 온 몸으로 퍼졌다.

뭐가 크게 잘못된 것 같았다. 나는 사바스트 쪽으로 몸을 돌리며 그의 팔을 당기며 그를 깨웠다.

"사바스트, 일어나 봐요."

사바스트의 용사적 반응은 신속하고 확실했다. 그는 눈을 크게 뜨고 즉각 총을 잡더니 방 입구 쪽을 향해 총구를 향했다. 그러다 침입자가 없는 것을 알자 나를 보며 '뭐야?, 무슨 일이야?' 하고 물었다.

"사바스트, 내가 아파요. 통증이 심해요."

"우유 때문일 거야. 제대로 끓이지 않았잖아. 우유가 상했나 봐."

사바스트는 단정적으로 말했다.

그의 말이 일리 있다고 생각했다. 우유가 많이 필요할 것으로 생각되어 요즈음 나는 이란 우유를 많이 마셨다. 마시기 전에 충분히 끓여야 했다. 가끔 나는 시간을 잘못 계산하여 우유를 충분히 끓이지 못하고 마셔 아픈 적이 몇 번 있었다.

사실 임신기간 동안 나는 많이 아팠다. 내 몸 상태가 좋지 아니하고 메르제에서 도라코가에 무리하게 간 여파로 유산된 것을 고려하여 나는 사바스트를 따라 커디스탄에 가지 않기로 결정했었다. 무슨 일이 있어도 태아를 이번에는 보호해야만 했다. 집주인 샴사는 이제 좋은 이웃이 되었다. 그녀는 이제 나를 좋아하고 사랑하여 밥과 각종 야채를 종종 주며 죽도 끓여 와서 나를 먹여 주곤 했다.

객지에 엄마도 없는데 샴사가 엄마 노릇을 톡톡히 해 주고 있었다. 사바스트가 나를 쳐다보고 있었다.

"사바스트? 배가 심하게 아파요. 어떻게 할까요?"

"이쪽으로 와. 우유 때문이야. 아침에는 괜찮을 거야."

불을 켜고 시계를 보니 새벽 네 시였다. 모두가 잘 시간이었다. 십년 넘게 전사 생활을 한 사바스트는 바위 위에서도 자는 것이 익숙해져 목화 침대에서 금방 잠이 들었다.

통증이 그치기는커녕 더 심해지고 더 자주 왔다. 임신에 관하여 무지한 나였지만 이 통증이 우유와는 관계가 없다는 생각이 들었다.

이 집은 작은 2층집이었다. 1층은 전세를 줬고, 샴사는 2층에 살았다. 그녀의 남편은 다섯 자녀를 두고 오래 전에 죽었다. 두 딸은 출가하였고 대학에 다니는 두 아들과 살았다. 열일곱 살인 막내딸은 고등학생이었다.

샴사 방문을 두드리고 방안으로 들어갔다. 말하기도 전에 나를 힐끗 본 샴사는 단정하여 말했다.

"애가 나오는구먼"

"아니오. 우유독인가 봐요."

"아니야. 새댁. 애기가 나오려고 그래."

나는 놀라 얼어붙은 것처럼 제자리에 서 있었다. 아기에 대해서 아무것도 모르는데. 무얼 했어야 했지?

샴사의 그다음 행동은 일사천리였다. 아들들에게 할 일을 다 일러두고 내 팔을 잡고 일층으로 내려오며 물었다.

"사바스트는 어디 있지?"

"자고 있어요."

"깨워야지. 지금 병원에 가야한다고 말해. 내가 준비하는 동안 샤워를 빨리 해."

나는 고개를 까닥했다. 이렇게 놀라본 적이 내 생애에 없었다. 애기를 위해 준비한 것이 아무것도 없었다. 샴사와 내가 조그만 옷을 뜨개질하고 있었지만 아직 끝나지 않았다. 게임과 같이 여겨졌는데 갑자기 현실로 다가 왔다. 불쌍한 내 아이가 나쁜 엄마에게 다가온 것이다. 후회스러웠고 혼란스러웠다. 사바스트를 불렀다.

"사바스트, 사바스트! 일어나요! 아기가 나온대요."

그는 담요를 머리에 뒤집어 쓰고 있었다. 그 속에서 소리가 나왔다.

"우유 때문이라니까."

"아니에요. 샴사가 그러는데 아기가 나온대요."

사바스트가 벌떡 일어났다. 내가 찬물로 샤워하는 동안 그는 옷을 입었다. 이 집에는 더운 물이 없다.

우리는 서둘러갔다. 가져갈 것은 아무것도 없었다. 병원은 걸어서 삼십 분 거리였다. 진통 중이었지만 나는 걸어가야만 했다. 진통이 너무 심해 바닥에 그대로 주저앉아 하늘의 뜻에 맡기고 싶었다. 그러나 그럴 순 없었다. 어떻게 해서라도 병원에 가 우리 아이를 무사히 태어나게 해야 했다.

참고 참아 한발 한발 뗄 수밖에 없었다. 그때까지만 해도 나는 조만간에 있을 분만의 아픔을 알지 못했다.

통증이 더 심해져 나는 숨을 가다듬고 건물 벽에 등을 기댔다. 나오려는 외마디 소리를 경찰이 올 것 같아 억지로 참았다. 대신 신음소리를 냈다. 사바스트나 샴사도 어찌 손을 쓸 수가 없어 그저 바라보기만 했다. 지나가는 사람들이 이상한 듯 힐끗힐끗 쳐다보며 지나갔다.

마침내 병원에 도착했다. 병원에서 환영받지 못한 것은 놀라운 일이 아니었다. 비록 샴사가 직원에게 '내 딸이 곧 분만할 겁니다.'라고 말했지만 금방 내가 난민이라는 것을 그는 알았다. 그때에는 이미 쿠르드 난민이 이란 사람의 경계 대상이었다. 우리 난민들이 자기들에게도 부족한 의료혜택을 빼앗는 것이라고 그들은 생각했다.

한참만에야 분만실로 안내할 간호사가 나타났다. 사바스트는 나를 따라올 수 없다는 간호사의 말을 듣고 나는 놀랐다.

"안돼요. 남자는 분만실에 출입금지에요."

나는 걱정이 되어 사바스트를 쳐다봤다. 우리 인생에 있어서 가장 중요한 순간이고 그래서 그와 함께 하고 싶었다. 게다가 나는 아프고 놀라 그와 같이 있고 싶었다.

사바스트가 나의 심정을 알고 강하게 말했다.

"아내와 꼭 같이 있어야 되요. 우리 첫 아이란 말이요. 아내에게는 내가 필요해요."

간호사는 화가 단단히 났다. 두꺼운 목을 가진 간호사는 험악한 얼굴을 하고 페쉬메르가와 한판 싸움을 불사할 태도였다. 그녀는 나를 한번 보고 사바스트를 쳐다보며 소리쳤다.

"안된다니까. 병원 규칙이란 말이요. 귀찮게 말고 빨리 저 철망 뒤로 가서 기다려요."

사바스트와 나는 뒤를 돌아 봤다. 두꺼운 철망이 천장에서 바닥까지 쳐져 있었다. 그 뒤가 대기실이었다.

험악한 간호사를 보고 어찌할 수가 없어 사바스트에게 말했다.

"저기서 기다리세요. 샴사가 있으니까 괜찮을 거예요."

눈물을 흘리며 나는 철망 뒤로 가는 사바스트를 쳐다봤다. 샴사가 그 뒤를 따랐다. 놀란 채 그 불친절한 간호사를 따라갔다. 내 인생에서 가장 외로운 길이었다. 내 묘지로 가는 길이더라도 이보다는 더 비참하지 않으리라.

출산을 앞둔 임산부들이 있는 방에 배정되었다. 내 아이를 받아줄 의사는 없고 상태에 따라 조산원이나 간호사가 배정될 것이라고 했다. 냉랭한 말투로 때가 되면 분만실로 옮겨질 것이라고 말하고 간호사는 나갔다. 내가 출산에 대해서 이렇게까지 무지한 것에 대하여 나도 놀랍고 한심했다.

지금이 엄마가 필요하고 언니가 필요한 때였다. 두려움과 외로움의 눈물이 뺨을 적시고 또 적시었다.

엄마 어디 있어요? 나는 벽을 보고 울면서 불렀다.

"엄마!"

가까이서 소리가 들려 왔다.

"애야, 여기서 혼자 무얼 하고 있니?"

깜짝 놀라 눈을 떠 보니, 중년의 쿠르드 아줌마가 미소 짓고 있었다.

"이런 일에 슬픈 얼굴이라니. 얼마나 축복 받을 일인데."

방을 한번 둘러보더니 아줌마가 물었다.

"언니와 엄마는 어디에 있지?"

"나는 피난민이에요. 혼자 있어요."

눈물을 흘리며 사실대로 말했다.

복스럽게 살이 찐 이 아줌마는 친절하고 푸근하였다. 눈물을 흘리며 미소를 짓자 아줌마가 나를 향해 허리를 굽히며 말했다.

"내가 엄마라고 생각하고 꼭 안아 봐요."

그렇게 했다. 이 친절한 아줌마는 오전 내내 내 침대와 자신의 딸 침대 사이를 몇 번이고 오가며 나에게 힘을 주었다.

정오경 무뚝뚝하게 생긴 조산원이 '시간이 됐어요.'하며 나를 데리고 갔다.

그 친절한 쿠르드 아줌마가 나를 꼭 껴안으며 속삭였다.

"곧 끝날 거야. 곧 애를 팔에 안게 되면 마음이 뿌듯할 거야."

분만실은 공포의 방이었다. 목제 분만대에 오르라 했다. 분만대는 하도 좁아 콘크리트 바닥으로 떨어질 것만 같았다. 균형을 잃고 떨어지지 않으려고 안간힘을 썼다. 그곳에는 떨고 있는 나를 위로해 주는 사람은 아무도 없었다. 돌보아주는 사람은 물론 관심을 주는 사람조차도 없었다. 이 일에 능숙치 못한 누군가가 내 아이를 내 몸에서 거칠게 꺼냈다. 나는 비명을 질렀다.

그리고 내 아이가 세상에 나왔다. 내 아이 소리가 들렸다. 내가 끝 모를 심연으로 나락되어질 때 금방 분만실에 들어온 샴사의 소리가 들렸다. 기쁨에 넘친 소리였다. 샴사는 내 손을 잡으며 벅차게 말했다.

"다 끝났어요. 아들이야. 조안나, 아들을 낳은 거야!"

나는 너무 기진하여 무슨 일이 일어났는지 실감이 나지 않았다. 간호사가 아기를 씻겨 담요에 싸는 동안 조산원은 찢어진 나의 몸을 봉합했다. 이라크인에게 줄 국소 마취제는 없다면서 칼로 찌르듯이 사정없이 꿰맸다. 내가 비명을 지르자 그녀는 더욱 세게 바늘을 박았다. 좀 살살해 달라고 애원했으나 들은 척도 하지 않았다.

고문이 계속 될 것 같았으나 결국 끝났다. 그때 내 아이를 보았다. 너무 예뻤다. 갸름한 얼굴을 끝없이 바라봤다. 사랑스런 눈은 크고 까맸다. 오뚝한 코와 큰 입은 사바스트를 빼어 닮았다. 까만 머리는 빗으로 빗어 내린 것처럼 단정했다.

샴사가 아기를 내 얼굴 가까이로 들었다. 나는 눈을 감고 아기 냄새를 맡았다. 이윽고 샴사를 쳐다보고 기쁨에 차 말했다.

"이제 엄마가 되었네요."

몇 시간 후 나는 사바스트에게 아기를 보여야한다고 고집을 부렸다. 우리에게 다가온 이 기적의 선물을 다음 날까지 기다려 그에게 보여줄 수 없었다. 사바스트는 아직도 철망 뒤 대기실에서 초조히 기다리고 있을 것이다. 휠체어가 없어서 아이를 샴사가 안고 나는 절름거리며 복도를 따라 대기실로 향했다.

철망을 잡고 있는 사바스트가 보였다. 그가 나를 쳐다봤다. 철망에 가까이 다가섰다. 숨이 찬 목소리로 말했다.

"보세요. 사바스트, 당신의 아이예요."

그는 번쩍이는 눈으로 아이를 봤다. 그리고 웃으며 말했다.

"코샤!"

몇 달 전에 그와 나는 애 이름을 미리 생각해 두었다. 사내아이라면 코샤라고. 쿠르드어로 전사를 뜻한다.

"코샤"

그가 다시 한 번 불렀다.

나는 우리의 작은 전사 코샤를 바라봤다. 그는 이미 내 마음을 다 차지해 버렸다. 그러나 코샤는 우리의 칭송이 성에 차지 아니한 모양이었다. 입을 열더니 항의하듯 울었다. 우리는 행복에 겨워 웃었다. 우리의 아이는 완전했다.

사바스트가 이윽고 나를 보며 기쁨과 자신에 찬 미소를 지었다.

"당신이 해냈소. 결국 해냈어. 조안나."

"예. 우리는 마침내 해냈어요. 우리가 이겨냈어요."

내가 대답했다.

그래, 우리가 해냈어. 우리가 짐승처럼 쫓겼지만 우리는 싸워 살아남았어. 커디스탄이 할퀴고 찢겨 수천 명씩 쿠르드 사람이 죽었지만 우리 살아남은 자는 재정비하여 전열을 가다듬고 다시 돌아올 거야. 쿠르드인의 꿈은 계속될 거야.

쿠르드 여자의 태胎는 이미 희생의 아픔을 치유하기 시작했다.

25
자유

1989년 7월 20일

히드르 공항 입국장에서 얼굴에 승리의 미소를 지우며 사바스트가 나를 바라보았다. 고개를 끄덕이며 우리는 눈을 마주쳤다. 사바스트는 몸을 굽혀 말없이 얼마 안 되는 우리 짐을 챙겼다.

나는 신경이 약해지고 발에도 힘이 없었다. 치마 속에서 발이 떨렸다. 나는 겨우 서 있었다.

사바스트는 진정 세계에서 제일가는 설득가였다. 그는 엄숙하게 보이는 입국심사 관리에게 놀라울 정도로 간절히 설명하였다.

그래서 우리는 되돌려져 금방 타고 온 다마스커스 행 비행기를 타지 않아도 되었다. 우리는 체포되어 감옥에 가지 않았다. 우리는 영국에 정치적 사유로 온 난민으로 분류되어 입국허가를 받은 것이다. 이제 사바스트와 나 그리고 우리 아이 코샤는 영국에 자유롭게 입국하여 우리가 법적 지위를 받을 때까지 정착 지원도 받게 될 것이다.

우리는 이제 안전하다. 사담후세인의 독가스로부터, 이란에서의 열악한 난민촌으로부터, 그리고 억압적인 시리아의 관리로부터도. 우리는 이제 신사의 나라 영국에 있다. 이 영국에서 새로운 인생을 시작하는 거다. 이 영국에서 우리는 안전하게 살 거다. 이 영국에서 우리의 소중한 아들을 키울 거다.

나는 코샤의 예쁜 얼굴을 보며 더 꼭 껴안았다. 갑자기 지난 일들이 생각나 눈물이 났다. 동시에 기뻐 눈물이 났다.

우리는 행운아였다.

사바스트도 지쳐 피곤해 보였다. 지난 삼 년 동안 우리는 보통 부부의 오륙 십년보다도 더 많은 고난을 헤쳐 나왔다. 그 고난과 역경 속에서 우리의 신뢰는 더욱 굳어졌으며 나는 백 년을 더 산다 할지라도 사바스트가 나의 모든 생각과 감정을 이해해 주는 나의 남자라는 확신이 더욱 굳어졌다. 그와는 모든 슬픔도 같이 나누었으며 내가 그리워하는 사람을 그도 그리워하며 아름다운 커디스탄의 꿈을 같이 꾸고 있는 것이다.

히드르 공항 입국사무소 관리들의 친절함에 우리는 놀랐다. 그들은 우리 곁을 떠나지 않고 숙소와 음식을 주선해 주고 돈도 주었으며 법적 지위를 획득하는데 필요한 지원도 아끼지 않았다. 틈만 나면 우리를 괴롭혔던 이라크 관리와 달리 영국 관리들은 이방인인 우리들에게도 믿을 수 없는 친절을 보여주고 있었다.

카라트디자에서 메르제로 나의 새 신랑 사바스트를 만나러 가던 내 생애에 있어서 가장 행복했던 시절이 생각났다. 그때 내가 그 어려운 고난 속에서 그렇게 많은 눈물을 흘리며 지낼 줄 어떻게 상상이나 했겠는가? 그때는 내가 어리고 사랑에 눈이 멀어 나의 꿈이 이루어지는 것으로 굳게 믿었다. 사담과의 전쟁도 곧 승리하여 우리의 희생으로 쿠르드의 자유가 곧 쟁취되리라고. 그러나 아직도 쿠르드는 자유가 없었고 그것을 위해 싸우고 있으며 커디스탄 산하를 그토록 사랑했던 수많은 이가 죽고 타국 수용소에서 비참한 날을 보내고 있다.

나는 이제 알게 되었다. 사담이 쿠르드 사람을 모두 죽인다 해도 세상은 알지 못할 것이라는 것을. 사담은 미국 레이건 정권의 하수인이며 그래서 그가 수십만의 쿠르드 사람을 죽였어도 바깥 세상은 이를 모른 체 하는 것이다.

사바스트와 나는 얼마든지 난민 수용소 생활을 견뎌낼 수 있었다. 그러나 엄마가 된 나는 생각이 바뀌었다. 코샤가 태어 난 뒤 사바스트와 나는 난민촌을 떠나 우리 아이를 안전하게 키울 수 있는 나라로 가서 새 생활을 시작하기로 결심하였다.

라드 오빠가 우리를 도와줬다. 그가 출국비용과 이란과 시리아 관리들을 매수할 돈도 보내줬다. 라드 오빠가 없었다면 우리 가족 세 명은 할랍자 생존자 수용소와 같은 텐트촌에서 난민으로 일생을 살았어야 했다. 쿠르드애국동맹이 사담에게 크게 패퇴하여 더 이상 도망갈 데가 없었다. 더욱이 이란과 이라크 전쟁이 끝나자 쿠르드 난민은 이란의 골칫거리가 되어있었다. 그렇다고 이라크로 돌아 갈 수도 없었다. 돌아가면 사바스트는 처형당할 것이고 나는 형무소 생활을 하게 되고 우리 아이는 살아남지 못할 것이다.

부패가 만연한 나라에서는 돈으로 모든 게 해결될 수 있었다. 큰오빠가 보내준 돈으로 사바스트가 가짜 서류를 만들었다. 우리는 사케즈를 떠나 테헤란으로 갔다. 그곳에서 우리는 쿠르드 난민을 받아주는 어떤 나라로든지 갈 작정이었다. 그러나 우리가 시리아행 비행기를 타게 되는 것을 알고 나는 심히 불안하고 걱정되었다. 시리아는 또 하나의 바트당이 집권하고 있는 나라가 아닌가? 일단 그곳으로 가면 해결할 수 있다고 사바스트가 집요하게 나를 설득했지만 그곳에서 만날 바트당 관리의 험상궂은 얼굴이 계속 어른거렸다.

실망스럽게도 내 걱정이 현실로 나타났다. 다마스커스 공항에 도착하자 시리아 관리는 이라크계 쿠르드인 우리를 보자 태도가 험악했다.

물과 음식도 거의 바닥이 나 걱정되었다. 우리의 여행 가방은 차압된 상태였다. 아기 기저귀가 두 개 밖에 없었다. 곧 두 개마저 다 사용하였다.

아기 우유병 두 개도 떨어졌다. 코샤는 배고파 계속 울어댔다. 만 하루가 지나 우리는 경찰차에 태워져 다마스커스 경찰서로 끌려가 조사를 받았다. 그들은 우리를 죽음이 기다리고 있는 바그다드로 보내겠다고 은근히 위협했다.

아이에게 줄 우유를 달라고 하자 우유 대신 경멸하는 태도로 물을 주었다. 나는 순간 정신을 놓았다. 그리곤 있는 목청을 다하여 고함을 질렀다. 주위의 모든 사람들이 내 고함소리에 모두 놀랐다. 사바스트가 나를 진정시키려 했지만 나는 걷잡을 수 없이 날뛰었다. 주위 사람들을 다 잡아 먹을 듯 포효했다. 놀랍게도 나의 발광에 찬 욕지거리에 시리아 관리들의 태도가 변했다. 갑자기 그들의 태도가 누그러지고 우리를 경찰서에서 아파트로 옮겼다.

2주 동안 나는 아파트 밖을 나가지 않았다. 오로지 바트당이 판을 치는 그 나라를 벗어나고 싶을 뿐이었다. 내가 코샤를 돌보고 있는 동안 사바스트는 밖에 나가 우리 서류를 준비하고 영국 직행 항공권을 구입했다. 새 여권에는 우리가 아랍 에미리트 시민으로 되어있었다. 영국 비자를 받을 수 없어 우리는 영국 입국심사 관리에게 우리의 운명을 맡기기로 하였다.

 범죄자와 같은 기분을 느끼며 다마스커스 공항에서 영국행 비행기를 탔다. 비행기가 뜰 때까지 비행기에서 끌어내려져 바그다드로 끌고 가지 않을까 내내 불안하였다. 비행기가 키프로스에 예정 없이 기착했을 때 얼마나 불안했던지 나는 우리 때문에 기착한 것이라고 생각했다. 비행기가 열 시간동안 체류할 것이기 때문에 작고 예쁜 섬을 구경해도 좋다는 방송이 나왔지만 나는 공항에서 한 발자국도 벗어나지 않았다. 출입국 절차를 요하는 행동은 생각조차 하기 싫었다.

 사실 그 걱정은 기우였다. 어떤 불상사나 방해 없이 다시 탑승했고 비행기는 이륙했다. 우리가 런던 히드르 공항에 도착하여 사바스트가 입국심사로 가는 것을 보자 내 가슴은 마구 뛰었다. 사바스트는 관리에게 우리의 처지를 설명하고 우리가 가짜 여권으로 정치적 망명처를 찾아 영국에 왔다고 사실대로 말했다. 우리가 바그다드로 되돌려 보내진다면 사담은 쿠르드 자유를 위해 투쟁한 우리를 처형할 것이라고 설명하며 망명 허용을 호소했다.

 영국에서의 첫 밤에 대한 기억은 거의 없다. 사바스트와 나는 자유를 찾는 긴 여정에 너무 지쳐 있었다. 거의 말할 기운도 없었다. 그날 코사가 하루 종일 울고 징징대던 것만 기억난다.

다음 날 아침 나는 일찍 일어났다. 나는 고맙게도 입국관리 사무소가 우리에게 임시로 제공해 준 거무스레한 호텔 방 천장을 바라봤다. 낡아 그을음이 없는 천장을 가진 방 하나보다는 조금 더 큰 집 한 칸만 있었으면 좋겠다는 생각이 들었다. 천장은 내 가치의 상징이 되었다. 한 때는 나도 젊고 신선하고 예뻤으나 지난 몇 년간의 고생으로 나이 들고 거칠어졌다. 그러나 이제 우리는 구원받았다. 이제 쿠르드인으로 태어났다는 것만으로 붙잡혀 처형당하는 나라에서 벗어나 자유롭고 안전한 나라로 온 것이다.

　고개를 돌려 내가 나 자신보다도 더 사랑하는 남자를 쳐다봤다. 마음이 슬퍼졌다. 우리가 이번 여행을 시작한 이래 처음으로 달콤한 잠을 자고 있음에도 그의 얼굴이 피로에 지쳐 보였다. 이제 악몽에 시달리지 않고 계속 편안한 밤을 지내리라. 영국에서 사바스트의 강인한 모습이 다시 살아나리라.

　복도에서 뛰어다니며 노는 어린애들의 웃음소리가 문밖에서 들려 왔다. 폭탄 떨어지는 소리에 놀란 적이 없는 또 한밤중에 집에서 도망 다녀 본 적이 없는 축복받은 어린애들이었다. 우리 침대 옆에 있는 애기 침대에 누워 있는 코샤의 예쁜 얼굴을 바라봤다. 코샤도 난생 처음으로 안전한 곳에서 자는 것이었다.

　나는 사바스트의 얼굴을 가볍게 만진 다음 코샤에게 다가가 뽀뽀를 하고 담요를 덮어줬다. 창가로 가서 두꺼운 커튼을 젖히고 창밖을 바라봤다. 멀리 조그마한 정원이 있는 민간인 집 몇 채가 보였다.

우리도 언젠가는 저러한 집에서 살 때가 오려나? 언제나 전사로서 살았던 과거의 악몽을 떨쳐버리고 정상적인 자유인의 삶을 누릴 수 있을까? 그동안 우리는 쿠르드라는 멍에를 지고 날개를 힘들게 펄럭거린 한 쌍의 나비였다. 우리가 과연 이곳에 정착하여 세련된 영국사회의 일원이 될 수 있을까?

숨을 가슴 깊이 쉬며 나는 벽 앞에 놓인 책상으로 가서 목재 의자에 앉았다. 그리고 호텔 편지지를 오랫동안 쳐다봤다. 그리고 아무리 들여다봐도 좋은 그 말을 적었다.

'사바스트와 조안나 그리고 코샤는 자유를 찾았다.'

우리는 자유를 찾았다!

조안나, 그녀의 가족과 친구
그리고 이라크 내 쿠르드인의 근황

조안나가 사랑하는 산하 커디스탄을 빠져나온 이후 세계사적 큰 사건들이 연이어 터졌다. 세계 도처에 분산된 그녀의 가족과 친구들의 삶은 그 사건들의 영향을 크게 받았다.

조안나는 남편 사바스트, 아빠의 예술적 자질을 이어 받은 장남 코샤와 12살 터울인 동생 딜란과 함께 그녀에게 자유를 제공한 영국에서 살고 있다. 현재 그녀는 영국항공사에서 근무하고 있고 직업상 여행을 자주 다닌다.

사바스트는 영국과 커디스탄을 오가며 1987~1988년 사담의 안팔 작전으로 폐허가 된 커디스탄을 재건하는 사업에 헌신하고 있다. 조안나의 어머니 카피아는 영국에서 살고 있으며, 장남인 라드와 며느리 크리스티나가 살고 있는 두바이와 스위스를 자주 드나들고 있다.

조안나의 정신적 지주인 하디 형부와 알리아 언니도 막내아들 란즈와 함께 영국에서 살고 있다. 그 위 세 형제는 결혼하여 분가시켰다.

아직도 바그다드에 살고 있는 사드 오빠에게는 2007년도 힘든 한 해였다. 사드는 수니파였지만 시아파 여성과 결혼하였기에 미움을 샀다. 집을 떠나지 않으면 살해하겠다는 협박도 받았다. 그는 가족을 버리고 이웃나라로 피신했으며 집은 몰수되었다. 사드의 형제들은 그에게 은신처를 줄려고 의논하고 있다.

아이샤 이모의 자녀들은 한 번에 5,000명 이상이 희생된 할랍자에 돌아와서 그녀의 시신을 수습했다. 그녀는 행복한 세월을 보낸 술래마니아에 묻혔다. 아직도 아이샤의 선행을 기려 추모 행렬이 이어지고 있으며 아지즈 삼촌은 조안나가 영국으로 망명한 이후 죽었다.

조안나의 산악생활 친구인 아쉬티와 남편 레브와르는 자녀들과 함께 호주에서 살고 있다. 사바스트의 사촌인 카마란은 결혼하여 딸, 부모님과 더불어 오스트리아에 살고 있으며, 극진한 효성으로 칭찬이 자자하다. 많은 페쉬메르가 전사들이 유럽 각지에 흩어져 살고 있으며 그중 상당수가 전후 커디스탄으로 돌아가고 있다.

조안나 부부와 카마란의 목숨을 구해 주었던 밀반입자 하산은 조안나가 망명한 두해 뒤에 전기고문으로 살해되었다. 하산이 애지중지하였으며 조안나가 타고 칸딜산을 올랐던 노새의 행방은 알 길이 없다.

아직도 이라크의 대부분은 안정되어 있지 못하다. 미국을 주축으로 한 연합국에 의해 사담은 축출되었지만 이라크 내 제종파들의 치열한 세력 다툼이 벌어지고 있다. 아이러니컬하게도 일찍이 전쟁으로 할퀸 커디스탄 지역이 상대적으로 안정되어 있다. 그리고 쿠르드인이 이라크 지도세력 최상부에 있다.

쿠르드애국동맹의 지도자인 잘랄 탈라바니가 이라크의 대통령으로 선출되었다. 또한 쿠르드인의 아버지로 추앙받는 물라 무스타파 바르자니의 아들인 마스드 바르자니가 커디스탄 지방정부 대통령으로 선출되었고, 무스타파 바르자니의 손자인 네치르반 바르자니가 국무총리가 되어 커디스탄 지역을 역동적이고 효율적으로 이끌고 있다. 네치르반 국무총리는 이라크 내 모든 쿠르드인의 언론의 자유를 강조하고 있다. 즉, 쿠르드 언어를 말하고, 쿠르드 역사를 배우는 등 쿠르드인으로 살아야 할 천부적 권리를 위하여 많은 쿠르드인이 목숨 바쳐 싸워왔음을 상기시키며 이를 지키기 위한 노력을 기울이고 있다.

쿠르드인들은 사담후세인 전 이라크 대통령의 범죄에 대한 특별재판을 지켜보며 사필귀정이라는 하늘의 도를 조금씩 실감하고 있다. 시아파에 대한 살해 혐의로 사형선고를 받은 사담후세인은 2006년 12월 30일 사형이 집행되었다.

후세인 정권으로부터 핍박 받은 조안나를 비롯한 모든 쿠르드인은 후세인의 사형이 마땅하다고 생각하면서도 20여만 명의 무고한 양민을 학살한 안팔사건의 결과가 나오기 전에 사형을 집행한 것에 실망하고 있다.

오랜 역사를 통해 처음으로 쿠르드인은 자신들도 행복하게 살 수 있다는 희망에 차 있다. 조안나와 모든 쿠르드인은 말한다. 개인의 자유와 조화된 평화는 우리 인류가 누려야 할 가장 기본적이고도 소중한 천부적 권리라고.

■감사의 말

나는 라드, 하디, 란즈와 에릭에게 많이 도와준데 대하여 감사의 말을 전한다. 란즈는 조안나 이모와 나를 돕는데 노력을 아끼지 않았다.

조카 그레그에게도 고맙다는 말을 전한다. 집필하던 바쁜 시기에 항상 곁에 있으면서 내가 전화하는 동안 모든 것을 들어 주었다. 대니와 잭도 똑같은 수고를 해주었음에 감사한다.

이모 마가렛, 알레스와 아니타에게도 감사하다. 내 원고를 열심히 읽어주고 의견을 말해 주었다. 그들의 격려가 내게 큰 힘이 되었다. 나의 작품 대리인인 리자 다우손이 없었다면 이 책은 출간되지 못했을 것이다.

이 책이 끝날 때쯤 나는 너무 지쳐 있었다. 영국 편집인 마리안느 밸만과 미국 편집인 한나 란이 없었다면 나는 이 책을 끝내지 못했을 것이다. 이 두 분께 고마움을 표하지 않을 수 없다.

모든 분께 감사드린다.

진 세이손

Abu Ghraib prison(아부 가리브 형무소) 1960년 초 영국에 의해 건설된 이라크의 악명 높은 형무소 단지. 사담 후세인 정부가 반체제 자들을 감금하고 고문한 장소로 사용함. 조안나의 형제들도 이곳에 감금됨. 미군이 이라크인을 고문한 장소로 사용함으로써 전 세계에 알려짐.

Ahvaz(아바즈) 카룬강변에 위치한 이란 도시. 이란-이라크 전쟁 중 가장 전투가 치열했던 곳. 조안나의 작은오빠가 아바즈 교외 이라크 참호에 배치되어 구사일생으로 살아 옴.

Al-Anfal campaign(알안팔운동) 코란 8장의 이름에서 유래된 말로 '변질'을 의미함. 1988.2.23-9.6 동안 계속된 이라크 정부의 대 쿠르드 군사작전을 일컬음. 사담의 사촌인 알리 하산 알마지드가 쿠르드 인종청소의 주역임.

Al-Askari Jafar Pasha(1895-1936: 알아스카리 자파르 파샤) 알아스카리 자파르 장군. 조안나의 큰할아버지. 바그다드 명문대가 출신으로 1차 세계대전 때 히자즈Hijaz의 정규군으로 파이잘 Faisal 왕자와 아라비아 로렌즈 Lawrense of Arabia 경과 함께 싸움. 1차 세계대전 후에는 주영공사 국방장관 국무총리 등을 역임함. 조안나의 아버지를 프랑스에 유학토록 알선함. 1936년 암살됨.

Al-Bakir Ahmed Hassan(1914-1982: 알바키르 아흐메드 하산) 1968-1979 동안 이라크 바트당 총재. 사촌인 사담이 그를 이어 1979년 바트당 총재가 됨.

Al-Dawa Party(알다와 당) 1950년대 후반 형성된 이라크의 시아파 정당임. 바트당의 사회주의 세속주의 공산주의에 대항했음. 1970년대까지 강력한 호응을 얻어 바트당 정권과 무력으로 맞섰음.

Al-Majid Ali Hassan(1941- : 알마지드 알리 하산) 사담 후세인의 사촌. 시아파와 쿠르드를 무자비하게 진압함. 이라크 내 쿠르드 소탕 작전인 안팔 작전을 주도하여 '화학 알리'란 악명을 받음. 이 책을 집필할 당시 전범으로 기소 중이었음.

Ayatollah Ruhollah Khomeini(1900-1989: 아야톨라 루홀라 호메이니) 이란의 시아파 종교 지도자로 1979년 이란 샤 왕조를 무너뜨렸음. 이란-이라크 8년 전쟁을 이끌었음.

Baath(바트) 시리아 대학생인 Michel Aflaq와 Salah ad-Din Al-Bitar가 1947.4.7 결성한 '아랍 바트 사회주의 부활당'. 현재 시리아 집권당임. 이라크 바트당은 2003년 미국을 주축으로 한 다국적군에 의해 붕괴됨.

Baath Social Party, Iraq(이라크 바트 사회당) 1950년 비밀리에 결성됨. 1963년 이라크 정권을 붕괴시키고 집권했으나 9개월 만에 실각하고 1968년 재집권에 성공하여 2003년까지 이라크를 통치함.

Baghdad(바그다드) 티그리스 강변에 위치한 이라크 수도. 아랍제국의 중심 도시로 638-1100년 동안은 콘스탄티노플(이스탄불)에 이은 제2의 도시였음. 이슬람의 학문, 철학, 상업의 중심 도시.

Barzani Mullah Mustafa(1903-1979: 무스타파 바르자니) 쿠르드 민족 지도자로 쿠르드 민주당 총재. 현재 쿠르드 지방정부 대통령

Barzanzi Sheik Mahmud(- 1956: 바르잔지 쉐이크 마흐무드) 영국에 반대하여 커디스탄 왕이라고 자처한 쿠르드 지도자.

Faisal I(1885-1933: 파이잘 1세) 히자즈 왕(근대 사우디아라비아)의 세 째 아들. 로렌스(아라비아 로렌스) 경과 함께 오토만 제국과 싸움. 1차 세계대전으로 오토만 제국이 멸망하자 시리아와 이라크 왕이 됨. 아들 Ghazi에게 양위함.

Faisal II(1935-1958: 파이잘 2세) Ghazi의 외아들로 4세 때 부친이 교통사고로 사망했음. 조안나 아버지의 가구 공장이 소실되었던 1958년 7월 14일 혁명 때 암살됨.

Halabja(할랍자) 술래마니아 북쪽 이란 국경에 위치한 쿠르드 도시. 1988년 3월 16일 민간인을 대상으로 최대 규모의 화학가스 공격을 받아 남녀노소 오천 명이 사망하였음. 화학가스 살포 후 사담군이 도시를 폐허화 하였으나 그 후에 재건됨.

Hussein Saddam(1937-2006: 사담 후세인) 빈농의 유복자로 태어나 삼촌 도움으로 자라 바트당 총재에 오르고 1979년 이라크 대통령이 됨. 이 책 집필 당시 사담은 1988년 쿠르드 학살 등 반인류 범죄로 바그다드에서 기소 중이었음. 이라크 특별 법원은 사담을 바그다드 북쪽 35마일에 위치한 시아

파 도시 두자일 주민 148명을 학살한 반인류 범죄로 2006년 12월 처형되었음.

Iraq, Republic of(이라크 공화국) 북쪽으로 터키, 동쪽으로 이란, 북서쪽으로 시리아, 서쪽으로 요르단, 남쪽으로 쿠웨이트, 사우디아라비아와 접한 중동 국가. 영불이 주도한 1923년 유럽협정에 의해 근대 이라크가 출발함.

Iran(이란) 옛 페르시아의 후예로 이란 회교공화국.

Jafati Valley(자파티 계곡) 쿠르드애국동맹 본부가 있던 이라크 북동산악 지역.

jash(자쉬) 이라크 정부를 위해 정보를 제공하는 쿠르드 밀고자.

Kandil Mountain(칸딜산) 이라크에서 가장 높은 산.

Kurdistan(the Land of the Kurds; 커디스탄: 쿠르드족 땅) 쿠르드족이 밀집하여 살고 있는 이라크 북부지역, 터키 남부지역, 이란 서부지역, 시리아 북동지역을 일컫는 지명. 1차 세계대전 후 서방은 쿠르드 독립을 약속했으나 실패한 이후 쿠르드 독립을 추구 했으나 번번이 실패. 이 책 집필 당시 사담 후세인이 실각한 이후 이라크계 쿠르드는 이라크 내 자치정부를 수립함.

Kurdistan Democratic Party(KDP: 쿠르드 민주당) Mustafa Barzani에 의해 1946년 결성됨. 군사 조직을 갖추었음. 1970년대 중반에 KDP 간부였던 잘랄 탈라바니가 독립하여 라이벌 정당인 쿠르드애국동맹(PUK)을 결성하였음.

Kurds(쿠르드족) 아랍, 투르크, 페르시아인과 구별되는 종족으로 시리아 이란, 터키, 이라크에 약 3천 5백만 명이 거주하고 있는 것으로 추산됨.

Mesopotamia(메소포타미아) 그리이스어로 강 사이에 있는 땅을 의미하며 유프라테스 강과 티그리스 강 사이의 비옥한 초승달 모양의 땅을 가리킴. 오늘날 이라크인 이곳에서 인류 고대 문명이 태동되었음.

Patriotic Union of Kurdistan(PUK: 쿠르드애국동맹) 2006년 현재 이라크 대통령인 잘랄 탈라비니가 1975년에 쿠르드민주당에서 독립하여 세운 쿠르드 정당.

Peshmerga(페쉬메르가) 이라크 쿠르드어로 '죽음과 맞선 자'를 의미하며 쿠르드 전사를 가리킴. 2007년 1월 현재 북부 이라크에 8만 명으로 집계되며 이라크 정부가 용인하고 있음.

Shatt Al-Arab 유프라테스강과 티그리스강을 연결하는 수로로 페르시아 만으로 유입됨.

Shiite(시아) 무하마드 예언자의 후계자를 둘러싸고 수니파와 대립되는 이슬람 종파. 이라크에서는 과반수가 시아파임.

Sulaimaniya(슐래마니아) 북부 이라크의 쿠르드 도시로 조안나의 어머니의 출생지임.

Sunni(수니) 세계적으로 가장 수가 많은 이슬람 종파나 이라크에서는 소수 종파임. 조안나 가족은 수니파 무슬림임.

Talabani Jalal(1933- : 잘랄 탈라바니) 현재 이라크 대통령. 이라크 북부 켈칸에서 태어나 바그다드 법과 대학 졸업. 민주주의와 여권신장을 중시하는 세속주의 정치인. 1975년 쿠르드애국동맹을 창당. 1988년 사담이 화학가스 공격시 그와 페쉬메르가는 이란으로 도피. 1991년 걸프전 이후 쿠르드애국동맹 영향력 복원. 2003년 사담이 축출된 이후 진보적 색채와 친화력으로 이라크 대통령에 오름.

Tigris(티그리스) 이라크를 흐르는 강으로 유프라테스 강과 짝을 이루며 바그다드를 관통함.

■ 부록2: 현대 이라크 쿠르드족 연대기

1918 오토만제국 패망. 영국군 이라크 점령으로 커디스탄 지역도 영국군
     이 통치. 저항하는 쿠르드에게 처칠 수상이 영국공군에게 화학가스
     공격을 명령함.

1919 커디스탄이 이라크에 편입됨으로써 영국통치를 받음.

1920 세브르스 조약에 의거 쿠르드 문제는 국제연맹에 넘김.

1921 커디스탄을 포함하여 파이잘이 이라크 왕으로 취임.

1923 바르잔지가 이라크 왕국에 반기를 들고 쿠르드왕국을 선포

1924 쿠르드 왕국을 선포한 술래마니아 지역이 영국군의 개입으로 이라
     크 왕국에 함락됨.

1932 쿠르드 자치정부를 요구하는 운동이 다시 좌절됨.

1943 쿠르드 저항운동 점화로 많은 지역을 장악.

1946 바르자니 이란으로 피신 후 소련으로 망명.

1951 소련으로 망명중인 바르자니를 쿠르드민주당 총재로 추대.

1958 이라크 왕국이 붕괴됨에 따라 바르자니 귀국. 신이라크 정부가 쿠르드민족권을 인정.

1961 잘랄 탈라바니가 쿠르드 저항운동을 이끌어 쿠르드 지도자로 부상. 이라크 정부는 쿠르드민주당을 해산시킴.

1963 바트당 쿠데타 성공했으나 9개월 후 와해됨.

1968 바트당 재집권. 사담 후세인이 바트당 2인자가 됨.

1970 이라크 정부와 쿠르드 정당 간에 쿠르드 자치권을 허용하는 평화협약 체결.

1971 이라크 정부와 쿠르드 간의 평화협약 파기.

1974 이라크 정부가 자치권을 거부하자 바르자니가 신 저항 운동을 전개.

1975 탈라바니가 새로운 쿠르드 정당인 쿠르드애국동맹을 결성. '이란-이라크 알제르 협약'에 의하여 이란이 쿠르드 지원을 중단

1978 탈라바니의 쿠르드애국동맹과 바르자니의 쿠르드민주당의 충돌로 다수의 페쉬메르가가 사망.

1979 무스타파 바르자니 사망. 그의 아들 마스우드 바르자니가 쿠르드민
　　　주당을 현재까지 이끎.

1980 이라크가 이란을 침공하여 이란–이라크 8년 전쟁발발

1983 쿠르드애국동맹이 이라크와 정전 협약 체결. 쿠르드 자치권 협상 시작.

1985 이라크 정부가 쿠르드를 압박하여 협상이 결렬됨. 이라크군이 탈라
　　　바니 동생과 조카 두 명을 처형.

1986 쿠르드민주당과 쿠르드애국동맹이 이란과 손을 잡고 이라크와 대항.

1987 이라크군이 페쉬메르가에게 화학가스 공격

1988 이라크군이 쿠르드 인종 청소 작전인 안팔 작전 개시. 수만 명의 민
　　　간인과 페쉬메르가가 희생되고 수십만 명의 쿠르드인이 이란, 터키,
　　　시리아로 도피. 할랍자가 화학가스 피습의 대명사가 됨.

1991 이라크가 쿠웨이트에서 패퇴하고 쿠르드 저항 운동이 가속화됨. 수
　　　천 명이 희생되고 백만 명 이상이 난민으로 떠돌고 남은 자는 산악지
　　　역으로 피난함.

1991 사담 후세인으로부터 쿠르드를 보호하기 위해 미국이 이라크 북부
　　　지역을 비행금지구역으로 설정.

1994 쿠르드애국동맹과 쿠르드민주당 간의 불화가 내전으로 확대

1996 쿠르드민주당 지도자 바르자니가 사담 후세인에게 지원요청
　　쿠르드애국동맹이 술래마니아 다시 장악.

1998 쿠르드애국동맹과 쿠르드민주당 평화협정 체결

2003 사담 후세인 미국을 주축으로 한 연합군에 의해 축출됨. 1차 세계
　　대전 이후 처음으로 이라크 내 쿠르드인이 이라크 정부로부터 억
　　압 탈피. 탈라바니가 이라크평의회 위원으로 임명됨.

2005 쿠르드애국동맹의 지도자 탈라바니가 이라크 대통령으로 선출됨.
　　쿠르드 역사상 초유의 일임. 모든 쿠르드인의 꿈이 실현된 것으로
　　평가됨.

소설 읽기로 밤을 지새우던 여중생 시절 감명 깊었던 책 한 권을 꼽으라면 스페인 내란을 배경으로 한 아름다운 로망 『누구를 위한 종을 울리나?』를 들겠다. 그래서일까? 책을 읽는 내내 조안나는 마리아 역의 잉글리드 버그만으로, 사바스트는 조단 역의 게리 쿠퍼가 되어 내 마음을 설레게 했다.

_김계숙 | 『오늘의 한국』 편집국장

이라크를 연상하면 전쟁과 납치, 자살테러와 같은 날선 단어들이 먼저 들어왔다. 하지만 이 책을 통하여 이들의 가슴에 우리와 닮은 사랑과 슬픔, 아픈 이별과 한이 겹겹이 담겨져 있음을 느끼게 된다. 쿠르드 처녀의 전쟁에 대한 저항과 고통 그리고 사랑을 통하여 조안나가 새삼 우리의 여동생처럼 와 닿는 것은 왜일까?

_김우구 | 한국수자원공사 부사장

참 사랑과 행복의 정수를 보여주는 책…
사랑하는 이와 함께 할 때 참혹한 전쟁터에서도 참 행복을 누릴 수 있음을 보여주는 감동을 선사합니다.

_김종순 | 강원대학교 교수

KOICA와 자이툰이 있어 한국은 우리의 가족이 되었다.

_니체르반 바르자니 | KRG 국무총리

이라크 근대사, 이라크-이란 전쟁, 아랍족과 쿠르드족의 관계, 수니와 시아파의 갈등, 이슬람 문화 등을 소설을 통해 재미있게 이해할 수 있어 중동지역에 관심있는 외교관, 기업인, 학생, 군인은 물론 일반 교양인의 필독서

_신장범 | 한국국제협력단 총재

이라크의 역사는 종족, 종파 갈등의 투쟁사라고 볼 수 있다. 쿠르드족은 4천년 이상의 오랜 역사를 가지고 있음에도 불구하고 세계 최대의 유랑민족으로 흩어져 살고 있다. 이라크에서는 그들을 '변경의 아랍인'이라고 부른다. 이 책은 쿠르드족의 삶과 고통 그리고 그들의 사랑을 생생하게 다루었다.

_유달승 | 한국외국어대학교 이란어과 교수

소설보다 더 소설 같은 조안나의 사랑 이야기를 정신없이 따보면 어느새 내전으로 산하는 찢기고 할퀴어졌지만 희망을 잃지 않고 살아가는 쿠르드 처녀와 교감하게 된다. 이라크 파병, KOCIA의 재건활동, 쿠르드 유전개발 등으로 우리에게도 더 이상 낯설지 않은 이라크정세를 그 어떤 책보다 쉽게 이해할 수 있는 살아 있는 교과서.

_이숙이 | 「시사IN」 기자

오랫동안 독립을 이루지 못하고 주변 강국과 아랍족의 압제 속에서-인내와 지혜를 갖고 슬기롭게-싸워온 쿠르드족의 참혹한 실상과 슬픔 그리고 그 속에 피어난 참 사랑을 아름답게 그렸다.

_장기호 | 전 주 캐나다 대사, 이라크 대사

사담 후세인의 압제와 험한 환경 속에서도 고유의 전통을 지켜나가고 있는 한 쿠르드 여인의 사랑 이야기는 개인의 행복과 자유가 이념과 사상을 초월해 가장 값지고 숭고한 것임을 우리들에게 일깨워준다. 또한 이라크 내 다양한 종파와 민족 간 갈등, 이란 이라크 전쟁 당시의 주민 생활상 등을 생생하게 묘사하고 있어 이 지역을 알고 싶어하는 독자들에게 반가운 길잡이가 될 것이다.

_정규영 | 조선대학교 아랍어과 교수

자이툰 부대가 이라크에 주둔하면서 쿠르드족이 우리에게 알려졌지만, 그들과의 인연은 한국전쟁으로 올라간다. 당시 터키군의 일원으로 참전한 쿠르드 전사들은 목숨을 걸고 싸워 우리를 도와주었다. 그들의 역사와 정서는 많은 면에서 우리와 공통점이 있으며, 이들의 사랑 이야기 역시 우리에게 깊은 감명을 준다.

_정승조 | 전 자이툰 사단장

'그대의 사랑을 얻는다면 기뻐 죽을 것이요, 못 얻는다면 비탄에 빠져 죽을 것이다.'
조안나는 사바스트를 바라보며 홀로 말했다. 죽어도 좋을 운명적인 사랑! 내게도 사바스트가 나타날까?

_최송현 | KBS아나운서

몇 년 전만 하더라도 쿠르드는 언론보도에서나 접할 수 있는 이름이었다. 국제협력단의 활동과 자이툰 파병으로 인연을 맺게 된 이 지역은 더 이상 우리에게 낯선 이름이 아니다. 이 책은 쿠르드인이 겪은 엄청난 박해를 생생하게 그리고 있다. 이슬람 문화에 관심 있는 분에게 일독을 권한다.

_하찬호 | 주 이라크대사

사담 후세인 정권의 잔학상과 쿠르드족의 비애와 삶 그리고 사랑을 리얼하게 그린 미국 여류 유명작가 Jean Sasson의 최신작으로 KOICA와 자이툰 부대원이 평화와 재건을 위해 땀을 흘린 커디스탄을 배경으로 가슴 저리게 펼쳐지는 사랑 이야기.

_황두열 | 한국석유공사 사장

전쟁과 포화로 점철된 이라크에서 펼쳐진 전쟁과 열정의 사랑이야기. 한 남자를 향해 나아가는 조안나의 열정적인 사랑이야기가 생생한 체험 속에 녹아 있는 민초들의 치열한 삶의 기록이자, 이라크의 사회, 민족, 종교의 중층적 갈등이 사랑이라는 문화복합체 속에 생동감있게 전달되는 이라크 문화서이다.

_송인화 | 한세대학교 교수

한 눈에 반한 사나이의 모든 것을 믿고 따르며 고난마저도 기쁨으로 여기는 조안나에 빠져 하룻밤을 지새웠고 오래도록 여운에 잠기게 하는 사랑의 대 로망스. 그리고 불의한 압제자에 맞선 민초들의 처절한 저항의 노래.

_이소은 | 연세대학교 영문과 3학년

폭격기의 굉음과 산탄의 파편이 푸른 초원과 물결치는 구릉과 아름다운 마을들을 갈가리 찢어놓는다. 사방이 적이고 사방이 벽이다. 그 공포를 이기고 끝까지 살아남게 해주는 건 오직 사랑의 힘이다. 소녀에서 처녀로, 처녀에서 아름다운 신부로 변해가는 조안나의 사랑. 그녀의 이야기가 우리의 가슴을 울리는 건 목숨을 건 사랑이기 때문이다. 오라! 티그리스강가 종려나무 그늘 아래로. 그곳에서 우리는 메소포타미아 전사들의 절절한 사랑을 만나게 된다.

_한수영 | 소설가

페쉬메르가의 연인

1판 1쇄 | 2008년 5월 6일 펴냄
1판 4쇄 | 2009년 11월 1일 펴냄

지은이 | 진 제이슨
옮긴이 | 송산강·최익봉

펴낸이 | 박영철
펴낸곳 | 오늘의책
출판등록 | 제10-1293호(1996년 5월 25일)
주소 | 121-839 서울시 마포구 서교동 377-26번지 1층
전화 | 02-322-4595~6
팩스 | 02-322-4597
이메일 | tobooks@naver.com

ISBN 978-89-7718-303-2 03890